Erika Bianchi • Wir sind nicht wie Eidechsen

Erika Bianchi

Wir sind nicht
wie Eidechsen

Roman

Aus dem Italienischen von
Viktoria von Schirach

btb

Inhalt

Für Papa, auch wenn es zu spät ist

Weil der Mensch sich von allem befreien kann,
außer von dem Raum, den die Dinge einmal
eingenommen haben.

NICOLE KRAUSS, *Kommt ein Mann ins Zimmer*

Tatsache ist, dass die Zeit nur in eine Richtung fließt,
doch man erfasst diese nur, wenn man sie noch
einmal in der entgegengesetzten Richtung durchläuft.

SANDRO VERONESI, *XY*

Es gibt Zikadenarten, deren Larven siebzehn Jahre unter der Erde verbringen, wo sie an den Wurzeln der Bäume nagen. Als hätten sie mitgezählt, krabbeln sie dann in einer Frühsommernacht nach exakt siebzehn Jahren zu Millionen aus der Erde und klettern auf die Bäume.

Am nächsten Tag sind sie dann schon flugbereite Erwachsene und fangen an, sich wie wild zu paaren, in einer ohrenbetäubenden Orgie.

Dabei singen allerdings nur die Männchen.

Die Weibchen sind stumm.

Epilog

Juni 2011

Keiner interessiert sich im Juni für Wolken.

Wahrscheinlich hast du einen Blick zum Himmel geworfen, mehr nicht. Du hast das Hemd angezogen, das Ilona für dich am Vorabend gebügelt hat, nachdem du sie mit einem Stirnrunzeln vor dem Schrank gefragt hattest, ob man bei Beerdigungen immer noch Schwarz trägt. Aber ja, wird sie geantwortet haben, die Hände schon im Schrank, um etwas Passendes für dich herauszusuchen. Eine weitere Gelegenheit, sich dir nützlich zu machen. Vermutlich die letzte.

Bestimmt hast du Ilona gehen lassen, ohne dich bei ihr zu bedanken für die Zeit, in der sie sich um deinen Vater gekümmert und dir gut gelaunt einen Großteil der Last abgenommen hat. Sich zu bedanken ist etwas, was man von klein auf lernt, indem man die Erwachsenen nachahmt, und in deiner Familie wurde nie Wert auf gute Manieren gelegt.

Danach bist du sicherlich Karten spielen gegangen, wie jeden Abend, nur dass die rauen Hände deiner Freunde ein wenig länger auf deiner Schulter ruhten als sonst. Sie werden dir ein Bier angeboten und ein paar aufmunternde Worte gemurmelt haben, sie werden dich gefragt haben, ob Zaro leiden musste, ob er etwas gesagt hat oder wortlos gegangen ist, und du wirst geantwortet haben, dass er nichts gesagt hat, was hätte er auch sagen sollen. Dann haben die anderen vermutlich geschwiegen und zu Boden geschaut, und auch du hast auf deine Schuhe geschaut und zum tausendsten Mal an mich gedacht. Vielleicht hast du auch gewünscht, dass jemand meinen Namen ausspricht, dass die zwei Silben aus einem Mund mit nikotingelben Zähnen auf den Tisch purzeln, zusammen mit der Drei, die den Reiter, die Dame und den König schlägt. Sicherlich branntest du innerlich darauf, laut zu bekennen, dass du mich benachrichtigt hast, dass du dein Leben lang versucht hast, eine Brücke zwischen eurem und unserem Blut zu schlagen, ungeachtet der Wahrheit, die sowieso keiner jemals sicher wissen wird. Vielleicht war dein Vater auch der meine, aber das hat er immer bestritten, und die Folgen dieser Verweigerung haben wir alle am eigenen Leib erlebt.

Seitdem ist so viel Zeit vergangen, dass der Zaro von damals heute unser Sohn sein könnte, statt unser Vater. Deshalb hat vermutlich niemand zwischen den Billard-Queues und den Spieltischen meinen Namen ausgesprochen, und du wirst die Karten gemischt haben, als ob dein Magen nicht sauer sei nach fast sechzig Jahren unverdauter Geschichten. Wahrscheinlich hast du auf dem Nachhauseweg die Fäuste in den Hosentaschen geballt und die Augen auf deinen Schatten geheftet, und gebetet, dass der Schlaf rasch über dich käme, heute Nacht wie alle Nächte. Und als auch der Schlaf auf sich warten ließ, wirst du dir ein Gläschen genehmigt haben, das die Gedanken zähmt und die Fragen in Schach hält. Du wirst meine Abwesenheit empfunden haben wie einen Affront gegen dein Leben, und wirst deinen Vater dafür gehasst haben, dass er alle Antworten mit ins Grab nahm.

Ich hätte kommen können, Giovanni. Heute Nacht wenigstens hätte ich dir eine Schwester sein können. Ich hätte einen Flug buchen können, gestern, das wäre kein Problem gewesen. Aber an der Beerdigung des Vaters teilzunehmen, der mich nicht wollte, wäre unnatürlich. Und deshalb komme ich nicht.

Stattdessen habe ich in aller Herrgottsfrühe meinen Laptop eingesteckt und bin zum Père Lachaise gegangen.

Ich wollte aus der Ferne bei euch sein. Über die Beerdigung deines Vaters aus der Ruhe eines anderen Friedhofs schreiben, in der Schwebe zwischen Frankreich und Italien, wie ich es mein Leben lang gehalten habe.

Beim Grabmal von Colette wurde mir die Lächerlichkeit meiner Unternehmung bewusst. Ich verließ den Friedhof mit dem Vorsatz, mich aus meinem Viertel so weit wegzubegeben, dass ich näher an deinen Gedanken war als an meinen. Ohne einen Funken Ironie habe ich die Metro am Alexandre Dumas genommen und bin am Victor Hugo wieder ausgestiegen und ins erstbeste Café mit WiFi gegangen. Da bin ich also in einem Starbucks, mit einer Tasse Vanille-Cappuccino in der Hand und dem Laptop mit der Wetterkarte vor mir, an dem Morgen, an dem in zweitausend Kilometern Entfernung die Familie, zu der ich nicht gehören will, den Mann zu Grabe trägt, der vielleicht mein Vater war.

Keiner interessiert sich im Juni für Wolken. Nanni macht da keine Ausnahme, er hat es noch nie getan, warum sollte er jetzt. Er wirft einen Blick nach oben in den taubengrauen Himmel und schert sich nicht darum. Er zieht ein warmes Unterhemd an und darüber das schwarze Hemd, das Ilona für ihn an den Fenstergriff gehängt hat. Schwarze Baumwollhosen und schwarze Lederschuhe, die einzige Alternative wären die Sandalen gewesen oder blaue Mokassins mit Troddeln. Aber zu einem Begräbnis geht man in Begräbniskleidung, und Ilona meint, dass man sich bei einem Begräbnis schwarz anziehen muss. Er kämmt sich vor dem Spiegel, ein Handtuch über den Schultern, wie es ihm seine Mutter beigebracht hat. Er hat mehr weiße als graue Haare, aber die Zeit hat den Wirbel nicht zähmen können. Er kontrolliert seine Zähne, klopft sich auf die frisch rasierten Wangen, rückt den Hemdkragen zurecht, der nicht mehr knittert, seit Ilona ihn stärkt, und verlässt das Haus ohne Schirm.

Er holt sein Fahrrad aus dem Holzverschlag hinten im Hof, zieht es ganz vorsichtig aus dem Ständer. Es ist ein Schmuckstück, ein gelbes Bartali von 1953, das immer noch schnurrt wie geölt, das wertvollste Vermächtnis seines Vaters Zaro, ursprünglich ein Hochzeitsgeschenk von dessen Freunden. Nanni steigt auf und denkt dabei, was er immer denkt, wenn er die Füße auf die Pedale setzt: dass Fahrradfahren nichts anderes ist, als das System eines Gleichgewichts einzuhalten, das sich ständig verändert, ein stetes Austarieren und Ausgleichen des schwankenden Lenkwinkels, ohne das Ziel aus den Augen zu verlieren. Insgeheim ist Nanni ein großer Anhänger der

Physik des Fahrradfahrens und wendet sie auch im Alltag an. Das bedeutet, er weiß, dass die Statik seines Daseins nur eine Illusion ist und seine gleichförmigen Tage in Wirklichkeit das Ergebnis eines unsichtbaren dynamischen Prozesses, den man nur mit mehreren Differenzialgleichungen und einer Menge komplizierter Parameter ausdrücken könnte. Er würde sie gern formulieren und ausführen, diese Gleichungen, aber seine Physikkenntnisse beschränken sich auf ein paar Unterhaltungen mit seinem Schwager Carlo vor vierzig Jahren, der ihm ein Buch schenkte, das er bis heute besitzt.

Ein merkwürdiger Anblick, dieser schwarz gekleidete Mann mit Lederschuhen auf einem gelben Bartali-Rad, das älter ist als er. Eigentlich hätte Nanni heute das Rad auch zu Hause stehen lassen können. Aber auf die Idee ist er überhaupt nicht gekommen. Er konnte früher radeln als laufen. Mit sieben hat er gelernt, wie man einen Schlauch aufzieht. Die Namen der Felgen waren seine Fibel: Bo-tec-chia, Cam-pa-gno-lo, Le-gna-no. Sohn eines berühmten Fahrradhändlers und selbst Nachfolger eben dieses Fahrradhändlers, radelt Nanni stolz bis vor die Kirche.

Er könnte das auch blind, seine Waden würden den Weg von allein finden. Vom Vicolo del Ridi, wo er wohnt, wäre es höchstens ein Kilometer, eine knappe Minute, wenn man flott fährt und einen hohen Gang einschaltet, am Supermarkt vorbei, am Haus von Bartali, der Casa del Popolo, der Schule, der Zahnarztpraxis, dem Tabakladen, Attilios Haus, der Bank, Kurve, die neuen Häuser, die Brücke, noch eine Kurve, Haus der Lehrerin Signora

Siniscalchi, Leichenwagen, Kirche. Bei der Madonnenstatue aus Gips auf der anderen Straßenseite bleibt Nanni stehen, lehnt das Rad an eine Platane, kettet es am Pfosten der Bushaltestelle fest. Durch die offenen Türflügel der Kirche sieht er schon den Sarg an seinem Platz vor dem Altar, die Schwestern seines Vaters gebeugt in der ersten Reihe, Ilona ein wenig abseits, die mit ihrem Handy beschäftigt ist. Draußen, auf dem knappen Meter Kirchplatz, den die Straße übrig gelassen hat, stehen die Männer, die Kartenspieler und Freunde Zaros aus der Zeit, in der er noch ein kleiner Junge war und Gino Bartali mit seinem Legnano-Fahrrad bis ans Ende der Welt gefolgt wäre: Tito, Guiduccio, sogar Spurt, den seine Frau mit ihrer bläulich schimmernden Dauerwelle untergefasst hat, weil er nicht mehr gut sieht. Da wenig Platz ist, stehen sie fast auf der Straße, und jedes Mal, wenn ein Auto um die Ecke biegt, drücken sie sich an die Mauer, um es vorbeizulassen, grau wie der Himmel sind sie, langsam und runzlig wie Schildkröten. Als Nanni über den Zebrastreifen geht, die Hände in den Hosentaschen geballt und eine Strähne wie auf die Stirn gesprüht, reichen sie ihm die Hände, murmeln Beileidsworte.

Als letzter kommt Attilio, mit trockenen Augen und einem unruhig hüpfenden Adamsapfel. Er starrt Nanni mitten auf die Brust und packt ihn an der Schulter mit seinen Wurstfingern; dann richtet er den Blick hinter die Kurve, die zur Autobahn führt, und deutet mit dem Kinn in die Richtung. Er sagt kein Wort, aber Nanni weiß, dass Attilios Kinn ihm eine Frage gestellt hat, dieselbe Frage, die auch ihm seit gestern im Kopf herumschwirrt, und

die ungefähr so lautet: *He, der andere Teil der Familie,
kommt der auch?*

Attilio ist der Einzige, mit dem Nanni sprechen könnte,
bei dem er sich nicht schämen würde, die Last abzulegen,
die er seit der Grundschule mit sich herumschleppt. Seit
jenem Nachmittag, an dem die rotwangige Frau in Zaros
Werkstatt auftauchte und das Mädchen mit den knochigen Knien vor sich herschob, das seine Kindheit aus den
Angeln hob.

Nanni denkt heute noch, dass dies seine früheste Erinnerung ist. September 1959, die Sonne war kurz vorm
Untergehen, aber immer noch so warm, dass sowohl er
als auch sein Vater kurze Hosen trugen. Die reparierten
Fahrräder standen draußen, an die Hauswand oder die
Glastür der Werkstatt gelehnt; was noch zu reparieren
war, stapelte sich drinnen, an die Wände geschoben, an
die Werkbank gelehnt, an die Decke gehängt. Es gab wenig Luft und noch weniger Platz, deshalb verschwendeten
sie weder Worte noch Gesten. Zaro saß auf einer Holz-
bank und Nanni hatte sich hingekauert, denn der Boden war schmutzig und die Mutter ermahnte ihn immer,
auf seine Kleider aufzupassen. Vater und Sohn waren ge-
bräunt von den Knien bis zu den Socken, vom Ärmel-
saum bis zu den Fingerspitzen, auf der Stirn denselben
Wirbel, wie ein Schnörkel. Zaro, eine Kippe zwischen
den Lippen und wegen des Rauchs schmal zusammenge-
kniffene Augen, schraubte die Stützräder von Nannis ers-
tem Fahrrad ab, einem wunderschönen, leuchtend roten
Zwölfzoller. Im Radio sang Mina *Tintarella di luna*, und

das Glück des kleinen Jungen, der den Refrain mitflüsterte, *Tin tin tin, raggi di luna*, war perfekt.

Als die Frau in der Tür auftauchte, lächelte Nanni sie an. Sie erinnerte an die gerötete Haut, von der das Lied sang, und sie machte ihm keine Angst, nicht einmal, als sie ihn ernst musterte.

»So, das wär's«, sagte Zaro, während er die zweite Schraube neben die erste legte, »jetzt können wir gleich üben gehen.«

Doch dann sah er die Frau, und der Schraubenzieher blieb in der Luft hängen. Nanni sah seinen Vater verstummen und die Augen mit ihren eine kleine Ewigkeit lang verschränken. Zaro löste sich als Erster daraus, und da griff die Frau hinter sich in die Luft und erwischte dieses etwa zehnjährige Mädchen, dürr wie eine Giraffe und so blond, als hätte sie ihr Leben lang im Mondlicht gebadet. Die roten Finger der Frau pressten sich in den Rücken des Mädchens, um sie weiter vorwärts zu schieben, aber die Beine des Mädchens leisteten Widerstand. Ihr Blick fiel auf Nannis rotes Fahrrad und schließlich auf ihn. Die Frau redete, aber man verstand kein Wort. Minas Lied war jetzt aus und ein neues begann, aber welches das war, weiß Nanni nicht mehr, und auch nicht, was sein Vater tat oder sagte. Umso genauer erinnert er sich an das erste halbe Lächeln von Isabelle, das Funkeln ihrer Augen hinter dem Nebel der Angst, die dünnen, weißen Finger, die sich unendlich langsam hoben und den sprudelnden Wirbel nachmachten, den er und sein Vater auf der Stirn trugen, und auch daran, wie sie ihm die Zunge herausstreckte, mit einer boshaften Grimasse, über der sich der Vorhang der Erinnerung an ihre erste Begegnung senkte.

Der Wettervorhersage nach wird es eine nasse Beerdigung werden. Über Florenz soll jeden Moment der Regen losprasseln, aber ich wette, du bist ohne Schirm aus dem Haus gegangen und zur Kirche geradelt. Ich wünschte, ich wäre auch so beständig in meinen Leidenschaften; dieses Urvertrauen in deine Wurzeln hat dich aufrecht wie eine Zypresse heranwachsen lassen. Ich hingegen bin eher ein Olivenbaum, voller Astknoten, mit breiten Wurzeln, die durch den Boden brechen und in alle Richtungen wachsen. Meine Rinde hat Risse, aber die Lymphe meiner Blätter ist immer noch bitter von dem Groll, der nicht vergeht. Wie gern würde ich sagen, dass ich meine Mutter verstehe, dass sie gut daran tat, mich zu euch zu bringen, doch es will mir nicht gelingen, nicht einmal jetzt, wo über ein halbes Jahrhundert vergangen ist und all die, die uns auf die Welt gebracht haben, tot sind. Ich denke an das Mädchen, das allein war und von allen gemieden wurde wegen mir, dem vaterlosen Kind, Frucht eines schamlosen Rocks. Wie viele Betten hat sie gemacht, wie viele Löcher gestopft, wie viele Böden gewischt, bis sie schließlich ganz Frankreich und halb Italien durchquerte, bis zur Werkstatt eines Dorfmechanikers, und wie schwer muss es sie getroffen haben, dort dich und dein rotes Kinderrad anzutreffen, das mir gleich so gut gefiel, dass es wehtat. Wenn ich versuche, mich in meine Mutter hineinzuversetzen, lande ich immer wieder bei mir selbst, wie ich dastehe in meinen kratzigen Wollkniestrümpfen, dem einzigen guten Kleid, das ich von irgendjemandem geerbt hatte und das über der Brust spannte, unter einer Glocke aus Scham und Unzulänglichkeit, die mich erdrückte wie meine für die italienische Sonne viel zu warmen Kleider, schwer wie wir selbst, unsere Reise und die Last der unliebsamen Nachrichten, die wir mitbrachten.

Ich hasste dich vom ersten Moment an, du mit deinem Vater und deinem Fahrrad, ich hasste dich und schämte mich, auch wenn du nichts verstandst, oder gerade deshalb. Meine Mutter redete nicht um den heißen Brei herum, wie immer:

»Das ist Isabelle, die Tochter, die du mir gemacht hast. Ich schaffe es nicht mehr allein.«

Ihre Hände waren in meinen Rücken gebohrt wie Messer, sie wollte mich weiter vorn haben auf dem Familienfoto, wollte, dass meine ungewollte Anwesenheit die Idylle des roten Kinderfahrrads zwischen Vater und Sohn zerstörte, und wären da nicht ihre Finger gewesen, die mich festnagelten, wäre ich bestimmt weggerannt, irgendwohin, für immer weg von dort. Ich war wütend auf eure identischen Haare, ich schämte mich für die Worte meiner Mutter in einer Sprache, die ihr nicht verstandet, und ich war alt genug zu kapieren, dass wenn dieser Mann mit den schwarz verschmierten Fingern und der Kippe zwischen den Lippen mein Vater war, der Junge mit dem Fahrrad und dem Hundeblick mein Bruder sein musste.

Ich streckte dir mit aller Bosheit, deren ich fähig war, die Zunge heraus, und da stand Zaro auf, glitt aus der Tür, um meine Mutter bloß nicht zu berühren, nicht einmal mit dem Stoff seiner Hose, und rief, ob jemand uns Kinder zu Attilios Bar ein paar Häuser weiter bringen könnte. So lernte ich Attilio kennen. Der heute eine halbe Stunde zu früh in der Kirche war, um sicher zu sein, dass du keinen Moment allein wärst. Der in der ersten Reihe neben dir sitzen wird, ohne ein Wort zu sagen. Auch an jenem Tag sagte er kein überflüssiges Wort. Er wusste nicht, was er dir sagen sollte, und ich hätte es sowieso nicht verstanden. Stattdessen reichte er uns beiden je ein Eis am Stiel. Innen Sahne, außen Schokolade. Ich aß erst das Äußere, das knackte, wenn man hineinbiss, wie zerbrechende Eisschollen, dann die weiche Sahne. Attilio lachte.

»Na, schmeckt dir der Pinguino? Pin-gu-ino«, sagte er mir vor, indem er auf den Sepiaknochen zeigte, der noch übrig war. »Lecker«, wiederholte er und drehte mit dem Zeigefinger eine Pirouette auf seiner Wange. Ich kannte weder die Wörter noch die Geste, aber ich verstand. *Pinguino* war das erste Wort meines zweiten Lebens.

Nanni fragt sich, ob sich auch Attilio noch an den Tag erinnert, an dem Isa nach Ponte a Ema kam. Am liebsten würde er ihn gleich fragen, Zaro in seinem Sarg, beim Schlagen der Totenglocke. Ein wütender Drang überkommt ihn, über all das zu reden, worüber sie nie geredet haben. Dann sieht er, wie Ilona ihm von der ersten Bank ein Zeichen macht, wo die beiden alten Schwestern Zaros auf ihn warten. Er will schon die Schwelle überqueren, als ihn eine tabakheisere Stimme zurückhält.

»Jetzt rollen sie einer nach dem anderen bergab, auch Zaro, nur ich, der ich älter bin als er, bin immer noch da.«

Das ist Spurt, der alte Fahrradmechaniker, der eigentlich Aldo Cencini heißt. Das weiß Nanni nur, weil es so in den Papieren steht, mit denen Zaro die Werkstatt übernahm, als Spurt ihm alles beigebracht hatte, was es zu wissen gab, und selber ein Alter erreicht hatte, in dem ihn nur noch seine Fahrradsammlung interessierte. Spurt hatte als Junge angefangen als Mechaniker zu arbeiten, weil ihm das Geld, das er mit den wenigen Rennen, die er gewann, nicht zum Leben reichte, obwohl er ein ziemlich guter Fahrer war. Einer, der bei den Steigungen im Mugello oder im Chianti immer unter den Profis war und der immer noch einen Spurt hinlegte, auch wenn es nicht nötig war. Wie der Name schon sagt. Ein beinahe Hundertjähriger, der im Florenz von Ciaccheri und Linari aufgewachsen ist, später in dem von Bartali.

In den Windböen, die jetzt wütend aufbrausen und seine weiße Mähne zerzausen, wirkt der alte Spurt verletzlich wie ein Kind. Attilio lächelt und streicht ihm über die den Stock umklammernde, knochige Hand.

»Obwohl die Talfahrten nicht wirklich seine Stärke waren, stimmt's, Spurt?«

Die hundert Jahre alten Augen sind flüssige Topase, und das Lächeln einer weit zurückliegenden Erinnerung bahnt sich einen Weg durch die Furchen.

»Er war eher einer aus Kork. Das war auch sein Spitzname, Korken, wusstest du das, Nanni?«

Klar weiß Nanni das.

»Nein, Spurt, das ist mir neu. Wann wurde er so genannt?«

»Zu Kriegszeiten, vor dem Giro von 1948. Damals war Zaro noch ein Kind. Morgens, wenn Bartali und Martini trainierten, wollte er unbedingt hinter den beiden herfahren. Eines Morgens kam er in die Werkstatt und wollte, dass ich ihm die Schutzbleche und den Kettenschutz abmontiere, weil sie das Rad schwer machten und er sich bergauf so quälte. Also, sagte ich zu ihm, wenn das wirklich deine Leidenschaft ist, dann fang doch bei mir an, ich brauche einen Lehrling, und wenn du deine Sache gut machst, schenk ich dir ein Rennrad, aber ein richtiges. Und so geschah es. Aber es lag gar nicht an dem Rad, das zu schwer war, er war einfach kein guter Fahrer. Wie oft hab ich ihn den Moccoli-Hang hochgezogen, Tito, Guiduccio, ihr wisst es auch! Als er nicht mehr konnte, hat er sich einen Korken in den Mund gesteckt, an dem eine Angelschnur hing, und ich zog ihn mit dem Auto hinter mir her. Wie ein Fisch an der Angel hing er da, der gute Korken, verdammt nochmal.«

Nanni weiß diese Geschichte auswendig, aber er hört sie immer gern von Spurt, der mit einem solchen Spitznamen bestimmt nie einen Korken im Mund hatte.

»Als Rennfahrer taugte er gar nichts«, redet Spurt weiter, während seine zierliche Frau mit den bläulichen Haaren im Wind bibbert und ihn zu dem Plakat für die Sommerfahrten nach Lourdes am Eingang der Kirche zieht, »aber als Mechaniker … war er eine Wucht! Bei der Tour de France wollten sie ihn unbedingt dabeihaben, mit Gino, da war der Korken schnell vergessen und er wurde nur noch mit seinem richtigen Namen genannt, Zaro Checcacci. Friede seiner Seele.«

Dass der Spitzname »Korken« am Ende der Vierzigerjahre ganz vergessen war, konnte nicht ganz stimmen, denn sonst würde in Nannis Erinnerung nicht noch eine Zeit herumgeistern, in der er »Körkchen« gerufen wurde.

Was allerdings wirklich stimmt, ist, dass die Tour de France von 1948 und '49, die er an der Seite von Bartali und der italienischen Mannschaft erlebte, für Zaro legendäre Zeiten waren. Don Masi, der jetzt mit zwei Ministranten und dem Weihwasserkessel aus der Sakristei kommt, wird bestimmt auch erwähnen, dass dieser begeisterte und hilfsbereite Lehrling zwar als Rennfahrer eine Niete war, aber der Schnellste von allen, wenn es darum ging, eine Schraube festzuziehen oder ein Gewinde zu reparieren. Der sechzehnjährige Korken hatte eine Wasserwaage in die Werkstatt mitgebracht, um zu überprüfen, ob sich die Sättel perfekt in der Waagerechten befanden. Als sich das herumsprach und auch, dass sein Vater im Krieg gefallen war und seine Mutter aus einer Tagelöhnerfamilie stammte, arm wie Kirchenmäuse, wollte ihm jemand – wie es hieß, vielleicht sogar Bartali persönlich – eine Chance geben.

So stieg Zaro beim Giro der Toskana 1948 als Hilfsmechaniker auf den Besenwagen der Legnano und sah zum ersten Mal mit eigenen Augen den vierunddreißigjährigen Bartali fahren und siegen. In den Augen vieler Leute war er uralt: Coppi hatte Sanremo und den Giro der Lombardei gewonnen, während für ihn im selben Jahr alles schiefgegangen war und die Zeitungen den sportlichen Ehrgeiz, mit dem er sich auf die Tour de France vorbereite, als Größenwahn abtaten. Doch Bartali hatte nicht nur Muskeln aus Stahl. Er fuhr mit dem Zug nach Paris, um zu siegen, dritter Klasse mit dem Trainer Binda und einem von ihm selbst zusammengestellten Team. Zaro war dabei, Coppi nicht.

Nanni tritt in die Kühle der Kirche mit Attilio und den anderen, und während er sich zwischen Ilona und Tante Chiara in die erste Reihe setzt, denkt er an die tausend Mal, die er die Geschichte von Paris gehört hat, das so viel größer ist als Florenz und wo alles neu und elegant ist. Von den Bergstraßen und den Straßen in den vom Krieg zerstörten Städten, alle voller begeisterter italienischer Gastarbeiter oder extra wegen ihres Helden angereister Fans. Von den Stränden im Süden und den Hotels im Norden, dem Regen auf dem Schotter und dem glitschigen Kies. Von den fiesen fast fünftausend Kilometern, die Gino und alle, die mit ihm waren, erwarteten. Und er, Zaro, war im Mittelpunkt der Geschichte, nein, er war die Geschichte selbst, wenn er zum x-ten Mal erzählte, wie das Attentat auf Togliatti genau in der Hälfte der Tour passierte, an dem Tag, als sie die Bastille stürmten, an dem De Gasperi Gino anrief, während sie gerade an ihrem freien Abend den Sonnenuntergang über dem Strand von Cannes bewunderten, und wie der Champion am Ende mit der alleinigen Kraft seiner Beine Italien vor dem Bürgerkrieg rettete, indem er gegen jede Wahrscheinlichkeit diese Tour gewann. Wenn man Zaro so reden hörte, hätte man glauben können, er selbst habe die Tour gewonnen, oder zumindest, dass Bartali sie nur dank ihm gewonnen habe. Dabei war er, Korken, offiziell als Wasserträger eingeteilt gewesen. Er assistierte den Mechanikern, wenn Not am Mann war, schraubte Radkappen nach, stanzte Speichen und Gabeln, aber vor allem reichte er den Rennfahrern Wasserflaschen und Proviant. Trotzdem war die Fahrt mit dem Besenwagen nur wenige Meter hinter dem dreifachen Weltmeister Alfredo Binda, das direkte Miterleben der heroischen Leistungen von Leuten wie Bartali, Robic und Bobet für Zaro das schönste Erlebnis seines Lebens.

Und dann waren da noch die Frauen. Jede Menge, wenn man ihm glauben konnte, alle wunderschön und gefügig, kess und frech, wie es die Italienerinnen nicht einmal auf der Leinwand waren. Schönheitsköniginnen, die den Sieger am Ende der Etappe küssten, Pariserinnen im Urlaub, Zimmermädchen, heimwehkranke Gastarbeiterinnen, die französische Sitten angenommen hatten – Zaros Erzählungen nach hatte keine seinem etruskischen Charme widerstehen können.

Etwas musste wohl dran sein an diesen Geschichten, wenn elf Jahre nach der Grande Boucle von 1948 Lena Quillerou und ihre Tochter Isabelle sich die Mühe machten, von einer Schlucht in der Nähe des Ärmelkanals aufzubrechen und bis ins Herz der Toskana zu reisen, um dort nach dem einstigen Wasserträger Zaro »Korken« Checcacci zu suchen, der in der Zwischenzeit Elvira Innocenti geheiratet und Giovanni »Nanni« Körkchen gezeugt hatte.

Diese Geschichte jedoch erzählte Zaro nie.

»Im Namen des Vaters, des Sohnes und des Heiligen Geistes«, hob Don Masi an.

Am Tag des ersten *Pinguino* in Attilios Bar war ich seit zehneinhalb Jahren auf der Welt. Mir war kalt, und ich vermisste das Meer. Du kanntest das Meer nicht und wusstest nichts von meinem Wind, dem Noroît und dem Nordet, die meine Haare peitschten und in alle Richtungen zerzausten. Du kanntest nichts anderes als deine Fahrräder, mit denen ich wiederum nicht umgehen konnte. Ich merkte nicht, wenn ich angesprochen wurde, und keiner verstand mich bis auf meine Mutter, die allerdings die meiste Zeit in Florenz war, um Arbeit zu suchen, und als sie schließlich eine fand, von morgens bis abends dort blieb. Ich war den ganzen Tag allein, wie in Dinard, mit dem Unterschied, dass ich in Dinard geboren war und dort alles meine Sprache sprach. Ponte a Ema hingegen war eine fremde Welt, wo das Grün zu grün war und die Hügel zu hügelig, eine gefleckte Decke, die den Schlaf eines gefährlichen Riesen verbarg. In Dinard gab es bunte Blumen und das Meer, das beim Aufwachen in der Nase kitzelte, ich brauchte nur um die Ecke zu gehen und zur Écluse hinunter, und da wartete es schon mit seinem muschelförmigen Strand und den Möwen, die man das ganze Jahr über jagen konnte. In Ponte a Ema gab es lediglich ein Rinnsal, das vor allem im Sommer nur mit sehr viel gutem Willen als Fluss bezeichnet werden konnte, und am Himmel waren die größten Vögel die Schwalben auf der Wanderschaft.

Aber immerhin warst du ein freundlicher Junge, und

Attilio gab sich alle Mühe. Das erste Glas süßen Wein bekam immer ich, aber es war nicht der Cidre, den Madame Talibard mir heimlich reichte, wenn mich meine Mutter zur Wäscherei schickte. Ich erkannte nichts wieder in dieser neuen Welt ohne Meer und ohne Wind, nichts, was für mich passte. Am *grande plage* von Dinard hatte ich, die Lider halb geschlossen vor dem heftigen Nordet, jeden Tag meine Nase zwischen die Fingerknöchel gesteckt und dann langsam den Daumen und den kleinen Finger gespreizt. Der Horizont zwischen den Spitzen von Malouine und Moulinet passte genau zwischen meine Finger. Er war eine Schnur, die sich zwischen den beiden Felsvorsprüngen spannte, und der fächerförmige Strand war der Bogen. Exakt in der Mitte der Biegung saß ich und war, Tag für Tag, der Pfeil. Ich könnte heute nicht sagen, ob die Spanne zwischen meinen Fingern für mich eher ein Gefängnis war oder eine Wiege. Aber sie gehörte zu mir, und ich zu ihr, vom Anfang meiner Geschichte an, die vor diesem Horizont begonnen hatte, an jenem legendären Abend, als Bartali Frankreich erklomm und Zaro meiner Mutter begegnete.

Lena war damals noch keine fünfzehn Jahre alt und schon vom Zimmermädchen im Hotel du Parc aufgestiegen zur Kellnerin im Hotel de la Plage et du Casino, dem besten Haus am Platz. Sie hatte ein einladendes Lächeln, kräftige Hüften und die Sinnlichkeit einer reifen Frucht. Die Reife würde zwar nicht lange anhalten und Lena im Lauf eines Winters schon anfangen zu welken, aber dieser Moment war vorerst noch in weiter Ferne. Es war der Sommer der Gegenwart, der Sommer von '48, als die Tour de France durch Dinard führte und die Hotels und Restaurants sich bereit machten für den Ansturm der hundertvierzig Fahrer und das noch viel größere Gefolge der Mechaniker, Organisatoren und Journalisten der zwölf europäischen Teams. Die Tour hatte erst einen Tag davor begonnen und die erste Etappe hatte ein nicht mehr taufrischer Italiener namens Gino Bartali gewonnen. Die Hoffnungen der Bretonen und aller anderen Franzosen lagen auf dem jungen Louison Bobet, der nur ein Stück weiter südlich der zerklüfteten Küste geboren war und dem man Großes zutraute. Doch die Freude, in seiner Heimat die Arme hochzureißen, war ihm nicht vergönnt, das Schicksal wollte es, dass an dem Tag die Italiener feierten. Und das Schicksal wollte auch, dass Bobet sich nach zweihundertneunundfünfzig Kilometern auf den letzten dreihundert Metern von Rossello abhängen ließ. Das Schicksal wollte, dass die Mechaniker und die Masseure der italienischen Mannschaft jubelten und ausgiebig feierten im Casino und am Strand. Und all diese Voraussetzungen mussten erfüllt sein, damit Zaro Lena entjungfern konnte.

Das ist der Moment meiner Zeugung, du müsstest verstehen können, dass er für mich zu einer fixen Idee geworden ist. Ich habe jahrelang alles Material über die Tour de France von 1948 gesammelt, das ich finden konnte, einen ganzen Schrank voll. Ich habe Zeitungen aus jenen Wochen durchforstet, Filme angesehen, Zeitzeugen gelauscht. Das Attentat auf Togliatti, der Bürgerkrieg, der zwischen den Kommunisten und den Christdemokraten des jungen postfaschistischen Italiens auszubrechen drohte, die Spannungen, die Bartali abzubauen half, indem er den Izoard und dann den Galibier, den Coucheron und den Granier mit Hilfe der Pedale bezwang, interessierten mich nicht. Das geschah am Ende der Tour, und da war meine Geschichte als embryonaler Klumpen bereits in vollem Gange.

Wenn Lena nicht gelogen hat, das ist klar, wenn Zaro mein Vater ist. Wenn du mein Bruder bist.

Wenn wir die »Wenns« wegstreichen, kann ich nicht anders als in dem, was an jenem Tag passiert ist, die Vorbestimmung zu erkennen. Eine Reihe von auf den ersten Blick zufälligen Verkettungen, die sich so gefügt haben, damit ich entstehen konnte. Seitdem Cecilia tot ist und die Welt zu einer runden Wüste wurde, ohne Ecken und Kanten, an denen ich mich festhalten oder kreuzigen könnte, habe ich immer wieder über diese Etappe nachgedacht. Und jedes Mal verzichtete ich darauf, meiner Tochter in den Tod zu folgen, weil Rossello an jenem Tag Bobet den Sieg raubte. Ich verarbeite noch einmal die Chronik der Abläufe, zähme sie, um meine Distanz zu Demeter zu vertuschen, die Erkenntnis zu betäuben, dass Cecilia, selbst wenn ich sie fände, niemals mit mir wieder auf die Erde zurückkommen würde. Doch das ist eine andere Geschichte.

Rossello gewann also die Etappe Trouville-Dinard. Er war kein unbesiegbarer Gegner, fünf Tage danach, auf dem Weg nach Lourdes, schied er auf eigenen Wunsch aus dem Rennen aus, und auch im Vorjahr war er nicht bis zum Ende gekommen. Aber an jenem Tag siegte er. Er siegte, weil Bartali ihm einen Gefallen schuldete.

Die Tour war am Vortag mit einem irren Tempo in Paris losgegangen. Zweihundertsiebenunddreißig Kilometer Richtung Norden bei einer Durchschnittsgeschwindigkeit von beinahe vierzig Stundenkilometern. Die Mofas, mit denen Marta und ihre Freunde Anfang der Neunzigerjahre herumflitzten, waren wahrscheinlich langsamer. Wie auch immer, Bartali hat jedenfalls mitten im Rennen einen Platten. Das kam damals relativ oft vor, das weißt du besser als ich. Die Strecken voller Schlaglöcher und Steine und die Schotterhänge sorgten dafür, dass ein Fahrer mitunter sogar zwei- oder dreimal den Reifen wechseln musste. Und in der Tat spannt Rossello, seiner Rolle als guter Wasserträger entsprechend, sein Rad aus und überlässt es dem Kapitän; danach hat er noch zwei Platten. Zaro hat in meiner Gegenwart nie über die Etappe von Dinard gesprochen, aber einmal habe ich gehört, wie er seinen Freunden erzählte, dass er Bartalis erste Flucht verpasste, weil er »Rossello versorgen musste, der drei Reifenwechsel hatte«. Wenn er erzählte, hatte man den Eindruck, nicht nur das italienische Team, sondern die ganze Grande Boucle habe auf seinen Schultern gelastet.

Rossello wechselt drei Reifen, bleibt hinten und wird Letzter. Zaro fühlt sich in keiner Weise verantwortlich, Bartali schon. Es tut ihm leid, den ersten der drei Rückstände des jungen Mannes verursacht zu haben, der noch dazu sein Teamkollege ist, es tut ihm leid, ihm keinen von den Wasserträgern zur Seite gestellt zu haben. Vor allem tut es ihm leid, dass Rossellos Tour schon nach der zweiten Etappe zu Ende sein könnte, weil der Letztplatzierte hier den Regeln nach ausscheidet. Der Kapitän will seinem Wasserträger helfen, ihm den Gefallen zurückzahlen. Am nächsten Tag, von Trouville nach Dinard, sorgt er dafür, dass er bei allen Fluchten Rossello ganz dicht bei sich hält.

Die Abfahrt ist für neun Uhr vorgesehen, unter einem bleigrauen Himmel. Es regnet und es ist kalt, man könnte meinen, es sei November und nicht Juli. Bartalis Trikot ist gelb, aber seine Laune schwarz; viele seiner Teamkollegen haben keine Regencapes und radeln mit triefenden Wolltrikots. Das Tempo ist mäßig, die Straße glitschig, die Fahrer wanken. Eine halbe Stunde später dann das Chaos: In einer engen Kurve rutschen die Räder, und die Fahrer prallen aufeinander wie Kegel. Die Straße ist ein Knäuel von Fahrern und Fahrzeugen, Verletzten, die abtransportiert werden, Reifen, die gewechselt werden. Zaro natürlich ganz vorn, es ist auch sein Verdienst, dass das gelbe Trikot wieder losrast, mit Rossello und einer Handvoll anderer Fahrer einen Sprint hinlegt über einhundertfünfundzwanzig Kilometer durch die liebliche Landschaft der Normandie mit ihren gefleckten Kühen und den sanften Hügeln. Als dann die Vegetation immer mehr verschwindet unter dem immer weiter werdenden Himmel der Bretagne, holen die Verfolger auf. Und da schickt Bartali Rossello vor, der direkt hinter Bobet und Engels die Straße neben dem Aerodrom von Dinard entlangfliegt und sie direkt in der Zielgeraden überholt. Wenn Rossello nicht den zweiten Etappensieg in Folge für das italienische Team geholt hätte, hätte man weniger Grund zum Feiern gehabt. Wenn Bartali sich bei der Flucht nicht zurückgehalten hätte, hätte Rossello nicht gewonnen. Wenn Rossello Bartali nicht am Vortag sein Rad überlassen hätte, was ihn die Etappe kostete, hätte Bartali ihm nicht geholfen. Und vor allem: Ohne Bartali wäre Zaro nicht dort gewesen.

Wie man es dreht und wendet, der Schluss ist immer derselbe: dass ich auf der Welt bin, ist auch ein wenig Bartalis Schuld.

Immer vorausgesetzt, dass Lena die Wahrheit gesagt hat, klar.

»Herr, der du dem reuigen Petrus deine Vergebung geschenkt hast, erbarme dich unser.«

»Herr, erbarme dich.«

»Christus, der du dem guten Räuber das Paradies versprochen hast, erbarme dich unser.«

»Christus, erbarme dich.«

»Herr, der du jeden Menschen aufnimmst, der sich zu dir wendet, erbarme dich unser.«

»Herr, erbarme dich.«

Erbarme dich unser und Zaros, der wenig Erbarmen kannte, dachte Nanni. Der umso ungnädiger wurde, je mehr Rost er pisste. Der Ilona, die ihm die Windeln wechselte, fünfzig Mal am Tag Ilona Staller nannte. Die in Kiew zusehen musste, wie ihr Mann und ihre Schwester langsam an der Strahlung aus Tschernobyl starben, und die von Zaro angeknurrt wurde, den Mund zu halten, denn sie habe keine Ahnung von einer Krankheit, die einem die Eingeweide zerreißt.

»Allmächtiger Gott, erbarme dich ihrer, vergib ihnen ihre Sünden und führe sie zum ewigen Leben.«

»Amen.«

Nanni fasst sich in die Tasche und streicht mit dem Zeigefinger über den abgewetzten Rand zweier Bilder, die er kurz bevor er aus dem Haus ging noch schnell aus dem Portemonnaie gefischt hat, damit er sie jedes Mal berühren kann, wenn ihm danach ist. Eines ist ein Heiligenbildchen der Madonna del Ghisallo, der Schutzheiligen der Radfahrer. Das andere ist ein Sammelbild von Coppi von vor einem halben Jahrhundert.

Er war sechs Jahre alt, als Zaro ihm sein erstes Radsport-Sammelalbum schenkte. Auf dem Umschlag war eine Zeichnung, die eine Schotterstraße mit zwei Rennfahrern zeigte: der vordere war Coppi mit angespannten Gesichtszügen und schmalen Fesseln, dem gelben Trikot und der leeren Wasserflasche in der Linken; hinter ihm Bartali mit dem grünen Trikot, den stählernen Oberschenkeln; in der rechten Hand eine volle Wasserflasche, die er dem anderen hinhielt.

Es stellte die Szene direkt vor der berühmten Übergabe der Wasserflasche dar. Die, wie Zaro gern betonte, keine Wasserflasche, sondern eine normale Flasche war. Das ist die Bartali-Version der Fakten, ein Postulat, die Skizze einer These in Pastelltönen. Gino gab die Flasche weiter, Gino hatte Nieren wie ein Kamel, ein halber Liter Wasser reichte ihm für dreihundert Kilometer, und seine zwei Wasserflaschen trank er nie aus. Coppi hingegen hatte einen anderen Metabolismus, er litt unter der Anstrengung und unter Durst, er brauchte viel Wasser. Das erklärte Zaro dem kleinen Nanni und zeigte erst auf die leere Wasserflasche in Coppis Hand und dann auf das Auto, das im Hintergrund am Ende der Straße gezeichnet war: »Das bin ich«, prahlte er und zeigte auf einen der Passagiere in dem Besenwagen.

Nanni ist mit dieser Szene aufgewachsen. Er betrachtete sie, wie er es mit dem Rest der Welt hielt, schweigend. Als Zaro ihm das Sammelalbum mit diesem Umschlag gab, hatte Bartali seit sechs Jahren mit dem Radsport aufgehört und Coppi war seit ein paar Monaten tot. Die Radrennfahrer folgten einander zwölf Seiten lang in alphabetischer Reihenfolge, alle bis auf Coppi, dem die letzten acht Bildchen gewidmet waren. Nanni verliebte sich in ihn. Etwas an der schmerzverzerrten Grimasse, den großen Augen, berührte ihn tief in seinem Inneren. Das war etwas ganz Eigenes, vielleicht ein Erbe seiner Mutter, etwas Zartes, das Zaro vollkommen fremd war und das Nanni in sich aufsteigen fühlte wie eine Ölblase in Wasser. Er war ein Landsmann von Bartali, geboren am Tag seines letzten Rennens, Sohn eines Vaters, der zu dessen Sieg bei der Tour de France von 1948 beigetragen hatte; bei Coppis Tod wurde er heimlich zu einem seiner Anhänger.

Mit der Zeit fand er heraus, dass die berühmte Flaschenübergabe in Wirklichkeit '52 auf dem Galibier stattgefunden hatte, und dass Zaro weder in dem Auto auf besagtem Foto war noch in irgendeinem anderen; er war einfach nicht dabei und Schluss. Er begann, seinen Vater mit anderen Augen zu sehen. Er begann, ihn zu sehen.

In der weihrauchgeschwängerten Kirche packt er das

Foto mit zwei Fingern, zieht es aus der Hosentasche und wirft, bevor er es in die Brusttasche seines Hemdes steckt, über dem Herzen, noch schnell einen Blick darauf. Coppis Gesicht ist ausgezehrt, zwischen den Augen verläuft eine Falte und der Blick ist konzentriert wie bei jemandem, der es eilig hat, alles zu gewinnen. Nanni ist dieses Gesicht seit jeher vertrauter als das seines Vaters, jetzt mehr denn je. Gestern in der Aussegnungshalle hat er Zaro nicht erkannt. Der Tod ist über sein Gesicht gefegt und hat alles mitgenommen, die achtzig Jahre lang eingeschnitzten Züge und die, die sich erst während der langen Krankheit gebildet haben. Zaro ist ein leerer Sack, der mit Erinnerungen gefüllt werden muss, mit denen man es aushalten kann.

»Erhöre, Herr, die Gebete deiner Kirche für unseren Bruder Zaro: der wahre Glaube führte ihn in die Gemeinschaft der Gläubigen, lass deine Barmherzigkeit ihn der Gemeinschaft der Heiligen zuführen in den Gefilden von Licht und Frieden.«

Nanni denkt an den ersten Tag, an dem Isabelle ihm bis nach Hause folgte. Sie war seit ein paar Wochen da und lief immer barfuß, nur mit einem Unterrock ihrer Mutter bekleidet, über die Felder, die Schultern von der Sommersonne verbrannt. Als er an jenem Tag an der Ema entlangradelte, sah er, wie sie hinter ihm her lief bis zur Ridi-Gasse. Dort lehnte er das Fahrrad an die Hauswand und ging hinein, wobei er die Haustür offen ließ, so wie er sie vorgefunden hatte. Elvira hängte gerade Zaros Arbeitskleidung auf die Leine im Hof. Isa huschte hinter ihm über die Schwelle wie eine Katze. Nanni tat, als würde er sie nicht sehen, trank ein Glas Wasser aus dem Hahn, wobei er die träge auf dem Waschbecken sitzenden Fliegen verscheuchte, er schnappte sich drei, vier von Elvira gebackene Mandelkekse aus dem Glas und ging in sein Zimmer, wobei er wieder die Tür offen ließ. Er holte eine Blechschachtel hervor, stellte sie aufs Bett neben die Kekse und öffnete sie wie einen Schrein. Sie enthielt jede Menge Kronkorken: Bier, Chinotto, Limonade. Nanni sammelte sie und bastelte daraus Rennfahrer. Die Kronkorken der Schwächeren füllte er mit Wachs oder Gips, damit sie schwerer wurden und langsamer glitten; für die Sprinter und Ausreißer verwendete er Kork, damit sie leichter waren. Dann klebte er ein Foto eines Rennfahrers drauf, das er aus der *Sport illustrato* ausgeschnitten hatte. Neben Coppi und Bartali in verschiedenen Trikots hatte er auch alle anderen großen: Bobet, Anquetil, Magni, Nencini, Robic, Kübler, Van Steenbergen. Mit den Jahren würde seine Sammlung auf 417 Fahrer anwachsen, mit einem Radsportstadion aus Holz und Papier, das die Leute aus dem Dorf besichtigen kamen wie die Krippe in der Kirche. Aber vorerst waren die Kronkorken noch ein paar Dutzend und Nanni verbrachte seine Zeit damit, die Straßen danach abzusuchen und sie für die Rennen zu präparieren.

An jenem Tag tat er so, als bemerkte er Isabelle hinter sich nicht, und während er die Kekse knabberte, schob er eine Handvoll Sportler auf den Fliesen hin und her. Als alles bereit war für ein Rennen und Nanni sich bückte, um den ersten Fahrer zu bewegen, machte Isabelle einen Schritt nach vorn bis zur Startlinie, und jetzt konnte er sie nicht mehr ignorieren. Sein Blick strich über die staubigen Beine und den ausgefransten Saum des Unterrocks, und sie streckte ihm die Faust unter die Nase, in der sie etwas hielt. Als sie die Faust öffnete, waren darin drei ganz gewöhnliche Peroni-Kronkorken, ziemlich verbogen und vermutlich unbrauchbar. Aber Nanni verstand, dass sie ein Geschenk waren, ein Freundschaftsangebot, und nahm sie.

Er beugte sich wieder zu seinen Fahrern hinunter, direkt neben den schmutzigen Füßen, die sich nicht vom Fleck rührten. Nach ein paar Zügen hatte er das Gefühl, die Geste erwidern zu müssen, und sagte:

»Jetzt bist du dran.«

Sie strahlte. Blitzschnell nahm sie sich das letzte Cantuccino, das auf dem Bett lag, und steckte es in den Mund.

Nanni lächelte.

»Ich meinte, mit den Korken«, sagte er und schnippte mit Daumen und Zeigefinger. »Schubs einen an.«

Hinter ihnen hörten sie Zaros Gelächter, der sie jenseits der Schwelle belauscht hatte.

»Die dumme Gans«, rief er. »Die hat doch glatt den Keks gemeint.«

Isa rannte fort. Nanni räumte die Korken auf. Zaro schlug sich immer noch auf die Schenkel und lachte wie ein Idiot. Lachte ein Kind aus, das seine Sprache nicht verstand.

» Würdest du, Herr, unsere Sünden beachten, Herr, wer könnte bestehen?«

Nanni fährt mit dem Zeigefinger über die Hemdtasche.

Die Kellnerin mit der grünen Schürze räumt den leeren Cappuccino-Becher ab und fragt, ob ich noch etwas trinken will. Unsanft lande ich wieder in meiner Pariser Gegenwart. Ich bestelle einen Kaffee, damit ein weiterer Styroporbehälter mein Anrecht, hier zu verweilen, dokumentiert. Mir gefällt es hier. Es ist ein guter Ort, um das zu tun, was ich vorhabe, ein Ort, der mich an nichts erinnert. Ich versinke in einem Sessel aus blauem Samt und betrachte eine unpersönliche Aussicht. Ein elfenbeinfarbener Bau wie tausend andere, Ladenketten, umweltkranke Bäume. Die Tische auf den Trottoirs sind leer, es ist zu kalt, um draußen zu sitzen. Der Verkehrslärm untermalt das Ganze ohne Unterlass, das Quietschen des Müllwagens ist eine hohe Note darin, die nicht weiter auffällt. Mein Blick fällt auf eine Vespa, die in der Nähe geparkt ist, und ich denke wieder an die Toskana. Elf Uhr dreißig, gleich wird die Messe zu Ende sein. Zaro wird als guter Christ in Erinnerung bleiben. Mach dir nichts draus, Giovanni. Es ist nicht wichtig.

Bei Lenas Beerdigung hatte ich versucht, mir vorzustellen, wie sie wohl vor mir war. Dieses Gedankenspiel war mir zur Gewohnheit geworden. Ich wollte so die Stücke einer Vergangenheit zusammensetzen, die ich nicht kannte, den Zorn verdünnen. Ich dachte dann an sie, als wäre sie nicht meine Mutter gewesen, sondern einfach Lena. Knappe fünfzehn Jahre geprägt von Wind und Armut, zwei ältere Brüder, der Vater Fischer. Die Liturgie der Tage zwischen den Häusern aus Stein und Kalk der Rue Levavasseur und der Rue Edouard VII, kein Hinweis auf eine Zukunft, die dein Leben umstülpt wie einen Socken. Heimlich die Flecken in den ungemachten Betten im Hotel du Casino beschnuppern, den Bruder Baptiste beobachten, wie er sich in einer schattigen Laube der Promenade du Clair du Lune mit einem Mädchen amüsiert, sich morgens zwischen den Laken zu berühren, begleitet von den Schreien der Möwen; abends zu beichten vor einem Kruzifix aus buntem Glas, ins Ohr eines hospitalgrünen Christus, eines kranken Christus, der keine Kraft hat, zu vergeben oder zu strafen.

Das Warten auf einen Mann, der ihr die Lust, sich selbst zu berühren nimmt, und das nicht zugeben wollen, ja nicht einmal zu denken wagen. Lena war schön, an jenem Abend. Ihr war heiß, weil sie so eifrig zwischen den Tischen herumlief, um Gäste zu bedienen, die vielleicht ein gutes Trinkgeld geben würden. Ihre Wangen waren gerötet von den Blicken dieser Männer, die am nächsten Tag westwärts weiterreisen würden, doch die jetzt hier waren und sie wahrnahmen, ihren jungen, lebendigen Körper, der durch die Luft wirbelte und einen Platz in der Welt beanspruchte.

Insbesondere einer beobachtete sie intensiv von einem Tisch aus, auf dem jede Menge leere Flaschen standen, und er lächelte mit von Burgunder geweiteten Pupillen und der Lust, die man hat, wenn man siebzehn Jahre alt ist und als Waise aus dem schrecklichsten Krieg aller Zeiten hervorgegangen ist, wenn das Leben in jedem Winkel des Körpers pulsiert und man auf der Tour de France im Gefolge eines Nationalhelden mitfährt, zwei gewonnene Etappen schon in der Tasche. Stellen wir uns Zaro so vor, Giovanni. Stellen wir uns vor, dass er lächelt, weil es bei

Sommeranfang im Norden spät dunkel wird und es um halb zehn, wenn die Sportler ins Bett gehen müssen, über den Schieferdächern noch so hell ist wie am Nachmittag. Stellen wir uns vor, wie er später, als der hell- und indigoblaue Himmel langsam von Osten her dunkler wird, Lena ein Zeichen macht, dass sie näher kommen soll, und dass sie zu ihm geht.

»Wie heißt du?«, fragte er, doch sie verstand nicht einmal diese erste Frage der Welt.

»Ich Zaro«, sagte er dann überlaut, so als sei sie nicht fremdsprachig, sondern taub; und während er mit der offenen Hand auf seine Brust trommelte – mit den langen, sonnengebräunten Fingern – wiederholte er langsam und deutlich: »Zaro. Zaro. Ich Zaro.«

Lena verstand und lächelte. Sie richtete den Zeigefinger auf ihr Herz und sagte deutlich mit gespitzten Lippen:

»Moi, Lena.«

»Lenà! Lenà! Mein Herz klopft so! Bleib doch ein wenig bei mir«, er klopfte auf den leeren Stuhl neben sich, »probier diesen Calvados, danach verstehen wir uns besser.«

Lena warf einen Blick Richtung Küche. Ich setze mich kurz, dachte sie, jetzt sind alle mit dem Essen fertig, wenn ich erst in fünf Minuten abräume, ist das nicht schlimm. Zaro füllte ein Glas für sie und legte den Arm um die Stuhllehne, so nah, dass sie den Geruch nach Alkohol und Tabak riechen konnte, vermischt mit dem Schweiß seiner Haare und einer neuen und doch vertrauten Note, der süßliche Duft eines menschlichen Wesens, das dich begehrt, vom Mund bis zum Nacken und dann tiefer bis zur verborgenen Blässe der Schenkel. Sie mochte diesen Geruch. Sie leerte den Calvados auf einen Sitz, er brannte auf der Zunge, die sie sich am Vorabend mit einer zu heißen Suppe verbrannt hatte, er rüttelte an ihrer Speiseröhre hinter den weichen Brüsten und loderte in ihrem leeren Magen, und auch das mochte sie.

»Encore«, sagte sie und vom anderen Ende des Tisches rief jemand:

»Ancór, ancór, Zarò! Casanova del Calvadòs!«

Doch Zaro hatte nur Augen für sie, und er sah zu, mit seiner Tolle mitten auf der Stirn, wie sie ein zweites Glas austrank, das sie die Küche vergessen ließ und die Tische, die sie abräumen sollte, und wie der beschwipste Wunsch entstand, mit ihm allein zu sein bei den taunassen Farnen in jenem Versteck zwischen den Felsen, wo sie ihren Bruder Baptiste gesehen hatte.

Zaro spielte das Ass aus, er klopfte sich an die Brust und rief immer wieder: »Ich, ich«, »Bartali, Bartali« und »Italia, Italia«, aber er hatte die Partie sowieso schon gewonnen. Lena lachte über die Versuche dieses Jungen, dorthin zu kommen, wo sie auch hinwollte, was er sich jedoch nicht vorstellen konnte, und als er ihre Hand nahm, war sie schon bereit, stand auf und führte ihn direkt zu Baptistes Alkoven am Meer.

Der Rest war ein Fieber aus gierigen Zungen und Händen, Wein, der über eine Flamme geschüttet wurde, die einen Moment lang aufloderte und dann ausging. Ohne Blut.

»Und ich, Johannes, sah einen neuen Himmel und eine

neue Erde; denn der erste Himmel und die erste Erde verging, und das Meer ist nicht mehr.«

Aus dem offenen Kirchenportal weht der Wind in heftigen Stößen herein und bringt die Pollen mit, die er aus Ecken und Gräben gefegt hat, die Blätter der Steineichen und der Pappeln, eine Plastiktüte, die sich knisternd gegen die Bank in der letzten Reihe wirft.

»Vielleicht hätte ich besser nicht das Buch der Apokalypse wählen sollen«, kommentiert Don Masi lächelnd, während alle sich umdrehen und hinaussehen. Was sie sehen, verstört sie. Das ist kein normaler Wind. Der hier reißt nicht nur die Blätter und den Staub hoch, sondern auch die Steine, er lässt es Blätter und Äste regnen. Seine Stimme ist furchterregend, seine Farbe so düster, dass man nach Hause rennen und sich einschließen möchte.

Ich habe keinen Schirm dabei, denkt Ilona.

Ich habe die Fenster offen gelassen, flüstert Tante Clara Tante Tina zu.

Das Kartenspiel liegt noch draußen auf dem Tisch vor der Casa del Popolo, erinnert sich Attilio.

Die Wäsche auf der Leine wird es zerfetzen.

Der Gemüsegarten.

Der Hund.

Die Antenne, wenn da der Blitz einschlägt, verschmort mir der Fernseher.

Nanni denkt an Marta, die kommen wollte. Mit dem Zug, mit dem Auto, wie kommt sie wohl? Allein, mit dem Kind, mit dem Kindsvater, mit ihrem Vater? Mit ihrer Mutter Isabelle?

Langsam macht er sich Sorgen, und dazu gibt es auch

allen Grund. Er würde sich noch mehr Sorgen machen, wenn er wüsste, dass auf den Feldern zwischen Sollicciano und Ponte a Greve der Wind die Tomaten von den Pflanzen reißt, Kohl- und Salatköpfe entwurzelt, die Petersilie büschelweise aus der Erde rupft. Dass in Florenz alle Unterführungen unter Wasser stehen und in Scandicci die nagelneuen Pumpen der Genossenschaftsbauten gerade ihren Dienst aufgeben, während der Schlamm schon unter den Türen durchkommt.

»Da hörte ich eine laute Stimme vom Thron her rufen: Seht, die Wohnung Gottes unter den Menschen! Er wird in ihrer Mitte wohnen und sie werden sein Volk sein; und er, Gott, wird bei ihnen sein.

Donner aus der Ferne wie das Grimmen eines riesigen Magens. Über Florenz regnet es wachteleiergroße Hagelkörner. Irgendwo zwischen Sesto und Sandicci trifft eine Strömung kalter Luft von irgendwoher auf eine Blase mit feuchter Wärme, die seit Tagen den Menschen die Kleider an den Leib klebt, saugt sie nach oben und beginnt zu wirbeln. Eine graue Spirale rast mit Windgeschwindigkeit durch die Stadt, ein wahnsinnig gewordener Rüssel, der Äste abreißt, Antennen knickt, die Gasboiler auf den Balkonen abdeckt.

Nanni dreht sich jetzt wieder um und betrachtet das Vorspiel des Sturms im Rechteck der Kirchentür. Blätter, Plakate, Blech, Gegenstände aus Höfen werden gegen die Wand geschmettert, gegen die Madonna aus Gips, die ihnen standhält. Sein Rad ist gut angebunden; um es mitzunehmen, müsste der Wind schon den ganzen Laternenpfahl mitreißen, das wäre dann wirklich die Apokalypse. Keiner rührt sich in der Kirche, aber alle würden gern fortgehen, nach Hause, um dort Fenster und Türen zu schließen, die Wäsche abzunehmen, die Töpfe auf dem Balkon in Sicherheit zu bringen. Don Masi kürzt das Evangelium ab, er spricht schnell eine Predigt, während es anfängt zu hageln, er rattert das Glaubensbekenntnis herunter, während das Wasser schon in die Kirche läuft, spult ein eiliges Vaterunser ab, während die Windhose die Plakatständer zerdrückt und gegen die Wände schmettert, und stopft schließlich unter Donnergrollen und Hagelstürmen den Körper Christi in die kindlich offen stehenden Münder.

Nanni empfängt die Hostie auf der Zunge, und als er zu seinem Platz zurückgeht, sieht er ihn endlich.

Den anderen Teil der Familie, total durchnässt, hinten in der Kirche.

Lena musste bitter bezahlen für ihre Eskapade mit dem Italiener. Alle hatten gesehen, wie sie sich beschwipst mit ihm in die Erika- und Ginsterbüsche der Promenade du Clair du Lune schlug. Als sie wiederkam, mit scharlachroten Lippen und von Zaros Bartstoppeln zerkratzten Wangen, waren die Tische schon abgeräumt und der Patron bezahlte sie für den Abend und verabschiedete sie mit den Worten, sie brauche sich nicht wieder blicken zu lassen.

Am nächsten Tag klopfte sie an die Tür von Madame Talibard im Hotel du Parc, die sie kommentarlos wieder einstellte, weil sie sie seit ihrer Geburt kannte und weil sie wusste, dass Lena sich keinen weiteren Fehltritt mehr erlauben konnte.

Aber manchmal reicht schon einer.

Die Erste, die etwas merkte, war ihre Mutter. Ihr fiel auf, dass Lena blass war und vor allem morgens jede Art von Essen ablehnte. Ein Schluck Milch, und schon musste sie sich übergeben. Wenn sie in die Nähe des Suppentopfs kam, hielt sie sich die Nase zu. Ihre Blase war immer voll.

Eines heißen Sommertags sah sie sie nackt aus der Zinkwanne steigen, und da war sie sicher. Die Taille war verschwunden, die Brustwarzen angeschwollen. Blaue Adern liefen über ihre Brüste.

Sie nahm sie am Handgelenk und stellte ihr eine Frage, die sie noch nie gestellt hatte.

»Deine Periode. Wann war das letzte Mal?«

Lena erinnerte sich nicht. Und sie schämte sich, mit ihrer Mutter darüber zu reden. Sie dachte, die Übelkeitsanfälle würden wieder vergehen, und sie war überzeugt, noch Jungfrau zu sein. Die Frauen sagten, wenn das Jungfernhäutchen reißt, fließt Blut. Und sie hatte keinen einzigen Tropfen gesehen. Vielleicht war Zaro nicht tief eingedrungen, obwohl er ihr durchaus wehgetan hatte, am Anfang. Vielleicht lag ihr Jungfernhäutchen so tief, dass Zaro es nicht berührt hatte. Vielleicht war es nicht so sehr ein Häutchen als ein Stöpsel, den er nicht beseitigen konnte.

Nein, schwanger war sie nicht, ausgeschlossen.

Ihre Mutter schleppte sie jeden Morgen in die Kirche, um zu beten, dass sie sich geirrt hatte. Lena stand müde auf und stieg zur Rue du Mal Leclerc hoch, den Magen wie eine Seekranke, dicht an den Steinmauern entlang, um nicht zu schlingern auf dem Schotterboden, der sich unter ihren Sandalen wellenförmig bewegte. Die Übelkeit verging nicht, die Brust schmerzte. Die Periode kam nicht. Lena blickte auf den Christus aus Glas, den Gott der Farben, und glaubte es nicht. Es konnte doch nicht sein, dass zwei Gläser Calvados sie so teuer zu stehen kamen.

Im September brachte ihre Mutter sie zu einem Arzt, der die Schwangerschaft bestätigte und ihr vertraulich mitteilte, dass das Jungfernhäutchen auch reißen kann ohne zu bluten.

Ihr Vater verprügelte sie und ihr Bruder Baptiste spuckte sie an, aber sie gab niemals zu, dass es der Italiener gewesen war. Ebenso wenig bestritt sie es.

Sie beteten, dass ich verschwände, dass ich ihren Leib verließe, bevor mein Volumen das Geheimnis verriet, aber ich hatte bereits die großen und hartnäckigen Wurzeln eines Olivenbaums, und ich wuchs. Sie brachten ihre Habseligkeiten ins Hotel du Parc; es passte alles in einen Koffer, den Madame Talibard in das Zimmer im zweiten Stock, das auf die Rue Edouard VII hinausging, bringen ließ, wo ich bei Frühlingsanfang geboren wurde und die ersten zehn Jahre meines Lebens verbrachte.

Hinten hat noch ein weiterer Teil der Familie die Kirche betreten, und Nanni hätte nicht erwartet, dass sie zu viert erscheinen würden. Marta mit ihrem Freund und der Tochter. Und Carlo, ihrem Vater.

Er hat Carlo seit der letzten Beerdigung nicht mehr gesehen, bei der alle so vollkommen in Schmerz getaucht waren, dass er auch jetzt nicht daran denken kann, ohne zu weinen.

Alt ist Carlo geworden, lang und schmal und blass. Das blaue Hemd klebt durchnässt an seinen Schultern, es zeichnet die dünne Silhouette des Brustkorbs nach, die Rippen. Er fährt sich durch die weißen, vom Wasser glänzenden Haare, wendet sich seiner Enkelin zu, um sicher zu sein, dass sie warm eingepackt ist in seiner Jacke. Elena, so heißt sie. Drei oder vier müsste sie sein. Nanni kennt sich mit Kindern nicht gut aus, und er hat sie zu selten gesehen, um sich genau zu erinnern. Bei Cecilias Beerdigung hatte sie gerade Laufen gelernt. Doch, mehr als drei Jahre alt dürfte sie nicht sein.

Das Kind lächelt, zieht die Jacke des Großvaters aus, indem sie sie über den Kopf zieht und so einen Wald aus feuchten, duftigen Locken freigibt. Sie thront auf dem Arm ihres Vaters, des Argentiniers, des New Yorkers, des geläuterten Bastards, der um ein Haar den Weg Zaros eingeschlagen hätte, den der Väter, die ihre Kinder nicht anerkennen. Doch dann hat er es sich anders überlegt, ist gekommen, hat sie gesehen und sich in sie verliebt. Und ist geblieben. Lockig ist auch er, blond, maßvoll entwurzelt. Er würde gern seine Tochter auf den Boden stellen, sich das Wasser aus den Haaren und aus dem Pullover schütteln, kontrollieren, ob das Handy noch funktioniert, doch Elena klammert sich an seinen Hals mit einem kleinen Schrei und da verzichtet er darauf, flüstert ihr ins Ohr, streichelt ihren ausgekühlten Rücken unter dem weißen Kleidchen.

Marta steht hinter ihm, zierlich, auch sie durchnässt

aber ordentlich trotz des Hagels, des Winds, des Tods. Sie sucht Nanni mit den Augen, winkt ihm zu mit der Hand, lächelt ihn an. Sie schiebt ihren Arm unter den ihres Vaters, lehnt ihre Schläfe an seine Schulter, um ihm Mut zu machen, denn jede Beerdigung wird immer auch die von Cecilia sein. Nanni erwidert das Lächeln seiner Nichte mit der Hostie im Mund, er fühlt, wie er dahinschmilzt vor Liebe zu dieser Frau, die stark genug ist, allen zu verzeihen, immer, sogar ihrer Mutter, sogar seiner Schwester, sogar Zaro.

Draußen probt der Weltuntergang. Eine Windhose reißt Bäume aus, die auf die Straßen fallen, wirft Laternen um, die parkende Autos zerquetschen, reißt Dachluken auf, deckt Dachziegel ab, zerfetzt die Stromkabel und unterbricht so die Stromversorgung der ganzen Stadt. Der Himmel über Florenz ist dunkel. Die Klinik von Careggi steht unter Wasser, die Kabel der Maschinen sind nass, fünfzig Patienten werden nach Hause geschickt, wissen aber nicht, wohin sie gehen sollen, denn die Straßen sind nicht befahrbar. Der Hagel lässt die Schaufenster der Supermärkte zersplittern, verwüstet die Stände der »Pitti Uomo« am Fort, wirft Plakatwände um, zerfetzt Markisen. Das Erdgeschoss des Palazzo Pitti ist überschwemmt, der Wind reißt die Fenster der Stadtratsbüros auf und wirbelt Papiere und Ordner durch die Luft. Die Sirenen der Feuerwehr dringen durch den Vorhang aus Eiswasser, sie rettet die Leute aus den steckengebliebenen Fahrstühlen, aus den Geflechten von Bäumen, die in den Höfen umgestürzt sind, aus den Autos, die in den Unterführungen schwimmen.

Dann lässt das Wüten nach und der Regen fällt wieder lauwarm und dünn in der ruhigen Luft. Die Kirche leert sich schnell, die Leute verabschieden sich von Nanni und entschuldigen sich, sie müssen nach Hause laufen und nachsehen, was passiert ist, was für Schäden angerichtet wurden. Tante Tina wird entdecken, dass die Geranien vom Sturm gekappt wurden, wie mit einer Schere, die roten Blütenblätter wie Blutspritzer an die Glastür geschleudert. Tante Clara wird den Nachmittag damit verbringen, das Parkett zu trocknen, das unrettbar aufgequollen ist. Spurt und seine Frau werden das Wasser fünf Finger hoch auf allen Fensterbrettern zwischen den Doppelscheiben stehen sehen, und während das Wasser langsam in die Wand hinter die Heizkörper sickert, werden sie darüber streiten, wie man die Festerbretter frei kriegt, ohne dass die Zimmer volllaufen. Ilona, die die Bettwäsche auf die Leine gehängt hatte, wird nur noch Fetzen vorfinden.

Nanni entschuldigt und beschwichtigt, empfängt Händedrücken und Wangenküsse, schnell dahin genuschelte Beileidserklärungen. Schließlich nähern sich Carlo und Marta, umarmen ihn, sehen ihn an, sagen nichts.

Es ist nicht nötig, das Offensichtliche auszusprechen: Isa ist nicht da. Nanni wusste, dass sie nicht kommen würde, er hatte sich keine Illusionen gemacht: er ist ein Einzelkind, das war schon immer so.

Jetzt ist keine Zeit mehr zum Plaudern, jetzt muss der Sarg zum Friedhof gebracht werden. Es sind dreißig Meter, fünfzig Schritte; das schaffen sie allein, zu viert. Nanni, Attilio, Carlo und Pablo, der Elena Martas Umarmung überlässt und sich mit den anderen so aufstellt, als sei es selbstverständlich, dass der Sarg auf seine Schulter gehört, er, der Zaro nie auch nur gesehen hat, der von der anderen Seite der Welt kommt, er, der letzte Zipfel dieses Familienrestes, der abgerissene Eidechsenschwanz, die exotische Überraschung.

Nanni, Attilio, Carlo und Pablo: die zweite Beerdigung für die vier, bei der sie den Sarg schultern. Bei der letzten war auch noch Jules dabei, die Krankheit nistete bereits in den Falten einer müden Vergesslichkeit, die alle für Überarbeitung hielten, doch er war noch stark, stützte Isa beim Stehen, half ihr, sich hinzusetzen, wenn man sitzen sollte, schob sie an den Schultern vorwärts beim Gehen. Cecilias Sarg wog nichts. Man hätte ihn auch zu zweit tragen können statt zu fünft. Carlo stand hinten, weil er der größte war, weil er sich nicht auf den Beinen hielt, weil der Schmerz ihm die Sicht vernebelte. Mehr als dass er die schmale Holzkiste mit dem Gewicht eines Vögelchens trug, klammerte er sich daran. Attilio war extra aus Ponte a Ema gekommen, mit Nanni. Die Male, die er in Rom gewesen war, ließen sich an den Fingern einer Hand abzählen, fast immer wegen einer dieser Demonstrationen mit roten Fahnen, die sich wie ein Schwarm von der Piazza del Popolo bis zum Kolosseum, zum Circus Maximus bewegten. Die Male, die er Cecilia begegnet war, waren noch weniger: einmal als Kind, einmal als junges Mädchen, das war es eigentlich. Er sagte, er wäre auch an Zaros Stelle gekommen, der nicht mehr reisen konnte, aber alle wussten, dass Zaro sowieso nicht zur Beerdigung von Isas Tochter gekommen wäre, auch nicht, wenn es ihm gut gegangen wäre. Solange Isa in Florenz lebte, war es Attilio, der ihr ein Vater war. Und er war auch für Nanni so etwas wie ein Vater gewesen, vor allem, als die Gerüchte, dass Zaro Elvira mit kleinen Mädchen Hörner aufsetzte, immer lauter wurden und sie deshalb an gebrochenem Herzen gestorben war, einen komplexbeladenen Sohn zurücklassend und einen herumhurenden Vater, die einander nichts zu sagen hatten und nicht einmal wussten, wie sie miteinander reden sollten.

Und in diesem Überbleibsel einer Familie, wo die Gesetze, die die Beziehungen zwischen Vätern und Söhnen, zwischen Müttern und Töchtern regeln, vom ersten Tag an außer Kraft gesetzt worden waren, ersetzt von anderen Gesetzen, die einen schief und ausgegrenzt aufwachsen lassen; in diesem Häufchen Mischlinge, das an Nannis Leben angrenzte wie ein illegaler Anbau, wie das windschiefe Klo auf dem Balkon der ersten Wohnung von Isabelle und Carlo in Trastevere, gab und gibt es Liebe, gab und gibt es Leben nach dem Verlassenwerden, nach dem Tod. Da ist Elena mit ihrem brandneuen argentinischen Papa und einem ungewöhnlichen Nachnamen, der weder französisch noch italienisch ist. Da ist Carlo, verwaist zurückgelassen von der einen Tochter und in Begleitung der anderen, die seinen Arm festhält und nicht mehr loslässt. Und irgendwo ist da noch Isa, die ihre Schuld in einem selbst gewählten Exil ableistet, wo sie einen Mann betreut, der sie mehr liebt als sich selbst, auch im schlammigen Morast des Alzheimers.

Nanni spürt, dass sie da sind. Eins, zwei, drei, sagt

Pablo und zu viert hieven sie den Sarg in die Höhe und heben ihn auf ihre Schultern. Isa könnte jeden Moment in der Tür auftauchen, die geschlossen ist, um den Hagel abzuhalten, einen Fransenschal um die Arme geschlungen, den langen silbernen Zopf zurechtrückend.

Der Sarg lastet vor allem auf den Knochen von Carlo, der der größte ist. Nanni dreht sich um und bittet sie leise, ein wenig in die Knie zu gehen, damit das Gewicht sich besser verteilt. Die Schritte abmessen, den Rhythmus anpassen, die Schwankungen ausgleichen.

Ähnlich wie beim Radfahren. Ähnlich wie beim Leben.

Mit fünfzehn Mutter zu werden, mit achtzehn von einem bretonischen Mädchen, an dessen Gesicht man sich kaum erinnert, zu hören, dass man Vater ist, ein Gesicht, das sich mit tausend anderen vermischt, die man an einem Abend gesehen und am nächsten Morgen schon vergessen hat, zusammengeknetet zu einem großen Klumpen, an dem man ein Jahr lang gekaut hat, in Erwartung einer neuen Tour, eines neuen Abenteuers. Bei Zaro war es ursprünglich kein böser Wille gewesen, und auch kein Mangel an Verantwortung: Es war nur so viel leichter, nicht an diese Vaterschaft zu glauben, als es zu tun. Lena war sich bewusst, dass die Dinge wahrscheinlich so laufen würden, wie sie dann auch gelaufen sind. Aber sie musste den Versuch einfach machen. Sie hatte den Fehler begangen, nicht an ihre Schwangerschaft zu denken, vielleicht irrte sie sich auch jetzt in der Annahme, er würde ihr nicht glauben.

Die Tour würde diesmal über Saint Malo gehen, das

von Dinard nur durch einen Meeresarm getrennt war, der so breit war wie die Mündung der Rance. Es war wieder Juli, und Lena hatte ihre Entscheidung seit Wochen getroffen. Sie hatte mit Madame Talibard darüber gesprochen, die der einzige Familienersatz für sie war in einem Dorf, wo sich alle, die sie vorher gekannt hatten, wegdrehten, wenn sie mit dem Baby im Arm zum Strand herunterkam. Madame Talibard würde ihr ihre Handtasche mit dem Griff und eine Korallenkette leihen, damit ihr die Milch ausgerechnet an dem Tag nicht ausging. Lena wusste nicht, ob Zaro dort sein würde. Aber Gino Bartali würde dort sein, und das war einen Versuch wert.

Am Morgen des vierten Juli neunzehnhundertneunundvierzig, ein Montag, ging meine Mutter frühmorgens zur Mole hinunter, an der Mündung der Rance, und bestieg ein Boot nach Saint Malo zusammen mit Fischern und Offizieren der Handelsmarine. Die Ankunft der Tour wurde erst für den Nachmittag erwartet. Lena hatte sich mehrere Stunden Vorsprung gegönnt, um dem Ansturm ihrer Dorfgenossen auszuweichen, der sich später über das Städtchen ergießen würde, wenn sie den Fahrern, die aus Rouen kamen, zujubelten. Sie sah, wie Saint Malo schnell und grau wie ein gotischer Kerker auf sie zukam.

»Die männliche Küste ist aus Granit und die weibliche die mit den englischen Villen«, kommentierten die Offiziere fröhlich.

In Lenas Armen befand ich mich. Weinte ich, schlief ich? Ich weiß es nicht. Ich trug eine gelbe Wollmütze, die sie für mich gehäkelt hatte. Zehn Jahre später würden wir sie im Hotel du Parc zurücklassen, zusammen mit dem Rest unserer Leben, und sie würde mir erst wieder einfallen wie ein Schluckauf beim Anblick von Martas erster Babypuppe, die blond war, blauäugig und mit einer hellblauen Mütze, die genauso aussah wie meine damals.

Vor dem Krieg war Lena ein paar Mal in Saint Malo gewesen, mit ihrem Vater, dem Fischer, und ihren Brüdern. Sie hatte keine Erinnerung daran. Zuhause hatte mein Großvater Gaël oft von der ersten Reise dorthin erzählt, während er als Kind die Cidre-Reste aus seiner und aus Baptistes Tasse getrunken hatte; das zweite Mal, mit sechs Jahren, durfte sie sich eine ganze Schale mit ihrem Bruder Jean teilen. Lena liebte Cidre – später sollte auch ich diese Liebe teilen – und sie fand, dass der aus Saint Malo besser schmeckte, süßer, perlender, als der aus Dinard. Daran dachte sie an jenem Tag auf der Fähre, denn an Cidre zu denken, der dir in die Nase steigt und deinen Gaumen mit der Wärme der Äpfel spült, ist viel besser als eine Rede auswendig zu lernen, mit der du einen mit Testosteron vollgepumpten jungen Kerl davon überzeugen willst, dass das Neugeborene in deinen Armen sein Kind ist.

Saint Malo wirkte auf sie wie der Mund einer zahnlosen Alten, mit Löchern anstelle der Häuser in der Architektur aus Schiefer und Granit, die vor der Bombardierung von vierundvierzig eine einförmige, sandgraue Silhouette gebildet hatten. Wenige Gebäude standen noch, und die erschienen ihr sehr hoch. Überall zusammengestürzte Mauern und Stützrohre, neue Häuser, die genau wie die anderen, genau wie die alten hochgezogen wurden. Die Rufe der Maurer, die Arbeitsgeräusche der Handwerker durchschnitten die Gassen und hallten wider, vermischt mit den Schreien der Möwen.

Der Tag verhieß glühend heiß zu werden, und Lena setzte sich in den Schatten der Festung, um mich zu stillen. Sie aß eine Waffel, die sie mitgebracht hatte, weil in Saint Malo Wasser und Gas seit dem Krieg knapp waren. Sie betrat eine Kneipe und trank eine Schale Cidre, und dann noch eine. In Erwartung der Rennfahrer, begannen die Leute sich in Grüppchen vor der Festung aufzustellen, die der Krieg überraschenderweise ganz gelassen hatte. Lena war die Tour egal, sie war müde, ihr war heiß. Ich quengelte. Sie zog einen halben Meter Stoff aus ihrer Tasche und band mich an ihren nach Milch duftenden Busen.

So marschierte sie durch das Tor von Saint Vincent, die Verwüstung der Häuser im Blick, von denen Fußböden über dem Nichts übrig geblieben waren, blinde Türrahmen, von schwarzen Narben durchzogene Wände, die nun nicht mehr staubig waren.

Lena erinnerte sich noch an den Sommer vor fünf Jahren. An die Bomben, die sie gehört hatten, die Bomben, die Saint Malo fast ausgelöscht hatten. Auch in Dinard hatten sie ihn in der Nase, den dichten Rauch, der den Himmel über Tage einnahm.

Schritt für Schritt betrachtete Lena diese geordnete, im Wiederaufbau befindliche Zerstörung.

Dann betrat sie die Kathedrale, und es war, wie wenn man einen Traum beträte.

Das Licht, das durch die bunten Fenster der Kathedrale von Saint Malo fällt, kann man sich nicht vorstellen, wenn man es nicht gesehen hat. Es flimmert auf den grauen Steinwänden und färbt sie in den Farben des Sonnenuntergangs. Es verbreitet eine märchenhafte Atmosphäre, verheißt ein Happy End, verleitet zur Romantik. Während ich in der angenehmen Kühle dieser lilafarbenen Welt schlief, träumte meine Mädchen-Mutter von einem unwahrscheinlichen Ausgang und verwandelte alles in ein Spiel. Die Kathedrale war ihr Schloss, dessen Kirchturm von einem bösen Prinzen kaputt gemacht worden war, der sie unerwidert liebte, ihr Bett war ein pfirsichfarbener Baldachin, den sie sich direkt unter der Rosette des Hauptschiffs vorstellte. Lena träumte von Nachmittagen, an denen sie mit ihren Freundinnen um ihren Gemahl Jacques Cartier bangte, den Entdecker Kanadas im 16. Jahrhundert. Seit einem Jahr schon hatte sie ihn nicht mehr gesehen, und bei seiner Rückkehr, die genau für diesen Tag vorgesehen war, würde er die Tochter kennenlernen, die er einen Tag vor seiner Abreise gezeugt hatte, als er zwischen den Granitmauern niedergekniet war, um sich segnen zu lassen.

Von Christus jedoch war keine Spur zu sehen. Das Kruzifix entdeckte Lena nirgendwo. Vielleicht haben die Deutschen es mitgenommen, dachte sie, und während sie vor dem imaginären Baldachin kniete, die Augen auf die wunderschöne bunte Glasrosette gerichtet, sprach sie ein Gebet, das von selbst über ihre Lippen strömte.

Oh Gott der bunten Kleeblätter, sei mir heute gnädig.

Oh Gott von Malo, mach, dass er zurückkommt und dass er mich in seine Nähe lässt.

Oh Gott der Märchen in der Kathedrale, mach dass er mich anlächelt, und auch das schlafende Kind.

Mach, dass er uns fortbringt von hier.

Kein Beben der strahlenden, farbenfreudigen Geometrie ließ darauf schließen, dass sie erhört worden wäre.

Der Friedhof sieht aus, als wären die Barbaren über ihn hinweg gefegt. Die Zypressen stehen zwar noch, aber die Rosen und die Buchsbaumhecken sind zerstört. Die Grabsteine sind fast alle aus dem Erdboden gerissen, zusammen mit den Pflanzen, den Töpfen, den Heiligenstatuen aus Gips. Die Erdhaufen sind nicht mehr zu unterscheiden vom Rest der Verwüstung. Holzkreuze, Grablichter, Kerzen, Plastikblumen, Schmuckgegenstände: wild die Treppe hinuntergepfeffert, unter die Marmorbögen der Urnengräber, entlang aller geraden Linien des Friedhofs. Der Eindruck ist der einer wutentbrannten Plünderung.

Der Weg zu Zaros Grabnische führt die Treppe hinauf, vorbei an Bartalis Grab. Der kleine Trauerzug hält dort einen Moment an, um ihm schweigend Tribut zu zollen. Sein Grab ist hinter einer schützenden Mauer, die der Orkan nicht erreicht hat. Die drei roten Plastikrosen zu beiden Seiten seines Namens sind intakt, und auch die auf dem Grabstein von Bartalis Eltern, über seinem. Die Nische unter seiner ist noch leer, der Stein ist weiß und glatt. Die wird für seine Frau sein, denkt Nanni. Er fragt sich, wie man sich wohl fühlt beim Anblick des Ortes, wo die eigenen Gebeine den Rest der Zeit verbringen werden, bis sie zu Staub zerfallen.

Zaros Gewicht drückt auf die Schlüsselbeine, der Zug schreitet voran.

Nach ein paar Schritten bleibt er wieder stehen, auf halbem Weg durch eine Sackgasse, die ins Innere des Friedhofs führt. Die Sargträger sind bereit, die Maurer ebenfalls. Nanni, Attilio, Carlo und Pablo stellen sachte den Zinksarg ab und überlassen ihn dem Friedhofspersonal.

Mit unterschiedlicher Intensität stoßen sie Seufzer der Erleichterung aus.

»Hast du das Trikot von Bartali reingelegt?«, fragte Marta und streift dabei Nannis Ellbogen.

»Ja.«

»Das ist gut so, Onkel. Es gehörte ihm.«

Stimmt, es gehörte ihm. Zaro erzählte immer, wie Bartali es ihm ganz spontan geschenkt hatte, das grüne Trikot mit dem Trikolore-Ring auf der Brust und auf den Ärmeln; in La Rochelle, an der Atlantikküste, nach der siebten Etappe der Tour von ʼ49, ein Einzelzeitfahren auf zweiundneunzig Kilometer.

»Babbo hat immer erzählt, dass Bartali diese Etappe gewonnen hat, aber das stimmt gar nicht.«

»Nein?« Marta neigt den Kopf, lauscht, neugierig wie immer.

»In Wirklichkeit hat Coppi das Einzelzeitfahren von La Rochelle gewonnen. Es war sein erster Sieg.« Nanni kann ein Lächeln nicht unterdrücken. »Und dann gewann er die Tour, mit elf Minuten Vorsprung vor Gino. Und davor hatte er schon den Giro gewonnen. Und Sanremo.«

»Aha.«

»Babbo erzählte immer, dass Gino ihm das Trikot, mit dem er das Rennen gewonnen hatte, gebracht hat, weil er sah, dass er so nervös war, weil es in den Tagen so viel Ärger gegeben hatte. Gino hat zwar nicht gewonnen und womöglich hat Zaro ihm das Trikot auch geklaut, aber Ärger hat es vermutlich tatsächlich gegeben.«

»Geh du vor«, sagt Carlo und macht einen Schritt auf Nanni zu, hinter den Männern, die den Sarg in die Nische schieben. Attilio zündet sich eine Zigarette an, blickt nach unten, wo die Verwandten herbeigeeilt sind, um die verhagelten Gräber wieder herzurichten. Auf dem Weg durch den Friedhof mustern Pablo und Elena jeden einzelnen Grabstein; sie fragt ihn nach den Namen der Blumen, er sagt sie ihr auf Spanisch.

»Das Einzelzeitfahren von la Rochelle war am siebten Juli. Drei Tage vorher war die Tour in Saint Malo gewesen.«

Nanni zieht das Bildchen von Coppi aus der Westentasche, er streichelt es, presst es mit den Handflächen zusammen, als bete er, er streicht sich mit beiden Zeigefingern über das Kinn und da die anderen ihn ansehen, ohne zu sprechen, fährt er fort.

»Noch dazu war diese Etappe für Coppi die schlimmste seiner gesamten Karriere. Sein Rad verhakte sich mit dem eines anderen Fahrers und war danach nicht mehr zu gebrauchen, so dass er auf den Besenwagen warten musste, der weit hinten war. Er bekam einen seiner berüchtigten Wutanfälle. Als er in Saint Malo ankam, lag er siebenunddreißig Minuten hinter dem ersten Fahrer.«

»Bartali?«

»Nein, Bartali fuhr auch eine schlechte Zeit. Er war wegen Coppi stehengeblieben, versuchte, ihn zu besänftigen.«

»Kübler war Erster«, stieß Attilio hervor, die Kippe im Mund.

»Wie könnt ihr euch nur daran erinnern, nach über sechzig Jahren?«

»Das war doch keine gewöhnliche Etappe. Und nicht nur, weil sie die schlechteste von Coppis ganzer Karriere war.«

Nanni steckt das Bildchen wieder in die Hosentasche, verschränkt die Arme vor der Brust, sieht den Maurern zu, die Zaro in die Nische verbannen, aussperren aus der Welt. »Am Ziel in Saint Malo war Lena, mit der drei Monate alten Isa. Damals hat er sie zum ersten Mal gesehen.«

Attilio drückt die Kippe mit dem Absatz aus, bis sie zerbröselt.

»Wer hat dir das gesagt, Onkel?«

»Niemand. Ich weiß es einfach. Aus den Gesprächen der Erwachsenen. Wenn man sich etwas vorstellt, genügt ein kleiner Hinweis, den man aufschnappt. Es war genau ein Jahr nach der Etappe von Dinard, es war logisch, dass Lena ihn treffen wollte.«

»Daran hatte ich nie gedacht. Ich wusste nicht einmal, dass die Tour im Jahr darauf wieder in der Bretagne war«, sagt Marta schnell.

»Hat Zaro das je erwähnt?« Carlos Stimme krächzt vor Aufregung. Sie haben nie über das gesprochen, was sie beide ein halbes Leben lang beschäftigt hat.

Nanni schüttelt den Kopf. »Nie.«

»Aber wenn Lena es ihm schon im Jahr darauf gesagt hat … wenn sie gleich mit ihm gesprochen hat, dann bedeutet das, dass er vom ersten Moment an wusste, dass er es war. Onkel, was meinst du?«

Marta ist jetzt ganz ergriffen, sie hat Tränen in den Augen, sieht zu ihm auf, als könne er eine Tür für immer schließen, wie die Maurer, die sich jetzt, nachdem sie ein kompliziertes Leben mit einer stummen Marmorplatte versiegelt haben, verabschieden. »Ist Mama für dich seine Tochter?«

Nanni würde gern lügen, er weiß, dass sie ihm glauben würde, dass er einen Knoten lösen könnte, den sie in jeder einzelnen Zelle ihres Körpers zusammen mit der DNA geerbt hat. Aber er kann es nicht.

»Was weiß denn ich, Marta«, sagt er. »Für mich ist Isa meine Schwester.«

Lena hat sich nie darüber ausgelassen, wie die erste Begegnung zwischen Zaro und mir genau ablief. Sie hat mir erzählt, was sie vorher getan hatte, den Rest erinnere sie nur in groben Zügen, meinte sie.

Vielleicht war es so, vielleicht hat der Schock seiner brutalen Verweigerung bei ihr einen augenblicklichen Verdrängungsprozess ausgelöst. Vielleicht dachte sie auch, dass diese Geschichte mich verletzen würde. Allerdings war sie bei der Rücksicht auf meine Gefühle normalerweise nicht so zimperlich.

Sie verließ die Kathedrale, wie wenn man nach einem Happy End aus dem Kino geht, den Kopf voller gefährlicher Illusionen. Sie ging zur Festung, die Zielgerade lag vor dem Hauptturm, auf der Seite von Port Saint Vincent.

Es war ein Fest. Das Publikum drängte sich auf der kleinen Vortreppe, die die Ränge bildete, stand vor dem Casino, entlang der Festungsmauern, auf der Mole des Quai Saint Vincent. Die Leute klatschten, fieberten, jubelten und feierten das Leben unter einer Sonne, die auf die zerbombten Häuser und die Rücken der Bauarbeiter brannte, die ebenfalls innehielten in Erwartung der Rennfahrer.

Eine Explosion des Jubels kündigte sie an, die ausbrach, als die Fahrer eintrafen und sich die südliche Stadtmauer entlangzog, für längere Zeit anhaltend.

Lena sah sich um, spähte auf die Straße, spitzte die Ohren, um den Namen des einzigen italienischen Fahrers nicht zu verpassen, den sie kannte und der auch der Einzige war, der sie interessierte. Doch der erste, der die Ziellinie durchquerte, war einer mit einem weißen Kreuz auf dem Trikot, der zweite ein Franzose und bevor sie den Namen hörte, auf den sie wartete, vergingen mehrere Minuten.

Sie ließ ihn nicht aus den Augen. Er war von einer Wolke aus Journalisten, Neugierigen, Bewunderern und Neidern umzingelt. Dann kamen die anderen an, und Coppi, und die Aufmerksamkeit richtete sich auf ihn.

Lena blieb solange, wo sie war, bis sie die Gruppe der Italiener zusammen aufbrechen sah, zum Hotel Chateaubriand gleich hinter der Stadtmauer: eines der wenigen, die unversehrt waren, groß und leuchtend wie ein Stück Himmel im grauen Granit, weiß gekalkt, mit blauen Fensterrahmen.

Da sah sie plötzlich Zaros lachendes Profil, die Silhouette seines gebräunten, starken Rückens, die sich von dem Jugendstilweiß des Hotel abzeichnete. Sie drückte mich fest an sich und lief zu ihm, hielt ihn auf.

Ich weiß nicht, was sie ihm sagte, aber ich kann es mir vorstellen.

Sie wird ihm gesagt haben, dass sie dort nicht mehr leben konnte, in diesem Pseudoluxus von bretonischer Smaragdküste, jetzt, wo ich da war.

Sie wird ihm gesagt haben, dass man kein Kind großziehen kann in einem Hotelzimmer, ohne Großeltern, Tanten, Onkel und Cousins, ohne ein von den Dorfbewohnern gespanntes Netz.

Sie wird ihm gesagt haben, dass das, was sie von Madame Talibard bekam, niemals ausreichen würde, um von dort wegzugehen, und dass ihr Vater, wenn sie es wagen würde, an seine Tür zu klopfen, sie als Küchenmagd auf ein englisches Schiff schicken würde.

Sie wird ihm gesagt haben, dass es für ein Kind besser ist, zwei Eltern zu haben als nur eine Mutter.

Und Zaro wird kein Wort verstanden haben. Oder alles, ohne dass sie irgendetwas sagen musste.

Tatsächlich reagierte er wie jemand, der alles genau verstanden hat und sich ins Hemd macht: er tat so, als würde er sie nicht wiedererkennen. Wenn er sie wirklich nicht wiedererkannt hätte, hätte er sie nicht weggeschubst und angeschrien, ohne Rücksicht auf das Baby in ihren Armen. Immerhin war Lena eine junge Französin, ein wenig molliger, aber immer noch hübsch, das Gesicht voller Sommersprossen, eingerahmt von kupferblondem Haar. Und doch jagte er sie fort, beschimpfte sie, sagte immer wieder »Eh? Eh?«, wie um zu betonen, dass ihm der Vorfall komplett unverständlich war, dass jeglicher Dialog mit dieser Frau unmöglich war, mit ihrem Bündel, das explosiver war als die Blindgänger, die die Einwohner der Stadt zwischen den Ruinen finden konnten.

Das war die einfachste Lösung, in gewisser Weise die naheliegendste, und ich mache ihm keinen Vorwurf deshalb. Der Samen der Schuld wurde zehn Jahre später gepflanzt, als wir ihn suchten und in Ponte a Ema fanden, in Bartalis Dorf, wie konnte es auch anders sein. Er keimte in den Monaten, den Jahren, die folgten, in der hartnäckigen Weigerung, sich dem Zweifel auch nur ansatzweise auszusetzen, in einem Herzen, das sich jeder Nuance der Zuneigung versperrte, in der Negierung jeglichen Mitgefühls gegenüber einem Mädchen, das seine Tochter sein mochte oder nicht, aber selbst keine Schuld trug.

In Saint Malo hatte Zaro reagiert, wie es zu erwarten war, wie es Lena selbst erwartet hatte. Die erzählte, dass sie gleich wieder nach Dinard zurückgefahren war, unterlegen, aber stolz.

Ich jedoch stelle mir eine andere Geschichte vor.

Ich stelle mir vor, wie meine Mutter in diesem Moment jeden Rest ihrer Kindheit verlor, ihre Märchenfantasien wegwarf, den Mut verlor. Mit betäubten Schritten zur Festung lief, die steinerne Treppe empor, und von oben Richtung Westen nach Dinard hinübersah, während der Wind ihr Gesicht peitschte, taub für mein Weinen. Die Strände von Écluse und Prieuré waren goldene Streifen zwischen dem Blau des Wassers und dem Grün der Büsche, die an den Felsen wachsen. Das Haus ihrer Eltern ein grauer Punkt zwischen den Schieferdächern. Was mag sie wohl gedacht haben, als sie mit der Erfahrung dieses Tags auf Dinard blickte, wer weiß, welche Lieder die Möwen den Ohren einer Sechzehnjährigen sangen. Wer weiß, ob sie überlegte, sich dem Wind anzuvertrauen und sich auf die Felsen fallen zu lassen, zwischen das Moos und den Ginster zu Füßen der Festung.

Wer weiß, ob sie versucht war, mich fallen zu lassen.

Sie widerstand zehn Jahre lang, zehn Jahre, in denen sie auf alles verzichtete, in denen sie vertrocknete und verblühte. Wir gingen schließlich wegen ihrem Hass und ihrer Erschöpfung, wegen der Armut, die die Nähte unserer Kleider zerfraß und das Fett auf unseren Knochen; nicht wegen einer Hoffnung, nicht, weil sie glaubte, dass wir in Italien eine Zukunft finden würden.

Ich bin nie wieder in Dinard gewesen. Vor zwanzig Jahren hatten Jules und ich eine Reise entlang der französischen Küste des Ärmelkanals geplant, von Calais bis Brest. Wochenlang quälte ich mich mit den Vorbereitungen, konzentrierte mich auf Details der Reservierungen und der historischen und kunsthistorischen Sehenswürdigkeiten, die wir sehen würden, um nicht daran denken zu müssen, was es für mich bedeutete, in die Bretagne zurückzukehren.

Wir kamen bis Saint Malo, weiter konnte ich nicht. Ich stieg auf die Festungstürme der Stadt, dieselben, auf die wahrscheinlich meine Mutter an jenem Tag gestiegen war, und sah Dinard mit seinen weiß-blau gestreiften Zelten am Strand der Écluse. Neben uns spulte ein Reiseführer die Chronik von einhundertfünfzig Jahren wohlhabender Bourgeoisie herunter, erging sich in genüsslichen Schilderungen der eleganten Sommerfrische von Marcel Proust, Winston Churchill, Oscar Wilde und Isadora Duncan.

Ich hatte nie gehört, dass Dinard so reich und so schön war.

Ein Blick genügte, um ein knappes halbes Jahrhundert verdrängter Erinnerungen zu vernichten. Sie kamen zurück wie eine Meute ausgehungerter Hunde, die ein Leben lang an der Kette gehangen hatten und plötzlich frei gelassen wurden. Sie bissen mich in die Handgelenke, den Rücken, den Bauchnabel. Wäre ich nur einen Schritt westwärts gegangen, wäre nichts mehr von mir übrig geblieben als ein Häufchen Innereien.

Ich erzählte Jules von jenem Tag vor vielen Jahren, als Zaros kalte Augen mir auswichen wie einem Unheil, vom ersten Moment an. Ich hatte das nie jemandem erzählt, nicht einmal dir.

Doch gehen wir zurück.

Cecilias Tod

Oktober 2009

,

, ,   Ju-
gend   ,   –

,   .

,   ,

.   in diesem Leiden
ein Ausdruck von   ,

,

.   ,

.

;   ,

schneeweißen   ,

.   ,

,

,   ,

,

mit einer größeren Ergebung als
der des Schlafes –   ,

                    ,   ,
        ,   ,
            .

                            ,
        ,
                    ,
, und sagte: »   !   ,
                        ,
            .   : »   ,
                ,   ,
        ,   . «
                            ,
            ,   ,
                    ,
                                . Die Mutter
            ,   ,
                    ,
                    : »Ade,   !
        !   ,
                .

    ,
                    . «
        : «   ,
                    ,   . «
                                ,

            ,   ,
        ,   .

,

.

,   ?

, wenn die Sense vorbeirauscht,
                    gleichmacht.
»   !«   . »   !
    ,   .
    ,   !«

»Hab ich euch schon die Geschichte vom Architektenvogel erzählt?«

»Nein.«

»Nein.«

»Der würde euch sehr gefallen. Er ist klein, hell und hat eine Maske aus schwarzen Federn über den Augen, wie Zorro. Im Frühling wird er zum Architekten, aber da er ein Vogel ist, baut er keine Häuser, sondern Nester. Zuerst wählt er einen Platz aus, der sich in der Nähe eines Sees oder eines Teichs befindet. Die Spezialität dieses Vogels ist es nämlich, Nester zu bauen, die über dem Wasser baumeln, und aus diesem Grund heißt er auch Beutelmeise.

Für den Nestbau verwendet er Pflanzenfasern, Blätter und Spinnweben, und das Ganze wird dann mit Samenflaum ausgepolstert. Von außen sieht es aus wie eine dicke Socke aus weißer Wolle, die an der Ferse aufgehängt ist, während das Loch, wo man den Fuß hineinsteckt, an der Seite ist. Das Männchen der Beutelmeise weiß genau: Je besser er sein Nest baut, desto schöner wird die Meise sein, die ihre Eier hineinlegt; deshalb gibt er sich große Mühe, die Weibchen zu beeindrucken! Sobald ein Meisenmädchen vorbeifliegt, beginnt er wie verrückt zu zwitschern, damit sie sich sein Haus ansieht und vielleicht Lust bekommt, darin zu wohnen. Und sobald das passiert, paaren sie sich.«

»Heißt das, dass sie sich verloben?«

»Mehr oder weniger, ja. Und während der Verlobungszeit beginnt das Weibchen Eier in das Nest zu legen.«

»Und dann heiraten sie.«

»Die Tiere heiraten nicht, zum Heiraten muss man lesen und schreiben können. Kennst du ein Tier, das schreiben kann?«

»Jedenfalls nicht mit einem Stift.«

»Deshalb heiraten die Tiere nicht. Aber einige bauen Häuser, und auch die Beutelmeisen scheinen zunächst voller guter Vorsätze. Doch sobald das Weibchen mit dem Eierlegen anfängt, ändert sich alles.«

»Gefällt ihr das Nest dann nicht mehr?«

»Doch, das Nest gefällt ihr schon, und die schiefe Form der Socke eignet sich besonders gut zum Verstecken der Eier. Sie muss sie so gut wie möglich verbergen, denn sobald das Männchen merkt, dass sie Eier gelegt hat, verlässt er sie und baut ein anderes Nest für ein neues Weibchen.«

»Das ist böse.«

»Das ist gemein.«

»Das ist weder böse noch gemein, es liegt einfach in seiner Natur, und die Natur ist niemals böse oder gemein, sondern einfach sie selbst. Er ist der Architektenvogel, erinnert ihr euch? Wenn er sich nur noch um seine

Jungen kümmern würde, könnte er keine Nester mehr bauen und dann würde es bald keine Architektenvögel mehr geben.«

»Das stimmt.«

»Deshalb macht das Weibchen, das weiß, wie die Dinge laufen, alles ganz, ganz heimlich. Sie legt die Eier ab, ohne sich dabei beobachten zu lassen, vergräbt sie hinten im Nest und hindert das Männchen sogar daran, in das Nest zu schlüpfen, weil es sonst die Eier sehen und abhauen würde. Meist merkt das Männchen das jedoch trotzdem und zieht noch vor dem Abend in einen anderen Baum, um dort ein neues Nest zu bauen. Dann zieht die Meisenfrau allein die Kinder auf, bis sie groß genug sind, selbst Nester zu bauen oder Eier zu legen.«

»Und wenn die Meisenmutter so schlau ist, dass das Männchen nichts merkt?«

»Dann geht sie. Sie stopft alle Eier fest ins Nest und verschwindet, bevor er zurückkommt, als wolle sie ihm sagen: Diese kleinen Beutelmeisen sind auch deine Kinder, ich hab die Eier gelegt, versorgen kannst du sie jetzt. Schließlich war es nicht ihre Idee, einen Hausstand zu gründen, oder? Also ist sie auch nicht die Böse. Sie folgt lediglich ihrer Natur.«

»Und der Papa bleibt?«

»Ja, wenn die Mama geht, bleibt der Papa.«

»Und wenn der Papa geht, bleibt die Mama.«

»Genau.«

»Also, irgendeiner bleibt immer.«

»Ja, irgendeiner bleibt immer.«

Hamlet auf Sparflamme

August 2008

Von: martacolibrì@gmail.com
An: p.riquelme@aol.com
Datum: 14/08/2008
Betreff: Elena

Lieber Pablo,

Elena ist vor sechs Tagen zur Welt gekommen, am
8. August, ein wenig zu früh. Es geht ihr gut, und sie
ist wunderschön. Ich hänge die ersten Fotos an und
schicke dir bald noch mehr, damit du dir im Klaren
bist, dass die Entscheidung, ein Teil ihres Lebens zu
sein, nur von dir abhängt. Ich habe sie im Standesamt
angemeldet und dass sie meinen Nachnamen trägt,
war, als ob man mich verprügeln würde. Es tat dermaßen weh, dass ich um mich abzulenken, mit dem Stan-
desbeamten gescherzt und ihm Isabelles Geschichte erzählt habe, die ebenfalls den Nachnamen ihrer Mutter
trägt, und unsere Geschichte, wie wir mit Papa aufgewachsen sind. Ich habe eine solche Show abgezogen,
dass der Beamte gedacht haben wird: Die ist entweder

durchgeknallt oder eine notorische Aufschneiderin. Das ist ja auch kaum zu glauben, dass wir in unserer Familie seit drei Generationen verstümmelt aufwachsen. Allerdings mag ich zwar ohne Mutter aufgewachsen sein, aber immerhin hatte ich einen Vater, und ich bin sicher, dass ich mehr Glück hatte als Isabelle. Meine Tochter riskiert, ihr Schicksal zu wiederholen, nein, schlimmer noch, denn vor einem halben Jahrhundert gab es noch keine Vaterschaftstests und ein Mann konnte seine Zweifel aufrechterhalten, solange er wollte. Heute hingegen gibt es diesen Test, ich bitte dich, das zu bedenken.

Wenn Isabelle einen Vater gehabt hätte, wären viele Dinge vermutlich anders gelaufen. Zum Beispiel wäre sie vielleicht eine Mutter für Cecilia und mich gewesen, und vielleicht wäre meine Schwester jetzt nicht das, was sie heute ist. Das auf dem letzten Foto ist sie, damit du dir vorstellen kannst, wovon ich spreche.

Ich wünsche mir, dass Elena mit der Liebe zweier Eltern aufwächst. Ob sie ein Paar sind, ist nicht so wichtig, auch nicht, ob sie in derselben Stadt leben oder auch nur auf demselben Kontinent. Nur dass es zwei sind.

Marta

Pablo steckt das mittlerweile an den Knicken schon brüchige Blatt Papier in den Umschlag zurück. Als er Martas Mail bekam, vor einer Woche, hat er sie gleich ausgedruckt, ohne sie zu lesen, er hat nur die Fotos geöffnet und geweint.

Es waren drei Fotos.

Auf dem ersten sieht man das Profil von Elena, die schläft, das gekräuselte Näschen, die Aprikosenwange, das vollkommenste Ohr, das man sich vorstellen kann.

Auf dem zweiten hat sie eine weiche Strähne aus honigfarbenem Flaum und die weisen Augen eines Neugeborenen, die in ein Zimmer starren, das Pablo sich nicht vorzustellen vermag.

Auf dem dritten steckt sie in einem weißen Strampelanzug, sie wird von einem Mädchen gehalten, das aussieht wie eine Vogelscheuche mit Gebiss. Cecilia offensichtlich.

Von Marta sieht man nur die Ausschnitte ihrer Extremitäten: ihre Finger auf Elenas kleinem Bauch, ihre Haarspitzen, die den Kopf des Babys an ihrer Brust streifen. Eine Hand ragt aus einer Ecke der Aufnahme, um den Ellbogen ihrer Schwester zu stützen. Elena sieht für ihn aus wie ein gesundes und kräftiges Kind. Ziemlich groß für ein Neugeborenes. Aber vielleicht liegt das auch am Kontrast zu Cecilia.

Marta hat Sprachen studiert und arbeitet als Übersetzerin und Reiseführerin. Untereinander haben sie meist Englisch oder Spanisch gesprochen, aber diesmal hat sie ihm auf Italienisch geschrieben. Vielleicht weil sie wollte, dass er auch eine Anstrengung macht, und sei sie noch so gering. Oder weil man einen solchen Brief nur in der eigenen Muttersprache schreiben kann.

Um die Wahrheit zu sagen, hatte Marta zunächst versucht, ihm auf Spanisch oder Englisch zu schreiben, aber das Magma, das in ihr brodelte, klang in der Fremdsprache so zahm, dass sie beschloss, auf Italienisch zu schreiben. Sie hatte bereits ein Dutzend Entwürfe aufgesetzt, von denen der erste ihr zu kalt erschien, der nächste pathetisch, dann wieder einer zu förmlich oder verzweifelt oder zynisch, und am Ende, nach drei Tagen voller Versuche, die das, was von ihren armen Nerven übrig war, vollends zu verschlingen drohten, hatte sie eine Version abgeschickt, in der das Fieber ihrer Erregung lediglich in einigen allzu drastischen Ausdrücken durchschien (*verprügeln, dermaßen wehgetan, Show abgezogen, durchgeknallt*), die sich von dem bemüht leichten Ton des Briefs abhoben; ein Ton, der ihr normalerweise ganz fremd ist, aber Pablo kennt sie ja sowieso nicht gut, egal in welcher Sprache, und erst recht nicht auf Italienisch.

Auch die Auswahl der Fotos war nicht leicht. Sie hat lange überlegt, ob sie ihm das mit dem Selbstauslöser geschossene Familienfoto schicken soll, auf dem sie, Cecilia und der frischgebackene Großvater Carlo ins Objektiv lächeln, Elena in einem rosa Strampler und rosa Söckchen auf der Brust der Mutter erschöpft eingeschlafen, nach dem Stillen am frühen Nachmittag. Aber darauf lächeln alle zu viel, und Pablo hätte denken können, dass sie ihn anlächelten, besser *nada*, kein vereinnahmendes, lockendes Lächeln, hier war die nackte Wahrheit gefragt, damit er von allein seinen Mut zusammennahm, ohne Aufmunterung.

Ein Foto hat Marta schlaflose Nächte bereitet, sie selbst hatte es in Renatas Wohnung in der Via Anicia aufgenommen, wo ihre Mutter wohnte, wenn sie aus Paris kam.

Es zeigt Isabelle auf einem Sofa mit bunt gemusterten Decken, das Baby im Arm. Isabelle war während Martas Schwangerschaft drei Mal nach Rom gekommen, das letzte Mal am Anfang des neunten Monats zusammen mit ihrem Mann Jules, der nach ein paar Tagen jedoch wieder abgereist war. Isa hingegen blieb länger. Sie kaufte Bio-Essen für Marta und Stillkissen aus Dinkel. Ausgerechnet sie, die einmal, vor langer Zeit, gesagt hatte, Marta zu stillen sei eines der großen Traumata ihres Lebens gewesen, und Cecilia habe sie von Anfang an das Fläschchen gegeben. Eines Morgens, kurz vor der Niederkunft, hatte Marta zugelassen, dass ihre Mutter ihr den Bauch mit Mandelöl einrieb. Isabelles Hände zitterten wie kleine Tiere. Martas Herz flatterte im selben Rhythmus. Elena drehte sich wie ein Derwisch.

Was sich zwischen Marta und ihrer Mutter abspielte, war zu kompliziert, zu empfindlich, zu enorm, um darüber zu sprechen. Oder vielleicht war es auch ganz einfach, und erschien nur so problematisch und fragil, weil es Gedanken auslöste, die sie bis in den Magen in Aufruhr versetzten. Doch Marta will nichts riskieren, will sie nicht verlieren. Ihre Tochter zur Welt bringen und ihre Mutter bei sich haben, das gehört für sie von Anfang an zusammen. Sie braucht Isabelle mit dem Verlangen eines Tieres, demselben Verlangen, das sie dazu zwingt, Elena an ihre Brust zu nehmen, in ihre Arme, sie in jedem Moment im Auge zu haben. Und Isabelle entzieht sich nicht, sie ist immer weniger zurückhaltend, geizt immer weniger mit Gesten und Worten. An den ersten Tagen kam sie ins Krankenhaus mit einem Lächeln, das von sichtbarem Unbehagen verzerrt war, und Cecilia verließ den Raum, Hass zwischen den Zähnen wie ein Messer. In ihrer Wohnung wollte Cecilia *die da* nicht. Deshalb beschloss Marta, als sie nicht mehr im Krankenhaus war, ihre Mutter bei Renata zu Hause zu treffen, in der Wohnung in der Nähe der Schule, wo Isabelle nach der Scheidung hingezogen war und wo ihre Töchter beinahe zehn Jahre lang jeden Samstag verbracht hatten, solange, bis Isabelle nach Frankreich zurückging.

Marta weiß, dass das nicht lange so bleiben wird, dass Isabelle bald abreisen wird. Ihr Leben ist in Paris, bei Jules, und die Stimme des Blutes hat in ihr immer nur geflüstert, kaum wahrnehmbar inmitten des unvergleichlich viel lauteren Lärms der Welt. Doch solange es anhält, genießt Marta, dass die Liebe, die so lange nur geglommen hat, einmal auflodert.

Doch das geht nur sie allein etwas an, und Pablo ein gemeinsames Foto von ihrer Mutter und ihrer Tochter zu schicken, würde diese Beziehung einer so starken Beleuchtung aussetzen, dass alles andere überschattet würde. Am Ende wählt sie ein Foto von Elena mit Cecilia, das nichts Liebevolles ausdrückt, das in keiner Weise dazu motiviert, zu dieser Familie gehören zu wollen. Falls Pablo sich je dazu entscheiden sollte, seine Verantwortung zu übernehmen, soll er genau wissen, mit wem er es zu tun bekommt.

In dem Moment, in dem sie auf SEND drückt, bereut sie es schon. Sie hat einen Fehler gemacht. Sie hätte freundlicher sein sollen, ihm das Foto von sich und Elena schicken sollen, auf dem man ein Stück von ihrem

Schlüsselbein sieht, das er so leidenschaftlich geküsst hat, die leicht gebräunte Haut, nach der er angeblich so wild war. Wenn sie an ihn denkt, spürt sie gleich wieder, wie ihr schwindlig wird, wie ihre Knie weich werden, wie am ersten Tag. Jetzt hat sie es getan. Und Marta hofft tausendmal am Tag, dass sie das Richtige geschrieben hat, und tausendmal am Tag denkt sie an ihn und hofft, dass er ihr antwortet.

Pablo, der von dieser ganzen Qual der Wortwahl nichts ahnt, hat sich den Ausdruck in die Hosentasche gesteckt und ihn nach Little Italy mitgenommen, wo er Gigi, seinen Pizzabäcker-Freund, bitten wird, ihn für ihn zu übersetzen. Den Sinn hat er zwar auch so verstanden, aber er will jedes einzelne Wort ausleuchten, jede Nuance erfassen. Gigi hat alles kommentarlos übersetzt, aber jetzt sieht er ihn aus zwei Augen an, die aussehen wie mit flüssigem Karamell gefüllt.

»Wer ist dieses Mädchen?«, fragt er.

Und Pablo weiß keine Antwort, denn tatsächlich weiß er so gut wie nichts von Marta. Sie haben ganze sechzehn Tage miteinander verbracht, einen in Griechenland, wo sie sich kennengelernt haben, und fünfzehn bei ihm in Jackson Heights, zwei Monate später.

Marta ist Pablo hauptsächlich wegen ihrer irrwitzigen Brüste aufgefallen, die auch das brave ärmellose Polohemd nicht verbergen konnte. Eines Morgens fast vor einem Jahr hatte er sie bemerkt, wie sie atemlos vor Staunen auf der Caféterrasse in Santorin eingetroffen war, wo er gerade einen Eiskaffee trank, und sie hatte ihm gleich gefallen. Marta hatte einen athletischen, zierlichen Körper, gebräunte Haut, ein wenig übereinandergeschobene Schneidezähne; an ihrem Hals hing ein riesiger Fotoapparat und sie saß mit dem Rücken zur Aussicht und löffelte einen Yoghurt mit Nüssen und Honig. Sie war allein, aber Pablo hatte nicht gefragt warum, er hatte überhaupt nicht viel gefragt. Er freute sich, sie getroffen zu haben, und er freute sich, als sie zwei Monate später ein Flugzeug bestieg und ihn in New York besuchte. Keine Frau hatte je so etwas für ihn getan und Marta war nicht nur hübsch und verliebt, sie war auch noch Italienerin.

Italien war für Pablo aus genetischen Gründen ein Mythos. Der Vater seiner Mutter war ein sizilianischer Tagelöhner gewesen, der sich 1946 nach Buenos Aires einschiffte, um der Armut nach dem Krieg zu entkommen. Vom blauen Meer von Sciacca zu den gelben Wassern des Rio de la Plata. Der Großvater liebte es so sehr, diese Geschichte zu erzählen, dass Pablo die Namen der Farben auf Italienisch wusste. Doch dann war der Großvater gestorben und damit war der Bilinguismus des Enkels beendet.

Als Marta vorschlug, den nächsten Flug von Fiumicino nach New York zu nehmen, um zu ihm zu kommen, war Pablo überwältigt von ihrer Intensität, der seltenen Fähigkeit, beherzt zu lieben. Marta war wie ein ständiges Feuer, das sich an der Liebe zu ihm speiste. Ihre Leidenschaft verwirrte ihn, erstaunte ihn, machte ihm Lust, sich hinzugeben, diese Frau und nur sie für den Rest seines Lebens zu lieben, aber zugleich machte sie ihm auch entsetzliche Angst. Pablo lebte in einer Welt voller Sicherheiten, die mit viel Mühe und Opfern geschaffen worden war. Vom Großvater aus Sciacca bis zum Eisenbahnervater aus Cordova bis hin zu ihm, der in New York Wirtschaft studiert hatte und jetzt im Büro einer großen Bank in der Park Avenue arbeitete.

Marta stellte sein Gleichgewicht auf die Probe, und Pablo hatte keine Lust auf existenzielle Veränderungen.

Er war zufrieden mit seinem Leben, zwischen Midtown und Queens, halb amerikanisch und halb hispanisch. Mit den blonden Flipflop-Mädchen und dem Fitness-Studio nach der Arbeit, dem Sonntagsbrunch und den langen Nächten am Wochenende, wenn er mit seinen Freunden Mojitos und Tequila fuegos und Bahama Mamas trank. Sie hatten sich überall geliebt, sich in drei Sprachen unterhalten und waren durch die weihnachtlich geschmückte, im Schnee funkelnde Stadt gewandert. Sie waren in einem Taxi im Midtown-Tunnel eingeschlossen worden wegen einer Karambolage. Sie hatten auf einer Straße in Harlem stundenlang in der Kälte gezittert, weil sie unbedingt zu einem Gospelkonzert in eine Kirche gehen wollten. Marta hatte die ganze Zeit über gelächelt.

Pablo war froh, aber er hatte eigentlich nie wirklich an diese Affäre geglaubt. Mitunter spürte er, dass es für sie anders war, dass Marta jederzeit alles aufgeben würde, um mit ihm zusammen zu sein, und das machte ihm Angst, nahm ihm die Spontaneität. Die Erinnerung an das katastrophale Zusammenleben mit seiner Ex-Freundin war noch zu frisch, um es erneut zu versuchen. Mit Marta war alles so großartig, weil es ein Ablaufdatum gab, einen Flug mit der Air France, der sie noch vor Weihnachten nach Italien zurückbringen würde.

An dem Tag, an dem Marta ihm schrieb, dass sie schwanger sei, war Pablo mit seinen Gedanken ganz woanders. Die Zeitungen schrieben, dass seine Bank in 24 Stunden zehn Milliarden Dollar verbrannt hätte, und in seinem Büro herrschte, wie auch bei den anderen vierzehntausend Angestellten, dicke Luft. Doch es war beinahe Frühling, und die Nachricht war gleich dementiert worden, und die Vorstellung, dass die fünftgrößte Investmentbank Amerikas, ein Unternehmen, das den Börsencrash von 1929 ohne eine einzige Kündigung überstanden hatte, in einer als vorübergehend empfundenen Welle untergehen würde, war etwas für Kassandras oder Pessimisten aus dem alten Europa.

Fatalerweise jedoch hatten die Kassandras diesmal Recht behalten und innerhalb kurzer Zeit schwoll die Welle unbeachtet zu einem Tsunami an. Als der Pablo plötzlich mitriss, zusammen mit seinen Kollegen, mit denen er jahrelang in einer Sandburg geschuftet hatte, ohne es zu merken, hatte er noch nicht die richtigen Worte, den Ton, die Zeit gefunden, um Marta zu antworten. Und danach, im postatomaren Grau seines plötzlich mittellosen Daseins ohne Perspektive und ohne Krankenversicherung, reich nur an Freizeit, die er mit Arbeitssuche füllen konnte, begann er seine Antwort von Tag zu Tag aufzuschieben; unterdessen wurde der Frühling zum Sommer und der Sommer zur Glut. An einer der heißesten Mittagsstunden des Jahrhunderts erreichte ihn die zweite Mail von Marta, die mit den Fotos von seiner Tochter, und Pablo brach zusammen.

In all diesen Monaten hatte er nur einmal versucht,

sich von den Schuldgefühlen, mit denen sich sein Schweigen fermentierte, zu befreien, indem er sich einredete, dass Marta ihn ausgetrickst hatte. An einem Männerabend, an dem Pablo sein Geheimnis immer wieder mit massenhaft Alkohol hinuntergeschluckt hatte, hatte er es schließlich doch seinem Freund Justin gestanden, der mit Hilfe von aus dem Spiritusnebel aufgetauchten Schulwissen ein boshaftes »Mater certa est« hervorkramte, das mit den dazugehörigen, viel sagenden Auslassungspünktchen Pablo so begeisterte, dass er sich daran festklammerte und versuchte, sie in seinem Herzen einzupflanzen.

Am Tag darauf jedoch riss er sie wieder aus, voller Scham, denn er war von klein auf zu Liebe und Respekt für die Frauen erzogen worden, hatte eine Mutter, eine Großmutter und zwei Schwestern, die ihn bedingungslos liebten; er hatte einen Vater, der ihm ein Vorbild war und Martas Blick war ohne Arg. Er brauchte keinen Vaterschaftstest, um zu glauben, dass Elena seine Tochter war. Ihm reichte dazu das Wort der Mutter.

Jetzt bereute er es, den Geschichten nicht aufmerksamer zugehört zu haben, mit denen Marta das Schweigen nach dem Liebesakt gefüllt hatte, und all die Male, die sie von sich erzählen wollte und die er mit einem Kuss auf ihren Mund beendet hatte. Er würde gern noch einmal die Zeit zurückdrehen und den Impuls der drängenden Lippen zügeln, um zu hören, wer diese hartnäckige und liebevolle Frau eigentlich ist, woher dieses lebendige Blut kommt, und wer Cecilia ist, die Schwester, von der sie ständig erzählte, und die Mutter, die sie angeblich nicht hatte. Wie kann Marta eine gute Mutter sein, wenn sie kein Vorbild dafür hat? Werden der Instinkt und die Erfahrung, eine verlassene Tochter zu sein, ausreichen, wird es ausreichen zu wissen, was eine Mutter nicht tun darf? Und er, hat er keine Lust zu sehen, wie sie aufwächst, dieses Geschöpf, das zur Hälfte identisch ist mit ihm, fühlt er sich nicht verpflichtet, diese hinkende Herkunft auszugleichen, mit der sie zurechtkommen muss, diese kleine Kreatur, die keine Schuld trägt?

Er denkt an alles, was er hat. Seine Familie in zwölf Flugstunden Entfernung. Die Freunde auf dem Stockwerk unter ihm, im Haus gegenüber und überall über die Stadt verstreut. Gesundheit, noch nicht ganz dreiunddreißig Jahre, die Green Card. Einen Abschluss in Wirtschaft an der Columbia, der der größte Stolz seines Vaters ist und ihm in dem argentinischen Restaurant an der Roosevelt, wo er jetzt arbeitet, herzlich wenig nützt. Ersparnisse, die dahinschmelzen, magere Einkünfte und tausendachthundert Dollar Mietkosten, die jeden Monat fällig sind.

So kann es nicht weitergehen.

Er hat Gerüchte gehört. Einige Ex-Direktoren haben E-Mails verschickt, in denen sie die Ex-Angestellten seiner und anderer Banken auffordern, sich in den fernöstlichen Sukkursalen der amerikanischen Kreditanstalten zu bewerben. Tokio, Hongkong. Dort würden die Märkte wieder anziehen, meinen sie. Dort liege die Zukunft.

Pablo denkt nun schon seit Monaten an die Zukunft, und in den letzten Tagen hat ihm das Dilemma den Schlaf geraubt. Ständig wägt er die Vor- und Nachteile ab, auf der Suche nach irgendeiner Gewissheit, und versucht die beiden Möglichkeiten zu beurteilen wie bei einer Investition, versucht herauszufinden, was ihn weniger unzufrieden machen würde, weniger schuldig gegenüber sich selbst und den anderen, weniger anfällig für Reue, was ihn bereichern würde. Nach Rom zu gehen und dort irgendeinen Job annehmen. Oder aber in Tokio die Karte ausspielen, für die seine Eltern sich ihr Leben abgerackert haben. In Europa aus drei Unbekannten eine Familie zu machen, oder in Asien alles auf sich selbst setzen. Eines ist sicher: Jede der beiden Möglichkeiten schließt die andere aus. Einmal entschieden, gibt es keinen Weg zurück. Am liebsten würde er mit seiner Mutter darüber sprechen, aber er hat Angst, dass sie ihn in eine bestimmte Richtung drängen könnte. Oder mit seinem Vater, der ihn in die entgegengesetzte Richtung drängen würde. Oder umgekehrt. Er hat keine Ahnung, was ein anderer an seiner Stelle tun würde, er kann nicht beurteilen, ob die Verantwortung gegenüber den Eltern schwerer wiegt oder die gegenüber den Kindern, oder die sich selbst gegenüber. Er kann diese Dinge nicht in Einklang bringen.

Doch seit einigen Tagen konzentriert er sich weniger auf den Gewinn als auf die Risiken. In Tokio könnte es genauso schiefgehen wie in Rom. Es könnte passieren, dass er sich nicht integriert, beruflich scheitert, heimwehkrank wird. Tokio liegt genau auf der anderen Seite der Erdkugel, wenn er ein Loch in die Erde bohren und auf der anderen Seite wieder herauskommen würde, würde es ungefähr so lange dauern, wie dorthin zu fliegen. Und Marta gefällt ihm zwar, aber er liebt sie nicht und vielleicht wird er sie nie lieben.

Egal wie er sich entscheidet, könnte er es entsetzlich bereuen. Das Risiko ist in beiden Fällen extrem hoch.

Andererseits.

Wenn er in Tokio beruflich scheitert, bleibt ihm gar nichts.

Wenn in Rom hingegen alles schiefläuft, hätte er immer noch eine Tochter. Die ihn bestimmt mehr braucht als die japanischen Kapitalisten. Und die ihm auch nicht kündigen würde, wenn die Wirtschaft nachlässt. Sie würde ihm niemals kündigen, falls er sich von Anfang an richtig verhält.

Pablo holt sich ein Bier aus dem Kühlschrank und dreht die Klimaanlage höher. Vom Fenster aus blickt er auf den Sonnenuntergang über den Backsteinhäusern, die alle gleich aussehen, auf die Kinder mit den glatten dunklen Haaren, die Fahrrad fahren, auf den indischen Lebensmittelladen.

Er klappt den Laptop auf, den er auf den Boden gestellt hat, schaltet ihn ein und auf dem Bildschirm erscheint das vollkommene Profil von Elena, das Blütenblatt ihrer Wange.

Er fragt sich, ob sie auch ein Grübchen am Kinn hat wie er.

Er setzt sich aufs Sofa, macht die Post auf und beginnt zu schreiben.

La faim e la femme

Januar 2008

Ich habe Hunger.

Ich habe im Internet nachgesehen, wie das Wort »Hunger« in allen Sprachen der Welt übersetzt wird. Alle Sprachen der Welt kennen den Begriff Hunger. Hunger ist ein lebenswichtiges Wort.

In den meisten Sprachen, die ein mir verständliches Alphabet haben, scheint mir das Wort lautmalerisch so etwas wie Groll auszudrücken. *Hunger, hungern, honger, hungra. Fome,* auf Portugiesisch. Mein Lieblingswort ist *hambre,* das dir die Eingeweide zerreißt und dich die Zähne fletschen lässt. Auf Italienisch hat das Wort *fame* eine animalische Dringlichkeit, wie ein bellender Hund. Oder eine fauchende Katze; das f lässt die Zähne gierig nach vorne schnellen.

Die einzige Sprache, in der sich der Hunger klein macht, ist das Französische. *La faim.* Als ich klein war, konnte ich *la faim* nicht von *la femme* unterscheiden, und Isabelle korrigierte mich, indem sie den Hunger ganz mit der Nase aussprach.

»Femme. Mit a. Und wo wir schon dabei sind, iss doch gleich mal etwas.«

Es gehört schon viel dazu, *la femme* und *la faim* zu verwechseln. Prophetisch von mir.

Isabelle war schlank, und ich wollte noch schlanker sein als sie. Ihre Muttersprache war Französisch, und ich wollte, einmal abgesehen von *femme* und *faim*, besser Französisch sprechen als sie. Sie hasste uns, und ich wollte, dass mein Hass größer war als ihrer. Ich wollte anders sein als sie, aber dieses Anderssein sollte sie anerkennen und sagen: Cecilia hat etwas, was ich nicht habe. Sie ist sogar *noch* wütender, *noch* unabhängiger, *noch* entschlossener als ich.

Dieses *noch* war mir sehr wichtig.

Papa hatte ein Foto in seiner Schublade. Anfangs stand es in einem Rahmen auf dem Nachttisch, aber als ich es kaputt machte und drohte, mir mit den Glassplittern die Pulsadern aufzuschneiden, wenn er es nicht verschwinden ließe, legte er es in die Schublade. Es war ein Foto von Isabelle mit zwanzig, einundzwanzig. Solange ich jünger war als sie auf dem Bild, betrachtete ich es regelmäßig. Isabelle war schön, vielleicht sogar eine Schönheit. Sie hatte einen großen Busen und war längst nicht so mager, wie sie es später wurde, aber sie war trotzdem sehr schön. Auf dem Foto lächelt sie nicht. Sie blickt mit ihren Stecknadelaugen ins Objektiv, und ich hätte meinen Vater gern gefragt, ob er das Bild gemacht hatte, aber das konnte ich nicht, weil ich ja so tun musste, als wüsste ich nicht, dass es in der Schublade lag. Solange ich jünger als Isabelle auf diesem Foto war, konnte ich darauf hoffen, eines Tages so schön zu werden wie sie. Doch dann wurden das Foto und ich gleich alt, und als ich mir keine Illusionen mehr machen konnte, hörte ich auf, es zu betrachten.

Mir reichte es, Marta vor Augen zu haben, die genauso schön war wie sie. Marta sieht ihr sehr ähnlich. Derselbe Mund, dieselben Beine, derselbe Busen. Wie viele Männer sie hätte haben können, das weiß nur ich. Sie bemerkte sie nicht einmal. Mir hingegen entging kein Blick, kein Kommentar, kein Lächeln. Marta hinterließ eine Spur von Seufzern und gebrochenen Herzen. Ich steckte mir Watte in die Ohren und zerschnitt mir die Arme.

Ich wusste, dass das nicht richtig war. Ich weiß es auch heute. Mein Magen ist leer, mein Darm ebenfalls, und wenn das die richtige Art zu leben wäre, hätten beide schon aufgehört, sich bemerkbar zu machen. Ich hätte sie gezähmt. All diese Jahre des Fastens, und doch hat sich nichts geändert. Ich habe Hunger. Immer. Ich kann mich zwingen, nichts zu essen, doch um keinen Hunger mehr zu haben, bräuchte es eine andere Art von Entschlossenheit.

Man muss entschlossen sein, bis zum Ende zu gehen. Das erfordert mehr als Klarheit und Selbstbeherrschung. Ich muss noch wütender werden, nicht so nachsichtig sein. Ich muss Papas und Martas Schmerz aushalten.

Papas und Martas Schmerz haben mich zurückgeholt, damals, als ich ein einziges Mal wirklich entschlossen war, bis zum Ende zu gehen. Ich kenne die Schwelle. Fünfhundert Kalorien am Tag fahren den Metabolismus herunter, und der Hunger lässt nach. Wenn ich die überschreite, gehe ich eine Stunde laufen. Unter fünfzig Kilo ist das ein leichtes Spiel. Unter fünfzig Kilo gewinne ich.

Damals befand ich mich praktisch im freien Fall, ich hatte Magen, Darm, Hunger und all diese metabolischen Kreaturen gezähmt, hatte seit neun Monaten keine Periode mehr und mein Bauch war komplett leer. Ich machte kehrt, weil ich zu jung war, um die Wirkung von Liebe und Schmerz der anderen auf mich unter Kontrolle zu halten. Marta war bei der Englischprüfung durchgefallen und kam mich an dem Tag nicht im Krankenhaus besuchen. Das sagte mir Papa, er sagte, dass das die erste Prüfung war, an der sie in acht Monaten teilgenommen hatte, und fing an zu weinen. Ich versuchte mit aller Kraft, wütend zu werden, zu denken »Danke, Papa, mit einem solchen Schuldgefühl im Magen nehme ich vielleicht ein paar Kilo zu«, aber er streichelte meine Hände und bat mich um Verzeihung und mein Zorn entzündete sich einfach nicht. Stattdessen stiegen mir Tränen in die Augen, zusammen mit einem Schwall an Liebe, der größer und stärker war als alles, was ich je gespürt hatte, eine so heftige Liebe, dass all meine Kontrollversuche über das Leben, die Gefühle und den Hunger lächerlich wurden.

Nie zuvor und nie wieder würde ich jemanden so lieben wie meinen Vater in jenem Moment, und das hat mir alles kaputt gemacht. Ich hätte alles für ihn getan, auch für Marta, die eine sehr gute Schülerin war und nur deshalb ein Jahr wiederholen musste, weil sie die letzten Monate jeden Morgen und jeden Nachmittag bei mir in der Klinik war, statt zu lernen. Ihre Liebe zu mir hatte gesiegt, und meine Liebe zu ihnen.

Eine Krankenschwester namens Elide legte mir jeden Morgen einen Apfel aufs Nachtkästchen, jeden Tag eine andere Sorte. Sie erwartete nicht, dass ich ihn äße, es war nur ein Ritual. Sie zwinkerte mir zu und sagte: »Ein Apfel am Tag.«

Das war eine magische Geste. Schwester Costanza betete für mich, Elide brachte mir Äpfel. An jenem Tag nahm ich den Apfel vom Nachttisch und biss hinein. Einmal nur. Papa bemerkte es nicht, denn er schluchzte vor sich hin, den Blick auf den Boden gerichtet, aber ich hatte es getan und jetzt musste ich umkehren. So wenig reicht aus, um die Entschlossenheit kippen zu lassen.

Elide kam am Nachmittag, als Papa schon gegangen war. Sie bemerkte den Biss in den Apfel und umarmte mich. Mir schwanden fast die Sinne. Ich legte den Kopf an ihre Brust und regte mich nicht aus Angst, irgendetwas Falsches zu tun und sie zu verscheuchen. Es war nicht nur so, als hätte ich keinen Hunger mehr, es war, als bräuchte ich gar nichts mehr. Ich wollte mich an ihrer Brust nähren und mein Leben lang nichts anderes mehr tun.

Ich war siebzehneinhalb, einen Meter fünfundsiebzig groß und wog vierzig Kilo.

Papa hatte dieses Ritual erfunden, das mir heute noch das Herz zuschnürt, wenn ich daran denke. Er stieg auf die Waage und hielt mich dabei im Arm, auch wenn ich beinahe so groß war wie er. Ich schlang meine Arme und Beine um seinen Leib, während Marta die Zahlen auf der Waage kontrollierte. Es ging darum, den Zeiger bis zum Höchstwert schießen zu lassen, hundertzwanzig

Kilo. Papa wog dreiundsiebzig, behauptete aber, es seinen fünfundsiebzig.

Solche Dinge waren es, die mich zurückgeholt haben. Ich habe mich entschieden, der Krankheit nicht bis zum Ende nachzugeben und mit der Täuschung zu leben. Ich tat so, als hätte ich mich von der Obsession mit Essen und Magerkeit befreit, als fände ich mich nicht mehr dick, als machten mir die weihnachtlich gedeckten Tafeln keine Angst. Es war sehr hart, denn seit ich auf der Welt bin, drehen sich meine Gedanken in irgendeiner Weise ums Essen. Morgens, wenn ich aufwache, rechne ich aus, wie viele Kalorien ich im Schlaf verbrannt habe und wie viele ich bei meinen verschiedenen Aktivitäten während des Tages verbrennen werde. Ich weiß, dass das krank ist, ich leugne die Krankheit nicht, nein, ich akzeptiere sie sogar. Die Krankheit macht, dass ich mich noch heute, sobald ich fünfzig Kilo erreiche, mit Abführmitteln vollstopfe. Die Krankheit lässt mich bei allem, was ich mir in den Mund stecke, die Kalorien zählen; dank ihr weiß ich, dass ich, wenn ich den Salat mit einem Teelöffel Öl anmache, danach eine halbe Stunde Fahrrad fahren muss, um das wieder loszuwerden, dass ich mich immer schuldig fühle, wenn mein Bauch voll ist.

Jedes. Mal.

Cecilia mag sich nicht. Cecilia fand sich akzeptabel, wenn sie unter vierzig Kilo wog, das ist die Wahrheit. Die Tatsache, dass das eine Krankheit ist, ändert kein Komma daran.

Ich bin jetzt volle dreißig, fast einunddreißig. Dreißig Jahre sind eine lange Zeit. Sicherlich lang genug, um zu wissen, wie man sich auf der Welt verhält, ob man dafür geeignet ist oder nicht. Ich bin es nicht. Ich könnte Isabelle die Schuld daran geben bis in alle Ewigkeit, ich könnte sie mit meinen eigenen Händen erwürgen oder nach Australien auswandern, es würde nichts nützen. Ich bin jenseits jeglicher Hoffnung auf Heilung. Nach den Regeln des Darwinismus bin ich zum Untergang verdammt. Ich bin nicht fähig, unter meinesgleichen zu leben und nicht einmal dazu, ihr Verhalten soweit zu imitieren, dass mein Überleben gesichert wäre.

Wer nicht isst, stirbt. Das ist ein Grundsatz. Mein Urteil ist gefällt.

Das wird Marta nie verstehen, und Papa auch nicht. Aber in meiner Entschlossenheit, bis zum Ende zu gehen, steckt eine Logik. Wenn ich zurückschaue, sehe ich, dass ich in dreißig Lebensjahren nichts geschafft habe. Keine Arbeit, keinen Abschluss, keine Freunde, keine Beziehungen. Keine Träume, keine Interessen, außer denen, die um das Essen und um die Verbrennung von Kalorien kreisen.

Doktor De Belli hat gesagt, ich solle aufhören, mich nur aufgrund dessen zu definieren, was ich nicht bin und nicht habe. Und er hat Recht. Aber wenn ich aufzählen muss, was ich habe, kommt mir als Erstes eine Mutter in den Sinn, die mich verlassen hat, als ich zweieinhalb Jahre alt war, und dieser Gedanke raubt mir sozusagen den Appetit.

Ich bin '77 geboren, als die Schüsse des dunkelsten Monats fielen. Wenn sie nicht gerade Schmuck aus Glasperlen bastelte, ging meine Mutter auf Demonstrationen: gegen die Preissteigerungen, die Unterdrückung der Frauen, die Heimchen am Herd, die Mörder vom Circeo, für Abtreibung und Scheidung. Beim dritten Jahrestag des Referendums war sie am Campo dei fiori mit einem Neunmonatsbauch und schleuderte Wackersteine, um das Ereignis standesgemäß zu feiern. Sie war hingegangen, ohne es Papa zu sagen; Marta war im Kindergarten. Vielleicht hoffte sie, man würde auf sie schießen. Doch dann wurde nicht sie getroffen, sondern eine Jüngere, ohne Bauch. Sie starb noch auf der mit Tränengas vernebelten Straße, mit dem Kopf in Richtung Trastevere und den Füßen auf dem Ponte Garibaldi. Währenddessen wurde ich im Krankenhaus geboren, ein wenig zu früh. Den entscheidenden Impuls dazu hatten mir die Schlagstöcke der Polizisten gegeben.

Ich fand es immer entsetzlich, dass meine Mutter mit dem Ehering am Finger und einem Bauch wie eine Melone den Sieg der Scheidungsbefürworter feierte, indem sie sich von der Polizei solange herumschubsen ließ, bis sie mich ausscheiden konnte.

Aber vielleicht ist es wahr, dass ich zur Dramatik neige und keinen Sinn für Humor habe.

Gestern zum Beispiel, als Marta den Schwangerschaftstest gemacht hat und die blaue Linie sich abzeichnete. Da habe ich versucht zu lachen. Ich habe es versucht, im Grunde würde ein Kind bestimmt ein bisschen Leben ins Haus bringen. Aber ich habe es nicht geschafft. Ich musste sofort daran denken, was ich dabei einbüßen würde. Meine Schwester. Meinen Vater. Meinen Platz in dieser Wohnung, wo Marta und ich in perfekter Symbiose wohnen, mit den Katzen, den Pflanzen, dem ordentlich in den Kühlschrank geräumten Essen, den Ritualen der Mahlzeiten. Wir ergänzen uns perfekt, wir sind Sonne und Mond, Tag und Nacht, Gesundheit und Krankheit.

Ein Kind ist etwas anderes als ein Freund oder eine Freundin. Ein Kind wird sie mir wirklich wegnehmen.

Sie lachte und weinte und umarmte mich, unter Tränen sagte sie zu mir: »Kannst du dir das vorstellen, Cecertola, du wirst Tante!«, und ich fühlte mich, als ob die Kuppel des Pantheons über mir zusammengebrochen wäre, fünftausend Tonnen Zement in der Nase, in den Venen, auf dem Herzen.

Ich werde dieses Kind nie lieben können. Noch dazu ein vaterloses Kind, das würde mich zu sehr an Isabelle erinnern. Isabelle, die bestimmt Großmutter spielen will und vielleicht sogar hier einziehen wird, mit ihrem Enkelkind. Und auch Papa wird heimlich erleichtert aufseufzen, dass er sich jetzt um ein Baby kümmern kann statt um eine Dreißigjährige mit einem Kinderhirn.

Ich kann nichts anderes sehen. Die Freude über neues Leben, Marta als Mutter, ich als Tante; all das ist mir vollkommen egal.

Vielleicht ist das eine Ausrede, vielleicht habe ich nur auf den Moment gewartet, in dem ich mich wieder meiner selbst bemächtigen kann. Denn ich bin doch irgendetwas, außer all dem, was ich nicht bin.

Zum Beispiel bin ich es leid, ich selbst zu sein. Denn das Leben einer Magersüchtigen ist ja nicht gerade paradiesisch. Andererseits, da ich mich weigere, Isabelle in irgendeiner Weise in eine Definition meiner selbst einzuschließen, ist die beste Lösung, die mir einfällt, die, mich mit der Krankheit zu identifizieren, sie zu akzeptieren, voll auszukosten bis zu ihrem natürlichen Abschluss, der für mich der einzig mögliche ist.

La faim et la femme. La faim c'est la femme.

Ich weiß einfach nicht, wie man ohne Magersucht leben kann. Ohne Hunger bin ich ein Nichts.

Ein Nichts zu sein macht mir mehr Angst als alles andere. Und doch, was ich werden will ist ein lebendiges und raumgreifendes Nichts, wie es nur ein Raum ist, wo etwas war und jetzt nicht mehr da ist. Wie der Schwanz einer Eidechse, der Arm eines Kraken oder eines Seesterns. Die Leere, die sie hinterlassen, ist lebendiger als der Raum, den sie vorher beanspruchten, und sorgt dafür, dass Schwanz oder Arm schnell wieder nachwachsen. Das wünschte ich mir immer für mich selbst. Und auch jetzt würde ich mir wünschen, dass aus der Leere, die ich hinterlasse, eine stärkere Erinnerung meines Daseins erwächst.

Jetzt ist der richtige Moment, um bis zum Ende zu gehen. Marta wird in ihrem Kind Trost und Kraft finden, Papa wird sie endlich für all das entschädigen, was er ihr durch meine Schuld vorenthalten musste, Isabelle wird zurückkommen und sie werden wieder eine Familie sein. Marta ist bestimmt eine gute Mutter. Sie war es für mich, die die denkbar schlechteste Schwester war. Und Papa wird einfach Papa sein. Der beste der Welt.

Ich habe immer mehr Hunger, und der Hunger tut mir gut, er befreit mich von meinen Schuldgefühlen, er erweist mir Gerechtigkeit, verleiht mir Sinn und Substanz. *Esurio ergo sum.* Der Hunger ist der Weg zu mir selbst. Ich werde so sehr mit diesem Weg verschmelzen, dass man die Grenzen nicht mehr erkennen kann. Ich werde nicht mehr Hunger haben, ich werde selbst der Hunger sein. Isabelle hat Liebe und Hass mitgenommen, Wut und Verlassenheit, Ablehnung, Isolation, Unruhe.

Den Hunger nicht.

Der Hunger gehört mir.

»Hab ich euch schon die Geschichte vom Wanderalbatros erzählt?«

»Nein.«

»Nein.«

»Wenn hier zu meinen Füßen einer wäre, wäre die Spannbreite seiner Flügel noch viel breiter als der Abstand zwischen euren Betten. Er ist so groß, dass er zum Abheben so viel Anlauf nehmen muss wie ein Flugzeug, oder sich von einem Felshang stürzen muss. Aber wenn er einmal losgeflogen ist, kann er jahrelang segeln, ohne aufzuhören. Beim Fliegen nutzt er den Wind direkt über den Wellen. Manchmal taucht er hinunter, um einen Tintenfisch zu fangen, und er schläft in der Luft, wobei sich die beiden Gehirnhälften abwechselnd ausschalten. Er kann die Erde in weniger als zwei Monaten umrunden und tagelang fliegen, ohne mit den Flügeln zu schlagen. Wenn er sich das erste Mal in die Lüfte schwingt, landet er erst wieder, wenn er bereit ist, sich fortzupflanzen, und das kann auch zehn Jahre dauern. Vom Moment der Fortpflanzung an jedoch verbringen die Albatroseltern den Rest ihres Lebens miteinander. Das kommt auch in der Natur vor. *Zwei Tiere, Männchen und Weibchen, entscheiden sich füreinander und trennen sich nie wieder. Das tun nicht nur die Albatrosse, sondern auch viele andere Vögel wie die Pinguine, die Schwalben, die Schwäne, die Adler und auch noch einige Fische und Säugetiere wie zum Beispiel die Wölfe und die Bären.«*

»*Und wir?*«

»*Wir nicht. Wir sind Primaten, wir stammen von den Affen ab, und in der Natur der Affen liegt es, sich oft und mit verschiedenen Affen zu paaren, nicht mit einem einzigen für immer.*«

»*Wie die Beutelmeise?*«

»*Ja.*«

»*Und die Kolibris.*«

»*Genau.*«

»*Ich will mich nicht so oft verloben, Papa, ich will immer mit dir zusammenbleiben.*«

»*Aber ich will einen einzigen Partner, wie die Albatrosse. Auch wenn mein Lieblingstier immer der Kolibri bleiben wird, denn er ist klein, superschnell und kann rückwärtsfliegen. Kann der Albatros das auch?*«

»*Nein, außer dem Kolibri kann kein Vogel rückwärtsfliegen, schon gar nicht der Albatros, der die größten Flügel von allen hat.*«

»*Na also. Wenn es einen Kolibri gäbe, der alles könnte, was ein Kolibri kann, und sich dann nur ein einziges Mal verlobt wie der Albatros, dann wäre das mein Lieblingstier.*«

Atlantis

November 2007

Marta denkt, dass Menschen ein wenig wie Pflanzen sind, dass man immer Gefahr läuft, sie zu viel zu gießen oder vertrocknen zu lassen. Sie hat das rechte Maß noch nicht gefunden; die Pflanzen, die durch ihre Haustür kommen, sind vom ersten Moment dem Selbstmord geweiht. Die Sukkulenten werden weich und gelb und verkümmern innerhalb einer Jahreszeit. Selbst die widerstandsfähigen Alpenveilchen lassen nach drei Tagen die Köpfe hängen. Es ist, als wäre die Schwerkraft hier drin drei Mal so stark und mache es einer Blüte oder einem Blatt unmöglich, den Kopf hochzuhalten und zum Himmel aufzuschauen.

Zwei Yucca-Palmen sind ihr schon eingegangen, und die dritte, die sie vor einem Monat gekauft hat, sieht auch schon ganz traurig aus. Der Tod einer Yucca-Palme macht ihr Angst, denn die Pflanze wird auch Glücksbaum genannt.

Eine von Martas Haupteigenschaften ist Beharrlichkeit, und um ihren guten Willen zu demonstrieren, ersetzt sie die verstorbenen oder sterbenden Pflanzen durch identische Exemplare, die sie sorgfältig pflegt, in der

Hoffnung, dass sie irgendwann doch gedeihen. Sie findet, dass eine Wohnung voller Katzen und Pflanzen ein guter Rückzugsort vor den Schrecken der Welt ist. Ein Nest, für sie und Cecilia.

Sie öffnet einen Reißverschluss des Rucksacks zwischen ihren Beinen und holt eine Tube Feuchtigkeitscreme hervor. Die reibt sie sich auf Hände und Lippen, kontrolliert alles im Spiegel der Puderdose. Sie will nicht so kaputt und erledigt aussehen, wie es normalerweise nach einer langen Reise der Fall ist, sondern taufrisch wie eine Rose aus dem Flugzeug steigen.

Ihre Füße sind kalt, und sie holt ihre Reisesocken hervor, die lilafarbenen. Das erste Paar hatte Papa ihr geschenkt, lila für sie und rosa für Cecilia. Seitdem hat sie sie immer wieder nachgekauft, immer in derselben Farbe. Sie vergisst sie nie. Cecilia hat ihre sofort verloren.

Sie trinkt einen Schluck Wasser und rollt sich auf ihrem Sitz zusammen. Hinter dem Fenster strahlt eine perfekte Sonne über einem Berg von Wolkenmeringen. Cecilia sagt immer, dass Marta mit Solarenergie funktioniert, solange die Sonne scheint, läuft sie immer weiter. Marta ist im Sommer geboren und glaubt, dass das ihr Glück war, denn in jeder anderen Jahreszeit wäre sie in Isabelles eisigen Armen erfroren. Doch die Sonne hat sie liebkost und auch jene Hälfte ihres Bluts erwärmt, die sie mit ihrer Mutter teilt. Marta glaubt fest daran, dass man mit Hilfe der Sonne alles übersteht, auch einen Mangel an Liebe. Wenn keine Liebe da ist, dann reichen auch Sonne, Zucker, Katzen und Pflanzen. Am liebsten würde sie in ein warmes Land ziehen, ihre ganzen Pullover und Decken verschenken und in einem Haus mit einem großen Garten voller tropischer Pflanzen wohnen, mit einer Glaskuppel anstelle des Dachs und bunten Papageien darin, einer Art Gewächshaus. Dort würde sie dann bis zu dreihundert verschiedene Kolibri-Arten züchten. Marta liebt Kolibris, weil das der Spitzname war, den Papa ihr gegeben hatte, als sie klein war, und weil diese Vögel so unermüdlich und mutig sind. Papa war nicht gut im Märchenerzählen, aber er war Tierforscher von Beruf und wusste Tausende von Geschichten über Tiere. Diese Geschichten erzählte er ihnen jeden Abend vor dem Zubettgehen; das waren ihre Gutenachtgeschichten. Er hatte oft von den Kolibris erzählt, den kleinsten Vögeln der Welt, die deshalb schneller als alle anderen mit den Flügeln schlagen müssen. Zwanzig Mal pro Sekunde, durchschnittlich tausendzweihundert Mal in der Minute. Wenn der Kolibri verliebt ist, sind es bis zu sechstausend Flügelschläge pro Minute, er versucht, das Weibchen mit dieser kräftezehrenden Show zu beeindrucken. Hundert Flügelschläge in der Sekunde. Das ist eine unvorstellbare Geschwindigkeit. Würde es allein von seinem Willen abhängen, könnte ein verliebter Kolibri auch den Ozean überqueren, da ist sich Marta sicher.

Was ihr an Pablo sofort gefallen hat, war, dass er aus einer Gegend kam, in der es jede Menge Kolibris gibt. Sie hat nicht gleich verstanden, dass er aus Südamerika kommt. Er war blond und grünäugig und sprach ein Englisch, das in Martas Ohren perfekt klang. Sie hatten weiterhin Englisch gesprochen, obwohl sie ihm gesagt hatte, dass ihr Spanisch leichterfiel. Als sie ihn später fragte, sagte ihr Pablo, dass sie nun einmal so angefangen hätten und dass man jetzt nicht umschwenken könne. Marta, die auf den Laken lag, spürte, wie sie ein schlimmes Zittern erfasste. Sie bat ihn, ihr das Glas Wasser zu reichen, das auf dem Nachtkästchen stand, und er hatte einen großen Schluck genommen und ihn ihr mit einem Kuss in den Mund gegossen, während er mit dem Daumen ihre Wange streichelte und mit den anderen Fingern ihren Nacken stützte.

Das Zittern war vergangen.

Marta steckt sich die Stöpsel der Fluggesellschaft in die Ohren und lässt die von dem leeren Sitz neben ihr in die Tasche gleiten, für Cecilia, die einen leichten Schlaf hat. Wo sie schon einmal dabei ist, stopft sie die noch in Plastik gepackte Decke des verwaisten Sitzes neben ihr in ihren Rucksack, für Cecilia, der immer kalt ist. Sie lehnt ihre Stirn an den kühlen Rand des runden Fensters und stellt sich mit geschlossenen Augen vor, wie Pablos Hände über ihre Haut streichen. Die größten Hände, die sie je gesehen hat. Mit sauberen Fingernägeln, am rechten Ringfinger den goldenen Ehering, der seinem italienischen, vor Urzeiten nach Argentinien ausgewanderten Großvater gehört hatte. Marta hofft, dass er ihn immer noch trägt. Wenn Pablo bei ihrer Ankunft mit der rechten Hand winkt, der mit dem Ring, wird alles gut. Dann wird sie ihm alle Fingerspitzen einzeln küssen, denn sie liebt sie. Sie wird sein Kinn mit dem Grübchen in der Mitte küssen und das Muttermal auf seiner linken Wange, die beide zum Vorschein kamen, als er sich eines Morgens den Bart abrasierte. Sie hatte zu wenig Zeit, um beide ausreichend zu lieben.

Wenn er sie am Flughafen glattrasiert abholt, wird alles gut werden.

Der Tag mit Pablo war der schönste Tag ihres Lebens gewesen. Marta weiß, dass unerwartete Geschenke nur solange funkeln, wie der Überraschungseffekt anhält, und dass es keine Möglichkeit gibt, sie zu wiederholen. Auch nicht, wenn man ein verliebter Kolibri ist, der den Ozean mit sechstausend Flügelschlägen in der Minute überquert. Sechstausend Schläge von Martas verhextem und verrücktem Herzen würden nicht ausreichen, um den Zauber jenes Tages wiederherzustellen. Das Leuchten der weiß gekalkten Häuser mit den Bougainvillea-Spalieren, den emaillierten Himmel, die unendlich weite Ägäis hinter den Klippen aus rotem und schwarzem Felsgestein, den halb versunkenen Vulkan in der türkisfarbenen Umarmung des Wassers, die weiß-blaue Welt von Oia, Santorin, an einem Septembermorgen. Atlantis. Und wenn nicht Atlantis, dann sogar noch mehr.

Marta betrachtete all das durch das Objektiv ihrer Leica. Sie hatte Angst, dass sie, wenn sie die Augen ohne einen Filter darauf richtete, von dieser Schönheit für immer geblendet und verfolgt würde. Sie schoss ein Foto nach dem anderen und wusste nicht, wohin sie sich wenden sollte, denn die Schönheit war überall, und da bekam sie plötzlich Lust, Cecilia anzurufen und ihr zu sagen, dass sie einfach dort bleiben würde, wo die Sonne jubilierte, komm doch nach, ich bitte dich, Atlantis ist ein solcher Zauberort, dass dort alle körperlichen und seelischen Leiden kuriert werden.

An jenem Morgen war sie den Pfad über die Felsen

zu dem kleinen Strand von Ammoudi hinuntergegangen, hatte die Füße ins transparente Wasser gehalten, war über den Kies gelaufen. Sie hatte die glattgeschliffenen, mit Ocker, Jade und Amethyst geäderten Steine in die Hand genommen, und dann hatte sie die schönste Muschel ihres Lebens gefunden.

Sie war so groß wie eine Faust, aber vor allem war sie doppelt. Die beiden Schalenhälften waren unversehrt und vollkommen, ihr Bewohner hatte sie wohl erst vor kurzem verlassen. Konzentrische Streifen überzogen sie, deren Farbschattierungen von Kaffee bis Sand gingen, und Strahlen, die wie Rippen von der Spitze bis zum Rand der Schalen verliefen und ein symmetrisches Kunstwerk bildeten. Marta hatte sie ganz vorsichtig aufgeklappt, um die Nahtstelle nicht zu verletzen. Im Inneren war kein Perlmutt, sondern eine weiße, glatte Patina wie bei einer Mandel. Sie hatte die Hälften wieder zugeklappt, und sie passten perfekt aufeinander. Von der Seite sahen sie aus wie zwei identische Eulen, die sich küssten, die Flügel wie eine Art Cape um den Körper geschlungen. Oder auch wie ein Herz.

Marta ließ ihre Finger über die Rillen auf der Muschelschale wandern und lächelte dem Meer zu wie einem Komplizen, der von ihrem größten Wunsch wusste. Jemanden zu finden, der zu ihr passte wie diese beiden Hälften, mit einer Umarmung einen Mikrokosmos zu erschaffen, der sich selbst genügte und in den man sich zurückziehen konnte und ein weißes, glattes Leben leben, geschützt vor Wellengang und Erschütterungen.

Sie legte die Muschel in ihr Sonnenbrillenetui und verstaute es im Rucksack: der perfekte Talisman für ihren Liebestraum.

Den Rest des Tages verbrachte sie damit, durch die engen Gassen und Eselspfade zu klettern, mit angehaltenem Atem wegen der überwältigenden Schönheit und mit dem Auge hinter dem Sucher der Spiegelreflexkamera. Marta hatte schon fünfhundertzweiundzwanzig Fotos gemacht und befürchtete, dass die Batterie ihrer Leica bald leer sein würde, wenn sie sie nicht ein wenig schonte. Deshalb setzte sie sich an einen Caféhaustisch auf einer Terrasse aus Holzbalken, das Meer und die Aussicht im Rücken, denn sie wagte es nicht, sich ihnen direkt auszusetzen. Wenn sie jedoch den Kopf ein wenig nach links wandte, an der rothaarigen Frau und dem blonden Kind vorbei, die sich auf Italienisch unterhielten, sah sie die kleine Kirche mit den drei blauen Kuppeln, die sie selbst durch den Sucher ganz wehmütig gemacht hatten. Jetzt sah sie sie mit nacktem Auge und wurde von jener Angst erfasst, die sie immer in perfekten Momenten überkam. Wenn sie sie zu sehr genoss, würde sofort jemand zum Abkassieren erscheinen. Für jeden Moment des Glücks würde sie bezahlen müssen, und zwar mit Zinsen.

Der junge Mann, der allein an einem Tisch rechts von ihr saß, war ihr erst gar nicht aufgefallen. Sie bestellte einen Joghurt mit Honig und Nüssen und verspeiste ihn genüsslich, er kam ihr vor wie die beste Mahlzeit ihres Lebens. Beim Essen sah sie nur nach vorne und ignorierte die Lockungen der Aussicht hinter ihrem Rücken. Die Ekstase zweier Sinne zugleich war zu gefährlich.

Irgendwann sagte er etwas, das Marta nicht verstand.

Sie drehte sich zu Pablos Lächeln um, das sich gegen den Himmel abzeichnete, und beschloss, das Risiko eines Wucherglücks einzugehen.

Pablo war zum ersten Mal in Europa, und als Marta ihm sagte, dass sie Italienerin sei, begannen seine Augen so stark zu leuchten, dass nicht einmal die Sonne mithalten konnte. Er war zu einem Viertel Italiener, und er erzählte ihr, dass er gerade durch Sizilien gereist war, wo er sich in alles verliebt hatte, von Agrigent bis Noto, von Enna bis Taormina, und dann Palermo, Catania, die Cannoli aus Piana und die Pistazien aus Bronte. Danach war er nach Athen geflogen und von einer Fähre auf die andere gesprungen, durch den gesamten Archipel der Kykladen war er gefahren, wie verzaubert. Marta hatte das Notizbuch in Pablos großen Händen gesehen und sich vorgestellt, dass er ein Schriftsteller war oder ein Pianist, vielleicht auch ein Maler. Ein kosmopolitischer Poet, ein amerikanisierter Gaucho auf der Suche nach seinen Wurzeln, ein Künstler aus der Neuen Welt begierig nach mediterraner Inspiration.

Dass er ein Angestellter von der Wall Street an seinem letzten Urlaubstag war, erfuhr Marta erst Stunden später, bei einem Teller Souvlaki und einem zwiebellastigen Salat. Sie hatten den Nachmittag in dem Gewirr kleiner weißer Gassen verbracht, in dem gleißendes Licht mit der Kühle der Grottenhäuser der Handwerker abwechselte, begleitet von Bouzouki- und Tamburinmusik. Sie hatten jeder eine weiße, blau bedruckte Leinentischdecke gekauft, Martas mit Fischen und Pablos mit Schildkröten geschmückt. Der Sonnenuntergang färbte den Himmel orange und lila und die Häuser rosa und das Meer rot, und Marta dachte, dass jeder Preis, den sie für diesen Moment zahlen musste, die Sache wert war.

Deshalb fiel es ihr auch nicht im Traum ein, Pablos Vorschlag, zusammen essen zu gehen und dann bei ihm zu schlafen, nicht anzunehmen. Die Muschel in ihrem Rucksack war ein gutes Omen, ein Amulett, ein Zeichen.

Der Steward reicht ihr lächelnd das Tablett mit dem Mittagessen und Marta denkt, dass es schön wäre, wenn Pablo am Abend die Tischdecke verwenden würde, die sie zusammen gekauft haben. Cecilia hat in den letzten Wochen nichts anderes getan, als sie als Träumerin zu bezeichnen, bestimmt hatte er die Tischdecke für seine Frau oder Freundin gekauft. Sie warf ihr vor, verrückt zu sein, einfach so loszufahren, zu einem Mann, von dem sie fast nichts wusste, mit dem sie lediglich einen 24-Stunden-Zauber an einem märchenhaften Ort erlebt hatte. Marta weiß, dass ihre Schwester recht hat und so hat sie sie reden lassen, wie immer, denn so ist die Aufgabenteilung: Cecilia bringt das Negative ans Licht, und sie kann sich darauf konzentrieren, ihre Träume zu hegen und sie ungestört weiter zu pflegen. Cecilia erspart ihr alle kritischen Ansätze. Wie gern würde sie ihr den Gefallen tun und dasselbe bei ihr übernehmen, ihre Schwester von jener Last befreien, die seit jeher auf ihren zarten Rücken drückt, aber Cecilia ist mit sich selbst noch viel strenger als mit den anderen, sie würde nie jemandem erlauben, sich ihrer Selbstzweifel und überhaupt irgendwelcher Arten von Zweifel anzunehmen.

Cecilia, die ohne Sonne und ohne Zucker auskommt und die Kälte liebt, weil sie sich dann vermummen kann.

Wer weiß, ob sie wenigstens ans Blumengießen denkt.

Marta hat sechs Wochen gebraucht, um sich einzugestehen, dass sie sich auf den ersten Blick in Pablo verliebt hat.

Sie ist zwischen Kolosseum und Forum vor einer Horde von amerikanischen Touristen hergelaufen, hat die Bedienungsanleitung eines Handys, zweier Videospiele und die Speisekarte eines Restaurants übersetzt.

Sie hat ihr Curriculum übersetzt und es an alle möglichen Leute geschickt.

Sie hat Pablo maßvolle E-Mails geschrieben, auf die er ebenso maßvoll antwortete, und bei jedem neuen freundlichen Austausch hatte Marta sich in ihrer Verzweiflung an Cecilia gewandt, damit diese sich an ihrer Stelle kritisch über Pablo äußerte. Bei der x-ten transozeanischen Selbstzensur rastete Marta aus und schrieb an Pablo, dass sie ihn unbedingt wiedersehen müsse, um zu entscheiden, wie ihr Leben weiterginge; eine solche Chance zu vergeuden mit vierunddreißig Jahren würde sie sich nie verzeihen, und wenn er nichts dagegen hätte, würde sie in das nächstbeste Flugzeug steigen und ihn in New York besuchen.

Pablo brauchte eine ganze Woche, um zu antworten. Die längste Woche seit der Erschaffung des Universums.

Am Schluss schrieb er, dass er einverstanden sei, dass sie am besten gleich den Flug buchen sollte, dass er sie am Flughafen abholen würde. Er klang freundlich, aber nicht begeistert. Cecilia kommentierte, stichelte und unterstrich, wodurch sie der Schwester das Zweifeln abnahm und ihr wie immer das halb volle Glas überließ.

Bis der Moment des Aufbruchs kam und die vorgekochten Cannelloni mit Tomatensoße und das Marmorbrötchen mit dem Plastikkäse und der Blick auf die aufgedeckten Wolken über dem Ozean. Träume nur, Marta, Träumen ist erlaubt. Träume kosten nichts, man verschuldet sich ihretwegen nicht mit dem Leben, nicht einmal, wenn man bis zum letzten Blutstropfen in sie investiert.

Deshalb lauert auch keine Gefahr hinter der Vorstellung, dass sie nach New York kommt und Pablo sie mit der Tischdecke aus Santorin überrascht und einem Glas Retsina, während die dicke Hauskatze sich augenblicklich in sie verliebt, eine Liebe, die sie leidenschaftlich erwidert. Dass Pablo mit einem bürokratischen Zaubertrick zwei Wochen Urlaub aus dem Hut zaubert, und er händchenhaltend mit ihr durch ein New York spaziert, in dem die Sonne jeden Tag noch heller scheint als in Santorin, dass Pablo sie Nacht für Nacht wie im Rausch liebt und am Morgen mit einem Frühstückstablett überrascht, auf dem eine kleine Blumenvase mit einem frischen Sträußchen nicht fehlt. Dass Pablo sie ins Theater und ins Restaurant ausführt, sie seinen Freunden vorstellt, die sie alle sofort mögen, und ihm klar wird, dass er ohne sie nicht leben kann und er ihr Rückflugticket annulliert und dafür zwei Flüge nach Cordoba kauft, wo er sie seiner zahlreichen Familie vorstellen will und sie dann in Patagonien heiratet, umgeben von Magellan-Pinguinen, jenen wunderbaren Tieren, die ihr ganzes Leben monogam verbringen und sich gemeinsam um die Kinder kümmern, Mama und Papa, alle beide.

Cecilia sagt, dass alles reine Suggestion ist, dass das ewige Feuer, das in Marta brennt, die perverse Eigenschaft hat, sich aus sich selbst zu speisen und sogar die Lunte zu verändern, die es entfacht hat.

Dass Marta vielleicht in New York ankommen wird und einen Pablo vorfinden wird, der ganz anders ist als der Wanderer aus der Neuen Welt. Der zum Beispiel trinkt. Oder einer dieser Verrückten ist, die die Leute vor die U-Bahn schubsen. Oder mit einer Pistole unter dem Kopfkissen schläft, für die Todesstrafe ist und Bush für einen großen Präsidenten hält.

Aber Marta lässt sich nicht beirren. Ihre Fantasie ist immer dieselbe: Sie bleibt in Amerika, wo sie eine Familie gründen wie die Magellan-Pinguine. Kein einziges Mal stellt sie sich vor, dass er zu ihr nach Rom zieht. In Rom ist die Yucca-Palme, die immer eingeht, vielleicht klappt es deshalb mit der Fantasie nicht so gut.

Sie steht auf und läuft den Gang des Flugzeugs entlang bis zur Toilette. Sie betrachtet sich in dem unbarmherzigen Spiegel und findet sich schön. Sie denkt an Cecilia, die vielleicht noch nie so einen Moment erlebt hat. Cecilia, die sich nie verliebt, die sie beim Abschied mit großen Augen angesehen hat, wie immer, wenn Marta wegfährt. Sie könnte ihre Schwester nie verlassen, und das weiß sie. Das ist der Grund, weshalb sie allein verreist, um Raum für sich zu haben, jenseits von Cecilia. Um in diesen Einsamkeitslöchern zu verstehen, wer Marta für sich allein genommen ist, und nicht auf ihr Doppel bezogen.

Vor ihr liegen zwei Wochen, um sich selbst zu verstehen, sich dabei zuzusehen, wie sie eine ganz neue Liebesbeziehung eingeht, sich in eine Zukunft zu werfen, die hoffentlich schön und ganz, ganz lang ist. Sie hat kein Foto von Pablo und nur eine sehr vage Erinnerung an sein Gesicht, aber sie klammert sich an das, was sie von ihm erinnert, indem sie ihre Gedanken auf seine Augenbrauen konzentriert, auf den Haaransatz, dort wo er schütter zu werden beginnt, auf die Linie seiner Schultern. Sie liebt ihn und begehrt ihn, während sie von der Toilette zurück zu ihrem Platz geht, doch während dieser Schritte überfällt sie hinterrücks der eisige und wohlbekannte Schrecken, dass er sie weniger lieben könnte, dass er vielleicht nicht dasselbe will wie sie, dass er nicht versteht, dass Marta, um zu überleben, diese Flamme nicht ausgehen lassen darf, wie eine Vestalin, die das ewige Feuer bewacht, um das Wohlwollen der Götter zu bewahren und sicherzugehen, dass die Dämonen nicht aufwachen.

Wenn ich jetzt einschlafe und träume, wird alles gut gehen.

Sie schließt die Augen und denkt, dass die Magellan-Pinguine großes Glück haben.

Vergeltung

Februar 2004

Der Betrag auf dem Zähler steigt mit einer Geschwindigkeit, die Isabelle verrückt vorkommt. Sie hätte gern an etwas anderes gedacht, aber sie kann den Blick nicht von den roten Ziffern lösen, die wie ein Metronom den Takt angeben. Pretola – Ponte a Ema mit dem Taxi, etwa zwanzig Kilometer, die sie so viel kosten werden wie der ganze Flug von Paris nach Florenz. Nanni konnte sie diesmal nicht abholen, nicht nachdem er zwei Nächte hintereinander an Zaros Bett gesessen hatte, nicht jetzt, wo das Telefon jeden Moment klingeln konnte, um ihm mitzuteilen, dass er im Krankenhaus gebraucht wurde. Dann eben ein Taxi. Sie können es sich leisten, es gibt keinen Grund, sich von dem Taxameter verrückt machen zu lassen. Isabelle hasst den Gedanken, dass die Wirklichkeit in dem herrscherlosen Reich ihres Unterbewusstseins immer noch etwas ist, wozu man aufsieht, aus der unterlegenen Perspektive der gebürtigen Mittellosen. Wäre sie auch innerlich die Frau, die sie nach außen darstellt, würde sie den Taxameter keines Blickes würdigen. Ihr Gehirn würde ihn mit derselben Gleichgültigkeit registrieren, mit der es den Schaltknüppel, das Duftbäumchen mit Minz-Aroma, die Schirmmütze des Fahrers erfasst. Um sich abzulenken, richtet sie den Blick auf Jules, der den Verkehr durch die Scheibe beobachtet. Ihr Mann. Ein Mann, der mit sechzig Jahren ihr zuliebe Italienisch gelernt hat. Der Tweedjacketts mit Lederflicken an den Ellbogen trägt. Der nicht ein einziges Mal auf den Taxameter schaut, er nicht.

Der Taxifahrer grummelt vor sich hin, er ist einer von denen, die mit der ganzen Welt hadern, die gegen den Bürgermeister, die Polizei, die Tankwarte und die Idioten am Steuer wettern. Er ist auch sauer auf die beiden Franzosen auf dem Rücksitz, vor allem auf den Mann, der ihn gebeten hatte, das Fenster zu öffnen, weil es im Wagen nach Rauch stank. Dabei ist es Februar, Kruzifix, und saukalt. Aber so sind die Franzosen eben; gegen die Kälte in Paris ist die in Florenz ein Klacks. Um sich zu rächen, hat er den Taxifunk eingeschaltet, den er normalerweise auf längeren Strecken ausschaltet, weil er da für ihn sinnlos ist, und auch weil er weiß, dass die Fahrgäste diese ständige Bombardierung mit Straßennamen und Anrufen lästig finden. Die hier lassen ihn erfrieren; zur Strafe kriegen sie eine extralaute Geräuschkulisse verpasst, geschieht ihnen recht!

Unter der aufdringlichen Stimme, die Taxis in alle Ecken der Stadt dirigiert, dem Verkehrslärm von draußen und dem Gedanken an den Taxameter bemerkt Isabelle plötzlich ein feines Piepsen. Ein Alarmsignal. Sie späht auf das Cockpit, ob dort etwas blinkt.

»Hörst du das?«, fragt sie Jules auf Französisch.

»Das ist der Gurt«, sagt er, ohne sich umzudrehen.

»Dann schnall dich doch an.«

»Der vom Taxifahrer, nicht meiner.« Er lächelt, sieht sie an. Er ist immer noch ein freundlicher Mann, ein verliebter Mann. Der Mann, mit dem sie die letzten fünfzehn Lebensjahre verbracht hat, und der sie vor vier Jahren vor dem Sarkophag der etruskischen Brautleute im Louvre gefragt hat, ob sie ihn heiraten wolle. »Und selbst wenn es meiner wäre, hätte ein fetter alter Mann auf dem Rücksitz das Recht, sich nicht anzuschnallen.«

»Entschuldigen Sie bitte«, fragt Isabelle den Taxifahrer in perfektem Italienisch. »Dieses Geräusch, hat das etwas mit unseren Gurten zu tun?«

Erneutes Gegrummel. Der Taxifahrer neigt sich zur Tür vom Beifahrersitz, doch da er klein ist und kurze Arme hat, erreicht er sie nicht. Bei der nächsten Gelegenheit verlangsamt er und versucht es noch einmal: er wirft sich nach rechts, zieht fluchend den Gurt vom Nebensitz zu sich herüber, hakt ihn auf seiner Seite ein. Das Piepsen hört auf.

»So ist Italien: sobald es ein Gesetz gibt, gibt es einen Trick, es zu umgehen«, kommentiert Isabelle. Der Taxifahrer wirft ihr im Rückspiegel einen wütenden Blick zu und bleibt stumm.

Der Taxameter steigt weiter, wir sind schon bei fünfunddreißig Euro, das wären zweihundertdreißig Francs oder siebzigtausend Lire und ein paar Zerquetschte. Sie hat sich immer noch nicht an die neue Währung gewöhnt, sie muss jedes Mal erst umrechnen. Cecilia und Marta hingegen erinnern sich nicht einmal an die Lira. Die junge Generation hat es da leichter.

Sie verlassen die Autobahn und biegen ab auf die Chiantigiana, überholen einen Autofahrer, der mit zusammengebissenen Zähnen über dem Lenker klemmt. Das ist die Gegend, in der Bartali seine Muskeln trainiert hat, Steigungen, die dein Herz sprengen, wenn du nicht daran gewöhnt bist, und die Räder blockieren lassen, selbst wenn du ein Fahrrad der neuesten Generation hast, das so gut wie nichts wiegt, ganz zu schweigen von der Rostbeule, mit der Zaro seinerzeit als Jugendlicher unterwegs war. Nanni hat es in der Garage stehen wie eine Reliquie, von Zeit zu Zeit holt er es hervor, ölt die Kette, fährt damit zum Friedhof, wo er das Grab seiner Mutter besucht, macht Halt in der Apotheke, um Medikamente für Zaro zu holen. Dies ist das Land der Radfahrer, und wie immer bemerkt Isabelle, wie hier alles deren Sprache spricht, das ist auch der Grund, weshalb sie sich Sorgen macht wegen des Taxameters und weshalb sie an die Anstrengungen der Fahrradfahrer denkt. Hier nehmen ihre Gedanken die alte Gewohnheit an, sich nach ihnen zu richten, wie Chamäleons, die sich an ihre Umgebung anpassen, um nicht aufzufallen.

Sie ergreift Jules' Hand, damit er ihr hilft, wieder zu sich zurückzufinden, sie streicht über den Chanel-Mantel, den Hermès-Schal. Sie ist nicht mehr das Mädchen, das barfuß und in einem Unterrock über die Felder läuft. Sie hat es geschafft, hat sich selbst aus der Scheiße gezogen, die das Leben für sie vorgesehen hatte, sie hat gewonnen. Das hatte seinen Preis, den sie immer noch abbezahlt und vermutlich ihr Leben lang abbezahlen wird, aber so ist das Leben nun einmal. Du strampelst dich ab wie ein Lastesel, um nicht das Gleichgewicht zu verlieren, buckelst, um nach oben zu kommen, verzichtest, indem du dich entscheidest. Und dann lebst du weiter mit dem Verlust dessen, worauf du verzichtet hast.

Das Taxi hält an der Ecke des Vicolo Ridi, Jules zahlt und gibt ein großzügiges Trinkgeld. Der Taxifahrer ist jetzt bester Laune, diese Franzosen sind gar nicht schlimm, bis auf die Allüren und das offene Autofenster. Er hilft ihnen, das Gepäck auszuladen, zwei identische Lederkoffer, die so aussehen wie die, die die schwarzen Straßenhändler im Zentrum von Florenz verkaufen, aber die hier sind vermutlich echt. Beim Wegfahren deutet er tatsächlich so etwas wie eine Verbeugung an, indem er die Hand an die Mütze legt. Im Rückspiegel sieht er sie noch einmal, zwei elegante Fremde mittleren Alters, die vor dem Tor eines dreistöckigen schmalen Hauses mit einem kahlen Garten stehen bleiben. Bevor er abbiegt, sieht er noch, wie sie nach seiner Hand greift.

Jules war noch nie in diesem Haus, Isabelle ist nicht mehr dorthin zurückgekehrt, seit sie vor fünfunddreißig Jahren Carlo geheiratet hat und nach Rom gezogen ist. Es war immer Nanni, der sie besuchen kam, der auf dem Samtsofa im Wohnzimmer schlief und morgens von den Kindern geweckt wurde, die ihn Onkel nannten. Als sie Carlo verließ und auszog, besuchte Nanni weiterhin sie und die Mädchen in Rom. Sie gingen meist aus zum Essen, auf einen Teller Spaghetti Cacio e Pepe und ein paar traurige Gespräche. Dann kam Jules, nahm sie nach Paris mit und Nanni besuchte sie auch dort, wann immer er konnte. Er war immer ein Bruder, auf den man sich verlassen konnte, der für sie da war, ganz gewiss mehr als sie für ihn. Sie sieht ihn in Italien immer nur flüchtig, hat nur dann Zeit für ihn, wenn sie gerade nicht damit beschäftigt ist, ihre Töchter zurückzuerobern oder zumindest die negativen Auswirkungen ihrer zerrütteten Beziehung abzuschwächen.

Solange Zaro da war, war kein Gedanke daran gewesen, dieses Haus zu betreten. Aber jetzt ist Zaro im Krankenhaus, und Nanni braucht sie.

Bevor sie schellt, atmet sie tief durch.

»Habt ihr etwas gegessen?«, fragt Nanni gleich, als er ihnen das Gartentor öffnet.

»Ja, ja«, antworten sie im Chor, obwohl das Croissant, das sie im Flugzeug bekommen haben, eigentlich ungenießbar war.

Nanni freut sich, sie zu sehen, er ist rot vor Aufregung, duftet nach Aftershave. Isabelle gibt ihm einen Begrüßungskuss und drückt seine Schulter, ihn zu umarmen gelingt ihr nicht, es gehört zu den Dingen, die man von klein auf lernen muss, damit sie einem zur Gewohnheit werden. Jules umschlingt ihn mit einer brüderlichen Umarmung, die Nanni ungeschickt erwidert, denn irgendwie gehören Isabelle und er derselben Familie an. Ohne ein Wort führt er sie ins Haus, schließt die Tür hinter ihnen und breitet die Arme aus, wie um sich zu entschuldigen, dass er nichts Besseres zu bieten hat.

Drinnen scheint die Zeit stehen geblieben zu sein. Der Geruch nach Zigaretten und Staub. Der kleine dunkle Flur mit dem fleckigen Spiegel. Die Garderobe mit dem schmiedeeisernen Schirmständer. Das Tischchen mit dem Telefon neben der Badezimmertür, darüber ein Kalender und ein abgewetztes Telefonbuch. Die Granitfliesen, der schwere, blaubeerfarbene Aschenbecher aus Glas, die Fotos in den Silberrahmen. Sogar die Kälte, die durch die Fensterritzen dringt, ist noch dieselbe, wenn nicht sogar noch stechender. Nur ungern trennt Isabelle sich von ihrem Mantel.

»Na, wie geht es dir?«, fragt sie Nanni.

»Mir? Gut.«

»Du bist bestimmt müde von dem ständigen Hin und Her zwischen dem Laden und dem Krankenhaus.«

»Im Laden helfen mir Freunde, die von der Casa del Popolo. Mit Fahrrädern kennen sich hier alle einigermaßen aus, und in dieser Jahreszeit ist nicht besonders viel los. Bei den Lebenshaltungskosten heute überlegen es sich die Leute zweimal, ob sie sich ein neues Rad leisten können. Dadurch kommen vor allem kleinere Reparaturen rein. Und einen Schlauch wechseln kann auch ein Vollidiot; wenn es um eine größere Sache geht, muss der Kunde halt etwas warten. Außerdem gibt es ja noch Attilio.«

»Wie geht es ihm?«

»Attilio? Dem geht es immer gut. Er hat gesagt, dass er dir sehr böse ist, wenn du nicht bei ihm vorbeischaust.«

Isabelle lächelt.

»Natürlich mache ich das. Später, gleich danach.«

Attilio war wie ein Vater für sie gewesen, als Lena sie allein in Ponte a Ema zurückgelassen hatte, um ihrem Mann zu folgen, einem Polizisten aus Kalabrien, der nach zehn Dienstjahren endlich die ersehnte Versetzung von Florenz nach Reggio Calabria erreicht hatte. Die fünfzehnjährige Isabelle hatte sich geweigert, noch einmal Umgebung und Freunde aufzugeben und war dageblieben. Lena dachte daran, dass sie im Alter ihrer Tochter allein eine Schwangerschaft durchgestanden hatte, und fand, dass Isabelle auch ganz gut allein durchkommen würde. Zaro hatte auch damals keinen Finger gerührt, aber Attilio hatte seine Garage zu einem Miniappartement umgewandelt, ihr angeboten, in seiner Bar zu arbeiten und sie mehr als eine Tochter geliebt. In den fünfunddreißig Jahren, seit sie weggezogen war, hat Isabelle ihn regelmäßig zu allen Festen und Geburtstagen angerufen, aber persönlich bei ihm in Ponte a Ema ist sie nur sehr selten aufgetaucht. Isabelle hasst diesen Ort, der ihre Schuldgefühle sprießen lässt wie Brennnesseln, die an ihre nackte Seele rühren.

»Und Zaro, willst du gar nicht wissen, wie es ihm geht?«, fragt Nanni.

»Doch, natürlich, deshalb bin ja hier.«

Sie gehen ins Wohnzimmer, und hier hat sich etwas verändert. Auf jeden Fall schon einmal der Fernseher, der jetzt ein zweiundvierzig Zoll großer Flachbildschirm ist. Neben dem Sofa steht ein elektrisch verstellbarer Sessel, der zweifellos Zaro gehört, und an der Wand hängen einige Puzzles in verschiedenen Größen, in Plexiglas gerahmt: ein paar Landschaften (Meer und Berge), ein Löwenrudel in der Savanne, die Arbeiter des Rockefeller Centers, die vor dem Himmel von Manhattan auf einem Balken sitzen, ein rotes Fahrrad, das an einer Kanalbrücke von Amsterdam lehnt. Das größte ist ein Druck der *Erschaffung Adams*, der die halbe Wand füllt.

»Hast du die gemacht?«, fragen Isabelle und Jules zugleich.

»Ja.« Nanni errötet vor Stolz. »Dieses hier hat neuntausend Teile, dafür habe ich sechs Monate gebraucht.«

»Ich würde es in sechs Jahren nicht schaffen, nicht mal in meinem ganzen Leben. Ich habe einfach keine Geduld für so etwas. Du bist gut darin.«

»Mir macht es Spaß, es entspannt mich. An dem hier hat mir gefallen, dass sich die beiden Finger nicht berühren. Es sind Gott und Adam, nicht wahr? Vater und Sohn, die sich nie berühren.«

Er schweigt, er kann selbst nicht glauben, was er da gesagt hat. Isabelle würde ihn jetzt gern in die Arme nehmen oder zumindest das Schweigen mit einem Scherz brechen, um die Verlegenheit dieses Augenblicks zu verscheuchen, in dem so viel Ungesagtes mitschwingt. Aber sie kann es nicht. Wie beschädigt sie doch sind, ihr scheuer Bruder und sie. Mit Schweigen und Scham überzogen wie mit Asphalt.

»Seit wann hast du dieses Hobby?«, fragt Jules, der nicht dasselbe Blut hat wie sie beide.

Nanni lächelt.

»Das erste habt ihr mir vor ein paar Jahren zu Weihnachten geschenkt. Tausend Teile, ein Bild von Chagall. Zufällig sitze ich gerade dran, wollt ihr mal sehen?«

Er führt sie in sein Zimmer. Isabelle erkennt mit einem Schauer dasselbe schmale Bett, in dem Nanni schon als Kind schlief. Das ist doch nicht möglich, denkt sie. Am liebsten würde sie sich draufsetzen, auf dem senffarbenen Überzug hüpfen, um zu spüren, ob die Federn noch wie damals quietschen, ob die Matratze noch dieselbe wie damals ist. Sie lässt es sein, weil sie nicht da ist, um irgendjemandem wehzutun, und weil sie, solange sie es nicht ausprobiert, hoffen kann, sich zu irren. An der Stelle des alten, hölzernen Bücherregals steht jetzt ein Ikea-Schrank mit Schiebetüren, aber der Schreibtisch ist noch derselbe und auch der Stuhl aus schokoladenfarbenem Kunstleder, mit abgewetzten Armlehnen, aus denen der Schaumgummi platzt. Über den Tisch verstreut liegen unzählige Puzzleteile, vor allem blaue. Daneben eine Pappschachtel mit dem Gemälde »Das Paar« von Chagall.

»Genau, jetzt fällt es mir wieder ein. Wir haben es dir zu Weihnachten geschenkt, in dem Jahr, als wir dir gesagt haben, dass wir heiraten«, sagt Isabelle.

Im Vordergrund sind zwei Figuren, die einen Großteil des Bildes beanspruchen, ein Hochzeitspaar, sie weiß, er blau gekleidet. Die Braut hält einen bunten Blumenstrauß in der Hand, eine kleine Explosion von gelben, roten und grünen Tönen, die das Herzstück des Bildes ausmachen, oben, mitten auf der Himmelslinie, die von den Häusern erdrückt wird, gibt es eine orangefarbene Sonne, das einzige andere Feuer in einem Meer von Blau. In dem Blau aufgelöst sind auch die Figuren ringsum, zart und undeutlich wie in einem Traum: ein Geiger, ein Maler mit seiner Palette, eine Frau mit einem Kind auf dem Arm. Der Rest besteht aus Straßen, Dächern, Himmel, alles blau.

»Ein wunderschönes Bild«, meint Isabelle.

»Ein schwieriges Puzzle«, fügt Jules hinzu.

»Ein Wahnsinn«, sagt Nanni. »Von tausend Teilen sind ungefähr neunhundert blau. Ich habe mit dem Blumenstrauß und der Sonne angefangen, hier auf der Geige und auf dem Maler gibt es noch ein bisschen Farbe, aber nicht viel. Dann gibt es noch ihr Kleid, das zwar weiß aussieht, aber in Wirklichkeit hellblau ist, ein kleines bisschen heller als der Rest. Ich mag diese Art von Puzzle, bei denen du nicht schummeln kannst. Das geht hier einfach nicht, du kannst nicht von vornherein sagen, welches Teil passt, was zählt, ist nur die Form. Aber wenn du nach stundenlanger Suche dann das richtige Teil einfügst, ist das eine enorme Genugtuung. Jedes Teil muss die einzig richtige Position für sich finden, jedes hat seinen Platz, und der hängt notwendigerweise mit den anderen Teilen zusammen.«

Beim Sprechen streicht er mit der Hand über die blauen Puzzleteile, die überall auf den Tisch verstreut sind, und über die kleinen bunten Flächen, die schon fertig sind. Isabelle sieht ihn an, getroffen von seinen Worten. Sie hat ihn noch nie so lange über sich selbst sprechen hören, so sehr in die Tiefe gehen.

»Aber wenn das dein erstes Puzzle war, warum hast du dann so lange gewartet, bis du damit angefangen hast?«, fragt Jules.

Nanni nimmt die Schachtel, fährt mit den Fingern die Ränder entlang, zuckt dann die Achseln und schüttelt den Kopf, während er verlegen lächelt und abwechselnd Jules und Isabelle ansieht, ohne zu antworten.

Damit hatte Isabelle nicht gerechnet. Sie hatte sich

vorgestellt, einen Nanni vorzufinden, der erschöpft von den Nächten im Krankenhaus war, der sich Sorgen um die Zukunft seines Vaters machte, bereit, eine Krankenakte mit neu gelernten Fachausdrücken herunterzubeten, einen, der getröstet werden wollte. Sie hatte sich vorgestellt, dass sie gemeinsam über die Möglichkeit einer Pflegekraft nachdenken würden und ein paar Telefonate führen, um die Logistik nach Zaros Operation zu vereinfachen, dass sie sich über alle möglichen praktischen Probleme austauschen würden. Stattdessen trifft sie jetzt auf einen Mann, der in der Tiefe seiner Einsamkeit gestört wurde, ein Introvertierter, der auf einmal wagt, seine vergrabenen Gedanken ans Licht zu holen. Vielleicht hat Zaros Abwesenheit plötzlich ein wenig mehr Raum für seine eigenen Gedanken geschaffen, vielleicht steckt auch eine Welt in ihm, die Isabelle nie bemerkt hatte und zu der er ihr zum ersten Mal Zugang gewährt.

Sie nimmt ihm die Puzzle-Schachtel aus den Händen, verschränkt ihre Finger mit seinen.

»Giovanni«, sagt sie leise, »hast du denn niemanden?«

Er löst sich aus der Berührung, lehnt sich an den Schreibtisch.

»Du bist die Einzige, die mich Giovanni nennt«, sagt er. »Warum nennst du mich nicht Nanni, wie alle anderen?«

Weil das der Kosename ist, den dir dein Vater gegeben hat, mit dem ich nichts teilen will, nicht einmal zwei Silben, um dich zu rufen, würde sie ihm gern antworten, tut es aber nicht. Stattdessen blickt sie Jules an, der erkennt, dass der Moment gekommen ist, um die Augen vom Grund des Brunnens nach oben zu richten, und ausruft:

»Wenn ich es recht bedenke, habe ich doch ein wenig Hunger.«

Die Badezimmertür schließt nicht richtig, in fünfunddreißig Jahren kam nie der richtige Moment, sie zu reparieren. Die Sanitäranlagen sind immer noch die alten, beige, und wahrscheinlich ist der Schwimmer immer noch ein wenig defekt. Isabelle begutachtet Nannis Wäsche an den Leinen, die an der Decke über der Wanne hängen. Warme Unterhemden, Unterhosen, die bis zu den Achseln reichen, Rippenhemden mit ausgeleiertem Saum, ein blauer Overall, der ausgelaufen ist und den Rest der Wäsche mitgefärbt hat. Auf der Heizung nebeneinander drei Paar bläuliche Socken, die vermutlich ursprünglich einmal weiß waren. Isabelle schnürt es die Kehle zu. Hier in diesem Haus zu sein, in diesem Bad, wäre schon schlimm genug, auch ohne die brutale Wahrheit über Nannis Leben entgegengeschleudert zu bekommen. Das ist mehr, als sie ertragen kann.

Sie wäscht sich die Hände und hört durch die angelehnte Tür, dass über Cecilia gesprochen wird. Nanni fragt sie nie direkt nach ihr, er fragt immer ganz allgemein, wie es den Mädchen geht, und wartet, bis er mit Jules allein ist, um sich nach ihr zu erkundigen. Das gibt ihr immer einen Stich, denn sie glaubt, dass Nannis Rücksichtnahme damit zusammenhängt, dass er ihr die Verantwortung für das Ganze gibt, von der Magersucht bis zu dem Groll, den Cecilia allen Menschen gegenüber hegt, sich selbst eingeschlossen. Isabelle ist sich ihrer Schuld durchaus bewusst; wenn es ein Tribunal gäbe, das das Wirken der Eltern beurteilt, gäbe es in ihrem Prozess tausend Anklagepunkte und das Urteil wäre Lebenslänglich in diesem Leben und in allen Reinkarnationen bis zum Nirwana. Sie weiß das, und sie hat sich irgendwie damit arrangiert. Doch sich direkt angeklagt zu fühlen von jemandem, der sie liebt, bringt das fragile Gebilde aus Überzeugungen, auf das sie sich mit Jules Hilfe und seiner unendlichen Geduld die ganzen Jahre über gestützt hatte, mit einem großen Knall zum Einstürzen. In zahllosen Nächten haben ihre Schuldgefühle sie in Paris gequält und nicht schlafen lassen, zahllose Male musste Jules sie beruhigen, indem er sie an seine Brust drückte, sie zwang, auch an Marta zu denken, die fröhliche, süße Marta, umschwärmt von Freunden und Verehrern, mit ihren Hobbys – Theater, Schwimmen, Wasserball –, ihrem ehrenamtlichen Engagement, die ihren Uni-Abschluss gemacht hat und ausgezogen ist und sie nie gehasst hat. Marta, die, wenn sie nach Paris kommt, mit beiden Französisch spricht und mit Jules scherzt und die sie Mama nennt. Marta hatte dieselbe Kindheit wie Cecilia, ist von derselben Mutter verlassen worden und von demselben Vater aufgezogen, und trotzdem trinkt sie Cappuccino und isst jeden Tag Pasta, sie hat sich nie die Finger in den Hals gesteckt und hat einen Job. Die Menschen reagieren auf das Leben so, wie es ihre DNA ihnen sagt. Marta würde nicht einmal von einem Orkan gebeugt werden. Cecilia hätte es sich auch dann schwer gemacht, wenn sie in eine Margarine-Reklame hineingeboren wäre.

Das sind so Dinge, die Jules ihr sagt und die sie glaubt, glauben muss, wenn sie morgens aufstehen und abends einschlafen will. Cecilia ist gerade zu ihrer Schwester gezogen, sie ist siebenundzwanzig und immer noch an der Uni eingeschrieben, sie arbeitet nicht und ist nicht geheilt, aber es geht ihr einigermaßen gut. Marta hat vor kurzem Schluss gemacht mit ihrem letzten Freund – dem Informatik-Genie, wie ihn Jules nennt –, und das hat Cecilia dazu gebracht, den großen Schritt zu wagen, Carlo und die Wohnung in der Via della Paglia zu verlassen, wo sie aufgewachsen ist, und in die Via Bertani umzuziehen, zwei Straßen weiter. Das erzählt Jules Nanni gerade in dem Moment, als Isabelle in die Küche kommt; die beiden sind dabei, den Tisch zu decken, Nanni hat Nudelwasser aufgesetzt, auch wenn es drei Uhr nachmittags ist, er holt die guten Gläser aus dem Schrank, Wein, Brot, Stoffservietten. Jules ist froh, dass Cecilia bei ihrem Vater ausgezogen ist, er findet es nicht gut, wenn man als erwachsener Mensch noch zu Hause wohnt. Aber das kann er natürlich nicht laut sagen, weder zu Cecilia noch zu Carlo noch zu Nanni, der Zaros Haus nie verlassen hat.

Isabelle umarmt ihren Mann von hinten, sie lehnt ihre Wange an seinen einladenden Rücken, spürt, wie er ihre Berührung gleich erwidert, indem er ihre Hände streichelt. Nanni mag das wehtun, sie beide so zu sehen, aber Isabelle braucht jetzt diesen Kontakt zu Jules. Sie ist ihm dankbar für das, was ist und was sie beide zusammen sind, für die nächtlichen Worte, für die Augen, die nicht urteilen, für das Italienisch, das er mittlerweile sehr gut beherrscht. Denn in ein paar Tagen werden sie zusammen nach Rom fahren und wenn Cecilia sie nicht einmal ansieht, wird er an ihrer Seite sein mit derselben sanften Großmut, mit der er jetzt erzählt, wie sehr Cecilia das Fahrrad liebt, das Nanni ihr vor vielen Jahren geschenkt hat, wie sie keinen Tag verstreichen lässt, ohne ein wenig damit herumzuradeln. Sie wissen solche Dinge von Carlo und Marta, in deren Stimmen immer ein wenig Alarmbereitschaft mitschwingt, wenn sie davon sprechen. Es braucht Jules' Kraft, um die Geister in Schach zu halten und in harmlose Anekdoten zu verpacken, um diesem einsamen und liebenswerten Mann einen Moment der Dankbarkeit zu schenken und zugleich auch seine Frau zu beruhigen. Vielleicht ist Liebe genau das, zu denken, dass man nicht alles falsch gemacht hat, zumindest nicht mit diesem einen Menschen. Ein Gefühl, das ihr nicht oft widerfährt.

»Also, wie geht es Zaro denn nun?«, fragt sie schließlich, löst sich von Jules und setzt sich an den Tisch.

»Ich dachte schon, du würdest mich das gar nicht mehr fragen«, ruft Nanni mit einem halben Lächeln aus. Bevor er antwortet, schweigt er noch eine Weile. »Es geht ihm nicht wirklich gut. Der Arzt meint, dass die Operation zwar gelungen ist, aber dass man jetzt abwarten muss, ob er auch noch eine Chemotherapie braucht. Ich hab ihm davon noch nichts gesagt. Und auch nicht, dass Pantani gestorben ist, ich hab es nicht über mich gebracht.«

Isabelle hasst den Radsport und Fahrräder im Allgemeinen; abgesehen von der Tour von '48, die zur Begegnung zwischen ihrer Mutter und Zaro geführt hatte, hat sie sich nie für diesen Sport interessiert und hat nie in ihrem Leben auf einem Rad gesessen. Deshalb fragt sie schnell, bevor Jules das Thema aufgreifen und sich Nanni über den tragischen Tod von Pantani auslassen kann: »Hat er Schmerzen?«

»Schmerzen nicht, er ist vollgepumpt mit Medikamenten, ich glaube auch Morphium. Er schläft fast die ganze Zeit, aber wenn er wach ist, weint er. Er tut mir leid, der Arme.«

Leid! Er hat dein Leben ruiniert, hat die letzten fünfzig Jahre damit verbracht, dir noch den kleinsten Rest von Selbstbewusstsein auszutreiben, er hat auf jede erdenkliche Weise seine Verachtung dafür ausgedrückt, dass du nicht sein Klon bist, und jetzt tut er dir leid.

»Haben sie ihm die Prostata entfernt?«, fragt Jules.

»Nein.« Nanni setzt sich, er reißt ein Stück Brot ab. »Der Tumor ist zu groß. Um ihn zu verkleinern oder zumindest sein Wachstum zu verlangsamen, meinten sie, wäre es am besten, wenn man das Testosteron reduziert. Na, davon hatte er immer eine ganze Menge …«

Der Witz bringt keinen zum Lachen. Nanni rollt ein Stück Brotteig zur Kugel, dreht sie zwischen Daumen und Zeigefinger. Isabelle und Jules sehen ihn an, ohne etwas zu sagen.

»Es gab zwei Möglichkeiten«, fährt er fort. »Entweder die Zugabe von weiblichen Hormonen, um den Testosteronspiegel zu senken, oder … wie sagt man, die Hoden zu entfernen. Kurz gesagt, keine Hoden, kein Testosteron.«

Isabelle hält den Atem an.

»Die Hormone haben ziemlich unangenehme Neben-wirkungen. Etwa, dass man Brüste bekommt wie eine Frau. Der Arzt hat sich ziemlich klar ausgedrückt, und Zaro hat entschieden. Er hatte praktisch die Wahl zwi-schen einem Genickschuss und einem Strick, für jeman-den wie ihn. Er wollte keines von beiden, ihm wäre es lieber zu sterben, sagte er, doch sie erklärten, dass man nicht einfach so stirbt, in zwei Monaten. Die Krankheit würde lange dauern und er würde sehr leiden. Am Ende hat er sich dann entschieden.«

»Für die Amputation der Hoden?«, fragt Jules über-rascht.

»Orchiektomie nennen sie das.«

Isabelle kann es nicht fassen. Sie haben Zaro die Eier ab-geschnitten. Zaro, der Schürzenjäger, der Ehebrecher, das Schwein. Zaro, der die fünfzehnjährige Lena geschwän-gert hatte und wer weiß, wen noch alles, und der da-nach nichts davon wissen wollte. Zaro, der seine Frau so lange gedemütigt hatte, bis sie auf dem Friedhof lag, der eine Festung aus Hohn zwischen seinem Sohn und den Frauen errichtet hat, der seine Tochter angespuckt hat und ihr etwas geraubt hat, was ihr kein anderer wie-dergeben kann. Zaro, kastriert mit fünfundsiebzig, Zaro, der weint.

Sie muss grinsen.

Jules redet irgendetwas über Infektionen, Inkontinenz, Depression. Er schneidet das Thema an, das der Haupt-grund ihrer Reise ist, und zwar: Nanni dazu zu bringen, eine Pflegerin einzustellen.

»Wenn er aus dem Krankenhaus kommt, wird er ständige Pflege brauchen. Denk nur an die Nebenwirkungen der Chemotherapie, die Übelkeit und die anderen Komplikationen, die jeden Moment eintreten können. Er wird Windeln brauchen, du müsstest ihn wickeln, waschen, zusehen, wie er weint, ihm seine Medizin verabreichen und daneben auch noch arbeiten gehen. Das schaffst du nicht allein, Nanni, und das wäre auch nicht gerecht. Du bist fünfzig, du hast ein Recht auf ein eigenes Leben.«

»Er wird keine Krankenschwester wollen, er würde nur ihr und mir das Leben schwer machen.«

»Das ist nicht gesagt«, schaltet sich Isabelle ein, »er wird nicht mehr der Alte sein, wenn er zurückkommt. Schwach, leidend. Zaro ohne Hoden, ohne Testosteron! Nicht vorzustellen. Er wird nicht mehr er selbst sein.«

Ihre Augen glänzen, sie merkt, dass sie aufpassen muss, sich beherrschen muss, aber sie schafft es nicht. »Am Anfang wird er sich vielleicht dagegen wehren, es wird ihm nicht recht sein, dass eine Frau ihm die … meine Gott, die Windel wechselt. Aber schließlich ist er alt, was will er denn? Er kann doch nicht verlangen, dass du dich darum kümmerst?«

»Er ist doch mein Vater, Isa.«

Die Euphorie ist schon verflogen, wie ein leichter Schwips. Er ist doch mein Vater. Na und? Meiner doch auch, und dass er dich anerkannt hat als sein Kind, hat dir nicht viel gebracht, eher im Gegenteil. Oder meinst du damit, dass ich die Erlaubnis habe, ihn zu hassen, weil ich der uneheliche Bastard bin, weil er mir nie das Radfahren beigebracht hat und weil ich womöglich doch gar nicht seine Tochter bin? »Wenn du dich lieber aufopfern willst, bitteschön. Ich habe dir eine Telefonnummer besorgt von einer vertrauenswürdigen Person, die es dir ermöglichen würde, ein normales Leben zu führen, aber wenn du dich lieber für jemanden ans Kreuz schlagen lässt, der dich verachtet, seit du das erste Mal vom Dreirad gefallen bist, dann ist das deine Sache.«

Sie ist aufgesprungen, sie würde jetzt gern eine Zigarette rauchen, obwohl sie schon vor Jahren damit aufgehört hat. Jules packt sie am Handgelenk, er sieht sie eindringlich an. Auch Nanni erhebt sich, wirft die Teigkugeln, die er neben den Teller gelegt hat, in den Mülleimer, schüttet Salz ins kochende Wasser. Während er die Pasta hineinwirft, sagt er zu ihr:

»Weißt du, Isa, von den Puzzles habe ich gelernt, dass man manche Dinge erst aus einem gewissen Abstand erkennt. Und du hast zwar eine große Distanz zwischen uns und dich gebracht, aber trotzdem erkennst du gar nichts. Und das verstehe ich einfach nicht.«

»Du kannst es eben auch nicht verstehen«, sagt sie, auf einmal erschöpft. Noch einmal haben Nannis Worte sie tief getroffen, sie erinnern sie an das, was sie zu Carlo gesagt hat, an jenem Dezemberabend, als sie von zu Hause wegging, in einem anderen Jahrhundert, einem anderen Leben: *Manchmal muss man weggehen, um besser zu sehen.* Hat das funktioniert? Offensichtlich nicht. Die Dynamik in der Familie ist die dieselbe geblieben, unabhängig von jeder räumlichen oder zeitlichen Distanz. Geschlagen lässt sie sich auf den Stuhl sinken.

Nanni wirft ihr einen Blick zu. Er kann es immer noch nicht glauben, dass sie wirklich hier ist, in seiner Küche, mit dem Ellbogen auf dem karierten Tischtuch und dem Duft nach Blumen und Gewürzen, den sie verströmt, als würden die Augen nicht ausreichen, um sie wahrzunehmen.

»Aber gib sie mir für alle Fälle, die Nummer der Pflegerin«, sagt er. Er sieht, wie sie den Kopf hebt, sich aufrichtet. *Die Braut auf dem Puzzle bist du, die Dinge um dich herum werden blau, um sich deinem Blick anzupassen.* »Wie heißt sie denn?«

»Ilona. Sie kommt aus der Ukraine, ihre Schwester arbeitet in Rom bei der Mutter einer Freundin von mir, es sind gute Menschen. Sie war Krankengymnastin in Kiew und verdiente dort zweitausend Euro im Jahr, als sie in Pension ging, reichte ihre Rente nicht einmal fürs Essen. Sie hat eine Tochter, die in Florenz lebt, letzten Herbst ist sie zu ihr gezogen. Im Moment arbeitet sie als Putzfrau und lernt Italienisch. Ich habe selbst mit ihr gesprochen, Giovanni, du kannst mir vertrauen.«

»Ilona. Ich kann mir schon vorstellen, was der Vater dazu sagt!«

»Das kann ich auch, aber es ist egal. Sie ist nur wenig älter als du, vielleicht gefällt sie dir ja.«

»Das kann ich jetzt wirklich gar nicht brauchen. Aber gut, versuchen wir's mal. Jetzt muss ich die Pasta abgießen, es wird gleich dunkel und ich muss noch zum Krankenhaus. Und du zu Attilio, vergiss das nicht!«

»Nein, bestimmt nicht. Und Entschuldigung wegen vorher.«

Nanni macht eine Geste, als verscheuche er eine Fliege, und wendet sich wieder dem Herd zu.

»Womöglich schlägt er uns allen ein Schnippchen wie Armstrong, der, seitdem er Hodenkrebs hat, sechs Mal die Tour gewonnen hat«, ruft er aus, froh, dass ihm endlich etwas Fröhliches eingefallen ist.

»Habe ich euch schon erzählt, dass im Korallenriff ein Fisch lebt, den man den Clownfisch nennt?«

»Weil er den anderen Streiche spielt?«

»Nein, weil er ganz bunt ist, orangefarben mit zwei oder drei weißen Streifen. Er erinnert an einen Clown, und deshalb haben sie ihn so genannt.«

»Bringt er einen zum Lachen?«

»Na ja, das kommt drauf an. Wenn du ein Taucher bist und er vor deinen Augen herumturnt zwischen den Anemonen und Korallen, dann macht er dich bestimmt froh. Er ist jedenfalls ein sehr hübscher Fisch und auch eines von den besonderen Tieren, die uns so gut gefallen.«

»Warum?«

»Weil er als Männchen geboren wird und später zur Frau wird.«

»Das geht doch gar nicht.«

»Das denkst du dir jetzt aus.«

»Gar nicht. Viele Fische tun das.«

»Und warum tun sie das?«

»Weil man als Weibchen und zum Eierlegen viel mehr

Kraft braucht, als wenn man ein Männchen ist und die Eier nur befruchten muss. Deshalb sammelt der Clownfisch seine Kräfte, wartet bis er erwachsen ist und wechselt sein Geschlecht. Er lebt in seiner Seeanemone, einer Art Wasserpflanze mit vielen Greifarmen, zusammen mit seiner Verlobten und vielen jüngeren Männchen.«

»Alles Clownfische?«

»Ja, alles Clownfische.«

»Das muss lustig sein!«

»Lustig ist es vor allem für das Weibchen, denn sie ist die Bestimmerin und auch die Größte und Älteste.«

»Wie eine Bienenkönigin?«

»Ja, so ähnlich. Bevor sie die Eier legt, lässt sie ihren Clown-Verlobten erst einmal den ganzen unteren Teil der Anemone putzen, und wenn sie die Eier gelegt hat, muss er Wache stehen, bis die Kleinen schlüpfen. Und stellt euch vor, solange das Weibchen da ist, wächst kein anderer Fisch.«

»Warum?«

»Weil die Natur will, dass in jedem Anemonen-Haus nur ein Weibchen wohnt. Denn sobald die Männchen wachsen, werden sie zu Weibchen, und dann wäre im Anemonen-Haus der Teufel los. Das Weibchen hat deshalb auch die Macht, die Zeit anzuhalten.«

»Eine Clown-Hexe!«

»Genau. Leider kann die Clown-Hexe zwar für die anderen die Zeit anhalten, aber nicht für sich selbst, und so passiert es irgendwann, dass sie stirbt oder aus irgendeinem Grund die Anemone verlässt. Dann holen die Männchen alle zusammen die verlorene Zeit auf: der

Verlobte der Clown-Hexe beginnt plötzlich zu wachsen, wird zur Frau und übernimmt das Kommando, und der größte der Fisch-Männchen übernimmt die Rolle des Verlobten.«

»Und die Zeit wird wieder angehalten.«

»Genau. Mit einem neuen Paar und einer neuen Bestimmerin im Haus, bleibt die Zeit für die jungen Fische wieder stehen.«

»Wir wachsen aber schon, nicht, Papa?«

»Klar tun wir das! Sind wir etwa Clownfische?«

»Nein. Aber trotzdem darfst du dir bitte keine Clown-Hexe suchen, sicher ist sicher.«

Ein Loch ist im Eimer

Juli 2001

Cecilia wacht schließlich von den Samstagmorgen-Geräuschen auf, die aus den Gassen Trasteveres hereindringen. Sie öffnet ein Auge und wird von dem Licht geblendet, das sich durch die Ritzen des Rollos zwängt. Sie schält sich aus den nassgeschwitzten Laken, presst das Gesicht in das Kissen in der Hoffnung, dass der glühende Strahl, der sich in ihre Netzhaut gebrannt hat, wieder vergeht, und merkt, dass sie zu lange geschlafen hat.

Zwölf Uhr zwölf. Martas Bett ist wie gewöhnlich unberührt, die Türe angelehnt und hinter der Tür die Stille einer leeren Wohnung.

Es war ausgemacht, dass Marta gegen zehn käme, um zusammen die Koffer zu packen. Danach sollten sie mit Papa Mittagessen, warten, bis Achille und Valentina kommen und schließlich würde Papa sie alle vier zum Bahnhof bringen. Cecilia hat gar keine Lust zu verreisen. Schon der Vorstellung, zwei Wochen in Nizza unter einem Dach mit Isabelle und Jules zu verbringen, kann sie nichts abgewinnen, aber das ist noch das Geringste, verglichen mit dem Rest. Das wahre Problem wird sein, ihre Menschenfeindlichkeit in Achilles Gegenwart im Zaum zu halten, und Valentina gegenüber nicht hysterisch zu werden. Abgesehen davon, dass es so, wie die Dinge sich in letzter Zeit entwickelt haben, auch eine harte Probe sein wird, Martas Uni-Abschluss zu feiern. Cecilia hat keine Lust, auch nur einen einzigen Gedanken an die Uni zu verschwenden. Auch in diesen letzten Monaten hat sie keine einzige Prüfung gemacht, sie ist seit dreieinhalb Jahren für Biologie eingeschrieben und hat insgesamt sieben Prüfungen in ihrem Studienbuch. Ihre offizielle Erklärung dafür ist, sie warte darauf, dass ihr Vater ein Sabbatical nimmt, um dann die Ethologie-Prüfung bei seinem Kollegen machen zu können und anzufangen, ernsthaft zu lernen.

Marta hingegen war auch auf diesem Gebiet eine Granate. Bestnote mit Auszeichnung in Amerikanistik und die Aussicht, dass die Übersetzung des Romans, den sie für ihre Magisterarbeit übersetzt hat, veröffentlicht wird. Jules wird sie mit einem Feuerwerk empfangen, er wird einen roten Teppich für sie ausrollen, vom Trittbrett des Zugs bis vor die Haustür. Nein, Cecilia würde am liebsten gar nicht fahren, wenn nicht Papa seit Monaten eine Reise auf die Äolischen Inseln geplant hätte, zusammen mit seinem Kollegen Bonaccorsi. Die Vorstellung, allein in der römischen Bruthitze dahinzuvegetieren, ist noch schlimmer als die zwei Wochen, die vor ihr liegen. In Nizza gibt es wenigstens eine Promenade, die nach Wind und Meer riecht, und bestimmt findet sie jemanden, der ihr ein Fahrrad leiht.

Die Rucksäcke liegen noch immer zusammengeknüllt

vor dem Schrank, aus dem Cecilia sie am Vorabend gezerrt hat. Mit halb geöffneten Augen und ohne die Rollos hochzuziehen, steht sie auf und zieht eine Schublade der Kommode ihrer Schwester auf. Die Wäsche liegt ordentlich darin, es scheint nichts zu fehlen. Die Spitzendessous, die Achille so gut gefallen, sind alle noch darin, ein sicheres Zeichen dafür, dass Marta nicht nach Hause gekommen ist. Niemals würde sie sie zu Hause lassen.

Offensichtlich hat es eine Programmänderung gegeben, und in Cecilias Blut regen sich die Anzeichen des Grolls, den sie seit einigen Monaten gegenüber Marta ausbrütet. Sie beschließt, das Hochkochen der Wut noch ein wenig hinauszuschieben, solange, bis sie ihre Samstagsrituale absolviert hat, die denen der anderen Wochentage gleichen, aber etwas elaborierter sind. Sie geht ins Bad, zieht sich nackt aus und stellt sich auf die Waage. Einundfünfzig Komma eins. Mit missmutigem Gesicht stellt sie sich unter die Dusche, wäscht sich und rasiert sich die Beine, die Leisten und die Achseln. Sie steckt einen Finger in ihre Scheide und zieht ihn klebrig vor Schleim wieder heraus, wie es normal ist in der Mitte des Zyklus. Die Überwachung des Zyklus ist sehr wichtig, nicht etwa, um Schwangerschaften zu vermeiden (Cecilia hat im Ganzen zwei Beziehungen gehabt, von denen die letzte vor vier Jahren stillschweigend endete, und einen einzigen One-Night-Stand am Abend ihres einundzwanzigsten Geburtstags, in einem Zustand widerlicher Betrunkenheit, aus dem sie mit unerträglichem Brennen ihrer Geschlechtsteile und größter Besorgnis wegen der konsumierten Kalorien erwachte), sondern um die Gefahr einer Behandlung mit Hormonen und Kohlehydraten zu vermeiden, die ihr vor ein paar Jahren, als sie auf vierzig Kilo abgemagert war, wieder die Menstruation beschert hatte, was wiederum eine erhebliche Gewichtszunahme bedeutete. Die zweiundfünfzig zu überschreiten steht außer Frage. Papa hat die Höchstgrenze von einundfünfzigeinhalb akzeptiert, aber ein Minimum von fünfzig festgesetzt. Solange sie mindestens eine Scheibe Brot am Tag isst und siebzig Gramm Pasta zwei Mal die Woche. Und solange der Zyklus nicht ausbleibt, natürlich. Da kann Cecilia nicht schummeln; Papa kontrolliert die Anzahl der Binden im Badezimmerschrank und sie glaubt, dass er sogar den Inhalt des Mülleimers im Bad inspiziert, um sicher zu sein, dass sie sie auch tatsächlich benutzt. Klebrige Scheide am fünfzehnten Tag = Eisprung = regulärer Zyklus = alles in Ordnung. Cecilia zieht sich den Bademantel über und geht in die Küche, ohne in den Spiegel zu schauen.

Zerstreut streichelt sie Silla, der aus seinem Napf auf der Waschmaschine die Breckies frisst, schaltet das Handy ein, und während sie sich einen Kaffee macht, bekommt sie eine SMS. Sie stammt von Marta, die sie ihr um 10:50 geschickt hat:

ICH ÜBERNACHTE BEI ACHILLE, DEN RUCKSACK HOLEN WIR MORGEN NACH DEM MITTAGESSEN. PAPA WEISS BESCHEID. BIS SPÄTER.

Cecilia atmet erleichtert auf. Nichts Schlimmes, nur eine kleine Programmänderung. Vor einem Jahr hätte sie Marta geantwortet, dass das kein Problem sei, dass sie mit dem Packen auf sie warten und in der Zwischenzeit eine Runde mit dem Rad über die sieben Hügel machen werde. Marta wäre allein gekommen, und sie wären allein abgereist, wie zur Hochzeit von Jules und Isabelle. Jeden zweiten Abend hätte Marta fünf Minuten lang mit Achille telefoniert, und sie hätte ihn nur erwähnt, um mit Cecilia darüber zu diskutieren, welches der richtige Zeitpunkt und die richtige Art wäre, mit ihm Schluss zu machen. Sie hätte seinen prolligen Akzent nachgemacht, den er trotz aller Bemühungen nicht loswurde, vor allem dann, wenn er fasziniert die irdischen Auftritte des Gottes des Geldes kommentierte oder wenn er sich über die allgemeine Dummheit so gut wie aller seiner Mitmenschen ärgerte. Marta hätte sich beschwert, dass er der einzige Typ auf der Welt war, der auch im Hochsommer kalte Füße hatte, dass er schnarchte, sich über seine Angewohnheit geärgert, den Topf mit einem Stück Brot zu säubern, nie seine Zahnbürste zu wechseln, sich aufzugeilen, indem er an ihren Achseln roch und vor allem über seine autistischen Monologe über Software und Hardware und Mikroprojektoren von integrierten Schaltkreisen, bei denen es ihm vollkommen egal war, dass er seine Freundin damit zu Tode langweilte und somit die wertvolle Zeit verschwendete, die sie ihrer Studienzeit abrang.

So war es letztes Jahr gewesen, in der Woche, die Marta und Cecilia anlässlich Isabelles Hochzeit in Paris verbrachten; sie waren Komplizinnen gewesen, und Cecilia hatte vergessen, was ihr alles an Marta missfiel: ihre Bereitschaft, ihre Zeit anderen zu widmen, was daran lag, dass sie nicht nein sagen konnte. Ihre Art, eine übertriebene Anzahl an Freundschaften zu unterhalten, bei der jeder Einzelne dachte, er sei etwas ganz Besonderes für sie. Eine generelle Offenheit, die nach außen hin wirkte wie die Unfähigkeit zu differenzieren, auszuwählen, die Menschen, mit denen sie zu tun hatte, einer Rangordnung zu unterziehen.

In Martas Leben waren die Menschen immer schon in Massen eingedrungen, schon in der Grundschule, als die Klassenkameraden darum stritten, wer neben ihr sitzen oder auf dem Weg zur Toilette ihre Hand halten durfte. Sie war eines jener Geschöpfe, die von Männern und Frauen gleichermaßen geliebt werden, und von Männern wie Frauen umworben. Cecilia hatte unter dieser Beliebtheit immer gelitten, nicht aus Neid, sondern weil sie bewirkte, dass sie die Schwester immer mit anderen teilen musste. Marta hatte nie etwas Besonderes getan, um beliebt zu sein, und doch gelang es ihr immer mühelos. Das hatte sie vielleicht von Isabelle, die in ihrem Leben bestimmt mehr Liebe bekommen als gegeben hatte. Zwei vollkommen von ihr verhexte Ehemänner, man versteht nicht ganz, worin dieser Zauber besteht. Cecilia erträgt diese Art von Ungerechtigkeit nur schwer.

Auf dem Gymnasium wurde die Anziehungskraft zwischen Marta und der Welt so stark, dass Cecilia zum ersten Mal in ihrem Leben verstand, was die Freundinnen ihrer Schwester empfanden, diese ewig Frustrierten, die immer versuchten, sie in ihren Dunstkreis zu ziehen, ohne dass es ihnen gelang, sie dort festzuhalten. Solange sie mit ihnen zusammen war, verhielt sich Marta so, als gäbe es nichts Wichtigeres und Schöneres als die Freundschaft, die sie verband: Sie beschenkte sie mit ihrem angeborenen Talent, jedem Menschen das Gefühl zu geben, einzigartig und geliebt zu sein, ohne die schrecklichen Hierarchien der Zuneigung aufzustellen, die bei den Jugendlichen so großen Wert für ihr Selbstwertgefühl haben. Sobald sie sich jedoch umdrehte, schien Marta schon wieder von jemand oder etwas anderem absorbiert zu sein, was nicht weniger einzigartig und wichtig war; da waren vor allem die Jungs, denen ihr immer üppigerer Busen nicht entging; und dann die Bücher, das Volleyballspielen und ihre Teamkameradinnen, der Schwimmverein und die anderen Schwimmerinnen, die Katzen vom Largo Torre Argentina und die Leute, die sich um die herrenlosen Tiere kümmerten. Als sie älter wurde die Liga gegen Tierversuche, Greenpeace, Emergency, das Kollektiv der linken Studenten und ihr Anführer Giulio Scambi, dessen feste Freundin sie jahrelang war, die französischen Freunde, die jedes Mal, wenn sie Isabelle besuchte, mehr wurden, die Buchhandlung in der Via dei Fienaroli, wo sie aushalf, wenn dort Not am Mann war, die Theatergruppe der Vagina-Dialoge und so weiter.

Cecilia hatte sich immer wieder herausgefordert gefühlt, etwa, als ihre Schwester anfing, mit Giulio zu gehen und in der ersten Zeit nur über Politik redete und an Sex dachte, oder im Gymnasium, als Marta Valentina Gori kennenlernte, eine höhere Tochter aus der römischen High Society, die Marta in Sachen Charisma in nichts nachstand und vor allem keinerlei Anstalten machte, ihr zu gefallen. Eine Weile lang reichte die bloße Erwähnung von Giulio oder Valentina aus, um Cecilia in einen Zustand pathologischer Unsicherheit zu versetzen, der sie derart erschöpfte, dass sie die Zugbrücke hochzog und den Burggraben mit wutschnaubenden Alligatoren versah, gegen eine Welt, die in ihren Augen voller Bedrohungen war.

Doch diese Phasen hatten nie lang angehalten. Giulio hatte Cecilia in so kurzer Zeit so liebgewonnen – seine überbordende Liebe zu Marta konnte gar nicht anders, als sich auf alle Liebesobjekte seines Liebesobjektes zu auszuweiten –, dass der Alligatorengraben sich in einen Goldfischteich verwandelte.

Dann schenkten Isabelle und Jules Marta und Cecilia Handys, Carlo besorgte ein Modem für den häuslichen Computer, und von da an wurde alles anders. Marta schien immer mehr der Welt zu gehören und immer weniger ihrer Schwester. Ihr Telefon klingelte, piepste und brummte ununterbrochen, während das von Cecilia manchmal tagelang schwieg. Cecilia verweigerte sich dem Internet, und Marta chattete und mailte gleichermaßen mit Leuten, die um die Ecke wohnten und am anderen Ende der Welt. Carlo bat Cecilia, Geduld zu haben, erklärte ihr, dass Marta sich nicht wirklich verändert hatte, sondern dass sie wie im Rausch war, der bald vergehen würde. Doch die Entwicklung war zu radikal, als dass man der Geschichte vom Strohfeuer glauben konnte. Marta und Giulio hatten sich auseinanderentwickelt und schließlich getrennt, Martas Handy hatte vor Erschöpfung den Geist aufgegeben und war sogleich durch ein Modell der neuesten Generation ersetzt worden wie auch die extrem langsame Internetverbindung der Petronios durch eine brandneue ADSL-Leitung. Deren Einrichtung sich aufgrund ihrer Neuheit ziemlich kompliziert gestaltete, so dass der Freund eines Freundes Marta empfahl, sich Rat bei einem brillanten Informatikstudenten zu holen, der als Genie der Telekommunikation galt, und auf diese Weise war Achille Castrogiacomo in ihr Leben getreten.

Cecilia trank den letzten Schluck Kaffee, der mittlerweile kalt geworden war, und betrachtete Silla, der die letzten Breckies aus seinem Napf leckte.

»Du bist scheußlich, so fett«, sagte sie, während sie ihm den Napf wegnahm, um ihn abzuspülen. »Wenn wir zurückkommen, bist du bestimmt kugelrund, von all dem Junkfood, das Renata dir gibt.«

Das Essen ist auch in den Ferien ein Problem für sie. Zu Hause, mit Papa und Marta, fühlt sie sich frei, ihre Ernährungsdisziplin je nach Phase mehr oder weniger streng anzuwenden, aber Isabelle gegenüber nimmt jedes Verhalten eine extreme Dimension an. Isabelle darf keinen Moment lang glauben, dass zwischen ihnen ein Waffenstillstand möglich sei. Sie darf sich nicht der Illusion hingeben, dass Cecilias Wut sich auf irgendeine Weise besänftigen ließe; niemals wird sie ihr die Hoffnung auf Vergebung gewähren. Diamant-Modus, so nennt Cecilia diese eiskalte, unbarmherzige Härte, die sie unweigerlich in Gegenwart ihrer Mutter einschaltet. Und die sich natürlich auch automatisch auf ihr Essverhalten überträgt: Je mehr Hunger sie hat, desto weniger isst sie, um Isabelle etwas – eine Menge Dinge in Wirklichkeit – zu demonstrieren.

»Guten Morgen, Cecertola!«, ruft die Stimme ihres Vaters fröhlich.

»Na, es wurde aber auch Zeit, dass sich jemand meldet.«

Carlo kommt in die Küche und küsst sie auf die Stirn.

»Ich war kurz draußen, um die Zeitung und ein paar Zucchini zu kaufen. Damit machen wir uns eine Pasta«, stellt er ohne ein Fragezeichen fest.

Cecilia antwortet nicht und konzentriert sich auf die Titelseite der *Repubblica*, die ganz den Krawallen beim G8 gewidmet ist.

»Scheiße, dann ist er also von der Polizei getötet worden?«

»Ja, es war ein Schuss ins Gesicht«, antwortet Carlo langsam. »Und heute wird es noch schlimmer als gestern. Ich bin froh, dass ihr am Ende doch beschlossen habt, nicht hinzufahren.«

»Ehrlich gesagt, habe ich gar nichts beschlossen«, erwidert Cecilia mit einer von Ärger gefärbten Stimme. »Das hat alles sie geplant und wieder abgesagt. Mal abgesehen von deiner Erleichterung, dass wir nicht mitten in dem Wahnsinn sind, ist diese Entscheidung allerdings kein Ergebnis irgendwelcher Vorsichtsmaßnahmen, sondern einer ganz banalen Verspießerung. Wenn sie anstelle von Achille noch mit Giulio zusammen wäre, würde sie wohl kaum ausgerechnet in der Woche des G8 an die Côte d'Azur fahren. Dann wären wir beide schon seit einer Woche dort, mit schwarzen Kapuzenshirts und Papierbomben im Rucksack, und dann hätte es womöglich nicht nur einen Toten gegeben, sondern drei.«

Was sie da sagt, ist abscheulich, und sie bereut es sofort. Carlo beugt sich über das Waschbecken, wo er eine Zwiebel schält. Cecilia sieht, wie er einen Moment lang wie gelähmt innehält, bevor er mit dem Messer weiterarbeitet, etwas heftiger als zuvor, wie ihr scheint.

Vielleicht hat sie schon den Diamant-Modus eingeschaltet. In letzter Zeit muss sie auch Marta bestrafen, Wut hat schließlich keine Hähne, mit denen man sie nach Bedarf regulieren könnte. Die Wut ist eine Lunte, die vom Magen aufsteigt bis zur Zunge, und wenn sie anfängt zu brennen, muss man sie gleich ausspucken, damit die Flammen einem nicht das Gesicht verbrennen.

Doch sie auf Papa spucken, das will sie nicht.

»Sie hat dir aber schon gesagt, dass sie zum Mittagessen nicht da ist?«, fragt sie jetzt freundlicher.

An Stelle einer Antwort murmelt Carlo nur: »Nimm dich zusammen, Cecilia, sonst schadest du nur dir selbst.«

»Was?«

»Ihr seid dort drei gegen eine, wenn man es so sehen will wie du. Wenn sie spürt, dass du ihr feindlich gesinnt bist, verbündet Marta sich mit Valentina und Achille. Nicht weil sie gemein ist, sondern weil sie Ferien hat, sie hat gerade ihr Examen hinter sich und will jetzt einfach ein bisschen Spaß haben. Und Isabelle hat Jules. Wenn du vorhast, den anderen den Urlaub zu verderben, grenzt du dich nur selbst aus und ruinierst dir das Vergnügen.«

»Ich bin sowieso schon ausgegrenzt, und Marta hat sich sowieso schon mit Valentina und Achille verbündet.«

»Es könnte alles viel besser laufen, wenn du einfach ein wenig gelassener wärest.«

Cecilia weiß, dass ihr Vater Recht hat. Dieses ständige Herumreiten auf den Fehlern der anderen, die wütenden Schuldzuweisungen für das Verhalten der anderen ihr gegenüber findet sie selbst entsetzlich. Und trotzdem gelingt es ihr nicht, sich zu beherrschen, sie verbirgt ihre Schwäche unter dem Recht, sich zu empören.

»Die beiden sind unerträglich und ich habe nicht vor, mich anzustellen und um Martas Aufmerksamkeit zu betteln«, sagt sie abschließend, während sie ins Schlafzimmer geht, um sich anzuziehen.

Carlo dreht die Flamme kleiner und seufzt. Er kennt seine Töchter genau, und er weiß, wie ungerecht Cecilias Vorwürfe Marta gegenüber sind. Doch zugleich ist es auch nicht Cecilias Schuld: Ihre kindliche Sicht der Dinge hat ihren Ursprung im Schmerz, nicht in einer Laune. Marta ist flügge geworden und sie, deren Flügel zu schwach sind, um sich in der Luft zu halten, bleibt zurück und hat das Nachsehen. So sehr er als Vater darunter leidet, kann Carlo sich trotzdem nicht wünschen, dass eine seiner Töchter der anderen zuliebe auf ein erfülltes und freies Leben verzichtet. Das wäre ungerecht unter ethischen Gesichtspunkten und vollkommen inakzeptabel unter denen Darwins, leider Gottes.

Carlo gibt zu den angeschwitzten Zwiebeln die Hälfte der in Scheiben geschnittenen Zucchini, für sich; die für Cecilia kocht er im Nudelwasser. Beim Tischdecken fragt er sich, wie seine Töchter wohl zurechtkommen werden, wenn sie erst einmal ausgezogen sind.

Marta platzt um drei Uhr nachmittags ins Zimmer und findet dort Cecilia vor, die lauter Bücher in die Seitentaschen ihres Rucksacks stopft.

»Na, du hast offensichtlich vor, dich richtig gut zu amüsieren«, sagt sie, während sie ihr einen Kuss auf die Schulter drückt und beginnt, wahllos Kleider aufs Bett zu werfen. »Wilde Nächte mit Monsieur Malaussène!«

»Ich dachte, du hättest den Oberverarscher bei sich zu Hause gelassen«, erwidert Cecilia. »Aber ihr seid wohl mittlerweile miteinander verschmolzen.«

»Meine Güte, wie bist du denn drauf. Das klingt aber nach dicker Luft!«

Vielleicht hat sie vergessen, dass dieses Adjektiv tabu ist, vielleicht hat sie es auch absichtlich verwendet. Einer Magersüchtigen dicke Luft vorzuwerfen ist so, als würde man einem Kardiologen von Herzen gratulieren, ein Scherz, bei dem Marta unweigerlich lächeln muss.

»Das war ein Scherz, Cecertola«.

Aber Cecilia lächelt nicht.

»Ich ziehe nicht mit dir zusammen im September, Marta, tut mir leid.«

Marta bleibt unschlüssig stehen, einen schwarzen Spitzen-BH in der Hand.

»Oder den hier?«

»Ich habe darüber nachgedacht und bin zu dem Schluss gekommen, dass ich es nicht kann. Ich bin nicht so weit.«

Das ist die Wahrheit. Im falschen Moment und wütend herausgeschleudert, aber im Wesentlichen stimmt es.

»Warum denn? Weil ich gesagt habe, dass hier dicke Luft ist?«

»Deshalb, und weil wir heute Morgen zusammen packen wollten, und weil du seit einer Woche nicht mehr zu Hause übernachtet hast, und weil du im letzten Moment noch Valentina eingeladen hast, und weil es immer jemanden gibt, der dir wichtiger ist als ich.«

»Cecilia, was faselst du da. Dir geht es nicht gut.«

»Auf dich kann man sich nicht verlassen, Marta.«

Einen Augenblick lang scheint die Wucht dieser Absurdität Martas Gesicht zu zerschlagen, die Empörung färbt ihre Wangen rot und verschließt ihr die Kehle mit einer Art Stein. Doch dann fügt sie sich wieder zusammen, wartet, bis ihr Herz wieder ruhiger schlägt und sagt: »Du solltest langsam erwachsen werden, Cecilia.«

Marta sagt niemals solche Dinge. Das tun Lehrer, frühere Schulkameradinnen, Isabelle. Cecilia hat Angst, eine Schwelle übertreten zu haben, hinter der sie sich orientierungslos und unsicher fühlt, und sie reagiert wie ein verstocktes Kind, das nie nachgibt und statt anzugreifen, weinerliche Vorwürfe macht.

»Warum musstest du Valentina einladen? Du weißt doch, dass ich sie nicht ausstehen kann? Sag, warum?«

»Es wäre doch bei jedem so gewesen. Das Problem ist nicht Valentina, das Problem ist, dass wir jeder eine Person in die Ferien mitnehmen durften, und dass du keine einzige Freundin hast, die du hättest fragen können. Darum geht es.«

»Dafür hast du ein Gefolge von Leuten, die Schlange stehen, um dich anzuhimmeln.«

Marta setzt sich aufs Bett und blickt von unten zu

ihrer Schwester hinauf. Sie sieht sie wieder als kleines Mädchen, dessen Lächeln bei einem Wutanfall zu einer Wunde wird, ein kleiner warmer Körper, der jeden Abend nach Papas Gutenachtkuss das dunkle Zimmer durchquert, um sich neben sie zu kuscheln, unter ihre Decke zu kriechen. Marta kennt ihre Schwester besser als jeder andere Mensch, und sie versteht die Zeichen, die Ursachen und die Nebenwirkungen der Eifersucht besser als Cecilia selbst. Sie beruhigt sie, so gut sie kann, aber Cecilia erkennt auch die feinsten Anklänge von Mitleid, und um den löchrigen Eimer ihres Herzens zu füllen, reicht es nicht aus, optimistisch zu sein.

»Ich glaube auch, dass es besser ist, wenn du nicht mit mir in die Via Bertani ziehst.«

Cecilia hat das Gefühl zu ertrinken.

»Dann kannst du es ja Achille vorschlagen! Oder Valentina!«, tobt sie und schließt sich im Badezimmer ein.

Das war ein Schlag in die Magengrube, denn Cecilia weiß genau, dass weder Achille noch Valentina mit ihrer Schwester zusammenziehen könnten, selbst wenn sie wollten, im August gehen die beiden nach Cambridge, Massachusetts, sie nach Harvard und er ans MIT. Valentina war schon ein Jahr in Harvard, als Achille am Massachusetts Institute of Technology angenommen wurde. Wenn Marta gesehen hätte, wie er in einem blauen Strampelanzug mit einem roten S auf der Brust auf ihrem Hausdach landete, wäre die Überraschung nicht größer gewesen. Aus dem Dauerredner, dessen Hauptattraktion darin bestand, dass er das komplette Gegenteil von Giulio war, war der Mann in Martas Leben geworden. Und aus Valentina unweigerlich ihre beste Freundin. Und als Marta selbst drei Monate nach Boston gegangen war, um dort für ihre Magisterarbeit zu recherchieren, war Cecilia soweit hinausgeschleudert worden aus dem Leben, das um Marta herum pulsierte, dass sie seitdem keine Möglichkeit gefunden hatte, sich ihr wieder zu nähern.

»Kann ich reinkommen?«, fragt Martas Stimme hinter der Badezimmertür.

Cecilia stellt die Zahnbürste ab und betrachtet ihre Zähne im Spiegel. Sie sind nie wirklich weiß, und ihre Haare sehen nie wirklich sauber aus, nicht einmal gleich nach dem Waschen, und ihre Haut ist niemals ganz glatt. Und vor allem ist sie nie, nie, nie so dünn, wie sie gern wäre.

»Komm rein«, sagt sie mit roten und geschwollenen Augen.

Marta öffnet die Tür – es gibt in der Wohnung keine Schlüssel – und schließt sie wieder hinter sich mit einem angespannten Lächeln.

»Lass uns nicht streiten vor der Abreise, Lenticchia. Verschieben wir das einfach auf später.«

Sie hat sich nicht entschuldigt. Sie hat nicht gesagt »Das habe ich nicht so gemeint«. Im September wird sie ohne sie umziehen, dann wird sie sie für immer verlieren.

»Die Shorts stehen dir gut«, fügt sie hinzu.

»Was sagst du da?«, protestiert Cecilia mit einer ganz dünnen Stimme, die aus der Nase zu kommen scheint.

»Meine Knöchel sind wie zwei Holzscheite und meine Knie ganz fleischig.«

Marta seufzt, sie nimmt ihre Hand. Dann neigt sie den Kopf, um ihr in die Augen zu schauen.

»Hast du geweint?«, fragt sie.

Und in dem Moment, als Cecilia antworten will – ich habe gebrochen, ich stecke mir wieder die Finger in den Hals, seitdem du nach Amerika gefahren bist, das tue ich jedes Mal, wenn ich etwas falsch mache, wenn ich dich ein weiteres Stückchen verliere – klingelt Martas Handy, sie geht mit erhobenem Zeigefinger aus dem Bad, wie um zu bedeuten »nur einen Moment«, und der Moment geht vorbei.

Der Zug hat eine halbe Stunde Verspätung und scheint voll zu sein. Cecilia umarmt ihren Vater heftig und steigt zuerst ein, der Rucksack voller Bücher wiegt schwer und macht ihr einen Buckel. Die anderen folgen ihr, plappern darüber, wie schrecklich die Züge in Italien sind und wie viel besser es wäre, sich den Hintern in einem amerikanischen Verkehrsmittel abzufrieren als in diesem Ofen ohne Klimaanlage nach Luft zu schnappen. Cecilia würde sich am liebsten auf einen x-beliebigen Platz setzen, um dem nervtötenden Geplauder ihrer Reisegefährten zu entkommen, aber sie ist immer noch mitgenommen von dem Streit mit Marta und will es nicht noch schlimmer machen. Ganz hinten im Zug findet sie ein Abteil, in dem nur zwei Passagiere sind. Eine Frau mit einer Menge Falten im Gesicht und absurd langen, blonden Haaren, und am Fenster ein schlafender Inder oder Pakistani.

Die Frau hebt den Blick von ihrer Zeitschrift so weit, dass sie einen Blick auf Cecilias Beine werfen kann. Sie mustert sie, wie es alle tun, kann den Blick nicht abwenden von diesem langen, dünnen Körper, dem man die Krankheit an den Handgelenken abliest, an den Knien, am Brustbein, das sich abzeichnet. Cecilia kommt sich wie immer unproportioniert und ungeschickt vor – wäre ich doch weniger groß, wenn ich klein und zierlich wäre, wäre alles viel einfacher, auch mich selbst zu mögen – und setzt sich so weit entfernt wie möglich von der Frau, dem schlafenden Inder gegenüber. Marta setzt sich zwischen sie und Valentina, gegenüber von Achille, den das Reisefieber noch gesprächiger werden lässt. Cecilia dreht sich zum Fenster, sie ärgert sich, dass Marta das Geprahle ihres Freundes mit einem Lächeln kommentiert. Es ist, als habe ihre Schwester sie verraten, indem sie sich in Achille Castrogiacomo verliebt hat und einen Aspekt von sich gewählt hat, der zu allen Werten, mit denen Carlo sie großgezogen hat, im Widerspruch steht. Achille rühmt sich gerade, den Elektromagneten der Garagentür seines Vaters allein repariert und ein WLAN-Netz eingerichtet zu haben, bei dem er es dem Telekom-Techniker gezeigt hat, der geglaubt hatte, davon mehr zu verstehen als er, und Cecilia starrt auf die etruskische Landschaft, die vor ihren Augen im bernsteinfarbenen Abendlicht vorbeizieht. Sie versucht, den testosterongetriebenen Redestrom durch Lesen zu verdrängen, aber sie kann sich nicht konzentrieren; sie holt den CD-Player hervor, aber Achille wendet sich jetzt direkt an sie, um ihr von einem neuen Gerät zu erzählen, das nicht größer als eine

Zigarettenschachtel ist und das die Amerikaner erfunden haben, um Hunderte von Songs mit irgendeiner Software darauf zu speichern. Auf der Höhe von Grosseto ist sie so geladen, dass sie einfach die (Verlierer-) Karte der Provokation ausspielen muss. Bei der x-ten Beschwerde über die fehlende Klimaanlage lässt sie eine Schmährede los gegen die Weigerung der Amis, sich an das Protokoll von Kyoto zu halten, die zwar das technologische Geschwätz beendet, aber eine Kriegserklärung an den Wendehals Castrogiacomo bedeutet, in dessen Augen Dollarzeichen blinken.

Cecilia denkt an andere Dinge. An Marta und Giulio, an ihre Abende am Imbiss-Stand, wo es Porchetta gab, an die Ferien im Zelt. Was hat jene Marta mit diesem Typen hier zu schaffen, der, wenn er nicht gerade in Massachusetts an seiner glänzenden Karriere bastelt, sie mit seinem Zweisitzer-Cabrio abholt und in einen Landgasthof in Umbrien oder in der Toskana entführt? Achille hat keine Scheu, einen bourgeoisen Lebensstil vorzuführen, den die wahre Bourgeoisie angeblich verachtet, er hat kein schlechtes Gewissen wegen des Luxus, den er sich jetzt leisten kann, und spricht über seinen sozialen Aufstieg mit dem echten Stolz eines Mitglieds einer Arbeiterfamilie aus der Garbatella, der entdeckt hat, dass er eine Gabe in seinem Hirn hat und sie dazu nutzt, sein Leben zu verbessern. Er pfeift auf Imbissbuden und Campingurlaub. Achille hat keinen reichen Vater, aber er würde eher seine Niere verkaufen, als seine Freundin zu einem Mortadella-Brötchen auf dem Campo dei Fiori auszuführen oder sich die Kinokarte von ihr bezahlen zu lassen.

Wenn man es recht betrachtet, ist das auch ganz in Ordnung, bis auf das völlige Fehlen von etwas, was Cecilia vielleicht nicht ganz korrekt als Poesie bezeichnen würde. Es gibt weder Spiritualität noch Literatur in dem Leben, das Achille führt und das er ihrer Schwester bietet. Während sie beide mit Poesie überschüttet aufgewachsen sind: sogar in dem, was Isabelle tat, lag Poesie. Tragische Poesie, aber doch Poesie.

Cecilia lässt den Blick auf die Füße des Inders vor ihr gleiten. Dunkel in den abgewetzten Sandalen, mit gelblichen, schmutzigen Zehennägeln. Khakifarbene Baumwollhosen und ein zerknittertes Hemd, das ursprünglich vermutlich einmal weiß war. Woher er wohl kommen mag, was für eine Geschichte er wohl hat. Sie blickt ihm ins Gesicht und sieht, dass er aufgewacht ist. Er starrt auf ihre Oberschenkel. Seine Augen sind klein, wie bei einem Schwein.

Achille schweigt bis Livorno, wo die blonde Frau aussteigt und Marta die Brote fürs Abendessen auspackt. Zwei Semmeln mit Schinken und Käse für jeden der anderen, zwei hauchdünne Scheiben Brot mit Tomate für Cecilia. Es ist jetzt stockdunkel, sie werden bestimmt nicht vor Morgengrauen in Nizza sein. Achille ist eingeschlafen, zum Glück. Valentina und Marta versuchen, Cecilia bei einem Gespräch über ihr Gymnasium miteinzubeziehen, aber sie landen schon bald bei Mitschülern und Lehrern, die Cecilia kein Begriff sind. Zwischen Savona und Imperia schweigen sie dann auch. Cecilia rollt sich auf dem Sitz zusammen und lässt sich vom Geräusch des Zugs und dem Schnarchen der Mitreisenden einlullen.

Sie trägt ihre Shorts und hat die Knie an die Brust gezogen.

Der Mann vor ihr zieht den Fuß aus der Sandale und legt ihn auf den Rand ihres Sitzes. Mit dem großen Zeh fährt er an ihrem Oberschenkel entlang, doch Cecilia rührt sich nicht. Das nächtliche Schwarz hinter dem Fenster wird nur immer wieder vom Orange der Lichtmasten unterbrochen, die ins Abteil leuchten. Cecilia schließt die Augen.

Der Mann schiebt seinen Fuß millimeterweise zur Seite, seine Zehen liegen jetzt auf ihrem Bein, das sie nicht bewegt, während die Erregung in ihr wächst.

Der Zug rollt durch die Dunkelheit.

Der Mann fährt jetzt mit seinem großen Zeh Cecilias magere Hüfte entlang, schlüpft unter den Saum ihrer zu weiten Shorts.

Es ist dunkel und alle schlafen, während sie es zulässt, dass ein Unbekannter in ihren Intimbereich eindringt.

Der Zeh des Mannes hat jetzt den Gummi der Unterhose gefunden, schiebt ihn beiseite, hält inne.

Cecilia rutscht ein wenig zur Seite, um ihm entgegenzukommen, und öffnet die Schenkel.

Irgendwann zwischen Italien und Frankreich vergisst der Mann jede Vorsicht. Keuchend ertastet er mit dem großen Zeh Cecilias Schamlippen, dringt in den feuchten Schleim ein wie ein Rutengänger, der eine Wasserader gefunden hat. Er spürt, wie sie sich öffnet, ihn aufnimmt, als warte sie nur darauf, bricht wie ein Damm unter unwiderstehlichem Druck, wie ein löchriger Eimer, dessen Boden sich ganz auflöst im Dunkel, aus dem es tropft und fließt, fließt, fließt.

Silvesternöte

Januar 1997

Paff. Paff.

Der Nachtfalter prallt immer wieder gegen die Wand mit einem matten Geräusch, das ihm eine Gänsehaut macht.

Paff.

Er öffnet die Augen und sieht ihn, wie er sich wie ein orientierungsloser Widder gegen die schiefen Lichtstreifen an der Wand wirft.

Paff und paff.

Er ist Tierforscher, er weiß alles über das Sexualleben der Fische und der Vögel, aber alles, was er über Schmetterlinge wusste, hat er jetzt vergessen. Er hätte gern Antworten auf seine Fragen, wüsste gern, ob ein Nachtfalter im Zimmer in der Silvesternacht normal ist oder ein Vorzeichen von irgendetwas.

Diese Insekten werden auf fatale Weise vom Licht angezogen. In diesem Fall kommt das Licht von der Straßenlaterne vor seinem Fenster, das durch das Morgengrauen etwas abgemildert ist. Er hat höchstens drei Stunden geschlafen. Er muss sich aufgedeckt haben, ihm ist kalt am Rücken.

Er will sich umdrehen und das Laken hochziehen, die heruntergerutschte Decke aufheben.

Und merkt, dass er keinen Muskel rühren kann.

Sein Herz macht einen Sprung, es rast los wie verrückt. Er weiß genau, was mit ihm los ist, es passiert immer wieder, seit einer Ewigkeit, aber sein Herz, dieser dumme Muskel, will sich nicht daran gewöhnen. Jedes Mal wieder: eine Wagenladung Adrenalin, wütendes Herzjagen.

Er findet es unglaublich, dass sein Körper bei dem wilden Gepumpe nicht aufwacht. Er versucht, ganz langsam die Finger zu bewegen, aber nichts passiert. Er ist komplett gelähmt.

Er liegt mit dem Kopf zur Tür, blickt auf Wand und Fenster. Die Angst kriecht in ihm hoch wie eine Schlange. Er weiß, was ihn erwartet, er muss sich beruhigen. Atmen. Sich auf die Kontrolle seiner Augenlider konzentrieren, seiner Zungenspitze. Er muss sich sagen, dass es nur ein oder zwei Minuten dauern wird, dass er danach wieder Herr seiner Muskeln sein wird, seiner Gliedmaßen, das Licht anknipsen kann, barfuß über den Fußboden laufen, das Fenster aufmachen, dass er die Kälte spüren und den Nachtfalter hinauslassen wird.

Paff.

Konzentriere dich ganz auf ihn. Seine konfusen Fühler, seine ermatteten Flügel, seine kurzsichtige Verbissenheit.

Durchatmen, Carlo. Denk an ein Gedicht.

Auch heute Morgen bin ich aufgewacht
und die Wand die Decke Glas Plastik Holz
sind wahllos auf mich eingestürzt
das geschwärzte silbrige Licht der Glühbirne

Er spürt eine Präsenz hinter seinem Rücken. Er weiß, da ist niemand. Das nennt man eine Schlafparalyse, er kennt das seit seiner Kindheit. Der Kopf ist wach und der Körper in der REM-Phase verhakt, von Halluzinationen zerfressen wie Prometheus auf dem Felsen. Seine einzige Schwachstelle, der einzige Steg, der diesen Meister der Ausgeglichenheit mit dem Wahnsinn verbindet. Carlo bewegt die Zunge und versucht zu atmen. Er betrachtet den Falter. Denkt an Hikmet.

auch ein Trambahnbillet ist auf mich gestürzt
und das Gelb der Wand und drei geschriebene Zeilen
und das Hotelzimmer und dieses feindliche Land
die Hälfte des Traums, die hier heruntergefallen ist,
*   ist verlöscht*

Jemand hat sich auf sein Bett gesetzt. Die Federn haben zwar nicht gequietscht, aber man hat ein Geräusch gehört, das ein wenig stärker war als das des torkelnden Nachtfalters an der Scheibe. Es ist nicht real, es existiert nur in deiner Vorstellung, denkt er, und würde sich gern umdrehen, aber es geht nicht. Sein Körper gehorcht ihm nicht, der Verstand ist eingeschlossen und stumm, die Stimme kommt nicht heraus.

Wer ist noch in der Wohnung, wer ist da. Morgendämmerung am Neujahrstag: Marta ist in Paris mit ihrem Freund, Cecilia ist vielleicht schon nach Hause gekommen. Cinque fällt ihm ein, ihr früherer Hund, der seine Qualen spürte und ihn jedesmal erlöste, indem er aufs Bett sprang und ihm die Ohren leckte. Isabelle regte sich darüber schrecklich auf, sie war gegen Hunde im Bett. Sie verstand seine Angst nicht, die ihm die Augen aufriss bis nach dem Kaffee, solange, bis er das Haus verließ mit seiner Aktentasche, die ihn auf der Straße beschwerte wie ein rettender Anker; die Erleichterung eines Schiffbrüchigen, der den nächtlichen Schrecken entronnen war und sich in den neuen Tag stürzte.

Doch Cinque ist schon lange tot und Isabelle hat ihn in einem anderen Leben verlassen, als die Wände dieser Wohnung noch mit psychedelischen Tapeten bezogen waren. Jetzt sind die Kinder groß und werden früher oder später ausziehen, in die Wohnung in der Via Bertani, die sie mit dem Erbe der Großeltern gekauft haben. Marta ist im dritten Studienjahr, sie hat einen festen Freund, trägt die Haare kurz geschnitten. Denk an deine Tochter, Carlo, an ihre jadefarbenen Augen, ihr unperfektes Lächeln mit den übereinanderstehenden Schneidezähnen, vergiss das ohrenbetäubende Geflatter des Nachtfalters, vergiss die Präsenz hinter dir, die dich jetzt an der Hüfte packt und deine Wirbelsäule entlangwandert, entschlossen, real, greifbar.

Das ist immer der schlimmste Moment. Der Konflikt zwischen dem Hirn, das weiß, dass es eine Halluzination erlebt, und den Sinnen, die, von einer Lähmung erfasst, nicht glauben dürfen, dass das, was sie spüren, echt ist.

Das Ergebnis ist absolute Panik, vollkommene Verzweiflung, ein Mann mittleren Alters, der auf dem Bett liegt und weint wie ein kleines Kind.

Die Hand streicht über seinen Rücken, schließt sich um seinen Nacken, packt zu. Carlo ist hellwach und glaubt verrückt zu werden vor Angst. Wie immer denkt er auch dieses Mal, dass er daran sterben wird, dass sein Herz gleich explodiert. Und da lässt die Hand langsam los, gibt den Hals frei, die Präsenz steht plötzlich auf vom Bett.

Carlo atmet. Er spürt sie, sie ist da. Es ist nur eine kurze Atempause, bevor die Folter weitergeht. Er schließt die Augen, um nichts zu sehen, er will nicht wissen, wer sich diesmal vor ihn stellt wie ein fester und furchterregender Schatten. Es ist der Schatten einer Frau, schon immer, seit seiner Kindheit. Eine Frau, die ihm Böses will.

In der ersten Zeit umarmte ihn Isabelle, wenn alles vorbei war und er mit einem Trommeln in der Brust erwachte. Dann hörte sie auf, ihn zu umarmen, später verlor sie auch die Lust aufzuwachen, und er weckte sie nicht mehr.

Die Schläge des Nachtfalters gegen die Wand sind wie das Schluchzen eines fernen Atems, der rhythmische Hinweis auf eine irreale Kreatur, deren Präsenz wahrnehmbar ist.

Tump. Tump.

Carlo wartet. Auf das Nachlassen der Schluchzer, auf die Rückkehr der Kontrolle über seine Muskeln. Er denkt an die Kollegin, mit der er vor wenigen Stunden auf das neue Jahr angestoßen hat, eine Frau, die nicht aufgibt, trotz der vielen Körbe, die er ihr gegeben hat, trotz der Leere, die ihn von innen aushöhlt und ihn zum Exil der Alleinstehenden inmitten einer Welt von Paaren verdammt.

Er denkt daran, wie es wäre, sich von dieser Frau umarmen zu lassen – kurze Wimpern, dünne Lippen, kleine Hände mit abgebissenen Nägeln –, diese Frau, die nur ein blasses Abbild der Sehnsucht nach einer anderen darstellt. Er denkt, dass er sie nie lieben wird, dass vielleicht überhaupt nie jemand einen anderen liebt. Dass wir nur die Idee lieben, die wir uns von jemand anderem machen, und dass er nicht einmal die Idee dieser Frau liebt. Inmitten dieser erstickenden Schlussfolgerungen packt ihn eine Hand an der Wade.

Der Krampf schießt wie Blei durch seinen Körper, von den Fußknöcheln bis zum Hals, er zerreißt ihn, schlitzt ihm die Seele auf. Er kann sich nicht rühren und kriegt keine Luft, er spürt, wie der Schatten sich auf ihn setzt und denkt: Jetzt sterbe ich, ich kratze ab in dieser finsteren Katakombe unter einem Gewicht, das mich erdrückt, ich sterbe einen Tod, den keiner je verstehen wird. Ich gebe jetzt einfach nach, höre auf zu atmen, versinke in tausend Meeren aus Blei mit einem Stein um den Hals aus allem, was ich verloren habe, in diesem …

»Papa?«

Der Schatten weicht zurück. Carlo versucht, die Finger zu bewegen, und ist auf einmal wieder Herr über seinen Körper. Er springt stammelnd auf, knipst das Licht an, wirft mit einem Kissen nach dem Falter, verfehlt ihn, betastet seine Arme unter dem erschrockenen Blick von Cecilia, die auf der Schwelle stehengeblieben ist.

»Tut mir leid, Lenticchia«, stößt er keuchend hervor.

»Papa, ist alles in Ordnung mit dir?«

»Ein Albtraum, nur ein Albtraum.«

»Aber ich sehe, dass dein Gesicht tränennass ist.«

»Das wird schon wieder. Gib mir einen Kuss!«

»Ich bin gerade nach Hause gekommen und wollte dir Gute Nacht sagen. Es tut mir leid, wenn ich dich geweckt habe.«

»Mir nicht. Komm her.«

»Oh Gott, dein Herz klopft ja wie verrückt. Soll ich dir ein Glas Wasser bringen?«

»Ja, bitte.«

Es ist vorbei. Carlo weiß, dass es immer wieder passieren kann. Aber draußen ist es schon hell und bei Tageslicht werden auch die grausamsten Bilder trüber, blasser. Gleich bringt Cecilia ihm etwas zu trinken und dann fragt er sie, wie die Party war. Ob sie jemand Interessantes kennengelernt hat. Ob der Typ da war, der nach einer Woche mit ihr Schluss gemacht hat und bei dem sie sich nicht mehr gemeldet hat. Er wird sie fragen, ob die neuen Schuhe wieder Blasen an den Fersen verursacht haben. Und ob das Rücklicht am Fahrrad immer noch spinnt.

Und dann wird er sie ganz beiläufig fragen, was sie gegessen hat.

»Hast du was von Marta gehört«, fragt sie, als sie wieder ins Zimmer kommt. Sie hält das Glas mit beiden Händen, wie eine Kerze. Sie hat ihren Schlafanzug angezogen und sich das Gesicht gewaschen. Unter den Augen ist die Wimperntusche verlaufen, die sie nicht entfernt hat.

»Ja«, sagt Carlo, als er ihr das Glas mit noch immer zitternden Fingern abnimmt. »Du auch?«

»Klar.«

»Und Mama?«

Cecilia antwortet nicht. »Kann ich mich zu dir legen, Papa?«

»Mhm.«

Er schafft es nicht, nein zu sagen, das konnte er noch nie. Cecilia ist jetzt eine erwachsene Frau, sie sollte nicht an Silvester zu ihrem Vater unter die Bettdecke schlüpfen. Aber die Wärme ihres Körpers an seinem Rücken tut auch ihm gut. Die knochige, warme Präsenz seiner Tochter dort, wo gerade noch ein kalter, dunkler Schatten auf ihm lastete.

Sie unterhalten sich flüsternd, dann schläft sie ein. Carlo hat Angst vor dem Einschlafen. Der Nachtfalter wirft sich immer noch gegen die Wand. Er denkt an diese Frau, die er nicht liebt, an die Hartnäckigkeit, mit der sie darauf bestand, ihn zum Auto zu bringen, an den Nachtwind, der es auf ihre sorgfältig geföhnte Frisur abgesehen hatte. An die traurigen Schritte, die keine Küsse mehr erwarteten, mit denen sie in eine der Liebe entgegengesetzte Richtung verschwand. Sie hatte ihn so gegrüßt, wie man sich von Dingen verabschiedet, die man ersehnt und schon verloren hat, noch bevor man sie besitzt. Sie war von Trostlosigkeit durchzogen wie von einem feinen Riss.

Der Schlaf stürzt sich auf Carlos Gedanken, reißt Löcher hinein.

Isabelles Haare rochen immer noch nach dem Meer

ihrer Heimat, auch zwanzig Jahre, nachdem sie nicht mehr dort gewesen war.

die weiße Stirn der Zeit ist auf mich eingestürzt
die ältesten Erinnerungen und deine Leere in meinem
Bett
unsere Trennung und das, was wir sind

Der Falter schlägt immer noch vergeblich seine Stunden.

auch heute Morgen bin ich aufgewacht
und liebe dich.

»Hab ich euch schon die Geschichte von den Eidechsen erzählt?«

»Dass ein Tier, wenn es sie fangen will, meist nur den Schwanz erwischt, weil der abreißt?«

»Oft ist es gar kein Raubtier, das ihnen den Schwanz abreißt, sondern sie werfen ihn von selbst ab. Der Schwanz der Eidechse ist in mehrere Segmente unterteilt. Das ist ein Schutzmechanismus: Wenn eine Eidechse angegriffen wird, zieht sie die Schwanzmuskeln an und stößt einen Teil davon ab, der sich allerdings weiterhin so bewegt, als wäre er der Körper. Auf diese Weise verwirrt sie den Jäger, der dieses Schwanzteil für die ganze Eidechse hält und es frisst, während sie selbst schon über alle Berge ist. Schlau, findet ihr nicht?«

»Aber der wächst doch wieder nach, oder?«

»Ja. Der Schwanz wächst innerhalb weniger Tage nach, genau gleich wie vorher. Und je öfter eine Eidechse das macht, desto schneller bildet er sich neu. Bei einigen besonders kriegerischen Exemplaren entsteht der neue Schwanz sogar direkt aus der Wunde des ersten.«

»Papa.«

»*Ja?*«

»*Es ist wirklich schade, dass wir nicht auch so einen Schwanz haben wie die Eidechsen.*«

Wir sind nicht wie Eidechsen

April 1994

Hand in Hand stürzen wir die Treppe hinunter, Giulio und ich. In der stechenden Morgenluft schwebt der Duft eines noch herben Frühlings. Ich suche den Himmel nach Schwalben ab. Die Wahlen haben uns sogar vom Ende des Winters abgelenkt.

»Ist schon April?«, frage ich Giulio, als wir zu meinem weißen Mofa gehen.

»Ja«, sagt er und bindet mir den Schal ordentlich zu.

»Ach, ich glaube, du hast einen Ohrring verloren.«

»Verdammt, schon wieder?«

Es ist der vierte innerhalb von zwei Monaten. Die Ohrringe verfangen sich in meinen Haaren, wenn wir uns lieben, oder in den Kleidern, wenn wir uns ausziehen, und verschwinden dann auf dem Boden, in den Teppichfasern, in den Bettlaken. Seine Mutter hat mir neulich mit einem gezwungenen Lächeln eine Perle zurückgegeben, die ich verloren geglaubt hatte. Und wenn es keine Ohrringe sind, dann sind es Haarspangen. Unsere Liebe hinterlässt überall Spuren und Zeichen ihrer Intensität.

Ich betaste meine Ohrläppchen. »Verdammt, das waren die von Papa mit den Amethysten.«

»Nimm den anderen auch heraus und steck ihn in die Tasche, ich lauf nochmal zurück und sehe nach, ob ich ihn finde.«

»Mach schnell! Lass dir von Maricela dabei helfen und sag ihr, wenn sie ihn findet, soll sie ihn bloß nicht deiner Mutter geben. Die kann mich sowieso nicht leiden.«

Giulio lächelt, er nimmt mein Gesicht in seine Hände. »Das stimmt doch nicht, meine kleine Blume.«

Es stimmt wohl, aber ich erwidere nichts. Er küsst mich, und wie immer spüre ich, wie ich verdunste. Ich habe das Gefühl, aus Sprudelwasser zu bestehen; sobald Giulio mich berührt, fangen alle meine Perlen an, wie wild durcheinanderzuwirbeln und vor Freude aufzuplatzen. Ich spüre, wie das Gesprudel sich auf meinen Lippen zusammenballt, auf den Brustwarzen und zwischen den Beinen, und ich muss den Mund öffnen, die Beine spreizen, um dieser Explosion Raum zu geben. Unter dem Sweatshirt ist Giulio nackt, er schaudert unter der Berührung meiner kalten Finger, aber er hört nicht auf, mich zu küssen. Ich spüre seine angespannten Muskeln, seine feste, warme Haut. Ich beiße in seine Lippen und es ist, als würde ich in einen Orangenschnitz beißen. Giulio ist schön. Er ist intelligent, gebildet, engagiert. Wir schlafen jeden Tag miteinander, wenn es möglich ist auch mehrmals. Er gibt mir das Gefühl, lebendig zu sein, erwachsen und begehrt. Ich will mein Leben mit ihm verbringen. Ich will, dass es immer so bleibt.

Ich hole meine Hände aus seinem Sweatshirt hervor und streichle sein Haar. Wir begehren einander, aber ich muss jetzt gehen. Ich löse meinen Mund von seinen Lippen, gehe ein wenig höher und küsse seine Nase, seine Stirn, rieche an seinem Kopf. Er braucht eine Dusche, ich auch. Es war eine lange Nacht.

Giulio versteht, er nimmt meine Hände. »Wir sehen uns um elf beim Kollektiv.«

»Ja. Wenn Papa mich nicht umbringt.«

»Sag ihm, dass das ein Aprilscherz ist.«

»Das findet er bestimmt sehr lustig.«

»Komm, Marta, sag einfach die Wahrheit. Dass wir eingeschlafen sind, und dass du deshalb nicht nach Hause gekommen bist. Immerhin warst du bei mir zu Hause, nicht auf der Straße.«

»Er hat sich bestimmt fürchterliche Sorgen gemacht, das gibt Ärger.«

»Bist du sicher, dass ich nicht mitkommen soll?«

»Ganz sicher. Bis später.« Ich küsse ihn noch einmal, ein leichter Kuss auf die Lippen, und flüstere: »Rasier dich nicht, ich mag dich so.« Sein Blick schmilzt, er lächelt.

Ich beobachte ihn im Rückspiegel des Mofas. Er steckt die Hände in die Taschen, zieht die Schultern hoch. Er hört nicht auf zu lächeln.

Ist das Glück? Diese Lust zu lachen und zu schreien, diese unbezwingbare Lust, in der Sonne zu laufen? Diese Lust, die gestillt wird und gleich wieder neuen Appetit entwickelt, dieses Gefühl, einen tieferen Sinn im eigenen Dasein zu finden, diese vollkommene Harmonie mit allen Dingen? Jetzt weint keiner, keiner leidet, keiner stirbt, es ist undenkbar, die Sonne, die mich umfängt, wärmt den ganzen Planeten, und es gibt kein Leid, keinen Schmerz. Ich liebe Giulio, ich bin zwanzig Jahre alt, *a vent'anni è ancora tutto intero*, singt Guccini, mit zwanzig ist alles noch heil, und das stimmt, es ist alles noch heil, auch wenn Berlusconi die Wahlen gewonnen hat und mir und meinem Mofa von den Reklametafeln zuzwinkert. Sein neues Gesicht ist überall, seine neuen Slogans, die »Ein neues italienisches Wirtschaftswunder« beschwören, haben die Mehrheit verführt, aber mich nicht und Giulio nicht und auch nicht Papa. Wir haben ihn nicht gewählt und wir verachten dieses neue politische Marketing – *Forza Italia, per fare, per crescere, per restare liberi* – wir alle sind diesem Neuen, was uns da entgegenkommt, diesem Tun, Wachsen, Freibleiben sehr skeptisch gesinnt. Mir fällt ein alter Song des Liedermachers De Gregori ein, den ich sehr liebe und Giulio auch, und ich singe *Viva l'Italia, l'Italia liberata*, Es lebe Italien, das befreite Italien, *l'Italia derubata e colpita al cuore*, das ausgeraubte und schwer verwundete Italien, und ich denke, dass ich doch trotz diesem Gesicht und dem, was gerade in diesem verrückten Land passiert, dazu gehöre: *l'Italia che resiste*, zu dem Italien, das Widerstand leistet und das ich liebe.

Ich stelle das Mofa neben der braunen Haustür ab und gehe die Treppe hinauf. Auf der Treppe denke ich, Giulio hat Recht, keine Ausreden, ich sage einfach die Wahrheit. Wir waren bei ihm zu Hause, es ist spät geworden, und als ich loswollte, bin ich eingeschlafen. Was wir denn so lange getan haben? Wir haben Filme gesehen. Ach, wirklich? Er ist doch nicht blöd. Aber eigentlich ist es doch nicht schlimm, was Giulio und ich getan haben. Als ob er es nicht wüsste. Aber ich sage trotzdem, dass wir mit den anderen vom Kollektiv zusammen waren. Wir haben mit den Leuten vom Kollektiv bis spät in die Nacht über Politik gesprochen. Und dann sind alle zusammen eingeschlafen? Das wird er nicht glauben, zu Recht. Dass wir ein paar Joints geraucht haben, sage ich auch nicht. So weit will ich seine Toleranz und Aufgeschlossenheit nicht ausreizen. Ich sage, dass wir zusammen gegessen haben, um zwei Uhr nachts haben wir Spaghetti gekocht, weil wir Hunger hatten. Dazu gab es Wein und dann sind wir vor Müdigkeit eingeschlafen. Ja, so ist es plausibel. Mein Gott, ich bin jetzt zwanzig, fast einundzwanzig, ich kann tun und lassen, was ich will. Aber er hat sich doch Sorgen gemacht, es ist bisher noch nie passiert, dass ich nicht nach Hause gekommen bin ohne Bescheid zu sagen. Noch dazu mit der Aussicht, zu duschen und gleich wieder loszugehen. Hoffen wir das Beste!

Als ich den Schlüssel ins Schloss stecke, höre ich, wie er in den Flur stürzt, hinter den gemächlichen Schritten des alten Cinque. Ich schließe auf und da ist er, aufgezehrt von der Sorge um mich, mit zerrauftem Haar, dem Hemd von gestern, das er nachlässig in den Gürtel gestopft hat. Cinque wedelt mir freudig zu und ich bücke mich, um ihn zu streicheln.

»Marta«, sagt Papa und blickt auf eine Stelle hinter meinem Rücken.

»Papo, entschuldige. Es tut mir schrecklich leid, ich bin einfach …«

»Ist Cecilia nicht mit dir unterwegs?«, er fährt sich mit

einer Hand durch das Haar, als wolle er es ausrupfen, starrt ins leere Treppenhaus.

»Nein«, antworte ich überrascht und drehe mich um, als wolle ich wirklich sicher sein. »Warum?«

Papa seufzt, lässt den Arm sinken. Er dreht mir den Rücken zu und geht in die Küche. Cinque geht ihm nach.

Ich verstehe nicht. »Papa?«

»Hast du mit Cecilia gesprochen? Hast du sie gesehen?«, fragt er, während er sich an den Tisch setzt. In den Händen hält er ein gefaltetes Blatt Papier, auf dem in Cecilias gestochener Handschrift »Papa« geschrieben ist. Irgendetwas ist nicht in Ordnung, das ist klar, irgendetwas ist passiert. Es könnte etwas Schlimmes sein. Etwas sehr Schlimmes. Zu schlimm, um es einfach so zu erfahren.

»Nein. Ich war bei Giulio.«

»Und du kommst erst jetzt heim?«

Einen Moment lang denke ich, die Frage beziehe sich tatsächlich auf mich, und beeile mich mit meiner Antwort. »Ja, ich bin eingeschlafen…«

»Dann hast du sie also seit gestern Nachmittag nicht mehr gesehen?«

Ich könnte ihm jetzt auch erzählen, dass Giulio und ich die ganze Nacht miteinander geschlafen und Joints geraucht haben. Was ich tue, interessiert ihn überhaupt nicht.

»Nein, ich habe Cecilia seit gestern Nachmittag nicht mehr gesehen. Warum? Was ist passiert?«

Papa ballt die leere Faust.

»Sie ist verschwunden.«

Attilio betritt Zaros Zimmer mit drei Tassen Kaffee auf einem Peroni-Tablett aus Blech. Er bemerkt sofort den alten Mann, der hinter der Tür sitzt und sich auf seinen Stock stützt.

»Na, Spurt, was lockt dich denn hierher?«

»Das Fernsehprogramm. Ich sehe immer nur dieselben Gesichter auf allen Sendern. Meine Fernbedienung muss kaputt sein.«

Zaro lacht und schüttelt den Kopf.

Attilio grinst.

»Das ist eine Krankheit unseres Fernsehens. Auch in meiner Bar und zu Hause gibt es immer noch das gleiche Gesicht zu sehen.«

»Auch in den Zeitungen.«

»Ja, ich weiß. Das stimmt. Wende dich an die, die ihn gewählt haben.«

»Wer hat ihn denn gewählt? Kennst du jemanden?«

»Ich nicht.«

»Ich auch nicht. Also?«

Attilio klopft dem Alten auf die Schulter und wirft einen Blick in die enge Werkstatt.

»Wo ist denn Nanni?«, fragt er Zaro.

»Radfahren, mit Ferruccio. Er kommt später.«

»Dann kriegst du eben Nannis Kaffee, komm, Spurt. Der ist schon gezuckert, ist das recht?«

»Na, hör mal. Wenn ich das gewusst hätte, hätte ich dich einen Schuss Sambuca hineingeben lassen.«

Attilio nimmt seine Tasse und stellt das Tablett auf ein Durcheinander aus Schlüsseln, Hämmern, Ahlen, Zangen, einzelnen Kurbeln und schlaffen Schläuchen, die

die Werkbank ohne erkennbare Ordnung bedecken. »Ist Guiduccio gekommen?«, fragt er.

Zaro trinkt den Kaffee auf einen Satz aus. »Nein, warum?«

»Ach, er lungert schon eine ganze Weile hier draußen herum. Ich nehme an, er wartet auf Nanni, er will ihm bestimmt von seinem Neffen erzählen.«

»Dem Rennfahrer?«

»Genau. Dessen Fahrrad hat doch Nanni hergerichtet.«

»Ach so. Ist es schlecht gelaufen?«, Zaro steckt sich eine Zigarette an.

»Ich hab nichts gesagt, aber ich habe gehört, dass er ausgeschieden ist.«

»Dem kannst du noch so ein tolles Rad bauen, der hat weder die Beine noch die Lunge für den Radsport. Und auch nicht den Kopf.«

»Wo ist er denn mitgefahren, Guiduccios Neffe?«, fragt Spurt, das linke Ohr zu den beiden geneigt, um besser zu hören.

»Bei der ersten Amateur-Liga«, flüstert Attilio. »Aber man munkelt, dass er aufhört wegen des Medizinschranks, den er schluckt. Der Arzt hat einen Leberschaden festgestellt und Gastritis. Ist es möglich, dass einer mit achtzehn aufhören muss, weil er zu viel Drogen nimmt?«

Zaro nimmt einen tiefen Zug von der Zigarette. »Ich kann mir das gut vorstellen. Spurt, was meinst du, ist das möglich?«

»Na, hör mal. Den Stoff gibt es immer schon, aber jetzt ist er eben stärker, weil sie schneller fahren.«

»Ach, was sagst du da. Die gedopten Pferde rennen in der Extraklasse, bei den Amateuren tut es auch 'ne Cola.«

»'ne Cola? Wo lebst du eigentlich, Attilio, hinterm Mond? Unter den Amateuren gibt es mehr Doping als bei der Extraklasse, glaube mir. Und Guiduccios Neffe hört auf, weil er auf jeden Fall verloren hätte, der könnte auch die Verpackung schlucken statt der Medizin. Dem fehlt es in den Beinen und in der Lunge.«

»Das stimmt«, pflichtet Spurt ihm bei. »Beim Doping kommt es auch darauf an, wer es nimmt. Einen steinigen Acker kannst du noch so viel düngen, die Ernte wird deshalb nicht besser.«

»Aber Anabolika mit achtzehn?«, beharrt Attilio.

»Hör mal zu, Schneewittchen, keiner fährt ohne Doping. Das heißt, vielleicht gibt es sogar jemanden, aber ohne Platzierung und ganz sicher ohne einen Sieg. Gino sagt immer, dass alle Radfahrer entweder im Knast landen oder auf dem Friedhof. Warum wohl?«

»Gino ist bestimmt nie gedopt worden.«

»Gino nicht, aber der hatte einen Ruhepuls von dreißig. Bei so jemandem, mit seinen Beinen und seinem Kopf, reicht auch schon ein Kaffee aus. Heute würde er auch als gedopt gelten. Die Rinde, weißt du noch? Spurt, erinnerst du dich an die Rinde?«

»Na, hör mal.«

»Die Rinde, die nahmen sie alle, auch Nanni, als sie noch nicht auf der Liste stand. Heute steht die Rinde drauf und auch das Koffein, aber das ist nicht dasselbe. Und die Anabolika sind nochmal etwas anderes, und die

Amphetamine, und die EPO. Das Doping wird Doping, sobald es auf der Liste steht. Bis dahin nicht.«

Spurt schwingt den Stock und ruft: »Binda hat beim Giro di Lombardia von 1926 achtundzwanzig Eier gegessen, vermaledeite Maremma!«

»Bravo, Spurt, sag es ihm! War Binda etwa gedopt? Nein, weil Eier nicht auf der Liste standen. Die Bombe von Coppi, stand die auf der Liste? Nein, aber er war trotzdem gedopt.«

»Das war Sympamin, das ist ein Klacks im Vergleich zu dem Zeug, was heute genommen wird, und außerdem waren das Profifahrer.«

»Vielleicht, Attilio, aber das Problem liegt woanders. Denk nur an die Bluttransfusionen. Früher waren die erlaubt, Moser hat mit ihrer Hilfe Merckx' Stundenrekord gebrochen. Nencini ließ sich Transfusionen geben, bei Anquetil war das sein Hauptantriebsmittel.«

»Aber Gimondi war auch ohne der Stärkste«, schaltet sich Spurt wieder ein.

»Weil das Doping zwar was bringt, aber Beine und Lunge wichtiger sind«, schlussfolgert Zaro und tritt die Zigarette aus.

»Also ist es in Ordnung?«

»Nein, das ist es nicht, aber so ist es nun einmal, und entweder lässt du den Radsport sein oder du akzeptierst ihn so, wie er ist. Hat dir das Siegerpodest von Sanremo neulich gefallen, auf allen drei Plätzen Italiener? Ich denke schon. Und mir auch, und auch den Sponsoren. Allen hat es gefallen. Weißt du, wie oft unsere Jungs in einem Monat gewonnen haben? Einundfünfzig Rennen.

Einhundertsiebzehn Mal auf dem Podest. Und weißt du, wie oft die Belgier gewonnen haben? Zwölf Mal. Erinnerst du dich, wie wir uns abgestrampelt haben hinter den Belgiern, noch vor fünf Jahren? Meinst du wirklich immer noch, dass wir nur deshalb gewinnen, weil wir gut sind?«

Attilio sammelt die Tassen wieder ein und stellt sie aufs Tablett. »Ich glaube, dass wir gewinnen, weil wir uns mehr anstrengen, wir haben die bessere Technik, die bessere Ausrüstung, trainieren mehr, wir haben mehr Teams und auch mehr Geld, dank der Sponsoren.«

»Die Sponsoren kommen, wenn man gewinnt, Attilio, es ist genau umgekehrt, wie du es darstellst.«

»Danke, Spurt, du hast mir das Wort aus dem Mund genommen. Jetzt gewinnen wir auch noch die Flandern-Rundfahrt, du wirst sehen, und dann kommen noch mehr Sponsoren, dann gibt es noch mehr Geld, und alle freuen sich noch mehr. Du hast schon Recht, Attilio, wir sind gut, wir haben super Fahrer, Furlan, Cipollini, Chiappucci, Bugno, Baffi, und auch der Nachwuchs ist gut. Aber meinst du wirklich, die Belgier und die Spanier hätten keine guten Fahrer? Bei gleich guten Fahrern gewinnt der, der besser gedopt ist, Schluss, aus. Unter den gleich Gedopten hingegen gewinnt der Bessere.«

»Du meinst also, dass sich alle gleich dopen lassen sollten, so dass das Ergebnis beim Rennen tatsächlich richtig ist.«

»Ich finde schon. Nur dass dann den Fahrern die Leber platzt und das Herz zerspringt und das ist dann auch nicht gut. Am besten wäre es, wenn keiner gedopt wäre.

Aber in welchem Sport ist das schon so? Es gibt keinen. Sogar die Sportschützen nehmen was, damit ihnen die Hand nicht zittert.«

»Ich möchte nicht in Guiduccios Haut stecken, wenn ihm das zu Ohren kommt.«

»Bestimmt werde ich ihm nicht sagen, dass sein Neffe richtig gehandelt hat. Wenn du Radrennen fahren willst, musst du schon die Eier dazu haben.«

»Wahre Worte, Zaro. Ich geh jetzt mal, ich will nachsehen, ob der Fernseher immer noch kaputt ist.«

»Das ist er bestimmt, Spurt. Ich fürchte, das Gesicht musst du noch ein paar Jährchen ertragen.«

»Tja, nur dass der Zahn der Zeit auch an mir nagt, und dass ich vor ihm gehen werde. Ich grüße euch.«

Während Spurt die Werkstatt verlässt, erscheint in der Tür eine Bohnenstange in Winterjacke. Sie steht schon eine ganze Weile dort, studiert aufmerksam die ganzen Fahrräder, die rechts und links vor der Tür in den Ständern aufgereiht sind und an den Wänden lehnen. Sie ist ganz in Schwarz gekleidet, die Ärmel reichen ihr über die Hände bis zu den Fingerspitzen, die Beine ragen dünn und gerade wie Stecken aus den Stiefeln. Auf dem Kopf hat sie eine schwarze Wollmütze und um den Hals als einzigen Farbtupfer einen jadegrünen Schal.

»Ich geh jetzt auch, Zaro, und lass dich arbeiten«, sagt Attilio und ergreift das Tablett mit den Kaffeetassen. »Grüß mir Nanni«, fügt er noch hinzu.

Das Mädchen sieht erst ihn an, dann Zaro, und richtet schließlich das Wort an Attilio: »Ist Nanni nicht da?«

»Nein«, antwortet Zaro brüsk.

Das Mädchen betrachtet die Werkbank, die Fahrräder an der Wand, Zaros Finger, die gelb sind vom Nikotin und schwarz von der Wagenschmiere, das Peroni-Tablett in Attilios Händen. Sie sieht aus wie ein kleines Mädchen, das sich verlaufen hat.

»Ich suche Nanni«, sagt sie noch einmal leise.

»Nanni kommt gleich, stimmt's, Zaro?«, fragt Attilio, ohne sie aus den Augen zu lassen.

»In einer Stunde. In höchstens einer Stunde ist er wieder da«, sagt Zaro und zieht ein Päckchen Zigaretten aus der Gesäßtasche.

Das Mädchen ist sichtlich erleichtert. Eine Stunde ist überschaubar, die kann sie abwarten. Sie wendet sich zu den Fahrrädern, die vor der Tür stehen, und fragt Zaro: »Was kostet es, eines für eine Stunde auszuleihen?«

Er erstarrt, die Zigarette in Mund, den rechten Daumen über dem Rädchen des Feuerzeugs. Nur sein Blick bewegt sich, von ihr zu Attilio. Zuerst lachen seine Augen, dann die Hälfte seines Mundes, in dem keine Zigarette klemmt. Schließlich schüttelt er den Kopf, entfacht die Flamme, zieht den Rauch ein.

»Das ist wirklich ein guter Aprilscherz. Tut mir leid, mein Kind, aber hier leihen wir nichts aus, wir reparieren nur und verkaufen. Sonst nichts.«

Sie wird rot, senkt den Kopf, macht ein paar Schritte rückwärts. Attilio geht auf sie zu, mustert ihr Gesicht.

»Du bist nicht aus der Gegend, stimmt's?«

»Nein«, sagt sie, ohne ihn anzusehen, eine Hand schon auf dem Türgriff.

»Woher kommst du?«

»Aus Rom«, antwortet sie. Sie hebt den Blick und sieht Attilio an, und erkennt die Veränderung, die diese Mitteilung in seinen zerfurchten Zügen auslöst. Der Blick, mit dem er sie ansieht, wird intensiver, seine Augenbrauen heben sich, seine Kinnlade klappt hinunter und der Mund steht offen.

»Ich weiß, wer du bist«, flüstert er.

»Was soll das heißen, verschwunden? Wo ist sie?«

Papa schiebt mir das gefaltete Blatt hin, das er immer noch in der Hand hält. Ich öffne es. Es ist ein Brief von Cecilia.

»Das habe ich auf dem Herd gefunden, neben der Kaffeekanne«, sagt er betrübt. »Sie muss in aller Herrgottsfrühe aus dem Haus gegangen sein. Ich habe nichts gehört.«

Lieber Papa,

es ist jetzt tiefste Nacht und ich kann nicht schlafen. Du hast mich gezwungen, zu Abend zu essen und ich musste warten, bis du ins Bett gegangen bist, um mich zu übergeben. Ich mag es nicht, mich zu übergeben, und ich bin nicht gut darin. Da es schon spät war, hatte ich schon fast alles verdaut, und jetzt quälen mich die Schuldgefühle, gegessen zu haben und rauben mir den Schlaf. Ich bin böse auf dich, weil du mich nicht respektierst. Ich hatte dir gesagt, dass ich mittags gegessen hatte, weil du nicht da warst und ich dich nicht hintergehen wollte, und das war die Wahrheit. Ich habe dich respektiert. Und das hättest du auch mit mir machen sollen, indem du mich beim Abendessen so essen lässt, wie ich will, nämlich wenig. Ich verlange nicht, dass du mich verstehst, aber ich möchte, dass du mich respektierst. Mein Gewicht unter Kontrolle zu halten, ist nun einmal zumindest momentan die einzige Modalität, die ich gefunden habe, um mich nicht selbst zu hassen und mich als Herrin über mein Leben zu fühlen. Und immer, wenn in meinem Leben etwas Unvorhergesehenes passiert, muss ich noch rigoroser Diät machen, sonst geht es mir schlecht. So ist es nun einmal, und wenn du willst, dass wir ehrlich miteinander sind, solltest du mich respektieren.

Isabelles Ankunft heute beunruhigt mich sehr. Und noch mehr graut es mir vor der Familientherapie. Ich bin minderjährig und ihr könnt mich mit Gewalt dorthin bringen, aber zum Sprechen zwingen könnt ihr mich nicht. Aus meinem Mund wird kein einziges Wort kommen. Und mehr noch, es wird auch absolut nichts mehr hineinkommen. Wenn ihr wirklich vorhabt, eine Familientherapie zu beginnen, dann wird mein Mund versperrt sein, in beide Richtungen. Es ist sowieso besser, wenn ich ihn so wenig wie möglich öffne. Am liebsten würde ich ihn mir mit Zement zustopfen, in diesen Tagen.

»Was denn für eine Familientherapie?«, sage ich. Ich hatte geahnt, dass es so weit kommen würde, und jetzt verspüre ich nur noch Wut. Ich habe keine Lust, wegen meiner Schwester zu einem Psycho zu gehen. Ich habe keine Lust, zwischen ihr und Mama zu sitzen, keine

Lust, die ganze Geschichte anzuhören, zu verstehen, warum sie uns verlassen hat, Tage und Nächte damit zu verbringen, Cecilia zu trösten. Das wird schon vergehen, sage ich mir seit Monaten, seit Jahren. Die Wut wird vergehen, und sie wird Lust auf ein Brötchen bekommen. Auf eine Pizza. Ein Glas Wein. Einen Joint. Einen Lachanfall.

»Marta, Cecilia wiegt 47 Kilo. Wir müssen handeln.«

»Aber kann sie nicht allein zu dem Psycho gehen? Warum müssen wir da alle mit? Was hat das mit mir zu tun?«

»Darum geht es jetzt nicht. Lies weiter und dann gehen wir los.«

Los? Wohin denn? Was wollt ihr denn von mir? Heute kommt Mama, kümmert ihr euch um Cecilia, immerhin seid ihr die Eltern. Warum muss ich da mitmachen? Weil ich euch nie Grund zu Sorgen gegeben habe, die euch von der Angst um Cecilia abgelenkt hätten? Weil ich immer für sie da war, sie jahrelang in mein Bett gelassen habe, sie beschützt, angehört, verstanden habe? Hätte ich sie sich selbst überlassen sollen, damit sie stärker wird? Was habe ich davon, die liebe Schwester zu sein, wenn ich trotzdem nicht das genießen kann, was ich mir selber aufgebaut habe? Meint ihr, das war einfach für mich, so aufzuwachsen, die Mutter meiner Schwester zu sein? Könnt ihr euch nicht vorstellen, dass ich es satthabe? Dass ich einfach bloß zu dem Kollektiv um elf gehen will, Giulio treffen und mich auf mein eigenes Leben konzentrieren will?

Natürlich sage ich nichts von all dem. Es hallt in mir,

aber ich lasse es nicht hinausdringen. So bin ich eben. Die liebe Schwester.

Weißt du noch, wie ihr mich genannt habt, als ich klein war? Cecertola, Eidechslein, weil Eidechsen meine Lieblingstiere waren. Ich glaubte, dass sie mit ihren Schwänzen auch die schlimmen Gedanken, die Krankheiten, alles Böse abwerfen konnten. Das hattest du uns erzählt, glaube ich. Jeder neue Schwanz, der nachwuchs, war eine neue Chance, glücklich zu werden.

Du ahnst ja nicht, wie gern ich eine Eidechse wäre! Dann könnte ich meinen kranken Schwanz abstoßen und mir einen neuen wachsen lassen. Dich und Marta davon befreien.

Aber weißt du, Papa, ich glaube, wir sind nicht wie Eidechsen. Denn es ist genau das Stückchen Schwanz, das wir eingebüßt haben, das nicht nur nicht nachwächst, sondern uns ständig wehtut, wie die Phantomschmerzen der Amputierten.

Verzeih mir, Papa. Ich geh für eine Weile fort.

Ailicec

»Ich geh für eine Weile fort? Was soll diese Scheiße? Wohin denn?«

Ich springe auf und stoße mit Cinque zusammen, der aufjault und sich hinter Papas Beine flüchtet. Ich gehe in unser Zimmer. Cecilias Bett ist gemacht, ihre Bücher und Schulhefte stehen in Reih und Glied im Regal, der Schreibtisch ist leer bis auf die Videokamera und einen

Teller mit halb geschmolzener Butter. Ich trage ihn in die Küche.

»Was ist das denn? Schon wieder diese Butterskulpturen?«

Papa sitzt mit aufgestützten Ellbogen am Küchentisch, Mund und Nase in den Händen vergraben.

»Marta, beruhige dich und denke nach. Was kann das sein?«

»Keine Ahnung.«

»Dann fragen wir ihre Freunde.«

»Welche Freunde denn? Hat sie etwa welche?«

»Ihre Schulkameraden.«

»Hast du die Schule angerufen?«

»Heute ist keine Schule, es ist Karfreitag.«

»Cecilia kommt mit keinem ihrer Schulkameraden gut aus. Sie hat keine Freundinnen. Mit Sara hat sie schon lange keinen Kontakt mehr.«

»Und was ist mit diesem Federico?«

»Den hat sie vor ein paar Wochen abserviert und nie wieder auf seine Anrufe reagiert. Ich bezweifle, dass sie mit ihm unterwegs ist.«

»Dann ist sie also allein.«

»Papa, wo soll sie schon hin sein. Wahrscheinlich ist sie nur laufen gegangen, du wirst sehen, sie kommt gleich zurück.«

»Zum Laufen nimmt sie immer Cinque mit. Und wenn es sich nur um ein paar Stunden handeln würde, hätte sie mir keinen solchen Brief geschrieben. Sie hätte mir keine Sorgen bereitet.«

Am liebsten würde ich sagen: Tatsächlich, Papa? Was

hat Cecilia eigentlich sonst noch getan, außer uns Sorgen zu bereiten? Würde sagen: Es reicht ihr nicht mehr, uns im Alltag Sorgen zu bereiten, mit den tausend Ticks, mit denen sie uns unsere Existenz ruiniert, und ihrer Fasterei und den Butterskulpturen, die schmelzen und uns rühren sollen und ihrem Mangel an Freunden und ihrer Sportbesessenheit und ihrem ständigen Beleidigtsein und ihrer Weigerung, irgendeine wie auch immer geartete Beziehung zu ihrer Mutter aufzunehmen, diese tägliche Dosis an Sorgen reicht ihr jetzt nicht mehr, also legt sie einen Zahn zu und verschwindet, so dass es für uns unmöglich sein wird, irgendetwas anderes zu tun als uns Sorgen zu machen, irgendeine verdammte Form von Leben zu leben, das nicht mit ihr zu tun hat.

Stattdessen sage ich: »Was hast du vor?«

»Ich gehe zu den Carabinieri. Oder zur Polizei.«

Ich seufze. Ich hatte befürchtet, dass Papa sich Sorgen um mich macht. Aber weit gefehlt. Bei diesem Wettkampf bin ich chancenlos.

»Du bist doch Cecilia?«, fragt Attilio und geht auf sie zu.

Sie kämpft mit den Tränen. »Ja«, antwortet sie mit hochrotem Kopf.

Attilio setzt ein beruhigendes Lächeln auf, legt seine Hand auf ihren im Jackenärmel verborgenen Arm. »So was auch, das letzte Mal, dass ich dich gesehen habe, ist mindestens zehn Jahre her. Da war ich mit Nanni in Rom, wegen eines Auftrags, und dann sind wir alle zusammen essen gegangen, auch deine Mutter und deine Schwester. Erinnerst du dich noch?«

Cecilia schüttelt den Kopf, sie versucht zu lächeln.

»Ich bin jedenfalls Attilio.« Er reicht ihr seine Hand mit der großen, harten Innenfläche, und Cecilia reicht ihm ihre knochige. Attilio drückt sie vorsichtig, er hat Angst, sie zu zerbrechen. »Das ist Zaro, der Papa von … Nanni.«

Zaro nickt finster. Er raucht freihändig, mit halb geschlossenen Lidern, während er die Werkbank aufräumt.

»Komm mit in die Bar, ich lade dich zum Frühstück ein«, sagt Attilio.

»Nein, danke, ich habe schon gegessen«, erwidert Cecilia schnell, ohne sich zu rühren.

»Wie bist du denn gekommen, mit dem Zug?«, will Attilio wissen.

»Ja, bis Florenz. Und von da habe ich einen Bus genommen.« Cecilia hat sich jetzt wieder gefangen, sie nimmt die Mütze ab. »Es ist warm hier drin.«

Attilio lässt nicht locker. »Dann musst du ziemlich früh losgefahren sein.«

»Ja, schon.«

Zaro schichtet die Schläuche in eine Kiste unter der Theke, wirft das Svitol-Spray in eine Schublade, dann geht er zu dem Fahrrad, das auf dem Ständer aufgebockt ist und beginnt, die Gangschaltung auszubauen.

»Weiß Nanni, dass du kommst?«, fragt Attilio.

Cecilia wartet ab, sie beobachtet Zaro, der mit dem Rücken zu ihr unter einem Kalender mit einer sich lasziv räkelnden Miss Aprilia arbeitet. Sie antwortet nicht auf Attilios Frage, sondern sagt: »Ich wollte ihn besuchen, weil wir uns schon länger nicht mehr gehört haben, seit seine Mama gestorben ist. Apropos, mein Beileid auch für Sie, Zaro.«

Zaro hat die Radgabel ausgebaut und in eine Zwinge gesteckt, um sie geradezubiegen. Er spuckt die Kippe auf den Boden und zerquetscht sie mit dem Fuß. Ohne den Blick zu heben, fragt er:

»Weiß dein Vater, dass du hier bist?«

Cecilia wird wieder rot, sie knetet die Mütze mit beiden Händen. »Natürlich weiß er das.« Um schnell das Thema zu wechseln, fügt sie hinzu: »Ich würde wirklich gern ein Rad mieten, während ich auf Onkel Nanni warte. Können Sie nicht eine Ausnahme machen?«

Zaros Miene ist undurchdringbar. »Kind, ich habe zu tun, wie du siehst. Hier gibt es nur neue Fahrräder, die verkauft werden, oder alte, die in Reparatur sind. Räder für Ausflüge haben wir keine.«

Attilio wagt einen Einspruch. »Was ist denn mit dem Atala da hinten, dem von Elvira?«

Zaro wirft ihm einen wütenden Blick zu.

»Das wolltest du zwar herrichten, um es zu verkaufen, aber in der Zwischenzeit kann sie doch ein bisschen damit fahren, meinst du nicht?«

Zaro flucht zwischen den Zähnen, dann holt er einen Lumpen aus einer Ecke der Werkbank und säubert sich damit die Hände. »Hast du eigentlich gar nichts zu tun heute Morgen, Attilio?«

»Ich geh ja schon«, gehorcht dieser, indem er die Tür aufmacht. »Sag Nanni, dass er vorbeischauen soll, wenn er kommt.« Er lächelt Cecilia zu und geht. Jetzt bin ich allein mit meinem Großvater, denkt Cecilia.

»Warte noch, Papa«, sage ich. Cinque winselt neben seinen Füßen, er muss Gassi gehen. Er ignoriert ihn. »Bevor wir zur Polizei gehen, suchen wir selber nach ihr. Ruf Mama an.«

»Das kommt nicht in Frage. Die beiden sind auf dem Weg zum Flughafen, ich will nicht, dass sie mit dieser Sorge reist. Und ganz bestimmt hat sie sich nicht bei Mama gemeldet.«

»Na gut. Aber lass mich wenigstens noch Giulio anrufen, ich möchte ihm sagen, dass ich nicht mitkomme zum Kollektiv.«

Ich hoffe, dass er mich zurückhält, dass er zu mir sagt: *Aber nein, Marta, geh nur, ich mache das allein, du wirst sehen, es ist nichts passiert.* Natürlich würde ich ihm nicht glauben, natürlich würde ich sie trotzdem suchen gehen, wie könnte man sich keine Sorgen machen in so einer Situation? Aber wenigstens würde er mir ein Recht auf Sorglosigkeit zugestehen, wenigstens das. Er würde mich aus der Verantwortung entlassen.

»Marta.«

»Ja.«

»Cecilias Videokamera. Geh sie holen.«

Ich gehorche. Die Videokamera liegt auf dem Tisch, der Objektivdeckel fehlt. Ich schalte sie ein, öffne das Display und bringe sie Papa. Die Batterie ist fast leer, aber sie reicht aus, damit wir uns die letzten Aufnahmen auf der Kassette ansehen können.

Ohne ein Wort zu sagen, drückt Papa auf die Taste REWIND. Das Band schnurrt rückwärts, aber das Bild verändert sich nicht. Der Teller. Der Teller voller Butter.

Unsere Augen kleben am Display, wir wagen es kaum zu atmen. Die geschmolzene Butter ist eine Milchstraße, eine Reihe kleiner Atolle, Klumpen in verschiedenen Schattierungen von Elfenbein. Unmerkliche Veränderungen führen dazu, dass sie sich zu immer größeren Archipelen zusammenfinden und verschmelzen, wie bei einem umgekehrten Big Bang, der Pangäa in einer Keramikschale, die Rückkehr zu einem unerreichbaren primordialen Stadium. Die Butter auf dem Display kondensiert sich langsam und nimmt eine Form an, die sie in der Natur für immer verloren hat, wie der Rauch, der in eine Zigarette zurückkehrt oder ein Kind, das in den Leib der Mutter zurückschlüpft, und diese Form, diese Form, die sich in einen unmöglichen Zustand verwandelt. Dieses Ding, das Cecilia da erschaffen hat, ist keine einfache Form, ein Herz etwa, wie sie es in den letzten Wochen des Öfteren gemacht hatte, geknetete Butterherzen, die sie dann vor der Videokamera zerschmelzen ließ, und auch nicht ihre Initialen oder eine stilisierte Eidechse. Das Band läuft rückwärts und vor unseren Augen entsteht ein Korb mit Schlangen, mit Schuhbändern, mit verwickelten Schnüren, und als ich es erkenne, als wir es erkennen, Papa und ich, entfährt uns gleichzeitig ein Schluchzer, und dann ist das Band zu Ende.

Es sind Spaghetti. Ein Teller mit weißen, perfekt aus Butter modellierten Spaghetti. Ein Teller Spaghetti aus Butter, ungenießbar, dazu bestimmt, vor der laufenden Kamera zu schmelzen, verewigt zu werden in diesem fortschreitenden Prozess der Auflösung, dieser absurden Regression zum Ursprung.

Papa und ich sehen uns an. In seinen Augen stehen Tränen. Wir sind die einzigen Bewohner dieser Pangäa, wir sind die Augen, die ihre Entstehung mit angesehen haben, die Zeugen eines unerlösten, festen und flüssigen Schmerzes, und unsere Aufgabe ist es, Cecilia aus diesem Sumpf zu ziehen.

Cecilia denkt, dass dieser Mann, wenn er tatsächlich ihr Großvater ist, Isabelle gegenüber auch mit seinem genetischen Material gegeizt hat. Sie ähnelt ihm kein bisschen, während Nanni sein Ebenbild ist mit den gebeugten Schultern, eine schlechte Kopie, jünger und aufgedunsener. Zaro ist immer noch schlank und stark, mit muskulösen Armen und den festen Fingerkuppen eines Arbeiters. Wie Onkel Nanni bändigt er den Wirbel auf der Stirn mit Brillantine. Abgesehen von diesen Ähnlichkeiten fühlt Cecilia sich vollkommen fremd hier. Sie ist das erste Mal in Ponte a Ema, die Neugier auf diesen Ort ist vor ein paar Monaten gekommen, als Marta ihr in groben Zügen von Isabelles Kindheit erzählt hat, von Papa bestätigt. Auch Zaro sieht sie zum ersten Mal. Sie spürt keine Verbundenheit mit ihm, und doch weiß sie, dass sie eine Sache gemein haben: Sie beide haben Isabelle abgewiesen.

Cecilia nimmt so etwas wie Stolz bei sich wahr, ein Gefühl, das an die Genugtuung nach einem Sieg erinnert. Sie ist allein hergekommen, statt sich den ganzen Tag selbst zu bemitleiden. Sie hat das Haus verlassen, als es noch dunkel war, ist zu Fuß bis zur Stazione Termini gelaufen. Sie hat allein einen Zug genommen, was noch nie vorgekommen war, und als der Zug in Florenz hielt, hat sie keine Panik vor der unbekannten Stadt bekommen: Sie hat gefragt, wie man nach Ponte a Ema fährt, und man hat ihr den Weg zum Busbahnhof gezeigt. Dort ist sie in den richtigen Bus gestiegen, ist in dem Dorf angekommen, hat nach der Fahrradwerkstatt gefragt, genau wie ihre Großmutter Lena fünfunddreißig Jahre früher. An die kleine Isabelle auf der Schwelle genau dieses Ladens hat sie keine Sekunde lang gedacht. Sie ist überzeugt, eine starke emanzipatorische Geste ausgeführt zu haben, einen Schritt auf der Suche nach sich selbst, der ganz ohne ihre Mutter auskommt, ja sogar einen extremen Akt der Rebellion gegen ihre Mutter. Zum ersten Mal tut sie etwas Wichtiges ohne Papa oder Marta, und sie fühlt sich gut dabei.

Schade nur, dass sie Hunger hat. Der Hunger schläft nie. Wenn es möglich wäre, würde sie ein paar Turnübungen machen, das hilft bei Krämpfen. Sie hat nicht geschlafen, und bei Schlafmangel bekommt sie immer viel mehr Hunger, vor allem am Morgen. Im Zug hatte sie befürchtet, ohnmächtig zu werden. Sie hat durchgehalten, hat nur Wasser getrunken. Da sie sich schlecht auf den Boden legen kann, um ihre Bauchmuskeln zu trainieren, hofft sie, dass das Fahrradfahren sie wenigstens ablenkt von der Leere in ihrem Magen, die sich immer mehr ausbreitet.

Zaro kommt aus einem Hinterzimmer mit einem Sechskantschlüssel und einem schwarzen Atala-Rad, das Cecilia fabrikneu scheint. Vorn hat es einen schwarz lackierten Korb und hinten einen Gepäckträger – eine Kutsche wie für eine Prinzessin, im Vergleich zu dem Klapprad, das sie und Marta sich in Rom teilen.

»Ich habe die Schläuche gewechselt und die Bremsen nachgezogen, aber es müsste noch poliert und neu lackiert werden«, sagt Zaro.

»Also, ich finde es auch so schon perfekt«, antwortet Cecilia.

»Was redest du da«, brummt er, während er das Rad nach draußen schiebt. »Komm, ich stell dir den Sattel höher. Meine Frau war kleiner als du.«

Cecilia nähert sich aufgeregt. Dies ist ihr Moment, Zaros Geste gilt ihr und bedeutet für sie einen deutlichen Punktvorsprung gegenüber Isabelle. Isabelle hat nie Fahrradfahren gelernt.

»Du bist ganz schön lang, Mädchen. Fahr mal Probe.«

Cecilia steigt auf, sie berührt den Boden nur mit den Zehenspitzen. »Das ist zu hoch.«

»Nein, das ist gut so. Dreh eine Runde.«

Cecilia stößt sich ab und fährt ein paar Meter.

»Was ist das denn für eine Art zu treten, auf Zehenspitzen? Stellt man etwa so die Füße auf die Pedale? Du musst das Bein ausstrecken!«

Cecilia lächelt. Der Mann gefällt ihr ziemlich gut. Sie setzt beide Fußsohlen auf die Mitte der Pedale und macht das Bein bei jeder Umdrehung ganz lang. Nach ein paar Runden kommt sie zurück, um sich zu bedanken.

Er hat sich in der Zwischenzeit eine weitere Zigarette angesteckt. »Steig ab«, sagte er, noch bevor sie hält.

»Was?«

»Klapp den Ständer runter und lass es hier stehen, das

wird nicht gestohlen. Beim Radfahren darf man keinen leeren Magen haben und auch nicht so eingemummt sein wie du.«

Cecilia wird heiß, sie protestiert: »Aber ich habe schon gegessen.«

»Klar, um fünf Uhr morgens, wenn's reicht. Das ist jetzt schon verdaut. Außerdem kann ich mir vorstellen, wie du isst. Siehst aus wie ein Kleiderständer.« Cecilia will etwas entgegnen, aber Zaros Augen lassen keinen Widerspruch zu. »Du gehst jetzt über die Straße, in Attilios Bar. Dort isst du ein Cornetto, trinkst einen Cappuccino oder einen Saft und dann kommst du zurück, ziehst diese Decke aus und dann kannst du Fahrrad fahren. Sonst nicht.«

Cecilia sehnt sich auf einmal nach Cinque, dem einzigen Geschöpf auf dieser Welt, das sie immer so nimmt, wie sie ist, bedingungslos.

Ich richte mich auf und laufe in unser Zimmer. Auf dem Nachttisch liegt das Tagebuch meiner Schwester.

Seit Tagen, vielleicht sogar Wochen, lässt sie es überall deutlich sichtbar liegen. Ich habe es schon im Bad gefunden, auf dem Fensterbrett, auf dem Vorleger zwischen unseren Betten, zugeklappt, aber zugänglich. Es ist ein Heft aus dickem Papier mit einem festen blauen Einband mit silbernen Verzierungen und einem kleinen Magneten als Verschluss. Ich kenne es gut, ich habe es ihr selbst zu Weihnachten geschenkt. Seit drei Monaten nimmt sie es überall hin mit, schreibt wie eine Besessene hinein. Sie drückt so stark auf mit dem Stift, dass die Seiten ganz gewellt sind und das Heft doppelt so dick ist. In letzter Zeit liegt es immer offensichtlicher herum, bestimmt ist das diese Botschaft an mich, aber ich habe es immer ignoriert. Habe es nicht sehen wollen, nicht lesen wollen. Und je mehr es in meiner Reichweite war, desto weniger Lust hatte ich, es zu öffnen. Mein ganzes Leben lang kümmere ich mich schon um Cecilia. Ich kenne keinen anderen Menschen, der einem solchen emotionalen Vampirismus ausgesetzt ist, und das seit Jahren, Tag für Tag. Außer Papa natürlich. Aber Papa ist ihr Vater. Für die Eltern sind ihre Kinder ein Beruf. Wenigstens theoretisch.

Ich setze mich auf Cecilias Bett und packe das Tagebuch mit beiden Händen, ich blättere es fieberhaft durch auf der Suche nach einem Hinweis, einem Indiz. Doch ich finde nur eine Flut von monothematischen Ergüssen, eine penible, zwanghafte Beschreibung der Formen, in denen sich ihre Essenverweigerung manifestiert, die Chronik einer selbstauferlegten Kasteiung, die sie ununterbrochen beschäftigt, wie ein ständiger Schmerz oder eine verlorene Liebe.

Liebes Tagebuch, ich habe gelesen, dass das Gehirn zwanzig Minuten braucht, um zu merken, dass der Magen leer ist. Das habe ich heute Abend getestet und kann es bestätigen! Wenn ich ein Glas Wasser zwischen zwei Bissen trinke, viel Zeit damit verbringe, das Essen in winzige Stücke zu schneiden und immer wieder die Gabel weglege, denkt mein Gehirn mitten beim Essen, dass mir der Hunger vergangen ist.

Heute ist es mir gelungen, früh aufzuwachen und

ich bin mit dem Rad hoch zur Porta San Pancrazio ge-
fahren. Dort habe ich dann gefrühstückt, denn Früh-
stücken ist wichtig, um den Stoffwechsel anzukur-
beln. Zwanzig Gramm Haferflocken in einer Tasse
Magermilch, zusammen hundertdreißig Kalorien,
die ich gleich verbrannt habe, indem ich zu Fuß zur
Schule gegangen und in der Turnstunde schneller als
die anderen gerannt bin. Im Klassenzimmer stehe ich
immer wieder auf, spitze meinen Bleistift und gehe
zum Papierkorb, um den Spitzer auszuleeren, über-
haupt versuche ich mich ständig zu bewegen, auch im
Sitzen, indem ich die Pobacken zusammenkneife und
die Bauchmuskeln anspanne, so dass ich sicher sein
kann, bis zum Mittagessen das Frühstück ganz ver-
brannt zu haben.

Papa steht in der Tür.

»Ich geh dann mal.«

»Wenn du noch fünf Minuten wartest, komme ich mit.«

»Das brauchst du nicht. Fahr lieber ein bisschen mit dem Mofa herum, mit Giulio oder auch jeder für sich. Sucht sie.«

»Aber wo denn?«

»Was weiß ich, am Tiber-Ufer. Fahrt das ganze Tiber-Ufer ab. Und den Gianicolo. Ich habe keine Ahnung. Villa Borghese. Die Caravaggio-Kirchen. Die Via Appia, die Via Cassia. Sie könnte überall sein.«

Kein besonders guter Plan, scheint mir, mit dem Mofa kreuz und quer durch eine hundert Quadratkilometer große Stadt zu gondeln, um eine Person inmitten der drei Millionen Einwohner zu finden, aber ich sage nichts.

»In Ordnung, Papa, mach dir keine Sorgen.«

»Ich gehe jetzt zu den Carabinieri in der Via Morosini. Falls du sie findest oder hörst, komm sofort zu mir und sag Bescheid. Ich komme nach Hause, sobald ich fertig bin. Um eins treffen wir uns wieder. Dann sehen wir weiter.«

»Gut. Sie wird sich sicher melden. Ich lese nur noch zu Ende und dann fahre ich los.«

»Was ist das? Ihr Tagebuch?«

»Ja.«

Papa kommt näher und will es nehmen. Instinktiv klappe ich es zu und drücke es an mich. »Besser nicht. Wenn ich etwas finde, was uns weiterhilft, sage ich es dir.«

Wahrscheinlich steht hier sowieso nichts, was er nicht längst wüsste oder vermutete, aber dieses Zeug zu lesen, würde ihm wehtun, und wenigstens diesen Schmerz würde ich ihm gern ersparen.

Er sieht mich an, aber ich weiß nicht, ob er mich wirklich wahrnimmt. Er ist wie benommen, verzweifelt, klammert sich an die Vernunft wie an den letzten Haltegriff vor der Panik.

Als ich höre, wie die Tür ins Schloss fällt, lese ich weiter.

Ich bin mit Marta und Giulio in die San-Calisto-Bar gegangen, um ein Glas Wein vor dem Abendessen zu trinken. Ich habe meines mit Eiswürfeln füllen lassen, um den Hunger besser zu ertragen.

Papa zuliebe habe ich ein wenig Obst gegessen, aber ich fühle mich nur dann gut, wenn ich nicht esse, weil ich dann glaube, mein Leben in der Hand zu haben.

Liebes Tagebuch, die Waage zeigt siebenundvierzigeinhalb an. Nicht schlecht, aber bis Sonntag will ich unbedingt auf siebenundvierzig kommen.

Wir sind das Gegenteil von Eidechsen, hat Cecilia an Papa geschrieben. Der verlorene Schwanz verfolgt uns mit dem Schmerz über seinen Verlust. Einem sinnlosen Schmerz, aus dem nichts Neues erwächst.

Papa überwacht mich die ganze Zeit und Isabelle ruft jeden Tag an. Ich habe gar keine Lust, mit ihr zu sprechen, ich muss mich auf den Krieg gegen den Hunger konzentrieren, mich disziplinieren, nicht nachgeben.

Das Telefon läutet. Es ist Mama. Sie sagt nicht einmal ein Wort zur Begrüßung.

»Attilio hat angerufen«, sagt sie. »Cecilia ist bei ihm.«

»Attilio?« Ich habe keine Ahnung, wer das ist. Ich höre Mama in den Hörer seufzen.

»Attilio, aus Ponte a Ema. Der mit der Bar. Der Freund von Onkel Nanni.«

»Ach so«, sage ich, aber mein Gehirn arbeitet langsam, ich habe Mühe, die Zusammenhänge herzustellen.

»Wusstet ihr denn, dass sie in Ponte a Ema ist?«

»Wer?«, frage ich benommen.

»Cecilia. Cecilia ist in Ponte a Ema, Marta. Sie hat Onkel Nanni in Zaros Werkstatt gesucht. Attilio hat mich gerade angerufen, um mir das zu sagen, er glaubt, dass sie von zu Hause weggelaufen ist, stimmt das denn?«

»Geht es ihr gut?« Das ist das Erstbeste, was mir in den Sinn kommt.

»Es geht ihr gut. Onkel Nanni ist nicht da, er ist Radfahren, und sie hat Zaro gebeten, ihr ein Rad auszuleihen, während sie auf ihn wartet. Sie ist dort, Marta. Und sie muss sofort weg von dort.«

»Papa ist bei den Carabinieri.«

»Oh mein Gott.« Sie schnieft wie immer, wenn sie nervös ist. Sie schweigt noch ein paar Sekunden, während derer ich mich frage, was zum Teufel Cecilia in Ponte a Ema treibt. Ich blättere schnell durch das Tagebuch, bis zu den letzten beschriebenen Seiten. Ja, da schreibt sie tatsächlich *Ich möchte Zaro kennenlernen, in den nächsten Tagen fahre ich einfach zu ihm.*

Mamas Stimme reißt mich aus meiner Betäubung. »Hör zu, Marta. Du gehst jetzt gleich zu Papa und sagst ihm, dass alles in Ordnung ist und dass es Cecilia gut geht. In der Zwischenzeit versuche ich es immer wieder bei Onkel Nanni, irgendwann muss er ja zurückkommen und duschen, ich hoffe, ich erwische ihn, bevor er wieder aus dem Haus geht. In einer halben Stunde müssen wir zum Flughafen, vor vier landen wir in Rom. Falls Cecilia dann noch in Ponte a Ema ist, miete ich ein Auto und hole sie dort ab, auch wenn ich fürchte, dass das die Sache noch schlimmer machen würde. Das Beste wäre, wenn Onkel Nanni sie nach Hause bringen würde, aber haltet euch bereit für den Fall, dass sie sich dagegen wehrt.«

»In Ordnung«, antworte ich bloß.

»Bevor ich zum Flughafen fahre, rufe ich noch einmal an und sage dir, ob ich den Onkel erreicht habe. Falls nicht, müsstest du es weiter versuchen. Alle zwei, drei Minuten.«

»Aber erst muss ich noch Papa Bescheid sagen.«

»Lauf schnell und komm gleich wieder. Ich rufe auf jeden Fall in einer halben Stunde noch einmal an. In Ordnung?«

»In Ordnung«, sage ich noch einmal.

»Danke, Marta.«

Aus tausenderlei Gründen, die ich erahne, aber nicht die Kraft habe zu vertiefen, löst dieser Dank meiner Mutter eine emotionale Erschütterung bei mir aus, der ich mich nicht entziehen kann.

Von Weinkrämpfen geschüttelt, breche ich zusammen.

Als Cecilia die Bar betritt, bedient Attilio gerade die Kaffeemaschine, den Telefonhörer zwischen Ohr und Schulter geklemmt. Er dreht sich zu ihr und lächelt sie an.

»Da bist du ja«, sagt er und legt auf. »Ich versuche gerade, Nanni zu Hause zu erreichen, ich wollte sehen, ob er zurückgekommen ist, aber es antwortet keiner.«

Cecilia bewegt sich mit finsterer Miene auf den Tresen zu.

»Cappuccino?«, fragt Attilio und serviert währenddessen einem Zeitung lesenden Gast einen Kaffee.

»Nein, danke. Lieber ein Glas Wasser mit Eiswürfeln.«

»Also, bei mir gibt es die besten Cornetti der Welt! Schau mal, diese Cremefüllung, die ist ganz frisch. Wenn du die Ohren spitzt, hört du sie noch muhen. Du musst einfach eines probieren!«

Cecilias Mund ist voller Spucke. Mit den starken Bauchkrämpfen fällt es ihr extrem schwer abzulehnen. Deshalb sagt sie es mit triumphierender Stimme:

»Nein, danke.«

Attilio sieht sie traurig an. Er erkennt in Cecilia denselben Groll, der schon ihre Mutter zerfressen hatte.

»Wie alt bist du?«

»Sechzehn. Fast siebzehn.«

In demselben Alter lebte Isabelle schon bei ihm. Er hat sie aufgezogen wie eine Tochter, hat versucht, ihr die Wärme einer Familie zu geben, die sie nie hatte. Anfangs hatte er es für Zaro getan, doch nach kurzer Zeit hatte er sie einfach liebgewonnen, sie so gesehen, wie sie war: so hart und doch so zerbrechlich, so verängstigt und doch immer kämpferisch. Attilio war der Erste, der Isabelles Herz zu sehen bekam, einer der wenigen. Und dieses traurige und ellenlange Mädchen, das nicht essen will, um jemanden zu bestrafen, ist das Ergebnis dieses anderen gepanzerten Herzens und der unverzeihlichen Fehler einer Frau, die keine Mutter sein konnte, weil sie keine Tochter sein durfte.

»Dann trink doch wenigstens einen Fruchtsaft«, bittet Attilio mit einem so lieben Blick, dass Cecilia nachgibt. Es ist wie bei Papa, immer kommt man an einen Moment, an dem man nicht mehr ablehnen kann. Dieser Mann, den sie noch nie bewusst gesehen hat, betrachtet sie liebevoll, mitleidig, und sie ergibt sich.

»Na gut, einen Birnensaft«, willigt sie ein.

Attilio bückt sich, um die Flasche aus der Kühlung zu holen, hebelt den Kronkorken ab und gießt den dickflüssigen Inhalt in ein Glas.

»So, bitte«, lächelt er. »Hier ist auch noch ein Stück Schokolade. Wenn du es nicht gleich essen willst, kannst du es ja für später aufheben.«

»Danke«, sagt sie, ohne es anzurühren.

»Hat Zaro dir denn das Rad ausgeliehen?«

Cecilia setzt die Lippen an den Rand des Glases und trinkt einen winzigen Schluck. »Er hat das schwarze Atala-Rad herausgeholt, wie Sie es ihm gesagt haben.«

»Sag ruhig Du zu mir.«

Cecilia lächelt. »In Ordnung. Das Rad, das du ihm genannt hast, das von seiner Frau.«

»Die arme Elvira. Sie würde sich freuen, wenn du es benutzt.«

»Tatsächlich?« Cecilias Miene hellt sich auf, und Attilio wird schlagartig klar, dass er diesen Weg besser nicht einschlägt. Noch dazu, weil er sich keineswegs sicher ist, dass Elvira sich tatsächlich gefreut hätte, eigentlich ist es ziemlich wahrscheinlich, dass sie sich überhaupt nicht gefreut hätte, nach all dem, was sie mit Isabelle durchgemacht hat, dem lebendigen Beweis dafür, dass Zaros Ruf als Schürzenjäger, vor wie nach der Heirat, der Wirklichkeit entsprach.

»Was hast du vor? Wie lange willst du bei Onkel Nanni bleiben?«, wechselt er schnell das Thema.

»Ein paar Tage«, antwortet sie ausweichend und trinkt noch einen weiteren winzigen Schluck Saft.

Attilio sieht sie fragend an, aber bevor er noch etwas

sagen kann, platzt Nanni in die Bar, außer Atem und in voller Montur, so heftig, dass er den Ständer mit den Chipstüten neben der Tür umreißt.

»Cecilia!«, ruft er aufgeregt. »Was für eine Überraschung! Ich bin gerade hier vorbeigekommen und habe dich von der Straße aus gesehen.«

Attilio verdreht die Augen, aber Cecilia scheint sich über diesen theatralischen Auftritt keineswegs zu wundern. »Hallo, Onkel Nanni«, sagt sie vergnügt zu ihm und bückt sich nach den heruntergefallenen Chipstüten.

»Lass nur, das mache ich schon. Entschuldige, wenn ich dir keinen Begrüßungskuss gebe, aber ich bin ganz verschwitzt, ich brauche erst eine Dusche. Kommst du mit mir nach Hause?«

Cecilia blickt zu Attilio, auf den so gut wie unberührten Saft auf dem Tresen, die Schokolade daneben. Dann sieht sie Nanni an, seine beunruhigt aufgerissenen Augen, die in Falten gelegte Stirn unter dem Wirbel. Sie dreht sich zur Tür, das Atala lehnt an der Hauswand gegenüber.

»Geh ruhig duschen«, sagt sie zum Onkel. »Ich fahre solange eine Runde Fahrrad. Du brauchst dich nicht zu beeilen.«

»Ich habe es dir bereits erklärt, Cecilia. Erst esst ihr zu Mittag und dann fährst du mit Onkel Nanni los.«

Papa sitzt wie zusammengefaltet in dem Sessel, die Ellbogen auf den Knien und den Kopf eingezogen zwischen den Schultern. Er sieht aus wie ein Koffer, der dermaßen vollgestopft ist, dass man sich draufsetzen muss, um ihn zuzumachen, aber trotzdem spricht er mit fester, ruhiger Stimme in den Hörer.

»*Ihr esst*, habe ich gesagt, zweite Person Plural. Das Mindeste, was du tun kannst, ist dich mit ihnen an einen Tisch zu setzen und zu essen.«

»...«

»Das interessiert mich nicht. Eine Handvoll Pasta, irgendetwas.«

»...«

»In Ordnung. Salat, aber mit einer Scheibe Brot, und angemacht.«

»...«

»Nein, auch mit Öl.«

»...«

»Das kommt überhaupt nicht in Frage. Onkel Nanni kommt nach Rom und du fährst mit ihm, hast du verstanden?«

»...«

»Das besprechen wir in aller Ruhe, aber ich verspreche dir, dass du sie heute nicht sehen wirst.«

»...«

»Nein, Onkel Nanni bringt dich her und danach trifft er sich mit Mama und Jules, wie ausgemacht.«

Das war die Version, die zwei Telefonate früher vereinbart wurde, während Cecilia ihre Radtour durch die toskanische Landschaft absolvierte. Papa war schon auf dem Sprung, sie abzuholen, aber Onkel Nanni hatte sich bereiterklärt, sie herzubringen unter dem nicht ganz einfachen Vorwand, dass er sowieso schon nach Rom kommen wollte, um Mama und Jules zu sehen, und dass er deshalb froh war, diesmal nicht allein reisen zu müssen.

Papa hebt den Kopf, sieht mich an. In einem halben Tag ist er zwanzig Jahre gealtert. Langsam und müde legt er den Hörer auf und sagt: »Ich bringe jetzt Cinque raus, der muss unbedingt mal«, aber er rührt sich nicht.

»Sie will ein neues Rad, ein großes«, fügt er mit gesenktem Blick hinzu.

Wie hatte ich nur glauben können, meiner Rolle zu entkommen. Wie hatte ich es auch nur wünschen können. Die Hände meines Vaters sprechen. Er hat lange, schmale Finger, die Adern auf dem Handrücken treten deutlich hervor. Es sind die ersten Hände, an die ich mich erinnern kann, ich könnte sie auswendig zeichnen, würde sie durch Tasten erkennen, selbst wenn die ganze Welt für immer ins Dunkel stürzen würde. Ich bin in diese Familie hineingeboren und das sind die Hände, die mich geformt haben, die anwesenden Hände meines Vaters und die flüchtigen meiner Mutter.

Wer sich entzieht, hinterlässt eine Leerstelle in der Gestalt seiner Person, die weiterhin schmerzt wie ein amputiertes Körperteil.

Mein Vater und ich gehören zu den Menschen, die sich nicht entziehen können. Wenn einer von uns das täte, bliebe der andere allein mit dieser schmerzhaften Amputation jener Geschöpfe zurück, die nicht als Eidechsen geboren werden.

Ich gehe vor ihm auf die Knie, als wäre er ein Kind, das getröstet werden muss.

»Dann kaufen wir ihr eben eines. Das tun wir, Papa.«

Aber anstatt den Kopf auf meine Schulter sinken zu lassen und sich zu einer Umarmung auf Augenhöhe hinreißen zu lassen, gibt Papa sich einen Ruck. Er sieht mich an, und zum ersten Mal, seit ich nach Hause gekommen bin, geht sein Blick nicht durch mich hindurch, als wäre ich ein Teil des Raumes, sondern richtet sich auf mich, auf meine Augen. Er legt seine rechte Hand auf meinen Kopf und nimmt mein Kinn zwischen Daumen und Zeigefinger der linken.

»Wolltest du nicht zum Kollektiv gehen, heute Morgen?«, fragt er liebevoll, mit sanfter Stimme.

»Ja, aber das ist jetzt egal«, antworte ich.

»Wann triffst du Giulio?«

»Ich weiß nicht. Heute, morgen. Kommt darauf an.«

»Von heute an trefft ihr euch abends hier zu Hause.«

»Warum?«

»Wenn ihr abends zusammen sein wollt, kommt er zu uns. Zumindest solange, bis ich nicht mehr Angst haben muss, nachts aufzuwachen und zu entdecken, dass dein Bett unberührt ist. Meinst du vielleicht, ich hätte das nicht gemerkt?«

»Ich dachte … ach nichts, entschuldige«, murmele ich und starre auf den Boden.

Papa neigt sich vor, küsst meinen Kopf. »Ich habe zwei Töchter, Marta«, sagt er nur.

Dann nimmt er Cinque an die Leine und geht.

Das Omelette auf Cecilias Teller ist so groß wie ein Käseeck. Sie könnte es auf einen Bissen hinunterschlucken, aber sie schneidet es immer kleiner. Am Schluss sind es lauter klitzekleine Teilchen, die sie auf dem Teller verteilt, dann kaut sie endlos lang an einem Salatblatt herum. Dann setzt sie wieder alle Teile zusammen wie bei einem Puzzle und beginnt aufs Neue. Nanni sieht dem Vorgang fassungslos zu. Zaro hat sein Essen hinuntergeschlungen und sieht fern, von Zeit zu Zeit wirft er einen Blick auf Cecilias Teller und gießt sich ein Glas Wein ein. Nanni isst jetzt langsamer, er will sie nicht hetzen, er versucht, Konversation zu machen. Er kommentiert die Nachrichten, redet über Politik, aber Cecilia ist zu jung, um zu wählen und überhaupt interessiert die Politik sie nicht, sie findet sie lästig. Nanni würde ihr am liebsten das Besteck aus der Hand reißen, um diesen absurden Tanz des Essens auf dem Teller zu beenden. Sie kommt ihm vor wie eine Puppenspielerin, die Strippenzieherin des Omelette-Theaters, denkt er, während er sich noch eine Scheibe Brot abschneidet und sie langsam verspeist. Er ist besorgt wegen der Reise, weiß nicht, was er sagen soll, hat Angst, etwas falsch zu machen. Er weiß, dass es verboten ist, über Isabelle zu sprechen, auch wenn es das einzige Thema ist, das sie verbindet, die einzige Schnittstelle zwischen ihren Biografien. Der Berührungspunkt zwischen den drei Personen, die hier um den Tisch sitzen, ist eine Frau, die man besser nicht erwähnt, wenn man will, dass die Mahlzeit ohne Dramen abläuft. Nanni blickt auf die Fragmente des Omelette-Dreiecks, die auf Cecilias Teller immer wieder auseinandergerissen und erneut zusammengesetzt werden. Nur die Salatblätter verschwinden eines nach dem anderen mit nervenaufreibender Langsamkeit, und alles, was er ihr gern sagen würde, darf er nicht sagen. Er schweigt, bis sie die Stille unterbricht.

»Welches Rad soll ich mir denn kaufen, deiner Meinung nach?«, fragt sie.

Nanni ist dankbar für diese Frage. Das ist ein unverfängliches Thema, bei dem er sich noch dazu sehr gut auskennt. Begeistert stürzt er sich in einen Vortrag über Freizeiträder, Mountainbikes, Hybrid-Räder, Trommel- oder Rücktrittbremsen, die Vorteile von Sätteln mit C-Federung oder Elastomer-Dämpfung. Als er anfängt, die Vorzüge von breiten Reifen zu erläutern, stellt Zaro sein Glas auf den Tisch und unterbricht ihn, indem er sich direkt an Cecilia wendet.

»Weißt du eigentlich, wer das Fahrrad erfunden hat?«

Cecilia kaut an einem Salatblatt. Sie schüttelt den Kopf und fühlt sich unzulänglich.

»Leonardo war das, auf dem Hügel von Vinci. Und Ginetto Bartali ist damit die Berge hochgefahren. Du weißt doch, wer Bartali war?«

Cecilia legt die Gabel ab und nickt, die Hände auf den Knien.

»Gut, dann ist ja alles gesagt. Ohne Fahrrad gehst du hier nicht weg.«

Nanni und Cecilia sehen ihn unsicher an. Zaro schnaubt, steht auf und sagt zu seinem Sohn: »Lade das Atala ins Auto und nimm es mit. Du kannst es ihr geben, ich hab sowieso keine Zeit, es herzurichten.«

Er verlässt die Küche und Nanni sieht, wie von Cecilias Gesicht eine solche Freude losbricht, dass sie auch hinter seine Rippen kriecht und es ihm den Atem verschlägt.

Spiele für jeden Tag

Juni 1989

Ihr Atem hängt noch stundenlang in den Räumen, auch nachdem sie schon weg sind. Ich habe mit der Stille zu kämpfen, ich drehe das Radio an, klammere mich an Madonna, an Vasco Rossi und Phil Collins, räume die Pfannen und Töpfe neu ein. Aber es hilft nichts, der Geist meiner Töchter ist stärker. Also mache ich alles wieder aus, höre auf zu trällern, schließe die Schranktüren und löse den Knoten, der mir bei jedem Abschied die Speiseröhre verschließt. Ich weine. In meiner Kehle steckt ein Kloß aus Mehl und Hefe, den die Tränen ein wenig aufweichen, mit der Zeit sinkt er dann in den Magen hinunter und dort wird er zwar schwer zu verdauen sein, roh wie er ist, aber irgendwie wird es schon wieder.

Diesmal ist Sonntag und vielleicht dauert es noch ein wenig länger. In der Luft ist nicht nur ihr Atem hängen geblieben, sondern auch die rosa-weiße Spur ihrer Schlafanzüge, der Geruch der Milch, die sie nur halb ausgetrunken haben, der Kissenabdruck auf Cecilias Wange, der Sand zwischen Martas Wimpern. Dies war kein Abschied wie die anderen, wir werden nicht mehr in einem Kilometer Entfernung in der Umarmung des Tibers wohnen. Nächsten Samstag werden wir nicht mehr am Nachmittag zu Sacchetti zum Eis essen gehen.

Ich bin allein in einem Zimmer voller Umzugskartons, mit Wänden, deren Weiß hallt. Die Matratze, auf der ich den letzten Schlaf mit meinen Töchtern geteilt habe, ist nackt, und so gleichgültig wie ein verbitterter Witwer. In die Mitte habe ich die Schneekugel mit dem Eiffelturm gestellt, die mir Carlo vor einer Ewigkeit geschenkt hat. Ich habe sie mitgenommen aus der Via della Paglia, als Talisman, um den Bruch ein wenig abzuschwächen. Ich lasse sie hier, Renata wird sie ins Regal stellen und dort vergessen, bis sie vollkommen verstaubt.

Ich würde gern ein Zeichen hinterlassen, die Orte, die ich verlasse, markieren wie ein Kater, aber mein Leben haftet nicht, es rutscht ab von den Orten, ohne sie zu verändern. Bald kommt Renata nach Hause, und ab heute Abend wird diese dunkle, verfallene Wohnung wieder ihr allein gehören. Die zehn Jahre, die ich hier verbracht habe, werden ebenfalls ins Regal wandern und verstauben, inmitten der unendlich vielen Korrespondenzen einer Vergangenheit, die keine Spuren hinterlässt.

Der letzte Tag ist so verlaufen, wie ich es befürchtet hatte. Unterdrückte Tränen und Wutausbrüche bis zum Einschlafen. Renata ist gestern nach Bracciano gefahren, sie wollte uns allein lassen, damit wir uns richtig verabschieden könnten. Ich hatte ihr gesagt, dass das nicht nötig wäre, ja, dass das die Sache bestimmt noch schlimmer machen würde. Allein sind wir nackt. Ich geniere mich vor meinen Töchtern, und sie sich vor mir.

Beim Frühstück jammerte Marta, dass sie ihre Tage habe und ihr alles wehtue. Ihr tut immer alles weh, wenn wir uns trennen.

»Nächste Woche ist die Schule zu Ende«, sage ich.

»Wenigstens fängst du die Ferien ohne Periode an.« Sie tunkt einen Keks in den Milchkaffee und sagt nichts.

Ich schaffe es einfach nicht, nett zu sein, das Richtige zu sagen. Ich weiß genau, was das wäre, aber ich kann es nicht aussprechen.

Cecilia schaut mir in die Augen. Das macht sie seit ein paar Monaten, sie provoziert mich immer offensiver.

Darin ist sie eine Meisterin.

Seit ich denken kann, verstopfen meine Schuldgefühle mir den Darm, im Lauf der Zeit haben sie sich vermehrt und ausgebreitet, sie sind umgezogen in die Augen meiner Tochter, von wo sie auf mich zielen wie Scharfschützen auf einem Dach.

Ich habe nicht die leiseste Ahnung, wie ich mit Cecilia fertigwerden soll.

»Ich finde Mädchen, die mit Shorts an den Strand gehen, wenn sie ihre Tage haben, zum Kotzen.«

Das sagt sie ganz beherrscht, die Hände auf den Knien unter dem Tisch, die mittlerweile kalt gewordene Milch unter dem Kinn, und verschlingt mich mit den Augen.

Ich bin mir sicher, dass in ihrem Kopf eine präzise Erinnerung herumschwirrt, an mich am Strand mit einem Bikini-Oberteil und nicht dazu passenden Shorts.

»Darunter tragen sie eine Unterhose und eine Binde, igitt«, fügt sie hinzu.

Ich gieße mir Kaffee ein und fahre mit der Zunge über die Lippen, ohne ein Wort zu sagen.

»Mama, kann ich einen Tampon verwenden, auch wenn ich Jungfrau bin?«, will Marta wissen.

Marta nennt mich immer noch Mama und wieder einmal bin ich gerettet.

»Aber ja doch«, sage ich, während ich einen Löffel Zucker nehme.

»Und ich bleibe trotzdem Jungfrau?«

»Jungfrau ist man, solange man keinen vollständigen Geschlechtsverkehr gehabt hat. Das Jungfernhäutchen hat damit nichts zu tun, das ist ein organisches Detail.«

»Was heißt das?«

»Das heißt, dass du auch in dem Fall, dass ein Tampon das Jungfernhäutchen verletzt, trotzdem Jungfrau wärst.«

»So ein Schwachsinn«, ruft Cecilia.

»Findest du es etwa normal, von einem Tampon entjungfert zu werden? Ist das eine normale Unterhaltung? Glaubst du etwa, dass Valentinas Mutter sagen würde, dass es in Ordnung ist, wenn ein Tampon ihr das Jungfernhäutchen zerreißt?«

Martas Stimme hat jetzt einen Sprung. Dafür reicht ganz wenig.

»Mir ist vollkommen egal, was Valentinas Mutter sagt. Du wolltest meine Meinung wissen. Wenn dir meine Antworten nicht passen, kannst du sie ja nächstes Mal direkt fragen.«

Ich bin ganz ruhig, antworte leise. Valentinas Mutter ist meine Nemesis, ein unerreichbares Vorbild. Ich habe einfach keine Lust, immer alles, was ich sage und bin, zu begründen. Ich will mich nicht die ganze Zeit vor meinen Töchtern rechtfertigen.

»Und den Jungs, was erzähle ich denen? Dem, der mich entjungfert, zum Beispiel? Wenn er es bemerkt, was soll ich ihm sagen?«

»Die Wahrheit, dass er der Erste ist. Es muss nicht sein, dass man beim ersten Mal blutet, ganz und gar nicht.«

»Und wenn er es nicht glaubt?«

»Ist das wirklich so wichtig, Marta?«

»Natürlich ist es das, verdammt nochmal!«

Sie knüllt die Serviette zusammen und schubst die Tasse in die Mitte des Tisches. Ein Schwall von Milchkaffee färbt die Sonnenblumen auf dem Wachstuch braun.

Cecilia rührt sich nicht.

»Ich verwende keine Tampons, nicht einmal, wenn ich dafür bezahlt werden würde«, lautet ihr Kommentar.

»Dann gehst du eben mit Shorts an den Strand«, sage ich matt.

»Niemals. Dann gehe ich überhaupt nicht an den Strand.«

»Das werden wir ja sehen, wenn es soweit ist.«

Sie durchbohrt mich mit ihrem Blick.

»Wollen wir wetten?«

Ich will einfach nur aufgeben, will, dass sie gehen.

»Mit dir zu wetten, ist Wahnsinn, Cecilia.«

Dann kam Carlo und die Provokationen ließen nach.

»Papa, du hast mir so gefehlt.«

»Papa, erinnere mich daran, dass ich dir noch was erzählen muss.«

Er legt einen Arm um Marta, küsst Cecilia auf die Stirn.

»Wie geht es meinen Kätzchen?«

Er sieht mich liebevoll an, zu seinen Kätzchen zähle ich immer noch, seine Tür steht offen, trotz allem, was passiert ist. Unsere Töchter hängen sich an seinen Hals, die dunkle, wohlgeformte Marta und die zarte Cecilia, die schon so groß ist wie ihre Schwester. Ich drehe mich um und räume den Tisch ab, trockne den Milchkaffeefleck und rubble voller Wut mit dem Lappen, so fest ich kann. Ich wünschte, Carlo würde mich hassen, er soll jeden Funken Mütterlichkeit in mir ersticken, wie Cecilia. Ich möchte ihm die Schuld geben können dafür, dass meine Kinder nicht funktionieren. Stattdessen sieht er mich mit sprechenden Augen an, mit dem Duft nach Brot, der an ihm haftet und der mich schwach macht, wie damals, als er zu mir sagte:

Ich will mit dir machen,
was der Frühling mit den Kirschbäumen macht.

und ich nicht wusste, dass das Neruda war, ich dachte, das wäre er, dachte, das wäre ich.

»Cecilia hat weder getrunken noch gegessen, sag du doch etwas«, stoße ich hervor, und es klingt böser als ich wollte.

»Lass ihr doch Zeit, sie trinkt die Milch schon noch. Nicht wahr, Cecertola?«

Sie nimmt die Tasse und führt sie im Stehen an die Lippen, wobei sie erst Carlo ansieht und dann mich.

Wieder sehne ich mich danach, dass sie endlich gehen.

Mein Herz ist abgezehrt und nicht mehr ausreichend,

um alles dort unterzubringen. Es ist mein letzter Tag in Rom, nach zwanzig Jahren, einer Liebe, die gestorben ist, und zwei Kindern. Morgen beginne ich wieder bei null.

Allein das wäre schon ausreichend, um meine müden Herzkammern zu sprengen.

Die Steine, die ihre jungen Hände werfen, sind einfach zu viel für mich.

Ich würde mir viel lieber diese Stunden mit harmlosen Gedanken versüßen, wie etwa, dass meine Umzüge immer am Ende eines Jahrzehnts stattfanden: neunundvierzig der aus dem Bauch meiner Mutter in die Welt, neunundfünfzig von Dinard nach Ponte a Ema, neunundsechzig von Florenz nach Rom, neunundsiebzig von der Via della Paglia in die Via Anicia, neunundachtzig von Trastevere ins sechzehnte Arrondissement von Paris, zu einem Mann, der mich wie immer mehr liebt als ich ihn.

Der Gedanke an Jules beunruhigt mich. Seit er mir vorgeschlagen hat, zurück nach Frankreich zu gehen und mit ihm zusammenzuziehen, ist eine merkwürdige Abgeklärtheit über mich gekommen, wie nach einem Fieber, und das gefällt mir ganz und gar nicht. Ich quäle mich nicht mehr Tag und Nacht vor Sehnsucht, wie es bei einer Fernbeziehung der Fall ist. Auch die Angst, ihn zu verlieren, ist fast verschwunden.

Und auch wenn alle anderen keine Gefahr wittern würden bei diesen Indizien, weiß ich, die ich mich sehr gut kenne, genau, dass wenn ich keine Angst mehr habe, Jules zu verlieren, diese Angst durch eine andere Person ersetzt werden muss.

Deshalb muss ich versuchen, dieses Fieber wiederzu-
finden. Mit Gedichten, wie bei Carlo.

Denn dies muss der letzte Umzug sein.

Denn die Entscheidung für Jules ist eine Entscheidung
für Paris, ist die Entscheidung gegen Rom und damit
auch gegen meine Kinder.

Denn ich bin jetzt vierzig Jahre alt und habe graue
Haare und will irgendwo ankommen und mich dort ver-
kriechen bis zum Ende meiner Tage.

In die Höhle, in die ich mich verkrieche, werde ich ein
Mikroskop und alle Fehler mitnehmen, die ich begangen habe, alle, die man nur begehen kann. Jeden einzelnen Fehler werde ich zwischen zwei Glasscheiben pres-
sen und unter die Linse legen, sobald ich das Gefühl
habe, ich könnte anfangen zu vergessen, und ich werde
mich nicht wiederholen. Ich werde mit Jules zusammenbleiben. Ich werde die Blumen gießen. Mich um seinen
Hund kümmern. Ich werde die Pubertät meiner Töchter
wie Windpocken betrachten, eine unangenehme Krankheit, die man übersteht und die vorbeigeht. Und wenn sie
überstanden ist, werde ich sie mit Paris locken. Ich werde
versuchen, sie zurückzugewinnen, mich zurückgewinnen
zu lassen.

Aber ohne das Fieber, das mich verzehrt, weiß ich
nicht, ob ich all das schaffe. Ich weiß überhaupt nicht,
wie das geht, wie man der Pflanze der Liebe, die wärmt,
ohne zu verbrennen, jeden Tag die richtige Menge Wasser verabreicht.

Marta und Cecilia können das nicht verstehen, diesen Kloß in meiner Brust, der mich erstickt, diese Angst,

einen falschen Schritt zu machen. Doch Carlo weiß es. Er weiß, dass ich heute, um zu überleben, in der Asche wühlen muss, auch wenn ich ihm damit wehtue.

»Erinnerst du dich an die Neruda-Gedichte?«, frage ich ihn unvermittelt.

Er sieht mich erstaunt an. Vielleicht dachte er, dass ich seine Dichter zusammen mit dem Rest vergraben hätte, ganz hinten in dem Gepäckraum, in dem die Gegenstände landen, die jede Liebesgeschichte zu etwas Einzigartigem machen.

»*Kaure dich neben mir zusammen, als ob du Angst hättest*«, zitiere ich. »Seit gestern habe ich diese Gedichtzeile im Kopf. Sie ist so schön.«

Marta und Cecilia rühren sich nicht. Wie zwei kleine Wächter stehen sie neben Carlo, ihre Augen funkeln voller Misstrauen.

Morgen fahre ich nach Paris, morgen verliere ich meine Kinder ein zweites Mal.

Ach, lass dich daran erinnern, wie du damals warst, als du noch nicht existiertest.

»Los, nehmt eure Rucksäcke, wir gehen.« Auch Carlo ist ein Wächter, er spürt die Warnung, packt seine Brut zusammen und bringt sie in Sicherheit.

Marta und Cecilia verlassen die Küche, sie holen ihre Sachen. Ich gehe zu Carlo, berühre ihn, ich weiß nicht, was mit mir los ist.

»*Während der trübsinnige Wind im Galopp Schmetterlinge zerstampft …* wie geht es weiter?«

Verzeih mir, möchte ich ihm sagen, schließ mich hier ein, mach, dass ich nicht fortkann. Oder hasse mich, beschimpfe mich, schubs mich, damit ich ein neues Kapitel aufschlage, nimm mir ein Stück der Last ab, die mich erdrückt.

»Was willst du, Isa? Heute Abend kommt Jules, um dich abzuholen. Was zum Teufel fällt dir ein?«

»Die Freiheit wiegt eine Million Tonnen. Ich fühle mich wie ein Taucher in fünfzig Metern Tiefe, ich muss anhalten, um den Druck zu verringern. Sagst du mir, wie das Gedicht weitergeht? *Während der trübsinnige Wind im Galopp Schmetterlinge zerstampft...*«

»Ich werde dich niemals in Paris besuchen.« Cecilia erscheint in der Tür und ihre Stimme klingt unbeherrscht und schrill.

Tu das nicht, Lenticchia, du darfst jetzt nicht nachgeben. Wenn dein Hass auf mich anfängt zu bröckeln, wie könnte ich unter diesen Trümmern überleben?

»Natürlich kommst du, Cecertola.«

»Nenn mich nicht so.« Ihre Lippe bebt und ich möchte sie umarmen und Bissen für Bissen aufessen und mir einverleiben und sie dann wieder zur Welt bringen und alles noch einmal von vorn beginnen.

Aber mein Arm ist tot und ich kann sie nicht einmal streicheln.

»Du kommst alle zwei Wochen und dann haben wir eine Menge Spaß miteinander.«

»Nein.«

»Es gibt dort schon ein Zimmer für dich.«

»Nein.«

»Wir werden auf den Eiffelturm steigen, weißt du, dass der dieses Jahr hundert Jahre alt wird?«

»Ist mir doch egal.«

»Wir werden Baguettes kaufen und unterm Arm nach Hause tragen, und ihr werdet euch mit den Nachbarn anfreunden.«

»Mein Französisch ist nicht gut genug dafür.«

»Das lernst du im Nu.«

»Das ist nicht wahr.«

»Doch.«

»Ich werde niemals kommen.«

»Das wirst du wohl.«

»Du kannst mich nicht dazu zwingen.«

»Das kann ich wohl.«

»Und warum?«

»Weil ich das bestimme.«

»Und warum bestimmst du das?«

»Weil ich deine Mutter bin, Cecilia, verdammt nochmal.«

»Was bedeutet das?«

»Das bedeutet, dass du zwölf Jahre alt bist und nicht ohne mich auskommst.«

»Ach so? Und deshalb ziehst du also nach Paris?«

Ich bleibe einen Schritt vor ihr wie angewurzelt stehen und betrachte die Wut, die aus ihren Augen lodert, und in gewisser Weise bin ich stolz darauf, bin ihr dankbar dafür. Es ist leichter, sich so zu trennen, mit der Wut, die die Gewissensbisse übertönt, die Schuldgefühle dämpft, die Abgründe verdeckt, in denen sich der Schmerz verkriecht.

»Tschüss, Mama.« Marta umarmt mich, ohne mich anzusehen. Ich drücke sie an mich und will ihr durchs

Haar streichen, aber meine Finger sind wie taub vom Adrenalin und meine Gesten sind hölzern.

»Tschüss«, antworte ich, und was auch immer ich hätte hinzufügen können – mein Schatz, mein kleiner Kolibri – bleibt hinter dem Kloß in meiner Kehle stecken. Mit den Lippen streife ich Cecilias Wange, die zurückweicht, ich greife nach Carlos Fingern, die mir über den Arm streicheln, mein Lächeln erstickt, bevor es auf meinem Gesicht erscheint, ich frage nicht mehr, wie das Gedicht weitergeht, ich weiß es jetzt wieder:

Während der Wind traurig galoppiert und die Schmetterlinge zerfetzt

liebe ich dich, und meine Freude beißt in deinen Pflaumenmund.

Heute Abend kommt Jules und nimmt mich mit. Ich werde für ihn Neruda zitieren, mit ihm schlafen, das Fieber schüren. Der Atem meiner Töchter wird aus diesen Zimmern verschwinden wie die Erinnerung an die Jahre, die wir hier zusammen verbracht haben. Einen Tag in der Woche, jede Woche. Ein Siebtel Mutterschaft, zu mehr war ich nicht fähig, und jetzt schaffe ich nicht einmal mehr das.

Ich habe mich entschieden.

Für mich, wie immer.

»Habe ich euch schon die Geschichte vom Pfau erzählt?«

»Nein.«

»Nein.«

»Dieser Pfau war verzweifelt, weil an seinem Feder-kleid zwei Augen fehlten. Eines Morgens war er aufge-wacht und hatte bei der Inspektion seines Rads bemerkt, dass er nur noch achtundneunzig Augen hatte anstatt hundert. Er suchte alles ab, weil zwei fehlende Augen bei den Schönheitswettbewerben unter Pfauen so schwer ins Gewicht fallen wie zwei Mühlsteine: In der Tat hatte er, seitdem er sie verloren hatte, keine Partnerin mehr gefun-den. Er suchte Tage und Wochen lang, und eines Tages glaubte er sie in dem Schwanz eines Kolibris zu entde-cken, der auf einem Baum saß.«

»Eine Bienenelfe?«

»Nein, eine andere, wunderschöne Art mit einem lan-gen, in zwei Federn gespaltenen Schwanz, deren Ende jeweils ein großer blauer Kreis ziert. Beim genaueren Hinsehen bemerkte der Pfau, dass die Augen auf dem Kolibrischweif nicht ganz so schön waren wie seine, aber doch ziemlich ähnlich. Da kam ihm eine Idee, doch noch *bevor er sie dem Vogel mitteilen konnte, fing dieser an, einen merkwürdigen Tanz aufzuführen. Er löste sich von dem Zweig, indem er die Flügel mit unglaublicher Geschwindigkeit bewegte und sich so trotz des Gewichts der Schwanzfedern in der Luft halten konnte, doch nach wenigen Sekunden war der Vogel so erschöpft, dass er sich wieder niederlassen musste.*

»Das ist bestimmt ein Balztanz«, dachte der Pfau, und tatsächlich entdeckte er auf dem gegenüberliegenden Zweig ein Kolibriweibchen, das dem Werben zusah. Der kleine Vogel wurde immer müder, doch er gab nicht auf. Auf einmal neigte das Weibchen den Kopf, zwitscherte irgendetwas und war davongeflogen.

»Alles nur Ausreden!«, murrte der Kolibri. »So ein Aufwand, und das ganz umsonst!«

Der Pfau näherte sich ihm. »Das passiert mir auch oft, glaub mir. Ich weiß, man erwartet das nicht, weil ich so schön bin, aber in letzter Zeit haben mich mehrere Pfauenweibchen abgewiesen. Deshalb ist mir die Idee gekommen, dass wir unsere Kräfte vereinen könnten.«

Der Pfau erklärte dem Kolibri seinen Plan: Wenn sie sich gegenseitig unterstützten, würde kein Weibchen ihren Reizen widerstehen können. Bei der Balz würde sich der Kolibri zwischen den Schwanzfedern des Pfaus verstecken und ihm so die fehlenden Augen leihen; der Pfau hingegen würde dem Kolibri gestatten, seinen Tanz auf seinem Kopf aufzuführen und zum Abschluss noch ein Rad schlagen.

Eine Weile lang funktionierte der Plan wie am Schnürchen. Der Kolibri zwitscherte fröhlich, während der Pfau

sein Rad schlug und beeindruckte die Weibchen so sehr,
dass sie ihm sofort verfielen. Der Pfau war mit seinem
wieder vollständigen, hundertäugigen Rad einfach unwi-
derstehlich.

Das einzige Problem war, dass beide jederzeit auf die
Hilfe des anderen zählten, aber gleichzeitig nur ungern
bereit waren, dem anderen zu helfen. Bald stritten sie
jeden Tag und mit der Zeit blieben die Weibchen aus.
Irgendwann schaltete sich eine Seeschwalbe ein, die auch
dort wohnte und ihre Ruhe haben wollte.

»Entschuldigt bitte, dass ich mich einmische«, brachte
sie mit halb geöffnetem Schnabel hervor, weil sie den
Fisch, den sie gefangen hatte, nicht loslassen wollte,
»aber ich glaube, ihr seid auf dem Holzweg. Statt zu ver-
suchen, die Frauen mit anstrengenden Tänzen rumzukrie-
gen, solltet ihr es mit ein paar Leckerbissen versuchen.
Damit habt ihr bestimmt viel mehr Erfolg!«

Der Pfau und der Kolibri sahen zu, wie das Seeschwal-
benmännchen hin- und herflog, um seine Frau mit den
feinsten Leckereien zu versorgen. Am Ende war es voll-
kommen erschöpft und musste müde und traurig zu-
sehen, wie seine Frau einen anderen erwählte.

»Erst hat sie sich sattgefressen und zum Dank ist sie
mit einem anderen weggeflogen, der ihr einen fetteren
Fisch gebracht hat!«

Der Kolibri und der Pfau taten, was sie konnten, um
die Seeschwalbe zu trösten, und während sie noch da-
rüber diskutierten, welches die beste Art der Werbung
war, hörten sie das Tapsen von Schwimmhäuten und ver-
haltenes Gelächter. Ein dicklicher Pinguin, der alles mit-

bekommen hatte, gesellte sich lächelnd zu den traurigen Verschmähten.

»Was gibt es denn da zu lachen?«, fragte der Kolibri.

»Tut mir leid, aber ich glaube, eure Verführungstechniken sind nur eine gewaltige Energieverschwendung. Wie lange halten denn eure Eroberungen nach dem ganzen Aufwand, den ihr da treibt?«

»Ein paar Stunden«, antwortete der Pfau.

»Ein paar Minuten«, antwortete die Seeschwalbe.

»Ein paar Sekunden«, antwortete der Kolibri.

Der Pinguin lächelte wieder.

»Mein Gott, ist das ein Besserwisser!«, rief der Pfau aus. »Dann sag uns doch, was du anstellst, um ein Weibchen zu erobern.«

»Ich bringe ihr einen Stein, um ein Haus zu bauen, und gebe ihr mein Wort, dass wir es zusammen tun.«

»Und dann?«

»Dann halte ich mein Wort.«

Osternagel

März 1986

Es hatte geheißen, dass die Wohnung groß sauber und zentral gelegen sei. Dass die Vermieterin sympathisch und eine gute Köchin sei, und das Zimmer für den Preis zweifellos eine gute Gelegenheit.

Auf Jules wirkt die Wohnung wie das Lager eines durchgeknallten Trödlers, die Vermieterin ist eine hoffnungslose Neurotikern und das Essen gerade noch passabel. Auch was die Sauberkeit des Zimmers angeht, hat er andere Vorstellungen, aber der Preis ist tatsächlich günstig. Und die Lage gut.

Er verlässt das Haus immer sehr früh und das Erste, was er spürt, ist die prickelnde Luft des neugeborenen Frühlings, untermalt von Wasserrauschen. Er geht über die Tiber-Insel und auf seinem Gesicht zeichnet sich das etwas törichte Lächeln elementarer Freude ab. Sein Blut fließt hier besser und seine Füße laufen vollkommen mühelos. Er sieht sich um und nimmt alles auf, ohne sich der sanften Vereinnahmung seiner Sinne zu widersetzen: der märchenblaue Himmel und das nackte Licht auf den Marmorplatten; die üppig bewachsenen Dachterrassen, die Katzen zwischen den alten Steinen, die Fresken in den Kirchen. Die Pinien des Palatin, die Zuckerbäcker-statuen, das Sonnenlicht, das durch die Deckenöffnung des Pantheons schlüpft, als sei es dort zu Hause. Dieses ständige Gefühl von Opulenz und Dekadenz und unschlagbarer Sinnlichkeit, dieser Hauch von Ewigkeit, der Atem von Rom.

Als Student hatte er sich in die Stadt verliebt, als er das erste Mal dort war, und seitdem versucht er, so oft er kann, wiederzukommen. Paris erscheint ihm im Vergleich dazu farblos und kalt wie eine nordische Schönheit in einem grauen Etuikleid. In Rom ist auch im Winter Sommer, ein Triumph des Lichts, Kioske, Efeu an den Mauern und überall laut herumschreiende Menschen. Jules fühlt sich als Gast, aber nicht als Fremder. Ein Teil von ihm gehört hierher, ein Teil jenes Lächelns, das sich bei jeder Abreise im Trittbrett des Zugs verfängt und sich ihm wieder entgegenwirft, wenn er zurückkommt.

Diesmal hat er Trastevere für seinen Aufenthalt gewählt, der sich jedes Jahr verändernde Stadtteil, den seine Kollegen Paul und Annette so interessant fanden. Sie haben ihm auch die Nummer dieser Frau gegeben, die ein Zimmer vermietet, sie hatten es selbst von Freunden von Freunden bekommen, die ganz begeistert waren. Deutsche, denkt Jules, da hätte er vorsichtiger sein müssen.

Aber jetzt ist er hier und wird auch bleiben. Ein paar Tage wird er es schon aushalten. Und sowieso würde er drei Tage vor Ostern kein Hotel finden, nicht einmal zu Wucherpreisen.

Am Abend vor dem Feiertag kommt Jules spät nach

Hause. Er ist frühmorgens zum Forum Romanum gegangen, um dort zu lesen, er genießt, jemand zu sein, der Urlaub in Rom macht und statt am Vatikan Schlange zu stehen, im Schatten des Titusbogens *Der Name der Rose* liest. Sein intellektueller Hedonismus hat allerdings die Rechnung ohne seine mangelhaften Italienischkenntnisse gemacht: Nachdem er sich eine Stunde lang mit den unverständlichen Geschicken der beiden Mönche abgemüht hat, beschließt er, sich das Buch in der französischen Übersetzung zu kaufen und macht sich auf den Weg Richtung Norden.

In der Mittagsstunde kommt er mit einer Tüte voller französischsprachiger Romane auf der Piazza di Spagna an und freut sich über sein gutes Timing. Bei Sonnenschein und umgeben von Touristen haben die Einwohner Roms das wunderbarste öffentliche Spaghetti-Essen aller Zeiten organisiert. Der geniale Protest gegen die riesige McDonalds-Filiale, die ausgerechnet an der Piazza di Spagna in den Räumlichkeiten einer alteingesessenen Imbiss-Bar entstanden ist und vor einer Woche unter großem Protest und Streit eingeweiht wurde. Jules hat in den französischen Zeitungen darüber gelesen und auch über Trastevere, wo eine zweite römische Filiale in den Räumen eines traditionellen Restaurants eröffnet werden soll, wo im Moment noch Transparente gegen die Amerikaner, den Bürgermeister und die Stadtverwaltung hängen.

Er bahnt sich einen Weg durch die Menge und steuert auf einen Tisch voller riesiger Kochtöpfe und Weinflaschen zu. Dort stellt er sich an und wartet, bis ihm eine stämmige Frau mit goldgeschmückten Fingern einen Teller mit einer klebrigen, lauwarmen Masse von Spaghetti all'amatriciana reicht, die er vor der roten Fassade des Palazzo Mignanelli verschlingt.

Den restlichen Nachmittag verbringt er zwischen der Ara Pacis und den Antiquitätenläden der Via dei Coronari; dann macht er einen Spaziergang am Tiber-Ufer, isst in einer Trattoria im Ghetto und geht dann nach Hause, in die Via Anicia.

Am Küchentisch sitzt vollkommen reglos eine blonde Frau. Als sie ihn in der Tür sieht, fixiert sie ihn merkwürdigerweise mit ihrem Blick und weicht ihm nicht aus.

Er hat sie in diesen Tagen mehrmals gesehen: mal kam sie aus dem Bad und richtete sich das Haar, mal schnürte sie im Flur ihre Schuhe; ein anderes Mal öffnete sie den Kühlschrank, um ein Getränk herauszunehmen. Jules hat sich schon mehrmals gefragt. woher sie kommen mochte, was sie in Rom tat. Er hat sich nicht getraut, die Wirtin danach zu fragen, mit der er sich ohnehin so wenig wie möglich unterhält, auch weil sie sowieso so gut wie nie da ist. Auch heute Abend ist der Rest der Wohnung dunkel und still, das Leben ballt sich dort zusammen, um den Tisch aus billigem Resopal, unter der birnenförmigen Lampe, die einen weizenblonden Ring um den Kopf der Frau malt.

»Buonasera«, sagt Jules von der Türschwelle aus.

»Bonsoir«, antwortet sie und stützt eine Wange auf die Handinnenfläche.

Jules denkt, dass sie vielleicht Konversation machen will.

»Parlez-vous français?«, lächelt er.

»Je suis française«, antwortet die Frau und wendet den Blick ab. Dann sagt sie, immer noch auf Französisch: »Soviel ich weiß, sind Sie Zahnarzt. Und ich habe entsetzliches Zahnweh.«

Jules zuckt erstaunt zusammen. Es war eine angenehme Überraschung, die unbekannte Schöne bei seiner Heimkehr vorzufinden und mit ihr in seiner Muttersprache zu plaudern. Zu wissen, dass die Frau nur wegen seines Berufs auf ihn gewartet hat, verursacht ihm jetzt einen kleinen Stich. Aber das ist er gewohnt, und er ist es gewohnt, die beruflich bedingte Unabdingbarkeit mit der bitteren Wahrheit, dass er für keinen Menschen lebensnotwendig ist, zu verrechnen.

Instinktiv krempelt er die Ärmel hoch, geht zu ihr und sagt: »Lassen Sie mal sehen.«

Sie hält das Gesicht zur Lampe empor und öffnet den Mund. Jules reicht ein Blick.

»Wie lange waren Sie schon nicht mehr beim Zahnarzt?«

»Ich kann mich nicht einmal erinnern«, erwidert sie und hält sich wieder die Backe. »Seit ich in Rom lebe, war ich vielleicht zwei, drei Mal. Und nur in Notfällen.«

»Wie lange sind Sie denn schon in Rom?«

»Seit sechzehn Jahren.«

Jules sieht sie verblüfft an. Er hatte sie für eine Touristin wie ihn gehalten, einen Gast, eine Mieterin für eine kurze Zeitspanne.

»Und wo haben Sie vorher gewohnt?«

»In Florenz.«

»Und Frankreich?«

»Herr Doktor, ich habe Zahnschmerzen. Ich bin nicht in der Stimmung, Ihnen meine Biografie zu erzählen.«

»Natürlich, entschuldigen Sie. Es ist nur… verzeihen Sie. Ich hatte eine falsche Vorstellung von Ihnen.«

»Ich bin nicht Renatas Geliebte, falls Sie das meinen.«

Jetzt sieht Jules sie noch verblüffter an.

»Renata?«

»Die Vermieterin.«

»Ich habe nie gedacht, dass Sie die Geliebte der Vermieterin seien.«

»Dann bitte ich Sie um Entschuldigung.«

Verlegen betrachten sie den Widerschein des Lichts auf der bläulichen Tischplatte. Dann nimmt Jules seine Brille ab und während er sie mit einem Hemdzipfel sauberreibt, sagt er: »Sie haben ein Loch im Zahn.«

»Das habe ich mir schon gedacht.«

»Und zwar ein ziemlich großes.«

»Was heißt das?«

»Das heißt, dass Sie zu einem Zahnarzt gehen und sich behandeln lassen müssen.«

»Morgen ist Ostersonntag, vor Dienstag bekomme ich keinen Termin.«

»Bis dahin können Sie Schmerztabletten nehmen.«

»Ich habe schon alles Mögliche genommen, es tut immer noch weh.«

Jules setzt wieder die Brille auf und bemerkt, dass sie ihn eindringlich ansieht.

»Ich habe leider nichts dabei, um Sie zu behandeln. Ich mache hier Urlaub.«

»Aber früher, bevor es Bohrer und Spritzen gab, was haben die Leute da gegen Zahnschmerzen getan?«

»Sie haben sich die Zähne einfach ziehen lassen.«

»Dann ziehen Sie ihn doch einfach.«

»Ach, gnädige Frau... wie heißen Sie eigentlich?«

»Isabelle.«

»Angenehm. Jules Bertrand. Das Loch ist in einem Prämolar, so einen Zahn zieht man nicht so einfach. Der muss wurzelbehandelt werden und erhalten bleiben.«

»Ich flehe Sie an, Herr Doktor, ich werde noch wahnsinnig vor Schmerzen.«

»Isabelle, selbst wenn ich es wollte, könnte ich nicht. Ich habe keine Zange dabei.«

»Kann man nicht ein anderes Werkzeug nehmen?«

»Ich könnte Sie zur Notaufnahme bringen.«

»Da war ich schon. Dort gibt es keinen Zahnarzt, sie haben mir ein paar Tabletten gegeben und mich wieder heimgeschickt. Ein Krankenpfleger hat mir geraten, mir mit einem Hammer auf einen Finger zu schlagen, damit das Gehirn durch einen anderen Schmerz abgelenkt ist. Mehr brauche ich wohl nicht zu sagen.«

Jules muss schmunzeln. »Entschuldigen Sie mich bitte einen Augenblick, ich komme gleich wieder.«

Er geht in sein Zimmer, zieht das Jackett aus und legt seine Brieftasche und die Tüte mit den Büchern auf dem Schreibtisch ab. Dann geht er ins Bad und wäscht sich sorgfältig die Hände.

Als er wieder in die Küche kommt, presst Isabelle gerade eine Flasche mit eiskaltem Wasser an die Wange.

»Das bringt gar nichts«, sagt er.

»Dann geben Sie mir doch etwas Besseres.«

»Gibt es in dieser Wohnung so etwas wie Whisky?«

»So viel Sie wollen.«

Isabelle öffnet ein Fach unten im Schrank, zwischen dem Herd und dem Mülleimer. Sie holt zwei Flaschen heraus, eine mit hellem Whisky und eine mit teefarbenem.

»Welchen?«, fragt sie.

»Den schottischen Double Malt für mich, bitte. Für Sie den, den sie lieber mögen.«

»Machen Sie sich jetzt über mich lustig, Herr Doktor?«

»Keineswegs. Welchen Sie nehmen, spielt keine Rolle. Sie müssen ihn nur eine Weile im Mund behalten und den Zahn damit umspülen, bevor Sie ihn hinunterschlucken.«

Isabelle wirft ihm einen finsteren Blick zu, dann holt sie zwei Weingläser und gießt sie halb voll. Sie trinken schweigend. Nach einer Weile fragt Jules:

»Besser?«

»Das kann ich nicht genau sagen, aber nicht wirklich, fürchte ich.«

»Haben Sie Gewürznelken?«

Wieder ein misstrauischer Blick.

»Keine Ahnung.«

»Ich dachte, Sie wohnen hier.«

»Ich bin genauso Gast wie Sie.«

»Hoffentlich nicht seit sechzehn Jahren.«

Isabelle senkt den Blick, und er hat den Eindruck, dass ihr Gesicht sich verzieht, als hätte sie einen Krampf.

»Nein, nicht seit sechzehn Jahren. Erst seit sechs.«

Jules sieht ihre Hände an, sie sind weiß und schmal, ohne Schmuck. Die schönen, vollen Lippen, die das Glas umschließen, die hellen Augen, in denen ein Schmerz hängt, der älter ist als die Zahnschmerzen, die sie jetzt quälen. Er schätzt sie auf fünfunddreißig, höchstens sechsunddreißig. Er wird im Herbst fünfzig, hat eine Blitz-Ehe hinter sich, eine Scheidung und betreibt eine Zahnarztpraxis in der Nähe der Galeries Lafayette. Er fragt sich, was wohl passiert sein mag im Leben dieser Frau, warum sie in dieser Wohnung schon so lange zu Gast ist, wer die Menschen in ihrem Leben sind. Er wagt es nicht, weitere Fragen zu stellen.

»Dann suchen wir jetzt die Gewürznelken, Isabelle. Sie sind ein natürliches Schmerzmittel.«

Sie machen alle Schranktüren auf und finden schließlich ein kleines, völlig verstaubtes Päckchen mit indischen Gewürzen.

»Unter Umständen stammt das aus dem vergangenen Jahrhundert«, gibt Isabelle zu bedenken.

»Egal. Im schlimmsten Fall wirkt es einfach nicht.«

Jules erhitzt etwas Wasser in einem Topf. Er geht in sein Zimmer, holt die Pinzette, mit der er sich die Nasenhaare ausreißt, und sterilisiert sie in dem kochenden Wasser. Dann füllt er Isabelles Glas mit Whisky auf, tunkt mit der Pinzette eine Gewürznelke hinein, wartet, bis sie sich vollgesogen hat und lässt sie wieder den Mund aufmachen.

Sie gehorcht und sieht ihn an, als würde von diesem Moment an ihr Leben von ihm abhängen.

Jules hält ihr Kinn mit einer Hand fest, während er mit der anderen versucht, die Nelke in den schmerzenden Zahn zu stecken. Isabelle hat die Augen geschlossen und zittert vor Schmerz, aber sie hält ganz still.

»Sehr gut. Sie werden sehen, das hilft.«

Er hat keine Ahnung, ob das stimmt, er hat so etwas noch nie getan. Es ist ein altes Hausrezept, nicht einmal unter Folter würde er davon seinen Kollegen erzählen. Doch er hofft, dass es wirkt, er hofft, den Schmerz dieser müden Frau zu lindern, die die Osterfeiertage in einer dunklen Wohnung verbringt, wo sie sich ganz allein von ihrem Schmerz martern lässt.

Als er fertig ist, gießt er beiden noch einen Whisky ein.

»Woher kommst du?«, fragt sie ihn plötzlich.

»Paris. Und Sie?«

»Ich bin in der Bretagne geboren. Aber ich bin schon ein Leben lang in Italien.«

»Kommen Ihre Eltern aus Italien?«

»Meine Mutter war Französin. Wir sind in die Toskana gezogen, als ich noch ein Kind war. Letztes Jahr ist sie an Krebs gestorben. Sie hatte einen Polizisten aus Süditalien geheiratet, ich hatte sie schon sehr lange nicht mehr gesehen.«

»Und Ihr Vater?«

»Meinen Vater gibt es nicht.«

»Und Sie haben keinen Freund oder Ehemann?«

»Du bist aber neugierig, Herr Doktor!«

Jules trinkt einen Schluck und lächelt.

»Verzeih mir.«

Isabelle steht auf, die Hand immer noch auf der Wange. Sie späht aus dem Fenster.

»Renata kommt heute Abend später. Sie hat eine Verabredung in der Casa delle donne und ist bestimmt nicht vor zwei zu Hause. Ich habe sie gebeten, mir noch ein paar Medikamente mitzubringen. Sie ist Krankenschwester im Bambino-Gesù-Krankenhaus.«

»Geht es denn wenigstens ein bisschen besser?«

»Ein bisschen schon. Aber ich bezweifle, dass das so bleibt.«

»Hör zu, Isabelle. Wenn es nicht besser wird, gehen wir ins nächste Krankenhaus und fragen, ob sie etwas Spezifisches gegen Zahnschmerzen haben. Ich nehme meinen Ärzteausweis mit, vielleicht kann ich mit einem Kollegen sprechen, das könnte etwas bringen. Und morgen früh rufe ich in Paris an und lasse mir die Nummer von einem alten Kollegen hier geben. Ich habe ihn zwar schon jahrelang nicht mehr gesprochen, aber das ist ein Notfall, er versteht das bestimmt. Und wenn du nicht zu diesem Zahnarzt gehen willst, kann ich dich vielleicht in seiner Praxis behandeln.«

»Feierst du denn nicht Ostern?«

»Wir können zusammen feiern, wenn du willst, sobald dein Zahnweh vorbei ist. In der Zwischenzeit könnten wir einen kleinen Spaziergang machen, einfach so, um uns abzulenken, in Richtung Krankenhaus. Wie findest du das?«

Isabelle nickt, sie holt Mantel und Tasche und geht zur Wohnungstür. Sie legt die Hand auf die Klinke, will schon aufmachen, doch mittendrin dreht sie sich auf einmal um und sieht ihn an.

»Jules.«

»Ja?«

»Heute ist mein Geburtstag.«

»Alles Gute, meine Liebe.«

»Das ist das beste Geschenk seit Jahren.«

»Welches?«

»Die Gewürznelke, der Whisky, der Schmerz, den du mir bestimmt nehmen wirst. Danke.«

Jules antwortet nicht, weil ihm ein törichtes Gefühl die Worte gestohlen hat. Doch während sie die Tür öffnet, hebt er die Hand, wie um ihr übers Haar zu streichen.

Er führt die Geste aus, ohne dass sie es bemerkt, aus Angst, ihr wehzutun.

Ehen

Juli 1981

Er weiß, dass einige sich den Fernseher sogar ins Büro mitgenommen haben, um bloß nichts von dem Ereignis zu verpassen.

Nach dem Unglück mit dem armen Alfredino sind alle halb durchgedreht: Es scheint, als gäbe es nichts Aufregenderes, als die Angelegenheiten anderer Leute im Fernsehen zu verfolgen.

Deshalb wundert es ihn nicht, dass seine Mutter, als er heimkommt, vor dem Fernseher sitzt und wie hypnotisiert die Hochzeit von Charles und Diana verfolgt.

Dass auch Zaro daneben sitzt, beunruhigt ihn hingegen sehr. Trotz der Macho-Kippe im Mundwinkel und den üblichen Schimpfwörtern, mit der er das Ereignis würzt, ist er ebenfalls damit beschäftigt, aus der Tiefe seines braunen Samtsessels den acht Meter langen Schleier der jugendlichen Braut zu bewundern, die goldene Kutsche und die weißen Pferde.

Ohne ein Wort des Grußes geht er duschen. Seine Eltern scheinen vom Fernseher komplett absorbiert, und in diesem Haus wird sowieso nicht gegrüßt.

Er hatte nicht damit gerechnet, Zaro anzutreffen. Mitten am Vormittag ist er ohne Erklärung aus der Werkstatt gelaufen, wie sonst nur, wenn er eine Einladung in ein Bett in der Nachbarschaft hatte. Nanni hatte erwartet, wie gewöhnlich eine Ausrede für die Verspätung seines Vaters finden zu müssen, die seine Mutter wiederum vorgeben würde zu glauben.

Er versprüht etwas Körperpuder, dann zieht er saubere Unterwäsche an. Die Mühe ist vergeblich, das weiß er genau, die brutale Hitze wird dafür sorgen, dass er schon wenige Minuten später wieder genauso nassgeschwitzt ist wie vorher. Aber wie sagte doch Che Guevara, *Wer kämpft, kann verlieren, wer nicht kämpft, hat schon verloren.*

Nanni will kämpfen, in seiner eigenen kleinen Welt.

Er zieht die Schublade auf und lässt die Pappfigur von Coppi, die er seit zwanzig Jahren dort aufbewahrt wie ein Geheimnis, etwas Luft schnappen. Coppis Blick genau in der Mitte der Falte, die er zwischen den Augen hat, hat immer schon eine beruhigende Wirkung auf ihn. Er geht ins Wohnzimmer zurück, gerade rechtzeitig zum Kuss des Hochzeitspaars auf dem Balkon des Buckingham Palace, begleitet von Kanonenschüssen und Blitzlichtgewitter. Auf dem Tisch stehen das Wasser und der Wein neben den schmutzigen Tellern und den Resten vom Mittagessen.

»Die Pasta?«, fragt er seine Mutter.

»Auf dem Herd, mach sie dir warm.«

Nanni sieht sie ärgerlich an, doch er sagt nichts. Es macht ihm nichts aus, dass Elvira ihn einmal nicht bedienen will, was ihn ärgert, ist, dass dieser kleine Aufstand dem Fernsehgesülz für geistig Zurückgebliebene geschuldet ist. Er allein weiß, wie viele gute und viel gewichtigere Gründe es für seine Mutter gäbe, sich zu weigern, jeden Tag drei warme Mahlzeiten auf den Tisch zu stellen und das Haus blitzblank zu halten.

Er macht die Falttür zur Küche auf und entzündet die Gasflamme unter dem Topf, in dem gut hundert Gramm lauwarme Penne al pomodoro schlummern. Vor ein paar Tagen, als es Elvira nicht gut ging, hatte Nanni gehört, wie Zaro sich in der Casa del popolo vor seinen Freunden damit brüstete, nicht einmal den Herd anmachen zu können. Nicht einmal einen Kaffee hat er sich je selbst gekocht.

Nanni bekam Lust, Koch zu werden.

Doch binnen kurzer Zeit war wieder alles beim Alten und Elvira wieder im Einsatz, ihren Mann und ihren Sohn zu verköstigen und zu bedienen wie immer. Sie tut das gern, redet Nanni sich ein, und dieses Gefühl von Großmut reicht ihm, sich Zaro gegenüber ganz anders zu fühlen. Das, und auch, weil er sehr wohl weiß, wie der Herd angeht und man sich selbst Kaffee kocht.

Er trägt die Kuppel aus dampfenden Nudeln auf dem braun-gelb geränderten Teller herein, setzt sich mit dem Rücken zum Fernseher und beginnt zu essen.

Er hat noch nicht einmal den ersten Bissen hinuntergeschluckt, als Zaro schon wieder mit seinem Lieblingsspiel anfängt.

»Na, ist es wieder spät geworden bei dir, du Frauenheld!«

Elviras Finger krampfen sich um den Saum der karierten Schürze, die sich Tag für Tag wie eine Uniform um ihre Taille schlingt. Ihre Augen jedoch bleiben auf den Bildschirm gerichtet.

Nanni fühlt auf einmal, wie eine große Müdigkeit über ihn kommt. Von der Hand mit der Gabel bis zum Kiefer, der die Pasta zerkleinert. Von den Augenlidern bis zu den Schultern. Er ist todmüde. Er tut so, als habe er nichts gehört, aber Zaro lässt wie immer nicht locker.

»Du hast sie ganz schön durchgewalkt, stimmt's? Ganz abgekämpft siehst du aus. Was waren es denn, Amerikanerinnen oder Deutsche? Wenn ich doch bloß so alt wäre wie du ...«

Nanni spürt, wie ihm das Blut in die Schläfen steigt. Die Pasta zwischen seinen Zähnen wird zu Klebstoff, der Speichel zu Galle. Er hat nie eine Frau durchgewalkt, und Zaro weiß das genau. Er ist nicht der Typ, der zum Ponte Vecchio geht und Ausländerinnen anmacht, die man erst mit Alkohol einlullt und dann im Auto mitnimmt. Er ist anders als sein Vater. Seine Beziehung zu Frauen ist alles andere als einfach. Zaros Provokationen sind die eines Tieres, das wittert und weiß, ohne zu wissen.

»Aber pass auf, wo du parkst, denn das ist die Gegend, wo das Monster herumstreift. Halt dich fern von den Wäldern, hörst du, Nanni, lieber bringst du sie mit nach Hause ... und dann holst du mich noch dazu ... ha ha!«

Elvira starrt auf die herausgeputzte Prinzessin in ihrem Kleid aus Spitze und Taft, die glücklich winkt.

Nanni legt die Gabel ganz langsam auf die Serviette neben dem Teller. Er fährt sich mit dem Fingernagel zwischen die Schneidezähne, schnalzt mit der Zunge und sagt, den Blick auf den Kalender mit dem Mönch Indovino gerichtet:

»Ich war nicht auf Weiberjagd. Ich war mit Isa in Florenz.«

Die Stille verdichtet sich, die Stimme des Fernsehreporters dringt zu ihnen wie durch Watte.

»Mit Isa?« Elvira hat endlich den Blick vom Bildschirm losgerissen und sieht ihren Sohn mit einer ängstlichen Ahnung zwischen den Wimpern an.

Nanni begegnet Zaros Augen und versteht im selben Moment, dass der Bastard bereits Bescheid weiß. Er hat ihm boshaft einen Köder hingeworfen, nach dem er wie ein Idiot geschnappt hat. Isabelle ist gegen zehn Uhr abends mit einem billardtischgrünen Minikleid in Attilios Bar aufgetaucht, und alle haben sie gesehen. Zaro war beim Kartenspielen in der Casa del Popolo und natürlich hat es ihm sofort jemand gesteckt.

»Was hatte die denn in Florenz zu suchen?« Elviras Stimme ist immer eine Mischung aus Alarm und Klage, ein trauriger Singsang, der nicht zum Antworten einlädt.

»Ich hatte dort zu tun«, sagt Nanni knapp und isst wieder weiter.

Er hatte sie sofort aus Attilios Bar gezogen, weil er nicht wollte, dass die anderen sie in betrunkenem Zustand sahen. Ihr Liebhaber war nicht zur Verabredung erschienen, sie hatte zwei Stunden auf ihn gewartet, wahrscheinlich war irgendetwas dazwischengekommen, mit der Ehefrau oder den Kindern.

»Und?«, provoziert Zaro wieder grinsend.

»Was und?«

»Wie geht es ihr?«, fragt Elvira und tut so, als wäre das die Frage ihres Mannes gewesen.

»Gut.«

Nanni gießt sich Wein ein und wischt sich mit der Hand den Mund ab.

Sie sind in eine Kneipe in Santa Croce gegangen und haben dort weitergetrunken. In ihrem absurd kitschigen Kleid mit den Kugelärmeln und den Schulterpolstern wie bei einem Rugbyspieler erzählte sie ihm von diesem verheirateten Ingenieur, der ihr die Schlüssel zu seinem Büro gegeben hatte, damit er sie dort jedes Mal vögeln konnte, wenn es passte. Sie brauchte ihn nur von einer Telefonzelle aus anzurufen und schon war er da, um sie auf dem Boden oder auf dem Schreibtisch flachzulegen, danach lief er schnell heim zu Frau und Kindern und ließ sie dort auf einem durchgesessenen Sofa schlafen bis zum ersten Zug im Morgengrauen.

»Aber ist sie jetzt getrennt?« Elvira schaltet den Fernseher leiser. Die Live-Übertragung scheint zu Ende zu sein, auf dem Bildschirm sieht man jetzt zwei Journalisten in grauen Anzügen, einer jung und bebrillt, der andere mit blondem Haar und Geheimratsecken.

»Ja, ja, sie hat sich getrennt.«

»Und wo wohnt sie?«

»Bei einer Freundin, immer noch in Trastevere. Von Zeit zu Zeit kommt sie nach Florenz, um die Leute zu sehen, mit denen sie befreundet war, als sie noch hier lebte.«

Diesen Ingenieur, einen gewissen Ludovico oder Ludo, wie sie ihn nannte, kannte sie noch aus der achtundsechziger Zeit, erzählte sie ihm, sie hatten damals angefangen zu vögeln und waren oft auch zu dritt oder zu viert, sie kenne niemanden, der so gut vögelt wie er, sagte sie, und deshalb sei sie nach ihrer Trennung zu ihm zurückgekommen, der Typ ist immer einsatzbereit, auch wenn er schon über dreißig ist, er ist zwar ein ziemliches Arschloch, aber ein verdammt guter Liebhaber, sagte sie und redete und redete, und Nanni wollte, dass sie aufhörte, weil dieses Gerede ihn nervös machte, etwas in ihm auslöste, was er nicht wollte, und später würde er wieder daran denken, wenn er allein war und die Wirkung dieser Worte wieder da war, aber das war nicht normal, es war pervers und eine Todsünde, aber sie hörte nicht auf zu reden und trank immer weiter und erzählte ihm alles, was dieser Ludo mit ihr tat und was er sie mit ihm tun ließ, solange, bis sie in Tränen ausbrach und er sie zum Bahnhof brachte, weil es schon dämmerte und er mit ihr am Bahnsteig auf den Zug wartete und ihr immer wieder über das dauergewellte Haar strich und ihr Gesicht von der zerlaufenden Schminke säuberte.

»Und was arbeitet sie?« Elvira lässt nicht locker.

»Schmuck, wie vorher.«

»Echter Schmuck oder dieser Plunder?«

Nanni atmet tief ein, ohne zu antworten.

»Und die Mädchen?«, hakt sie nach.

»Die Mädchen sind bei Carlo, Mama, es reicht jetzt.«

Elvira ringt die Hände und schüttelt sie mehrmals, den Blick zum Himmel gerichtet. Zaro drückt die hundertste Zigarette im Aschenbecher aus und ruft mit vor Selbstherrlichkeit triefendem Mund aus:

»Dann pass bloß auf, mein Hübscher, dass du nicht der Nächste bist!«

Für Nanni ist dieser Satz wie ein ohrenbetäubender Knall. Das Protest-Gequieke, das seine Mutter wie ein Mäuschen ausstößt, hört er nicht einmal. Es hat eine Explosion gegeben, der Damm, der bisher noch standhielt, weil er durch Schweigen gestützt wurde, obwohl Zaro sich mit seinen Schultern immer wieder dagegen geworfen hatte, gibt nach. Diesmal hat er die Grenze überschritten, hat eine unerträgliche Obszönität hervorgestoßen, und Nanni kann nicht mehr still sein, kann nicht so tun, als habe er es nicht gehört, die Worte sind schon auf seinen Lippen, bereit, sich wie ein Wasserfall über alles zu ergießen, herausgekotzt zu werden, das ist der Erdrutsch von Vajont, die Überschwemmung von Florenz, das Erdbeben von Irpinia. Aus voller Kehle schreit er es heraus, wie einen zwanzig Jahre lang unterdrückten Rülpser, und es klingt so:

»Isa ist meine Schwester!«

Elvira springt auf, sie packt ihre Schürze noch fester und schließt sich in der Küche ein. Zaro vergisst einen Moment lang sein gewohntes Pokerface, er stützt die Ellbogen auf die Knie und lehnt sich nach vorn. Während eine Ader an seinem Hals anschwillt und pulsiert, knurrt er:

»Was redest du da für Scheiße, Körkchen? Du leere Hose, was soll dieses Gefasel? Wer hat dir diesen Scheißdreck eingeredet?«

»Alle wissen das, Papa, hör endlich auf damit.«

»Aufhören? Alle wissen das? Wer denn, wer soll das sein, noch so ein Schlappschwanz wie du? He? Diese

Lügen sollen sie mir ins Gesicht sagen, das sollen sie sich mal trauen, und dann werden wir schon sehen, wer noch Lust hat, sich über mich das Maul zu zerreißen.«

Er steckt sich noch eine Zigarette an und steht auf, er stößt den Rauch aus der Nase wie ein Stier, die Augen blutunterlaufen, die Muskeln angespannt unter der schweißnassen Haut.

Er packt Nanni am Ohr und hebt ihn vom Stuhl.

»Sind noch mehr solche Lügen über mich im Umlauf?«, zischt er.

Nanni ist jetzt kein erwachsener Mann mehr wie sein Vater, er ist wieder ein sechsjähriges Kind, gelähmt vor Angst, das weiß, dass man in solchen Momenten am besten wartet, bis der Sturm sich wieder gelegt hat und er die Tür hinter sich zuknallt.

»Nein.«

»Was, nein?«

»Es kursieren keine weiteren Lügengeschichten über dich.«

»Versuch noch einmal, so etwas zu sagen, und ich beiße dir die Hoden ab. Das schwöre ich. Die sind sowieso zu nichts gut.«

Mit langen Schritten rennt er wie eine Furie los, in Jeans und Pantoffeln, die immer noch schwarzen Haare mit Brillantine nach hinten gekämmt, die Zigarette zwischen den Zähnen.

Nanni setzt sich wieder, das Ohr brennt, die Hände zittern, die Nudeln auf dem Teller sind kalt geworden.

Hinter der Falttür winselt seine Mutter wie ein Hund.

Er macht den Fernseher aus und geht in sein Zimmer.

»Wisst ihr, was ein Seepferdchen ist?«

»Nein.«

»Doch. Es ist kleines Pferd, das im Meer lebt.«

»Gut, Kolibri. Und warum wird es Pferdchen genannt?«

»Das weiß ich auch! Weil es aussieht wie ein Pferd.«

»Aber anstelle der Beine hat es einen Schnörkel.«

»Und einen dicken Bauch.«

»Sehr gut, ihr beiden. Und für diesen Bauch gibt es eine Erklärung, das müsst ihr wissen. Es ist nämlich nicht wirklich ein Bauch, sondern eher eine Art Beutel.«

»Wie bei den Kängurus?«

»Genau. Aber mit einem großen Unterschied: Bei den Kängurus tragen die Weibchen die Kinder im Beutel herum. Bei den Seepferdchen hingegen legt das Weibchen die Eier. Danach tanzt sie mit dem Männchen, wobei sie ihren Schwanz um seinen schlingt, und bei dieser Umarmung übergibt sie ihm die Eier. Wenn der Tanz vorbei ist, sind alle Eier im Beutel des Vaters gelandet, der sie herumträgt und ernährt, bis sie zum Schlüpfen bereit sind. Wenn er das Gefühl hat, dass es soweit ist, wickelt das Männchen seinen Schwanz um einen Stein oder einen anderen festen Anker und lässt sie ziehen.«

»Und dann?«

»Dann passiert nichts mehr, die Kinder schwimmen fort und der Papa freut sich, sie zur Welt gebracht zu haben.«

»Erzähl uns noch eine Geschichte über einen Papa.«

»Lasst mich mal überlegen. Vielleicht die Geschichte von der Geburtshelferkröte?«

»Kröten sind eklig!«

»Keine Kröten, erzähl was von großen Tieren.«

»Schade, die Geburtshelferkröte ist wirklich etwas Besonderes. Ihr wollt also ein großes Tier. Wie wäre es mit dem Emu?«

»Was ist das?«

»Ein australischer Vogel Strauß.«

»Ja, Strauße mag ich.«

»Der Emu ist ein ganz toller Papa. Er brütet die Eier zwei Monate lang aus, ohne Pause. Er macht überhaupt nie Pause, er isst nicht, trinkt nicht, er macht nicht einmal Kacka oder Pipì, gar nichts. Die Straußeneier sind dunkelgrün, sie sind so wunderschön, dass die Raubvögel sie ihm stehlen würden, sobald er das Nest verlässt. Das weiß er, und deshalb bleibt er auf den Eiern sitzen, bis die Jungen schlüpfen. Wenn die Kleinen dann auf der Welt sind, lässt er sie nicht etwa ziehen wie das Seepferdchen, sondern er bleibt mehrere Monate bei ihnen, manchmal sogar ein ganzes Jahr lang, was für ein Tier, das durchschnittlich sechs Jahre alt wird, eine ganze Menge Zeit ist.«

»Und dann?«

»Irgendwann sind die Kinder dann groß und der Papa kann am Abend endlich ins Bett gehen, ohne dass ein Riesentheater stattfindet.«

»Aber wir machen doch gar kein Theater. Wir wollen nur, dass du uns Geschichten erzählst.«

»Bitte, Papa, erzähl uns noch eine.«

»Es ist schon spät, und morgen früh müsst ihr zur Schule.«

»Nur noch eine, eine ganz kurze!«

»Was für eine Geschichte wollt ihr denn?«

»Die Geschichte von einem Papa, der nicht die Eier ausbrütet.«

»Ein Säugetier?«

»Ja. Ein Papa, der sich um die Kinder kümmert, die aus dem Bauch kommen, nicht aus dem Ei.«

»Sowas gibt es nicht.«

»Was heißt das, das gibt es nicht?«

»Was redest du da, Papa?«

»Lasst mich, ich bin müde. Ich kann ja mal überlegen, vielleicht fällt mir ja doch noch etwas ein. Jetzt gebt mir einen Gutenachtkuss.«

Blackout

Dezember 1979

Am ersten Freitag des Monats um 17:58 Uhr legt sich die Dunkelheit über Rom. Sie legt sich über die Zeitungsredaktionen und über die Polizeistation in der Via di San Vitale, und die Reaktion ist dieselbe. Ein Attentat, ein Attentat. Die Stromkabel wurden gekappt, von den Roten Brigaden, den Neofaschisten, der Magliana-Bande. Sie wollen die Journalisten umbringen, die Minister, die Gewerkschaftler, sie werden eine Bombe aufs Kolosseum werfen, den Regierungssitz auf dem Quirinal anzünden, Via delle Botteghe Oscure mit Maschinengewehren unter Beschuss nehmen. Der Blackout breitet sich aus über die Via Caetani, über das Gesundheitsministerium und seine Bunker voller Waffen, über die U-Bahn-Züge, die in den Tunnels feststecken und die Fahrgäste in Panik versetzen. Die Dunkelheit ergießt sich über die Junkies, die sich unter der Statue von Trilussa die Nadel setzen, über die falschen Wahrsagerinnen von San Calisto und die Reisbällchen von Venanzio. Die vollkommene Dunkelheit verschluckt die Fußball spielenden Kinder und die Stimme von Camillo, der droht, den Ball mit einem Messer aufzuschlitzen, im pechschwarzen Dunkel verschwinden der Gemüseladen von Marisa und der Spielzeugladen von Bruno ebenso wie das Oratorium in der Via della Paglia und der schimpfende Beo der Hippies, die in der Wohnung unter Carlo und Isabelle wohnen.

Isabelle bleibt der Atem weg, als es dunkel wird. Sie ist in ihrem Schlafzimmer, mit einem Umhang, der zu einem Faschingskostüm gehört, und einem Knäuel aus Stacheldraht im Hals. Statt sie zu verhüllen, stellt die Dunkelheit sie bloß: Sie erstickt die Stimme von Gloria Gaynor, die gerade noch *I will survive* schrie, und nimmt ihr das bisschen Mut, das ihr diese Stimme verliehen hatte. Den Umhang braucht sie, um den Trick des Verschwindenlassens zu inszenieren. Wenn sie es nicht mehr aushält, holt sie ihn aus dem Schrank und erschreckt damit ihre Töchter, die angstvoll wegrennen. Sie holt sie dann ein und schwingt den Umhang über ihren Köpfen, während sie aus der Erinnerung irgendwelche Zaubersprüche aufsagt. Dann tut sie so, als wären die Mädchen verschwunden. Die ersten Male war es noch schwierig, denn Cecilia verstand nicht ganz, was los war, sah aber, dass Marta sich verzweifelt an den Rock der Mutter klammerte und fing dann ebenfalls an zu heulen. So zu tun, als höre und sehe sie nichts, war eine ziemliche Nervenprobe für Isabelle. Mittlerweile gelingt es besser. Marta fällt bei der ersten Berührung des Umhangs in sich zusammen und Cecilia weint zwar noch ein bisschen, hört aber meist kurz danach auf und macht, was ihre Schwester ihr vormacht.

Eine Viertelstunde vor dem Blackout hat Isabelle ihre Kinder verschwinden lassen. Cecilia hat den halben

Nachmittag lang mit den Wasserhähnen im Bad herumgespielt, ihre Hände sind wie weichgekocht vom heißen Wasser. Damit sie endlich damit aufhört, hatte Isabelle vorgeschlagen, zusammen *Mi scappa la pipì papà* anzuhören, eines der Lieblingslieder der beiden. Nach dem vierten Mal sagte sie:

»Maintenant nous allons a manger quelque chose à la cuisine. Zeit für eine kleine Zwischenmahlzeit.«

»Ich will eine Girella«, verkündete Marta.

»Et toi, Lenticchia? Willst du auch eine Girella?«

»Nein.«

»Ein Marmeladenbrot oder ein Brot mit Zuckerwasser?«

»Nein.«

»Was denn dann?«

»Nichts.«

»Nichts haben wir nicht. Ich habe gesagt, wir essen eine Zwischenmahlzeit und das tun wir auch. Setz dich hin.«

»Saft.«

»Saft willst du? Sehr gut, komm, da hast du ihn. Ich gieße ihn dir in das Barbapapà-Glas.«

»Das Barbapapà-Glas gehört eigentlich mir!«

»Marta, tiens-toi bien, aide moi, s'íl te plaît.«

Marta hat nachgegeben und isst ihre Girella brav am Tisch, doch Cecilia tanzt einfach weiter, ohne das Glas mit dem Fruchtsaft auch nur eines Blickes zu würdigen. Bei der elften Wiederholung von *Mi scappa la pipì papà* ist Isabelles Geduld im roten Bereich.

»Wenn du nicht sofort deinen Saft trinkst, Cecilia,

mach ich den Plattenspieler aus und werfe ihn aus dem Fenster«, sagt sie und hält ihr das Glas hin.

Cecilia schnieft und wirft ihr einen bitterbösen Blick zu. Sie reißt ihr das Glas aus der Hand, führt es zum Mund und spuckt mit verzogenem Gesicht hinein. Um ihren Ekel auszudrücken, hat sie die Hand verdreht und der Aprikosensaft hat auf dem Boden eine Pfütze gebildet, woraufhin Cinque sofort die Gelegenheit ergriffen hat, sie aufzulecken.

»Voilà, ich wusste es, ich wusste es! Tu es contente, maintenant? Ça c'est trop, j n'en ai ras le bol! Ich werde noch verrückt mit euch, verrückt! Assez de cette musique! Marta, mach den verdammten Plattenspieler aus!«

»Nur noch ein Mal, Mama«, erwidert Marta und spielt das Lied zum zwölften Mal ab, während Cecilia, die sich angegriffen fühlt, ihrerseits angreift, indem sie tritt und weint auf eine schreckliche Art, bei der sie beinahe an den Schluchzern erstickt. Die Kinderärztin hat Isabelle gesagt, dass sie sich keine Sorgen machen und sie einfach nicht beachten soll, weil sie sonst gar nicht mehr aufhören würde, und so macht es Isabelle. Sie wischt die Pfütze auf, ohne ihre Tochter zu beachten, die kurz vor dem Ersticken ist, und schimpft immer weiter. In der Zwischenzeit ist auch Marta nervös geworden und fängt an zu weinen, sie fragt, wie oft sich der Zeiger noch drehen muss, bis Papa kommt. Cecilia schöpft Atem, nur um verzweifelt nach ihrem Papa zu rufen, Pippo Franco singt fröhlich weiter *Mi scappa la pipì papà* und für diese allgemeine Anrufung des Vaters gibt es nur einen Ausweg. Isabelle haut mit der Faust auf den mit Saft beschmierten Tisch, stürzt aus dem Zimmer und kommt mit dem schwarzen Umhang zurück. Sie überrumpelt die Kinder, die immer noch weinen und lamentieren, sagt schnell »Abrakadabra« und lässt das Cape über ihre Köpfe gleiten. Dann stößt sie einen Seufzer der Erleichterung aus, als wäre sie tatsächlich kraft der Magie allein übrig geblieben.

Sie kann sich nicht wirklich vorstellen, was diese Erlebnisse in ihren Töchtern auslösen, sie ist sich nicht bewusst, welchen Schrecken und welches Gift sie da in ihr Blut einschleust. Die Berührung ihrer Haare mit dem Umhang löst bei Marta und Cecilia ein dumpfes Gefühl aus, das sie nicht benennen können, aber das mit jedem Mal intensiver wird. Marta fragt sich, was mit ihren Körpern passiert, wenn sie verschwinden. Es ist echte Zauberei, denn die beiden sehen einander ja weiterhin, und auch alles, was in der Wohnung geschieht, so als wären sie ganz normal da, und auch Cinque behandelt sie so wie immer, er schnüffelt an ihnen und lässt sich von ihnen wie gewohnt hinter den Ohren kraulen.

Isabelle hat sie verschwinden lassen und Cecilia knufft sie in die Oberschenkel, aber das nutzt nichts, denn wenn sie verschwinden, hört und nimmt Mama sie nicht mehr wahr, weder ihre Stimmen noch ihre Fäuste. Marta hat sich damit abgefunden, dass sie aus Isabelle nicht alle Liebe, die sie möchte, herausquetschen kann, aber Cecilia ist erst zweieinhalb, sie ist klein und hat Angst.

»Das macht nichts, Lenticchia, das kommt von den Distraktionen, wenn die vorbei sind, beruhigt sich die

Mama wieder. Es ist das Blut, das aus ihrer Scheide kommt und über das sie sich ärgert. Hör auf zu weinen, wir machen jetzt etwas Schönes. So ist es gut, komm mit mir nach drüben.«

Marta liebt es zu schwimmen. Zwei Mal in der Woche bringt Papa sie ins Schwimmbad, wenn sie vom Rand springt, schaut er zu und sieht an ihr Isabelles Schultern, Knie und Beine. Marta taucht auf und schnaubt das Wasser aus der Nase und versichert sich währenddessen, ob er auch wirklich noch zu ihr herüberschaut. Sie winkt ihm zu, und er winkt immer zurück, wirft ihr eine Kusshand zu. Im Schwimmbad fühlt Marta sich gut. Das Wasser ist ihr Komplize, es versteckt sie und gibt sie zurück, für einen spielerischen Augenblick verschwinden alle Geräusche, die ganze Welt wird blau und glänzend, und wenn ihr Kopf wieder auftaucht, sieht sie Papa und manchmal auch Cecilia. Montags und donnerstags geht Marta ins Schwimmbad, und die anderen Nachmittage wartet sie darauf, dass es wieder Montag oder Donnerstag wird. Heute hingegen ist Freitag, der Tag, der am weitesten entfernt ist vom Schwimmen, Isabelle hat sie soeben verschwinden lassen und hat eine Platte aufgelegt von einer Verrückten, die in einer Sprache plärrt, die weder Italienisch noch Französisch ist und die man nicht versteht. Nicht einmal Isabelle versteht sie, denn sie singt nur la-la-la-la nach der Melodie dieser Verrückten, aber die Worte kann sie auch nicht. Das Beste wäre, jetzt einfach den Badeanzug und die Bademütze anzuziehen und so zu tun, als wäre sie im Schwimmbad; wo sie das Schwimmzeug findet, weiß Marta.

Isabelle lässt die Kinder immer dann verschwinden, wenn die einzige Alternative wäre, sich aus dem Fenster zu stürzen oder sie zu verprügeln. Wenn sie so müde ist, dass sie vor Müdigkeit sterben könnte. Sie lässt sie aus einem Beschützerinstinkt heraus verschwinden. Als Marta zur Welt kam, wusste sie nicht, wie sie dieses Ding bezeichnen sollte, das sie von innen her auffraß, seitdem hat sie viele Bücher gelesen und mit vielen Menschen gesprochen und weiß jetzt, dass man das eine postnatale Depression nennt. Sie hatte zwei davon, eine pro Schwangerschaft, wobei die zweite stärker war als die erste. Sie haben ihre Seele vergiftet und ihre Ehe zermürbt. Der Mutterinstinkt ist die Erfindung einer männerdominierten Gesellschaft, es gibt Frauen, die sich weniger als andere für die Mutterschaft eignen, und zu diesen gehört sie. Sie fühlt sich deshalb nicht wirklich schuldig, es ist wie bei einem künstlerischen Talent, es ist genetisch bedingt, entweder man hat es oder man hat es nicht. Kinder zu bekommen sollte eine Entscheidung sein, kein Schicksal, und Isabelle fühlt sich, als habe sie die Entscheidung von jemand anderem aufgezwungen bekommen. Von ihrem Mann, ihrer Schwiegermutter, von der Gesellschaft. Wessen Schuld es ist, ist letztlich egal, sie ärgert sich vor allem über sich selbst, darüber, dass sie sich hat überrumpeln lassen.

Doch noch kann sie die Dinge ändern, noch ist es nicht zu spät, in sich zu gehen und ehrlich der eigenen Natur zu folgen. Sie ist jetzt genau dreißig, fühlt sich wie eine Künstlerin auf der Höhe ihrer Schaffenskraft. Ihr Schmuck aus Stoff in Gestalt von Harfen, Monden,

Mimosen, kommt gut an und man kennt sie unter ihrem Künstlernamen »Eva« in mehreren Stadtteilen von Cinecittà bis Porta Portese. Sie verdient zwar noch nicht genug zum Leben, aber mit der Unterstützung ihrer Freundin Renata kommt sie über die Runden.

Sie hat beschlossen zu gehen. Nicht für immer, nur für eine gewisse Zeit, solange, bis sie sich selbst wiedergefunden, ihre Unabhängigkeit erreicht und ihr inneres Gleichgewicht soweit wiederhergestellt hat, dass die Beziehung zu ihren Töchtern wieder in ruhigeren Bahnen verläuft. Dann wird sie zurückkommen, vielleicht, um mit Carlo ihre ausgeleierte und nicht mehr erkennbare Liebe zu flicken. Wenn das nicht klappt, wird sie auf jeden Fall ihre Kinder wieder zu sich holen, sie bei sich behalten, sie wird dann eine nagelneue Mutter sein, selbstsicherer und fröhlicher, ganz ohne Umhang und ohne Verschwindenlassen. Sie braucht einfach eine Pause. Eine Verschnaufpause.

Das ist das letzte Mal, dass ich sie verschwinden lasse, sagt sie zu sich selbst und legt die Platte von Gloria Gaynor auf, dann stopft sie den schwarzen Umhang hinten in den Schrank. Vielleicht wird sie hin und wieder mit dem Verschwindenlassen drohen, das allein reicht schon aus, damit sie ihr gehorchen. Aber wenn sie erst einmal weg ist, wird sie nicht mehr so müde und wütend sein, dann wird sie keinen Trick mehr brauchen, um ihre Kinder loszuwerden. Sie wird sie zwar weniger sehen, dafür aber besser. Sie werden ihr erzählen, was im Kindergarten und in der Schule los war, werden ihr von ihren Freunden erzählen und ihr ihre Geheimnisse anvertrauen. Sie werden Komplizen sein, eine ganze neue Form der Beziehung zwischen Mutter und Tochter finden, die ohne die starke Präsenz von Carlo auskommt. Das Lied von Gloria Gaynor erzählt vom Ende einer Liebesbeziehung und von einer Frau, die sich selbst sagt, dass sie es schaffen wird, dass sie überleben wird. Isabelle zieht ihre Reisetasche aus Stoff unterm Bett hervor und wirft wahllos Sachen hinein, wie im chemischen Rausch. Unterhosen, Socken, ein paar Pullover, den Flanellschlafanzug. Den hellblauen Schal, den sie gestrickt hat, als sie mit Marta schwanger war. Den langen, geblümten Rock, die ausgestellten Jeans, die strecken, die Tasche mit dem Werkzeug für ihre Arbeit: Nähnadeln, Häkelnadeln, Seidenstränge, Baumwollknäuel, Drahtrollen, Brokatreste, Glasperlen, Gummibänder und Knöpfe.

Mit Carlo hat sie schon x-mal gesprochen, jeder Moment ist gleich gut, um zu gehen. Jetzt, gestern, in einem Monat, das macht keinen Unterschied. Mehr als tot kann eine Liebe nicht sein. Es ist besser, wenn sie aufhört, ihre Kinder verschwinden zu lassen und stattdessen selbst für eine Weile verschwindet, wenn sie ihre Batterien auflädt und dann wie neu zurückkehrt. Cecilia wird sich gar nicht mehr an diese Zeit erinnern, und vielleicht nicht einmal Marta. Marta glaubt, dass sie tatsächlich unsichtbar wird, ist aber noch zu unschuldig, um den Zauber auszunutzen und tausend verbotene Dinge zu tun. Ein ganzes Glas Nutella mit dem Finger auslecken. Mamas Lippenstifte und Ketten nehmen. In ihren Knöpfen wühlen. Aus der Wohnung gehen und in der Via della Lungaretta auf Papa warten. Ihre Rebellionen sind winzig klein und für Isabelle schwer zu erkennen. Das letzte Mal hatte Marta drei Sticker, die sie doppelt hatte, auf die Unterwäscheschublade geklebt. Sie gehörten zur Serie »Tiere der Welt«, ein Sammelalbum, das sie mit Papa zusammen angelegt hat und in dem es Tiere mit ganz ausgefallenen Namen gibt, die sie jetzt, wo sie zur Schule geht, selbst lesen kann. Die Sticker auf der Schublade zeigen alle kanadische Säugetiere: der Baribal, das Karibu, der Kodiakbär. Papa sagt, dass manche Wörter einen Geschmack haben, und diese sind wirklich knusprig. Marta sagt sie sich immer wieder vor und lächelt dabei, ohne Cecilias Hand loszulassen. Als Isabelle sah, dass sie die Sticker an die Kommode geklebt hatte, schüttelte sie nur den Kopf, ohne zu schimpfen.

Marta zieht die Schublade auf und wühlt in den Unterhosen, bis sie ihren blauen Badeanzug mit der dazu passenden Bademütze findet. Sie sucht weiter und zieht eine rote Badehose heraus, die ihr früher gehört hatte, als sie klein war, nicht so klein wie Cecilia, aber sie müsste ihrer Schwester passen. Sie sagt Cecilia, dass sie sich ausziehen soll.

»Aber dann sehen mich die Bären«, protestiert Cecilia.

»Welche Bären denn?«, fragt Marta. Seit zwei Nächten schlüpft Cecilia abends zu ihr ins Bett, weil sie angeblich Angst vor Bären hat, die ihre Füße fressen wollen.

»Die von der Schublade.«

Jetzt versteht Marta, sie versucht die Sticker mit dem Kodiakbären und dem Baribal abzulösen, aber nur eine Ecke lässt sich abreißen.

»Das machen wir später, in Ordnung? In der Zwischenzeit hängen wir etwas darüber, schau.« Sie fischt ein wollenes Unterhemd hervor und drapiert es so über die Schublade, dass man die Sticker nicht mehr sieht. »Ist es so besser?«

»Die Bären sind jetzt arbeiten.«

»Genau, sie sind jetzt arbeiten gegangen und außerdem braucht man vor ihnen keine Angst zu haben, denn sie sind lieb und ganz weich. So wie Cinque.«

»Was macht Cinque?«

»Cinque ist unser Freund, er spielt mit uns. Wir gehen jetzt zum Schwimmen und Cinque ist unser Rettungshund.«

»Geht Cinque nicht arbeiten?«

»Aber nein. Die Hunde gehen nie arbeiten, sie bleiben bei ihren Herrchen. Als Papa und ich ihn gefunden haben, hatte er niemanden, bei dem er bleiben konnte, und wir hatten keinen Hund, deshalb ist seine Arbeit jetzt, bei uns zu bleiben.«

Vor ein paar Monaten erst haben sie ihn gefunden, ein weiß-braunes Fellknäuel, das sich in eine Ecke verkrochen hatte und zitterte, obwohl es Sommer war. Isabelle schimpfte, als sie ihn nach Hause brachten, sie sagte, dass der Hund nur so lange bleiben dürfe, bis er sich erholt hätte, und dass sie ihm keinen Namen geben dürften, weil er sonst zu einem Familienmitglied würde. Also nannten sie ihn Cinque nach der Straße, wo sie ihn gefunden hatten, was ja kein echter Name war, Vicolo del Cinque, sondern eine Zahl, Fünf, und da er bei ihnen blieb, auch als er sich längst erholt hatte, nannten sie ihn weiterhin Cinque, mit einer Zahl anstelle eines Namens.

Er ist ein ganz braver Hund, der bei ihnen im Zimmer schläft und spürt, wenn sie traurig sind und sie tröstet. Jetzt zum Beispiel leckt er Cecilias Hand, denn er weiß, dass sie sich vor dem Verschwinden fürchtet. Ein Glück, dass Mama noch nicht auf die Idee gekommen ist, auch Cinque verschwinden zu lassen.

»Komm, zieh die Badehose an«, sagt Marta.

»Mein Bauch rumort.«

»Hast du vielleicht Hunger?«

Cecilia schüttelt den Kopf.

»Musst du Kacka?«

Cecilia nickt.

»Willst du auf den Topf gehen?«

»Ich hab's schon gemacht«, sagt Cecilia und zeigt auf ihren Popo.

Marta seufzt. »Wenn Papa kommt, wickelt er dich.«

»Papa.«

»Ja, Papa. Mama kann dich nicht sehen, wir sind doch verschwunden.«

»Ich habe Hunger.«

»Du hast doch gerade gesagt, dass du keinen hast. Und außerdem darf ich dir nichts geben, sonst isst du nichts beim Abendessen und Mama schimpft.«

»Aber ich habe Hunger«, wimmert Cecilia mit einem Finger im Mund.

»Warte.«

Marta holt ihre Schultasche unter dem Bett hervor. Sie ist braun und hat drei rosa Schmetterlinge appliziert, sie findet sie wunderschön. Sie hat zwei Schultergurte und einen kleinen Griff, um sie auch mit der Hand zu tragen. Papa hat einen Anhänger daran befestigt, auf dem ihr Name steht, Marta Petronio, und ihre Klasse, 1 B. Darin sind ihre Hefte, ein liniertes und ein kariertes, ein Federmäppchen mit Buntstiften und Filzstiften, die Fibel und eine kleine Schatztruhe. Die Schatztruhe ist eigentlich nicht für die Schule gedacht, aber Marta hat sie immer dabei: ein kleiner goldener Tannenzapfen, der sich von ihrem letzten Weihnachtsgeschenk gelöst hatte, zwei schöne Blätter, die sie mit Papa gefunden hat, ein rosa Kieselstein mit weißen Adern, eine Kastanie, ein roter Knopf, den ihr Mama gegeben hat, ein grünes Samtband, ein Schneckenhaus und eine Kaugummizigarette. Die Zigarette hat sie von einem Klassenkameraden geschenkt bekommen, von Flavio Argiola, und sie ist in ein wasserlösliches Tattoo gewickelt. Sie reicht sie Cecilia.

»Nicht runterschlucken, verstanden? Das ist ein Kaugummi, den darf man nur kauen. Warte, erst müssen wir noch die Verpackung abmachen. Na, du kannst ja gar nichts allein machen. So. Jetzt beiß ein Stückchen ab und kaue es, ohne runterzuschlucken. Das Tattoo machen wir ein andermal, das ist eher was für Jungs. Schmeckt es dir?«

»Schmeckt gut. Schauen wir jetzt Nano-nano?«

»Später, das fängt erst an, wenn Papa kommt, das weißt du doch? Jetzt ziehen wir uns aus und schwimmen, los.«

»Nicht ausziehen!«

»Okay, dann machen wir, dass du der Schiedsrichter mit der Zigarette bist, neben dem Rettungshund. Denk daran, dass du den Kaugummi nicht runterschlucken darfst!«

»Ist gut.«

Marta zieht sich bibbernd aus. Der Fußboden ist eiskalt und beim Ausziehen stellt sie die Füße auf den Kleiderhaufen. Sie setzt die Bademütze auf und holt sich ein Handtuch aus dem Bad, weil die Fliesen zu kalt sind, um sich direkt daraufzulegen. Als sie am Zimmer ihrer Mutter vorbeikommt, hört sie sie das Lied von dieser Verrückten trällern und sieht, wie sie ihre Reisetasche packt. Vielleicht fährt sie zu Onkel Nanni oder vielleicht auch nach Frankreich, denkt sie.

Beim Aufstehen wusste Isabelle noch nicht, welcher Tag dieser sein würde. Er fing an wie ein ganz normaler Tag. Sie brachte Marta zur Schule und ging mit Cecilia beim Krankenhaus vorbei, um Renata einen Besuch abzustatten. Cecilia war ungewöhnlich ruhig, weder weigerte sie sich, sich in den Buggy zu setzen, noch weinte sie, als ihre Schwester im Schultor verschwand. Im Krankenhaus mussten sie eine Weile warten, Renata war beschäftigt, erschien nur, um zu sagen, dass sie nicht einmal Zeit für eine Zigarettenpause hatte, weil so viele Patienten da waren. Isabelle beschloss, trotzdem zu warten; Cecilia war brav und sie hatten sowieso nichts vor. Sie haben nie etwas vor, außer Einkaufen und Marta von der Schule abholen. Carlo geht früh aus dem Haus und verbringt den ganzen Tag in der Uni, die Großeltern sehen sie jedes zweite Wochenende, entweder sie kommen zu Besuch oder sie laden sie ein. Die Hausarbeit erledigt eine Putzfrau, die zwei Mal in der Woche kommt, und dann schließt Isabelle sich in ihr Zimmer ein, weil eine Putzfrau zu haben bei ihr absurde Schuldgefühle auslöst. Sie weiß weder, was sie ihr sagen soll noch wie, also spricht sie gar nicht mit ihr und die Frau macht es ebenso. Sie könnte in der Zeit an ihrem Schmuck arbeiten, aber mit Cecilia neben sich zu arbeiten ist unmöglich. Sie fragt sich, wie sie selbst wohl als Kind war, wie ihre Mutter es geschafft hat zu arbeiten, bei wem sie sie ließ. Ob sie sie tatsächlich mitnahm zum Bettenmachen? Ob sie sie bei Madame Talibard ließ? Oder allein in ihrem Zimmer, mit einer Stoffpuppe als Gesellschaft? Ihre Fragen bleiben unbeantwortet, vielleicht für immer. Ihre Mutter ist jetzt die Ehefrau eines Polizisten in Süditalien und hat alle Brücken hinter sich abgebrochen. In den letzten zehn Jahren hat sie sie gerade zwei Mal gesehen, das letzte Mal, als Marta geboren war. Zu Cecilias Geburt gab es lediglich einen Anruf von fünf Minuten, bei dem sie von einem Thema zum anderen sprang, um bloß nicht zu riskieren, dass irgendetwas tiefer ging und man ihr unangenehme Dinge sagte.

Aus der Tür des Behandlungszimmers kam schließlich ein Mädchen in einem safrangelben Mantel. Spindeldürr, mit einem spitzen Gesicht und dunklen, widerspenstigen Haaren. Aus einem Nasenloch kam eine weiße Kanüle, die mit einem großen Pflaster befestigt war, das sie befingerte, während sie weinte, ja laut schluchzte. Eine Frau, die nicht weit von Isabelle saß, stand auf und ging zu dem Mädchen, ohne es zu berühren. Das Mädchen erklärte aufgeregt, dass sie erwartet hatte, dass sie ihr wieder die Kanüle legen würden, klagte über Bauchschmerzen und Übelkeit und weinte immer unbeherrschter, ihr eigenes Schicksal beklagend und die Krankheit verfluchend, die ihr seit acht Jahren, wie sie sagte, das Leben zur Hölle machte.

Isabelle war nicht klar, um welche Krankheit es sich handelte, doch solange das Mädchen im Raum war, ließ sie sie nicht aus den Augen. Für die öffentliche Darstellung von Verzweiflung gilt das Gleiche wie für Nacktheit: Man kann nicht anders als hinsehen, sich in den Formen wiedererkennen, in der gebeugten Figur etwas von sich selbst wahrnehmen. Das Mädchen schluchzte weiter, es war fast wie Schreien, eine immer heftigere Reaktion auf die resignierte und stumme Haltung der Frau, die sie begleitete, vielleicht die Mutter, auf jeden Fall jemand, der ihr Mut machen sollte, aber das nicht einmal versuchte. Die gebrochene Stimme des Mädchens hallte durch den Wartesaal und durch die anschließenden Flure wie die quietschende Flöte eines verstörten Musikanten, die sich in die Gehirne windet, Gespräche unterbricht und Blicke auf sich zieht. Eine schwache Person, die die Beherrschung verloren hat, hat immer auch etwas Tröstliches für die anderen: Ihre Einsamkeit lindert die unsere, ein maßvolles Mitleid verleiht uns das Gefühl, besser gerüstet zu sein. Dann ging das Mädchen mit seinem safrangelben Mantel und der kraftlosen Mutter im Schlepptau, und da ging auch Isabelle, die in dem Wartesaal die Kraft gefunden hatte, den Tag weiterzuleben, auch ohne eine Zigarette mit ihrer Freundin zu rauchen.

Zu Hause beobachtet sie Cecilia dabei, wie sie ihre und Martas vier Barbiepuppen tanzen, laufen und schlafen lässt. Cecilia ist kein hübsches Kind, man kann sie nicht zuordnen, sie ähnelt keinem. Wenn sie ehrlich ist, erinnert sie sie an das Mädchen im Krankenhaus, mit ihren kleinen Augen und dem schütteren Haar hat sie dieselbe Ähnlichkeit mit einem wehrlosen Insekt. Cecilia lächelt wenig, sie bezaubert keinen, sie lebt im Schatten ihrer Schwester und betet ihren Vater an. Um sie zum Essen zu bringen, braucht man die Energie eines Akrobaten und die Geduld eines Schriftgelehrten, Isabelle hat keines von beidem und hat das Gefühl, bei diesem Kind so gut wie alles falsch zu machen, sie kommt mit ihr nicht zurecht, hat keine Mittel, um sich gegen ihren eisernen Willen durchzusetzen. Sie benutzt das Essen als Druckmittel: Wenn du das machst, kaufe ich dir kein Eis, wenn du das nicht machst, zwinge ich dich, deine Suppe aufzuessen. Wenn du nicht isst, schimpfe ich dich, wenn du nicht brav bist, gehst du ohne Abendessen ins Bett. Das führt zu ständigen Widerrufungen, Nachlaufen, faulen Kompromissen. Dann kommt Carlo und sagt sofort das Richtige, mühelos, ohne einen Moment des Nachdenkens. Isabelle sieht, wie ihre Töchter den Vater ansehen, und was sie spürt, ist Neid. Neid, weil sie keinen Vater hatte, den sie so ansehen konnte, dass sie sich ein derartiges Vertrauen nicht einmal vorstellen konnte, eine so starke Liebe. Ein Vater, der dich liebt, der dir das Gefühl gibt, richtig und perfekt zu sein, der für dich töten würde. Isabelle denkt daran, wie es mit Zaro gelaufen ist und würde am liebsten schreien. Auch sie hat ein Recht auf einen Vater, der sie liebt, ohne sie zu demütigen. Sie hatte keinen, und gerade, als sie dachte, dass das Leben sie dadurch entschädigt hat, dass es ihr Carlo schenkte, hat die Mutterschaft sie heimtückisch überfallen, hat ihre Ehe mit der Wucht eines Orkans zerschmettert. Zwei Töchter zwischen Carlo und ihr, zwei komplizierte, hilflose, unglaublich anstrengende kleine Menschen. Von Carlos Liebe sind nur noch die Krümel übrig, die Marta und Cecilia ihr lassen. Sie bekommt nichts mehr ab, ihr Anteil ist durch die beiden Schwangerschaften aufgezehrt, in alle Winde zerstreut wie ein Stoß Karten in einem Sturm.

In der Schneekugel auf ihrem Tisch, die sie als Briefbeschwerer benutzt, ist ein kleiner Eiffelturm. Den hat Carlo ihr vor ein paar Jahren von einem Kongress aus Paris mitgebracht. Isabelle fand sie immer grauenvoll, hat sie aber nie weggeworfen. Jetzt stopft sie sie in ihre Reisetasche zwischen Kleider und Stoffe, Bücher und die Dose mit den Knöpfen. *I will survive* sind die einzigen drei Worte, die sie von dem Lied versteht, das sie vor sich hin singt. Sie kann gerade noch denken, dass sie sie mit französischem Akzent singt, dann geht das Licht aus.

Genau in diesem Moment öffnet Carlo die Wohnungstür. Im Treppenhaus hatte er den Beo der Nachbarn »Carlo, Carlo, Carlo« schreien hören. Der Hippie unter ihnen heißt so wie er, die Idee, dass er von einem Beo angekündigt wird, veranlasst ihn zu einem Lächeln, während er aufschließt.

»Ciao!«, ruft er, und in der Sekunde zwischen dem Gruß und dem Blackout nehmen seine Sinne noch folgende drei Dinge wahr:

1. Marta im Badeanzug mit Bademütze auf einem Handtuch im Flur ausgestreckt, tut so, als würde sie schwimmen, während ihre Schwester mit laufender Nase gemeinsam mit Cinque an einem rosa Kaugummistäbchen leckt.
2. ein unverkennbarer Gestank, der eindeutig von Cecilias Windel ausgeht.
3. *I will survive*, das voll aufgedreht durch die angelehnte Türe von seinem und Isabelles Zimmer dringt.

Dann Dunkelheit.

»Papa, mach an.«

»Papa, Angst.«

»Alles in Ordnung, nur das Licht ist ausgegangen. Cinque, wusel doch nicht immer um mich herum, du bringst mich noch zu Fall. Wir suchen jetzt erst mal die Kerzen, bleibt ruhig.«

»Die Glühbirnen, Papa!«

»Nicht, nicht die Glühbirnen, Marta. Die Kerzen. Wo sind eigentlich deine Kleider? Komm her, Cecilia, gib mir die Hand. Steh auf, Marta, du hast ja ganz kalte Füße. Isa! Bist du da?«

»Papa, sind die Bären immer noch bei der Arbeit?«

»Papa, ich finde meine Kleider nicht, mir ist kalt, nimm mich auf den Arm.«

»Moment, Marta, erst müssen wir die Kerzen suchen. Isa! Bist du im Bad?«

»Sie ist im Schlafzimmer, aber vielleicht hört sie dich nicht, weil du auch verschwunden bist.«

»Was?«

»Wir waren verschwunden, vorher. Ich meine, jetzt. Man kann uns nicht sehen und nicht hören. Aber du siehst uns doch, oder? Vielleicht sind wir wieder sichtbar geworden.«

»Papa, die Bären?«

»Moment, lasst mich nur noch in dieser Schublade suchen, danach erzählt ihr mir alles der Reihe nach, wie ihr verschwunden seid und die Sache mit den Bären. Wo sind bloß diese Kerzen geblieben? Isa! Mein Gott, du stinkst vielleicht, Lenticchia, wenn ich nicht innerhalb einer Minute eine Kerze finde, falle ich tot um. Isaa!«

»Lenticchia hat Kacka gemacht.«

»Das habe ich auch bemerkt. Marta, wo bist du denn? Hast du deine Socken angezogen?«

»Ich finde sie nicht, sie sind drüben.«

»Wie bist du nur auf die Idee gekommen, den Badeanzug anzuziehen? Wir gehen jetzt in die Küche und suchen dort nach Kerzen.«

»Oh Gott, Papa.«

»Was ist denn?«

»Ich habe Cecilia einen Kaugummi gegeben, vorher, den hat sie doch nicht etwa runtergeschluckt?«

»Hast du den Kaugummi runtergeschluckt, Lenticchia?«

»Ja.«

»Da haben wir's.«

»Oh Gott, was passiert denn jetzt?«

»Gar nichts, Marta, mach dir keine Sorgen. Ich habe die Kerzen gefunden! Wir gehen jetzt zum Herd und zünden sie an.«

»Stirbt sie jetzt?«

»Papa, kommen die Bären zurück?«

»Nein, sie stirbt nicht, und nein, die Bären kommen auch nicht zurück. So. Jetzt gibt es einen Kuss für meinen Kolibri und einen schönen Kuss für meine kleine Lenticchia. Du nimmst diese Kerze, Kolibri, und jetzt gehen wir ins Kinderzimmer und holen deine Kleider. Vielleicht sollten wir auch nachsehen, wie es Mama geht.«

»Sie hat gepackt.«

»Kacka, Papa.«

»Ja, mein Schatz, jetzt wickle ich dich. Komm, Marta, wir gehen ins Bad, da kannst du dich anziehen. Wer hat gepackt?«

»Mama.«

»Dann ist sie also zu Hause?«

»Ja, aber vielleicht will sie verschwinden und hat deshalb ihren Koffer gepackt. Oh nein, Papa, jetzt habe ich beide Beine in dasselbe Loch gesteckt!«

Isabelle schafft es nicht, sich zu rühren. Sie hört Carlos Stimme und die der Kinder, aber es ist, als wäre sie jetzt verschwunden. Sie ist blind und unsichtbar, sie ist in einem Theater und das Stück, das sie anschaut, ist ihre Zukunft. Genauer gesagt, die Zukunft dieser Wohnung ohne sie. Die psychedelische Tapete mit den Kreisen ist zwar noch da und auch das Samtsofa, Carlo ist da und ruft sie, aber sie ist schon weg. Er ruft sie, damit sie ihm die Kerzen sucht, um ein Publikum zu haben, wenn er seine Elternrolle spielt. Er würde es auch im Dunkeln schaffen, Marta anzuziehen und Cecilia zu wickeln.

Er braucht sie nicht. Nicht einmal die Mädchen brauchen sie, eine Mutter, die sie nach Bedarf verschwinden lässt. Eigentlich ist sie diejenige, die sich selbst am meisten braucht. Sie hat ihre Reisetasche hervorgeholt, ohne wirklich zu glauben, dass sie Ernst machen würde, nicht heute, nicht so. Man denkt ja, dass die einschlägigen Momente im Leben von irgendeinem feierlichen Gong angekündigt werden müssten. Man steht doch nicht so einfach am Morgen auf wie jeden Tag und entscheidet am Abend, aus dem Haus zu gehen und Mann und Kinder zu verlassen. Noch dazu mit derselben Reisetasche, die man für die letzten zehn Sommerurlaube verwendet hat. Als sie klein war, erschien ihr die Welt der Erwachsenen immer als etwas sehr Kompliziertes, jetzt gar nicht mehr. Es ist kompliziert in einigen unerwarteten Details, die von allen als einfach dargestellt werden und die dich unerwartet treffen wie Kanten, gegen die man versehentlich stößt und die einem den Atem rauben vor Schmerz. Und andere Dinge, die schwierig aussehen und unüberwindbar wie Berge, sind von der Nähe aus betrachtet gar nicht so schwer zu bewältigen. Im Gegenteil, während du das noch denkst, bist du schon halb über den Berg. Die Tasche ist gepackt, was sie mitnimmt, wird fürs Erste reichen. Schließlich geht sie nur zu Renata in die Via Anicia und nicht ans andere Ende der Welt. Und auch nicht für immer. Nur für eine Weile.

»Carlo.«
　　»Ach, du bist da. Guten Abend.«
　　»Hör mal, Carlo.«

»Mama, siehst du uns jetzt wieder?«

»Ja, Marta, ich sehe euch. Ich habe euch auch vorher gesehen, aber da war ich sehr müde.«

»Hat der Zauber nicht gewirkt?«

»Was bedeutet das, Isa?«

»Ach, Carlo, das besprechen wir später. Ich muss jetzt los.«

»Du musst los?«

»Papa, schauen wir jetzt Nano-nano?«

»Geht schon mal rüber, ich komme gleich.«

»Aber es ist dunkel, der Fernseher geht nicht.«

»Bitte, Marta, nimm jetzt die Kerze und geh rüber.«

»Nein, Papa.«

»Komm, Marta, Nano-nano!«

»Gib mir einen Kuss, Marta. Ich verreise ein paar Tage, aber dann komme ich wieder.«

»Wohin gehst du?«

»Zu Renata.«

»Und warum?«

»Jetzt rede ich mal mit der Mama, du wirst sehen, sie fährt nirgendwohin. Ich bitte dich, geh jetzt mit Cecilia mit.«

»Embrasse-moi, Marta, je vais.«

»…«

»Du kannst doch jetzt nicht einfach gehen, Isa.«

»Es gibt keinen richtigen Moment zu gehen.«

»Nein, aber vielleicht gibt es einen besseren.«

»Was gefällt dir nicht an diesem Moment?«

»Wir haben keinen Strom. Man geht nicht im Dunkeln auseinander, ohne sich richtig ins Gesicht zu sehen.«

»Genau deshalb geht man im Dunkeln besser auseinander, gerade weil man sich nicht richtig ins Gesicht sehen kann.«

»Wenn du es nicht fertigbringst, uns ins Gesicht zu sehen, bedeutet das, dass du gar nicht wirklich weggehen willst.«

»Oder dass ich wirklich weggehen will, aber mich schäme, euch ins Gesicht zu sehen.«

»Überlege es dir gut, Isa. Wir können über alles reden.«

»Wir haben alles bereits hundertmal überlegt und besprochen. Ich halte es nicht mehr aus.«

»Besprechen wir es noch einmal. Warte bis nach Weihnachten.«

»Ich gehe zu Renata, Carlo, gleich um die Ecke. Und Weihnachten bin ich bei euch.«

»Was hast du vor, willst du eine Miet-Mutter werden? Eine Ehefrau auf Abruf?«

»Jetzt fang nicht noch einmal damit an. Ich bitte dich, lass mich gehen.«

»Du bist meine Frau und die Mutter meiner Kinder. Du bleibst hier.«

»Lass mich raus, Carlo. Ich bin schon nicht mehr da, und die Kinder schauen uns zu. Lass mich vorbei.«

»Nein. So geht das nicht, es ist absurd, ich lasse das nicht zu.«

»Es gibt Dinge, von denen du nichts weißt.«

»Was für Dinge? Hast du einen anderen?«

»Dinge, die kein Mensch auf der Welt weiß. Die ich niemals aussprechen kann.«

»Mir kannst du es ruhig sagen, Isa, versuche es, versuchen wir es.«

»Ich hoffe auf den Tag, an dem auch ich manche Dinge vergessen haben werde, aber wenn ich jetzt nicht gehe, werde ich das nie schaffen.«

»Warum?«

»Ich muss verstehen. Verstehen, was für ein Kind ich war, was für eine Mutter ich sein will. Im Moment ist alles konfus, ich, du, unsere Töchter, wir sind wie Teile eines Puzzles, für das es keine Anleitung gibt. Der einzige Weg, wie ich mir Klarheit verschaffen kann ist der, wegzugehen. Manchmal braucht man Distanz, um besser zu sehen.«

»Und was soll ich jetzt tun?«

»Du musst etwas organisieren. Ruf deine Mutter.«

»Was soll ich ohne dich tun?«

»Lass mich jetzt vorbei.«

»Isa, meine Liebe, warte.«

»Worauf soll ich denn warten? Dass die Kinder größer werden? Und wenn sie dann groß sind und ich mich immer noch nicht gefunden habe, wer gibt mir dann mein verpasstes Leben zurück?«

»Warte doch wenigstens, bis der Strom wieder da ist.«

In diesem Moment, um 18:18 Uhr des ersten Dezemberfreitags, geht das Licht wieder an.

Mithridates

Februar 1977

Allmächtige Ordinarien, Kapitalisten, Schönredner,
Staatsknechte, Mitläufer, Stimmvolk, Linientreue,
vielleicht werden wir in ein paar Tagen verschwunden
sein und ihr werdet versuchen zu vergessen.
Dann kommt ihr zurück mit euren: Aushängen,
Rundschreiben, demokratischen Prozessen, Zeitungen,
Registern, Hauptbüchern, Paragraphen, Blendwerk,
konstruktiven Vorgängen, Abordnungen und Anträgen
(aber geht uns nicht auf den Sack).
Dann werdet ihr sagen: Das war nur ein Strohfeuer,
gesichtsloser Pöbel ohne echten Plan
(aber geht uns nicht auf den Sack).
Doch all das war nicht umsonst, wir vergessen nicht…
Eure auf Scheiße gebaute Macht, euer Elend
– so widerlich, schmutzig und hässlich –
WERDET IHR TEUER BEZAHLEN,
IHR WERDET FÜR ALLES BEZAHLEN.

Die Universität ist geschlossen. Die offizielle Begründung ist, dass die von den Besetzern verursachten Schäden beseitigt werden müssen. Ich komme jeden Tag her, dir habe ich erzählt, dass sie die Professoren durchlassen, dass die Sekretariate offen sind. Ich gehe zum Studentenheim, lese die Flugblätter, wechsle ein paar Worte mit den Autonomen und einigen meiner Studenten, den hundertprozentigen, die immer da sind. Der ganze Campus ist abgesperrt. Nur wenige Leute auf den Straßen.

Ich laufe an beschrifteten Hauswänden vorbei, schwarz oder rot, je nach Gegend. Jeden Tag streicht jemand weiße Farbe darüber, jede Nacht blühen neue Schriften auf. Die schönsten trage ich in mein Notizbuch ein. Diese hier hält seit zehn Tagen stand, sie würde dir auch gefallen. Du würdest den Ton mögen, die Respektlosigkeit, die Wut, die ansteckende Lebenslust, die aus ihr spricht. Aber du wirst sie nie sehen. Du kommst nie zur Universität, die Studentenbewegung überzeugt dich nicht, und wenn ich mir diese Zeilen genau ansehe, dann weiß ich, dass sie dich innerlich aufregen würden. Ordinarien und Kapitalisten zu beschimpfen geht in Ordnung, solange es darum geht, mit Holzschuhen an einem Saturnal mit lauter Frauen in einer Piazza teilzunehmen. Aber mit Kollektiven und bewaffneten Banden ist nicht zu scherzen. Wo Brechstangen, Ketten, Vierkantschlüssel, Benzinkanister sind, gibt es keinen Platz für Ringelreihen. Du hast Angst bekommen, dass sie sie tatsächlich verjagen könnten, die Ordinarien, und das willst du nicht, mein Schatz. Das ist es nicht, was du willst.

Du willst einen Farbfernseher, eine Hermès-Tasche, ein Haus am Meer. Wenn man dir das so sagen würde, wärest du empört, aber jede Raupe ist ein potenzieller Schmetterling und ich kann unter der Schutzschicht aus

Lumpen deine Snob-Flügel erkennen. Früher oder später werden dir die Zeit und das fortschreitende Alter das Alibi geben, um das einzufordern, was du heute noch matt bekämpfst und vorgibst zu verachten. Würde ich nicht das tun, was ich tue, wären meine Gleise nicht die, die geradeaus auf die Rolle eines Ordinarius zusteuern, wäre ich nur ein Poet, wie ich es mir manchmal in meinen Träumen gewünscht hatte, dann würdest du mir deine jetzt noch verhohlene Verachtung ins Gesicht spucken, deine Anschuldigungen nicht mehr unterdrücken.

In letzter Zeit verhehlst und unterdrückst du allerdings immer weniger, das muss ich sagen. Du fragst mich nicht, warum ich nicht mehr die *Unità* lese, sondern, ob ich dir die *Marie Claire* gekauft habe. Ich erkläre dir trotzdem, dass die KPI die Studentenbewegung dämonisiert und man die *Unità* deshalb nicht mehr lesen kann, du hörst mir gar nicht zu, sondern schließt dich im Schlafzimmer ein mit deinen Fäden aus Baumwolle, aus Metall, aus Stroh, deinen Glassteinen und Anhängern, und bist kreativ. Und ich lasse dich kreativ sein, denn es ist richtig so, und weil ich dich liebe.

Ich betrachte die beschmierten Hauswände und denke, ein Glück, dass Marta noch nicht lesen kann. Wie sollte ich ihr etwas erklären, was ich selbst nicht wirklich verstehe. Diese absolute Gewalt, die Spaltung der Gesellschaft, die zweifarbigen Schriften. Keltische Kreuze und fünfzackige Sterne. Sie sind nicht dasselbe, nein, aber neulich, bei der Gewerkschaftskundgebung von Lama, habe ich im allgemeinen Getümmel einen Typen von der Bewegung gesehen, der einen vom Ordnungsdienst mit einem Hammer verfolgte, um ihm den Kopf einzuschlagen. Er hatte ihn fast eingeholt, als er plötzlich innehielt, zurücklief und in den Armen seiner Mitstreiter zu weinen anfing. Ich habe den Eindruck, dass die Dinge aus dem Ruder laufen. Und diese Wände voller Hämmer und Sicheln mit den Einschlaglöchern der Maschinengewehre gefallen mir ebenso wie die Hakenkreuze in der Via Sommacampagna: Nämlich gar nicht.

Die Gewalt ist allen gemeinsam, gegen alle gerichtet. Die Polizei hat das Recht, öffentlich Waffen einzusetzen, ohne sich auf das Recht auf Selbstverteidigung berufen zu müssen. Der Tag, an dem die Kundgebung von Lama war, fing früh an, als die Parteigenossen der KPI mit Pinseln und Eimern voller weißer Farbe alle Schriften, egal welcher Couleur, an den Wänden übertünchten: große, kräftige Männer mit Regenschirmen, weil es nieselte. Ich traf gleichzeitig mit den Vertretern der Studentenbewegung dort ein, schmale, nervöse Jungs ohne Schirm. Ich dachte, dass es ähnlich war wie bei Vätern und Söhnen: Die Väter haben einen Schirm und die Söhne werden nass. Solange, bis die Söhne anfingen, die Väter anzuspucken und sie mit 5-Lire-Münzen zu bewerfen, da waren die Schirme dann nützlich.

»Waren die Großstadtindianer dabei?«, fragtest du, als ich nach Hause kam. Ich musste sie dir genau beschreiben, du bist vor allem an den folkloristischen Aspekten des Protests interessiert, an jenem spielerischen, spöttischen Aspekt, der den Achtundsechzigern gefehlt hatte. Ich erzählte dir und Marta alles, als wäre es eine Geschichte aus einem Buch: die Indianer, die einen Wagen voller Sternschnuppen, Gummiäxte, bunter, mit Farbe und Wasser gefüllter Ballons mitgebracht hatten und eine lebensgroße Puppe aus Polystyrol, die Lama darstellte. Ihre Gesichter waren bemalt und sie hielten herzförmige Protestschilder und unter ihnen waren auch ein paar Kinder.

»Warum hast du mich nicht mitgenommen, Papa?«, fragte Marta.

»Weil ich nicht wusste, was die Parole war. Ich habe ›Alle Macht den Kolibris‹ gerufen, aber das war nicht das Richtige.«

»Ach so. Schade.«

POTERE DROMEDARIO, alle Macht den Dromedaren, war der Schlachtruf, und die Waffen der Indianer waren Spielzeugpistolen. Als der Ordnungsdienst der KPI sie eingekreist hatte, wurde mir klar, dass es kein Fest werden würde, und ich fühlte mich plötzlich bedrückt. Das wollte ich dir sagen, auch wenn ich weiß, dass es dich nicht interessiert, wie ich mich fühle, ich wollte dir diese erneute Gelegenheit, es mir zu zeigen, nicht nehmen. Wenn ich mich immunisieren will, muss ich mich regelmäßig deinem Gift aussetzen, und wenigstens in dieser Beziehung ist auf dich Verlass.

In diesen Zeiten ist schon die Entscheidung, ob man sich morgens rasiert, eine politische. Rasieren oder nicht, den Schirm nehmen oder nicht. Ich entscheide mich für die Passivität, ich wähle den Bart und den Schirm. Ich bleibe bei meinen Kindern, auch wenn ich der Vater bin, und bei meinen Studenten, auch wenn ich ihr Professor bin, bei der Protestbewegung, auch wenn ich immer die

Partei gewählt habe. Der Bart täuscht, und wenn ich dir das beichten würde, wärest du nicht auf meiner Seite. Ich bin ein Hochstapler, der sich heimlich mit der Kraft alliiert, die das historische Erbe angreift, für das ich eigentlich stehe und das ich verteidigen müsste. Eine feste Stelle, eine eigene Wohnung, eine Zukunft für meine Kinder. Die Töchter eines Universitätsprofessors.

Die Genossen mit den roten Schildern am Revers übertünchten die Schrift »RAUS MIT DEN ROTEN, WEISSEN, SCHWARZEN ODER GEPUNKTETEN ORDINARIEN«, und ich sah ihnen dabei zu mit dem heimlichen Schauer eines Mannes, der weiß, dass er gerade alles verrät: die Partei, die Bewegung, die eigene Familie.

Und aus diesem Grund, mein Schatz, verurteile ich dich nicht. Wir sind beide Pharisäer, ich mit meinem Bart und du mit deinen Modezeitschriften.

Lamas Worte waren unverständlich, er hatte zwei 10.000-Watt-Lautsprecher mitgebracht und zwei Megaphone aus der Zeit des Faschismus, die von der ersten Silbe an jede Hoffnung auf eine Verständigung zwischen Podium und Zuhörern zunichtemachte. Dann setzte jemand vom Ordnungsdienst einen Feuerlöscher ein und es ging los mit den Schlägereien, den Fäusten, den Stangen, den zersplitterten Scheiben, den eingeschlagenen Köpfen. Damit Väter und Söhne aufhörten, aufeinander einzuprügeln, musste die Polizei eingreifen, musste Tränengas eingesetzt werden und der Campus vom Militär besetzt und auf unbestimmbare Zeit geschlossen werden. Die Faschopolizei, wie du sie früher nanntest, als du noch Brel auf den Plätzen von Florenz sangst, als du die Gedichte, die ich dir brachte, wirklich last. Jetzt sagst du das nicht mehr, jetzt erklärt dir dein Freund Ludo, der Ex-Achtundsechziger, mit dem du ins Bett gingst, als ich dich kennenlernte, dass die Polizisten keine Faschisten sind, sondern arme Teufel, die einen Job brauchen. Glaubst du wirklich, fragt dich dieser Ingenieur, der früher einmal mit einem roten Tuch um den Hals vor Arbeiterversammlungen sprach, dass die Demos und die Guerilla den Banken etwas anhaben können, der Börse, den Aktiengesellschaften? Denkst du etwa, fragt dich der Genosse, der früher einmal mit dir in den besetzten Fakultäten *Les bourgeois* sang, dass die revolutionären Lieder die bourgeoisen Professoren stören würden?

Nein, antwortest du, und ich weiß, dass du erleichtert bist, weil du im Grunde nicht willst, dass sich irgendetwas ändert, du willst nicht, dass die soziale Mobilität allzu glattes Terrain wird, nach der großen Anstrengung, die du geleistet hast, um dort anzukommen, wo du jetzt bist. Raus mit den Ordinarien? Ausgerechnet jetzt, wo wir schon fast zur Kaste gehören? Deshalb hörst du dir dankbar die kleinbürgerlichen Vorträge von Ludo an und wirfst schiefe Blicke auf meine Jacketts mit den abgewetzten Flicken am Ellbogen, die du schon seit zehn Jahren an mir siehst, und denkst, ich könnte mir schon mal einen neuen Anzug leisten. Um zur Protestkultur zu gehören, braucht man sich nicht gleich wie ein Proletarierfreund zu kleiden. Hinzu kommt, dass man mich, wenn die beiden weißen Stellen an den Schläfen nicht wären, für einen Studenten halten könnte und nicht für einen Professorensohn und zukünftigen Professor. Und erst recht nicht für einen Familienvater, der schon den zweiten Nachwuchs erwartet.

Wie könnte man dir da widersprechen, Isa, ma belle. Ich habe dich immer mehr geliebt als du mich, du hast mich nicht so sehr mit dem Herzen gewählt wie mit dem Kopf. Wenn schon nicht aus Liebe, so wenigstens aus Not: Du brauchtest meine Gedichte, meine Geschichten. Ich hätte für dich den Mond aus der Sahara gefischt, deinen Durst mit Champagner in Eisflûtes gestillt, dir das Sultanat von Sansibar geschenkt und Aladins Lampe. Ich hätte dich auf einem fliegenden Teppich reisen lassen und dir dazu die *Rhapsody in Blue* von Gershwin vorgespielt. Deine Not zu stillen war wie ein Fieber, wie ein Rausch. Dann hast du gelernt, mich immer weniger zu brauchen, und ich mich zu zügeln. Jetzt erkenne ich unsere Liebe an dem Abdruck, den ihr Fehlen hinterlässt, und ich tröste mich mit dem Verlust, denn er ist der einzige dauerhafte Besitz. Nur die leere Form dessen, was ich verloren habe, gehört für immer mir.

Ich möchte nachts mit dir auf den Gianicolo zurückkehren, um die Dunkelheit mit den Liedern für unsere im Gefängnis Regina Coeli eingesperrten Kampfgenossen zu erhellen. Du konntest besser singen als alle anderen, und den Blick von deinem Profil loszureißen war ein Kraftakt, der mir nicht leicht gelang. In mir entstanden wie von selbst Verse, in denen ich den Wald besang, der sich unter deinen Füßen bildete, die Kurve deiner Stirn, die sich wie ein Kelch wölbte, die Blütenblätter einer Lilie, das Firmament über uns. Als das Lied fertig war, sahst du mich mit deinen Pailletten-blauen Augen an und ich hätte dich am liebsten verschluckt, um dich vor allem zu beschützen. Stattdessen küsste ich dich, und zu Hause kochten wir Spaghetti. Ich sah zu, wie du den Kochlöffel mit derselben fließenden Trägheit führtest, mit der du durch die Dinge des Lebens gleitest, eine Zigarette anmutig zwischen den langen Fingern gehalten, während die Luft und die Gegenstände wie Sand durch deine Hände flossen und sich an deine Gesten schmiegten, sich mit deinem Strom vermischten.

Du warst ansteckend und ich schwer an dir erkrankt. Wir entzündeten eine doppelzüngige Flamme, in der meine Liebe und deine Not sich aneinander nährten wie kannibalische Geschwister. Ich dachte, wir wären jeder unter die Haut des anderen eingedrungen, dabei bist nur du in meine Blutbahn gelangt. Dort fließt du noch immer, auch wenn du nicht mehr singst und deine Augen nur dann glänzen, wenn du unter Optalidon stehst. Die Zeiten sind nun einmal so, eine Zeit, in der sowohl die Liebe als auch die Not nur mir gehören, eine Zeit der Molotow-Cocktails und der MGs, eine Zeit, in der ich gern nach Hause kommen würde und deinen Schoß streicheln, in dem ein neues Kind heranwächst. Stattdessen komme ich heim und treffe dich an, wie du verschwitzt zu *Dancing Queen* tanzt, während Marta weint, weil sie dich ruft und du sie nicht hörst. Ich mache die Musik aus, damit du aufhörst, und du läufst mit deinem Sechs-Monats-Bauch zu deinen Freundinnen, um über Abtreibung und Familienplanung zu diskutieren. Dann dreht Marta das Radio an und Iva Zanicchi singt das Lied von der guten Mama, der kochenden Mama, der Alles-Mama. So ist unsere Zeit nun einmal. Schizophren.

Dein Bauch wuchs während all der Demos und Versammlungen, auf den asphaltierten Plätzen, wo ihr jenes Hologramm des männlichen Verlangens angreifen und auslöschen wolltet, das die Frauen darstellten, bevor eure Generation alles umkrempelte. Ich habe es nie gewagt, dich davon abzuhalten, nicht einmal als du bei deinem Versuch, »dir die Nacht zurückzuholen«, beinahe eine Fehlgeburt hattest, oder wenn du vollkommen erschöpft mit einem schwarzen Hexenhut nach Hause kamst, heiser, weil du im Chor mit den anderen Frauen höhnische Parolen rufen musstest. Eines Tages hattest du auf deinen Bauch »Ich gehöre mir« geschrieben, drei kurze Worte, die nach Lippenstift mit Kirscharoma rochen, sie schmerzten mehr als jede Ohrfeige. Du gehörst zwar dir, wollte ich dir sagen, aber das Kind da drin gehört auch mir. Und vor allem gehört es sich selbst. Und in diesem Moment, wollte ich auch sagen, ist es wichtiger als du. Das habe ich gedacht, mein Schatz. Du brauchst mich nicht mehr, deine Not ist ausgetrocknet wie ein Wasserloch in der glühenden Sonne, und um weiterzuleben muss ich mich an die Not eines anderen Menschen klammern. Marta, dieser winzige Kolibri, oder dieses andere Wesen, das in dir heranwächst, so missachtet und unerwünscht wie Unkraut.

In dir steckt ein Groll, der über den historischen Moment hinausgeht, der nichts mit den gesellschaftlichen Umwälzungen zu tun hat und auch nicht mit meiner Schuld. Es ist eine alte Verletzung, ein dunkles Nachspiel deiner Kindheit am Ärmelkanal oder vielleicht auch auf den Hügeln der Toskana. Eine Verwünschung, die dich undurchdringlich gemacht hat, unfähig, dich tief im Inneren berühren zu lassen, von niemandem, von nichts. Du hast deine Wut mit den Belangen der Frauenbewegung vermischt, damit kannst du sie zwar auf der Straße verbergen, aber zu Hause kommt sie unweigerlich an die Oberfläche und genau dann, wenn die Mauer zwischen uns am höchsten ist, spüre ich, dass es doch irgendwo eine Verbindung zwischen uns gibt. Ich würde dich gern bitten, mit mir darüber zu sprechen, über diese Wut, noch einmal schwanger geworden zu sein, über den Vater, den du nie hattest, über das, was du mir vorwirfst, nicht zu sein. Doch mir fehlt der Mut dazu, mein kleiner Kampfschmetterling. Ich habe Angst, dass mich dein geballter Hass überwältigen könnte. Und so versuche ich die Schlange zu zähmen, die aus den vertrockneten Rissen deiner Gefühlslandschaft gekrochen ist, ich lasse sie mit mir spielen wie die Katze mit der Maus. Es ist nur eine Frage der Zeit, bis sie mir den tödlichen Biss verpasst, aber wenn es soweit ist, bin ich gewappnet. Ich nehme jeden Tag ein wenig Gift auf, um mich daran zu gewöhnen, ich schlucke deine Verachtung in Form von Tropfen und setze sie ein wie eine homöopathische Medizin, einen Impfstoff. Das ist meine Art, für unsere Kinder zu sorgen. Welches deine ist, habe ich bis jetzt nicht verstanden.

Dafür gelingt es dir hervorragend, mit Daumen und Zeigefingern das Symbol für die Vagina über deinem Kopf zu machen, und auch für weibliches Selbstbewusstsein, Auflehnung und die Emanzipation von den bösen Männern zu wettern. Nur dass dein Feind in Wirklich-

keit nicht ich bin, Marta nicht schuld ist an der jahr-
hundertelangen Unterdrückung der Frau, und dass das
Urteil, unter Schmerzen zu gebären, nicht von dem un-
schuldigen Wesen in deinem Bauch verhängt wurde.
»Wenn es ein Mädchen ist, nenne ich es Eva«, sagtest du
einmal mit der ganzen Brutalität dieser ersten Person Sin-
gular. »Mir gefällt der Name Eva nicht«, erwiderte ich,
und du blicktest auf meinen Mund und wandtest dich
wieder voller Groll deinen Knöpfen und Glasperlen zu.
Eva wurde der Name für deine Kreationen.

Dein Blick wandert nie höher als bis zu meinem Mund
und wir haben keinen Sex mehr, du besorgst es dir selber. Die Schatten fallen über unsere Wohnung wie ein
Schmutzfilm, das Licht ist die Funzel einer Liebe, die verlöscht. Wenn du nicht zu Hause bist, durchwühle ich
deine Sachen auf der Suche nach Hinweisen, dich zu verstehen. Alles, was ich finde, sind Seidenstränge, Brokatreste, Knöpfe. Deine Schmuckkreationen sind wunderschön, sie haben die Form von Monden, von Kokons,
von Bäuchen. Ich lese sie wie Hieroglyphen, ich komme
mir dumm vor, weil ich gedacht hatte, dass es reichen
würde, Liebe zu geben, damit sie erwidert wurde. Du
warst nie meine Rippe und auch nicht meine Flanke; du
warst mein Land, aber ich war nie das deine.

Ich bleibe derjenige, der sich in den Curaçao verliebte,
weil er die Farbe deiner Augen hat; und auch wenn ich
den Dichtern nicht mehr glaube, bleibe ich doch für alle
Zeit derjenige, der *vor Freude schrie, als das Blau auf die
Welt kam.*

»Hast du eine Geschichte über Säugetier-Papas für uns gefunden?«

»Nein. Aber ich weiß eine über Fische, die euch richtig gut gefallen wird.«

»Erzähl.«

»Man nennt sie Kampffische, und die Menschen halten sie in Aquarien, weil sie wunderschön sind. Sie haben leuchtende Farben, lange Flossen und einen Schwanz, der wie bei einem Pferd durch die Luft schwingt. Und sie sind sehr, sehr böse. Wenn man zwei Männchen in dasselbe Becken setzt, gibt es innerhalb von fünf Minuten einen Kampf auf Leben und Tod. Wenn sie allein sind, bekämpfen sie sogar ihr eigenes Spiegelbild im Glas des Aquariums. Die Kampffische sind die Gladiatoren des Wassers.

Die Farben der Weibchen sind weniger leuchtend, damit sie nicht angegriffen werden. Sie wenden den Männchen immer das Gesicht zu und nie die Seite, denn sich von der Seite zu zeigen, bedeutet bei diesen Fischen so viel wie die Boxhandschuhe herauszuholen. In der Brunftzeit bereitet sich das Männchen auf die Vaterschaft vor, indem es ein Nest für die Kleinen baut, ein Haus aus Luftblasen an der Wasseroberfläche. Dann lädt er das Weibchen ein, ihm zu folgen, und wenn sie unter dem Nest sind, führen sie eine Art Menuett auf, bei dem das Männchen um das Weibchen herumtanzt und seine Livree zur Schau stellt, die zu diesem Anlass noch stärker leuchtet, während das Weibchen sich um sich selbst dreht, wobei sie die Bewegungen des Partners imitiert, ohne sich jedoch jemals von der Seite zu zeigen. Wenn sie sich dann schließlich berühren, umschlingt das Männchen das Weibchen mit dem ganzen Körper, dann erzeugt sie die Eier und er befruchtet sie sofort. Und dann passiert so etwas wie bei Schneewittchen, als sie in den roten Apfel beißt: Die Umarmung des Männchens wirkt auf sie wie eine Verwünschung, bei der sie wie gelähmt ist. Die befruchteten Eier fallen aus ihrem Leib auf den Meeresgrund und sie hängt mit dem Bauch nach oben unter dem Nest, ohne sich zu rühren. Dafür wird das Männchen sofort aktiv: Die Eier sind durchsichtig und würden bei Berührung des Bodens praktisch unsichtbar werden. Deshalb schwimmt der Papa ihnen nach, fängt sie alle mit dem Mund auf und bringt sie in Sicherheit, indem er sie in das Luftblasennest legt. Sobald das Weibchen anfängt sich wieder zu rühren, verjagt er sie, denn er weiß, dass sie immer noch verwünscht ist und dass sie die Eier für Essen halten und verschlingen würde. Aus diesem Grund hat die Natur dafür gesorgt, dass der Vater auf das Nest aufpasst und sich um die Kleinen kümmert.«

»Und wenn der Zauber vorbei ist, was passiert dann?«

»Das ist noch nicht erforscht worden. Ich nehme allerdings an, dass gar nichts passiert. Das Weibchen paart sich mit einem anderen Männchen, das sich ebenfalls um die Jungen kümmern wird, denn bei vielen Tieren hat die Natur es ebenso vorgesehen. Die Welt ist voller Väter, die die Rolle der Mütter übernehmen.«

Die Liebe in Zeiten der Cholera

September 1973

Ich wollte nach Turin. In Turin gibt es diese schöne Kälte, die dir die Sünden von der Haut weht und die schlimmen Gedanken aus dem Kopf. Die Mädchen sehen alle aus wie Töchter des Winters, sie haben helle Haut und helles Haar, lange, enge Mäntel, die sich beim Rennen unten zusammenfalten wie Servietten, das Gegenteil von einem Paar Flügeln. Auch wir eilten durch die Straßen Turins, durch die Laubengänge, im Takt der Trommeln, mit roten Fahnen und zusammen mit Arbeitern und Studenten. Ich trug Lenas roten Mantel, das Einzige, was mir außer dem Namen von ihr geblieben war. Ich hatte neue Knöpfe darangenäht und einen Gürtel in genau demselben Rot gefunden. In Turin fiel mir das Lächeln leicht, vielleicht weil es im Norden liegt, Richtung Frankreich, und die Häuser alle die richtigen Farben haben. Wenn in Turin die Sonne scheint, ist es, als singe der Himmel. Hier hingegen lacht er höchstens hämisch, und die Farben der Häuser sind kaum zu erkennen, so alt und heruntergekommen sind sie. Rot wie Hummer, wie Backstein, wie Lachs, gelb wie Senf, wie Zwieback, wie Tabak. In Turin bekommt man in den Konditoreien Schokolade, die noch dazu hervorragend schmeckt, hier wird sie beim Bäcker an der Brottheke verkauft. Wenn man danach fragt, säbeln sie sie dir von einem Block herunter, der wie ein Hackbraten aussieht, und stopfen sie dir in eine Semmel, die einen Tag später schon nur noch Gummi ist.

Wir wohnen unterm Himmel, im obersten Stock eines durchfallbraunen Gebäudes, wo die Gemeinschaftstoiletten auf den Hof hinausgehen. Drei riesige Zimmer mit hohen Decken, die im Winter nicht einmal ein Lagerfeuer warm kriegen würde, und die im Sommer feucht sind. Carlo sagt, dass sie ein Schnäppchen waren, dass Trastevere ein Traum ist, ein malerisches Gewirr aus Gassen und Sträßchen, ein Ruhepunkt zwischen Vergangenheit und Zukunft, zwischen Rom und der Welt. Mir kommt es vor, als würden wir überhaupt nicht in Rom wohnen. Ich gehe zum Bäcker, zum Markt, zum Zigarettenladen, zur alten Cesira, die vor ihrer Haustür häkelt und mir hin und wieder ein wenig Garn und Stoffreste schenkt für meinen Schmuck. Den Tiber überquere ich nur, wenn ich zur Casa delle donne, zum Frauenhaus gehe, um Renata zu treffen, wenn sie dort ist.

Renata ist Krankenschwester, ich habe sie kennengelernt, als ich schwanger wurde und zum ersten Mal im Leben mein Blut untersuchen lassen musste. Als sie mir den Arm mit einem Schlauch abband, fing ich an zu weinen, weil ich solche Angst vor der Nadel hatte, aber auch, weil ich dort alleine war und schwanger und so gar nicht glücklich. Es ergab sich, dass ich die letzte Patientin an diesem Vormittag war, also ist Renata mit mir hinausgegangen und lud mich zum Frühstück in eine Bar ein. Sie fragte mich, wie es mir ginge, sagte mir eine Menge Dinge, die ich hören wollte. Sie wohnt ganz in der Nähe, ich kann sie jederzeit besuchen und außerdem gehört sie diesem feministischen Kollektiv an, das mir sehr gut gefällt. Ich gehe gern dort hin. Manchmal erzähle ich von Zaro.

Meine Kleider passen mir nicht mehr, von den Hosen ganz zu schweigen. Ich habe einen langen geblümten Rock, den ich immer anziehe. Ich weiß allerdings nicht, was ich tun werde, wenn es kalt wird. Vielleicht ist bis dann mein Bauch weg, Renata meint, dazu brauche es drei bis vier Monate. Vielleicht weniger, wenn ich stille.

Ich sollte schlafen, aber ich kann nicht. Ich schaffe es einfach nicht, auf Kommando einzuschlafen, wenn Marta schläft. Ich würde mich gern waschen, Musik hören, auf dem Sofa Zeitung lesen. Aber sobald ich den Hahn aufdrehe, wacht Marta auf, wenn ich eine Platte auflege, wacht Marta auf, wenn ich mit der Zeitung raschle, wacht Marta auf. Also bewege ich mich nicht, trinke Bier und rauche, während ich auf den Regen starre, der schon seit einer Woche vom Himmel kommt. Wenn es regnet, ist es wenigstens weniger laut. Auf der Straße herumbolzende Kinder, Straßenkünstler, Touristen, Verbrecher, Huren, Alternative. Alle konzentrieren sich auf diesen Stadtteil. Wirklich eine wilde Fauna, ein Treffpunkt für die unterschiedlichsten Typen. Wie im Zoo. Vielleicht fühlt sich Carlo deshalb hier so wohl.

Mir hingegen hat dieser Stadtteil noch nie gefallen. Wir heiraten und ich nehme dich mit nach Rom, sagte er, und ich Idiotin freute mich, stellte mir eine Hochzeit im Petersdom vor, mit einer Kutsche und Nanni, der mich zum Altar führt, und für Zaro nicht einmal eine Einladungskarte. Doch in Wirklichkeit gab es natürlich keine Kirche, wir sind doch Atheisten. Keine Kutsche und keine Einladungskarten, wir sind doch Bohemiens. Eine spartanische Feier mit ganzen vierzehn Teilnehmern. Gut, ein weißes Kleid hatte ich schon an. Selbstgenäht aus einem schönen Stoff, den Carlos Eltern mir geschenkt haben. Damit Lena vor Neid zerplatzte, denn sie hatte es nie bis zu einem weißen Kleid gebracht. Doch sie machte keineswegs den Eindruck, als würde sie zerplatzen, am Arm ihres Polizisten, der sie vielleicht tatsächlich eines Tages heiraten würde. Sie sind gleich nach der Trauung wieder verschwunden, sagten, sie müssten am Abend wieder zurück in Reggio Calabria sein. Nicht einmal das Foto haben sie abgewartet. Darauf waren dann nur noch zwölf Gäste zu sehen.

Rom war für mich das Kolosseum und die Spanische Teppe. Wir besuchten Carlos Eltern auf der Via Cassia, und danach lud er mich zu einem Spaziergang durch die Innenstadt ein. Er bat mich, ihm die Orte zu zeigen, die mir gefielen. Trinità dei Monti, Via Margutta, der Trevi-Brunnen, wir fuhren mit den Bildern Roms in den Ohren, der Nase, den Augen zurück. Die Vorstellung, dort zu leben, gefiel mir ziemlich gut, es war zwar nicht Turin, aber doch immerhin die Hauptstadt. Ich wartete auf die Berufung Carlos zum Professor an die Universität von Rom, ich wartete drauf, eine Professorengattin zu werden. Jetzt, wo es soweit ist, bin ich sogar die Mutter der Professorentochter. Eigentlich müsste ich glücklich sein. Aber.

Mir ist nicht ganz klar, ob ich es den anderen Frauen sagen kann, dass ich nicht glücklich bin. Man darf sich über Ehemänner beklagen, die nicht im Haushalt mithelfen, die bei Tisch nicht einmal aufstehen, um ihr Glas nachzufüllen, die nicht einen Blick für die Kinder übrig haben. Aber Carlo ist fürsorglich, er macht Kaffee und wäscht die Tassen ab, er reinigt den Herd, fegt, hinterlässt das Bad immer ordentlich, er trägt mir die schweren Einkaufstüten hoch, versorgt mich mit Bier und Zitronen gegen die Cholera, die eventuell den Weg von Neapel bis nach Rom finden könnte. Wenn er nach Hause kommt, nimmt er trotz seiner Müdigkeit Marta auf den Arm, wickelt sie, trägt sie ans Fenster und zeigt ihr die Häuser, die aufgehängte Wäsche, die Blumentöpfe. Natürlich versteht sie das noch nicht, aber sie weint nie bei ihm. Wenn sie bei mir ist, schreit sie die ganze Zeit, sie beruhigt sich nur, wenn ich sie stille, für zehn Minuten, dann geht es wieder los. Sie schreit, wenn ich sie ablege, wenn ich sie wickle, wenn ich sie auf den Arm nehme und singe. Sie schreit immer, weil sie nicht bei mir sein will, vielleicht spürt sie meine Unzufriedenheit und das macht sie traurig, oder vielleicht bin ich es, die traurig ist, weil ich merke, dass sie nicht zufrieden ist, wer weiß. Ich verstehe das Ganze einfach nicht, und ich würde gern Renata und den anderen Frauen davon erzählen, aber ich weiß nicht, ob ich das tun kann, ob sie mich dann nicht komisch ansehen würden, glauben könnten, ich müsse mir krampfhaft etwas ausdenken, worüber ich mich beklagen kann, nachdem ich Carlo beim besten Willen nichts vorwerfen kann.

Seit weniger als anderthalb Monaten ist Marta jetzt auf der Welt und ich habe schon gar keine Erinnerung mehr daran, wie ich vorher war. Ich kann mir nicht vorstellen, dass es eine Zeit gab, in der ich keinen Schwabbelbauch und kein Kuheuter hatte, in der ich frei war und nicht in der Falle saß. Ich würde Renata gern erzählen, dass ich das Gefühl habe, in der Falle zu sitzen, aber ich weiß nicht, ob ich das darf. In der Casa delle donne wird viel geredet, aber es geht immer gegen chauvinistische und rückständige Männer. Ich habe Schuldgefühle, mich so zu fühlen und dafür keinen Grund zu haben. Ich weiß nicht, ob Renata das verstehen würde, sie ist lesbisch und will keine Kinder.

Ich wollte auch keine, und das habe ich Carlo anfangs auch gesagt. Ich habe Kinder noch nie gemocht und es ist mir auch zu viel Verantwortung. Aber mit der Zeit hat er es vergessen oder einfach so getan, vielleicht hat er auch gedacht, ich hätte es mir anders überlegt, wer weiß das schon genau. Diese Abneigung gegen die Mutterschaft ist mir geblieben, aber es wurde immer schwieriger, sie zu äußern. Er hat mich aus Florenz weggeholt, aus mir eine Professorengattin gemacht, er versorgte mich, seine Eltern schenkten uns eine Wohnung – wie konnte ich mich da weigern, schwanger zu werden? Ich versuchte es zu verhindern, und das ging eine Weile lang gut. Wir freuten uns an unserer Wohnung, tapezierten sie mit psychedelischen Tapeten, bunten Teppichen, einem Sofa aus orangefarbenem Samt. Wir luden die Hippies vom Stockwerk unter uns ein, die manchmal ein wenig Haschisch mitbrachten, das wir zusammen rauchten. Ich ging gern morgens spazieren, wenn das Viertel noch schlief und man nur die alten Leute husten und die Krämer in ihren Kellern räumen hörte. Ich lief den Gianicolo hoch, bis zum Leuchtturm und zur Statue von Anita Garibaldi, in die ich mich vom ersten Moment an verliebt hatte. Ich blieb stehen und atmete den neuen Tag und das neue Leben ein, über mir der große Himmel und unter mir die Stadt, die sich zu meinen Füßen räkelte wie ein riesiger Körper, mit dem man jeden Tag vertrauter wird, so wie Carlos Profil, wenn er schlief mit seinen schmalen Lippen, der unbekannten Wölbung seiner Wimpern, der Hakennase, die mir noch nicht vertraut war. Rom war fügsam, es ließ sich von mir zähmen, die Kuppel des Petersdoms hinter der Kurve schien nur für mich aufzutauchen, die Engelsburg versteckte sich zwischen den anderen Bauwerken, bis sie verschwand, auf dem Dach des Gefängnisses sah ich einmal die Häftlinge auf dem Dach sitzen wie Tauben, mit ihren Fahnen, und ein paar von ihnen winkten mir zu und ich winkte zurück, und da schien es mir zum ersten Mal so, als würde ich dazugehören. Im Dunkeln stiegen wir hoch zur Aussichtsterrasse und sangen den Häftlingen ein Abendlied, und unterwegs ging ich in Gedanken die Sehenswürdigkeiten durch, die ich zu Hause studiert hatte: Kolosseum, Vaterlandsaltar, Quirinal, Pantheon, Engelsburg. Mit der Zeit verlor das Profil der Stadt sein Geheimnis – Kolosseum, Synagoge, Vaterlandsaltar, Quirinal, Sant'Ignazio, Pantheon, Tribunal, Engelsburg –, solange, bis ich in der Lage war, Rom ohne einen Hauch jener Ehrfurcht der ersten Zeit zu lesen – Lateransbasilika, Kolosseum, Synagoge, Vaterlandsaltar, Jesuskirche, Santa Maria Maggiore, Quirinal, Sant'Ignazio, Pantheon, Sant'Agnese, San Giovanni dei Fiorentini, Trinità dei Monti, San Rocco all'Augusteo, Tribunal, Engelsburg – und mir mein Stadtteil langsam zu eng wurde.

Trastevere ist nämlich eine Brutstätte für Diebe, Gauner und Junkies, die Bühne für billigste Folklore, ein Höllenkreis der Beschimpfungen und Beleidigungen. Für Nanni mag das ja noch angehen, aber als uns Ludo und seine Freundin besuchten, wäre ich am liebsten im Erdboden versunken. Zigeunerinnen, die dir aus der Hand lesen wollen, schmutzige Kinder, die auf der Straße spielen, zerlumpte Scherenschleifer, die dir die Ohren vollschreien. Tagediebe und Halsabschneider, Nutten unter Madonnenbildern, Leute, die in die Osteria gehen und sich das Essen von zu Hause mitnehmen. Wir tranken einen Kaffee in einer Bar, und Ludo fragte, aus welchem Grund die Löffel alle ein Loch hätten. Romolo, der Barista, erklärte, dass sie sonst von den Heroinsüchtigen geklaut würden. Die Apotheke an der Ecke verkauft mehr Spritzen als Aspirin. Ludos Freundin, eine Rothaarige mit einer Yves-Saint-Laurent-Tasche, fragte mich, ob ich wirklich mein Kind hier aufwachsen lassen wollte. Ich sah sie mit gespieltem Schreck an und sagte das, was Carlo in solchen Situationen erwidert: Trastevere ist magisch, es ist ein Ort, wo die menschliche Eklektik ihren Höhepunkt hat, das Herz der schönsten Stadt der Welt. Es gibt keine anregendere Umgebung, um Kinder großzuziehen, die Schulen sind hervorragend und man kann überall zu Fuß hingehen.

Carlo denkt das wirklich, und er ist damit in guter Gesellschaft. In Trastevere zu leben ist schick, wenn man Verfall schick findet und Armut, echte oder vorgespielte, poetisch. Das Viertel ist voller Künstler, abgerissener Maler und superreicher Schauspieler, die Tür an Tür mit langhaarigen Junkies und Intellektuellen wohnen. Ein Wahnsinn. Die Kaufleute beklagen sich, dass sie verdrängt werden und dass man sich nicht mehr kennt, aber das ist überhaupt nicht wahr. Wenn du hier lebst, kennen sie dich sehr wohl. Wenn du neun Monate lang einen Bauch mit dir herumschleppst, ist es unvermeidlich, dass du ständig erkannt wirst, angesprochen, ausgefragt. Carlo findet es ganz wunderbar, dass man mitten in der Großstadt wie in einem Dorf wohnt. Aber ich würde mir einen Ort wünschen, der mich weniger an den erinnert, aus dem ich komme.

Marta ist dunkel wie ihr Vater; sie ist hier geboren und wird hier aufwachsen. Obwohl ich mir im Moment nicht vorstellen kann, dass sie überhaupt wächst. Ich sehe sie an und weiß nicht, wer sie ist. Ich sehe sie an und fühle, dass ich sie nicht liebe. Wenn sie mit dem Weinen aufhört und einschläft, entspannt sich ihr Gesicht und dann finde ich sie schön. Ich möchte Französisch sprechen mit ihr, ganz leise, weil ich Angst habe, dass sie wieder unruhig wird, dass sie gleich aufwacht. Ob ich wirklich sicher bin, ob mein Kind hier aufwachsen soll? Ich habe mir nie darüber Gedanken gemacht. Ich habe mehr darüber nachgedacht, ob ich selbst hier sein will und sie aufwachsen sehen will.

Das sind keine schönen Überlegungen. Ich sollte mich

freuen, verdammt nochmal. Diese Art von Gefühlen erinnert mich zu sehr daran, wie Lena sich gefühlt haben muss, als ich auf die Welt kam. Bestimmt hat sie sich nicht gefreut. Aber sie war von einem Idioten geschwängert worden, der wieder abgetaucht war, während ich einen Mann habe, der an der Uni unterrichtet. Und ich wohne auch nicht in einem Hotelzimmer, sondern in meiner eigenen Wohnung. Noch dazu bin ich fast zehn Jahre älter als sie und kann mich meinem Schmuck aus Perlen und Stoffen widmen, ohne dass ich davon leben muss. Wenn das keine Verbesserung ist. Wenn ich nicht zufrieden sein kann.

Die Brüste tun mir weh, das hatte mir keiner vorher gesagt. Renata meint, ich solle aufhören, mich zur Kuh zu machen und endlich zu Milchpulver übergehen, Flaschenkinder gedeihen prächtig und schlafen auch besser. Ich würde ihren Rat liebend gern umsetzen, aber ich weiß nicht, wie ich es Carlo sagen soll. Ich habe unendlich viel Milch, jeden Tag wechsle ich zehn Mal das Unterhemd und stopfe Watte in den BH, aber die Milch macht trotzdem alles nass. Marta braucht nur zu weinen und schon fangen meine Brüste an zu sprudeln. Ich bin ein Tier, das von einem anderen Tier beherrscht wird, das sich wiederum von mir und meinem Leben ernährt. Eine Woche nach der Geburt trat Frank Zappa in der Sporthalle auf. Ich wollte unbedingt hingehen, drei, höchstens vier Stunden, dann wäre ich wieder daheim, ich hätte mir von Renata eine Milchpumpe aus der Klinik bringen lassen können, oder wir könnten ihr ein Fläschchen machen, um das Problem mit dem Stillen zu lösen. Carlo sah mich an, als hätte ich verkündet, dass ich zum Mond fliegen wolle, und als ob der Mond ein ganz schlimmer Ort wäre. Er sagte mir mit ruhiger Stimme ein paar Sachen, bei denen ich mir so schäbig vorkam, dass mir nicht nur sofort die Lust verging, zu Zappa zu gehen, sondern dass ich Angst bekam, etwas falsch zu machen. Es war die Angst, ihm und dem Rest der Welt zu enthüllen, wie grundsätzlich falsch ich im Kern meines Wesens bin. Dieses Gefühl hatte ich seit ein paar Jahren nicht mehr gehabt, und es gefällt mir nicht, es gefällt mir ganz und gar nicht.

Manchmal, wenn es nicht regnet, macht Carlo nach der Arbeit noch einen kleinen Spaziergang mit Marta. Er fragt jedes Mal, ob ich auch mitkommen will, und ich sage immer nein. Ich sehe ihm an, dass er enttäuscht ist, dass er gern mit seiner Frau im Arm und seinem Töchterchen im Buggy herumstolzieren würde, trotz aller Anti-Spießer-Rhetorik und trotz seinem schäbigen intellektuellen Look. Es tut ihm leid und er versteht nicht, dass ich erschöpft bin, dass die Tage mit Marta mich kaputt machen, dass ich sie ihm, wenn es nach mir ginge, nicht nur für eine Stunde überlassen würde, sondern für die ganze Nacht. Einmal durchschlafen, was für ein Luxus wäre das! Es sind doch nur ein paar Monate, trösten mich die Frauen aus der Casa delle donne, du wirst sehen, sie vergehen schnell und du wirst sie sogar vermissen. Das glaube ich kaum, würde ich gern antworten. Ich kann es kaum erwarten, meine Tochter in die Schule zu bringen, zu Partys, zum Wählen. Aber das sage ich nicht. Zu keinem und schon gar nicht zu Carlo.

Marta schläft in ihrem Bettchen, und statt die Zeit

zu nutzen und mich auszuruhen, trinke ich das Bier, das Carlo mir wegen der Cholera gekauft hat, und auch deshalb, weil es die Milchproduktion anregt. Als ob ich das nötig hätte. Anfangs dachte ich, er wolle auch etwas davon. Die Vorstellung war nicht besonders erregend, aber auch nicht abstoßend. Doch natürlich ist er keusch wie ein Mönch, respektvoll wie eine Krankenschwester. Seit zwei Monaten rührt er mich nicht an. Er lächelt und küsst mich auf die Stirn. Dann nimmt er Marta auf den Arm, kuschelt mit ihr und nennt sie Kolibri. Dann bringt er sie mir, damit ich mit ihr schmuse. Dann würde ich sie am liebsten aus dem Fenster werfen. Nicht so sehr, wenn sie weint, oder während der dreitausend Male am Tag, wenn ich nicht mehr weiterweiß. Nein, wenn ihr Vater mich auf die Probe stellt, wenn er mich spüren lässt, dass ich alles falsch mache, dass ich nicht so bin, wie er mich gern hätte, das sind die Momente, in denen ich wünschte, meine Tochter würde wieder verschwinden. Renata würde vielleicht nichts Monströses daran finden, aber sie ist keine Mutter, sie weiß nicht, wie ich mich fühle, wenn ich solche Gedanken hege.

Ich trinke mein Bier aus und gehe pinkeln. Es ist nicht besonders heiß, aber die Feuchtigkeit ist derart hoch, dass einem die Kleider am Leib kleben, vor allem im Bad. Das Bad ist ein Verschlag auf dem Flur, der nach Schimmel stinkt, aber wir müssen es wenigstens nicht mit anderen Mietern teilen. Im Sommer hat man das Gefühl, ein tropisches Gewächshaus zu betreten, im Winter friert es einem den Arsch ab, weil es so zieht. Sobald wir etwas Geld haben – sobald Carlo die Karriereleiter eine Stufe höher klettert –, renovieren wir es und machen daraus ein echtes Bad mit einer grünen oder blauen Badewanne und Sanitäranlagen. Die Dusche ist nicht gerade einladend mit dem eingetrockneten Kalk, der alles überzieht und wie Rost aussieht, aber jetzt würde ich mich am liebsten angezogen unter die Dusche stellen. Seit dem Stillen sind schon zwei Stunden vergangen und ich spüre, wie meine Brustwarzen langsam anfangen zu kribbeln. Bald werden sie wieder anfangen zu lecken wie die vorsintflutlichen Armaturen, und ich rieche dann nach Schweiß und Lab. Ich bin mir noch nie so abstoßend vorgekommen. Es wird ja behauptet, dass ich jetzt auf dem Höhepunkt meiner Weiblichkeit angekommen sein soll, aber ich glaube, darüber gehen die Meinungen auseinander.

Carlo rührt mich nicht an, aber er sieht mich an, und aus seinen Blicken schließe ich, dass ich ihm immer noch gefalle, trotz dem Käsegeruch und dem wabbligen Bauch. Das beruhigt mich zwar ein wenig, aber ich wünschte, er wäre etwas weniger schamhaft und würde mich spüren lassen, dass ich immer noch eine Frau bin, nicht nur eine Mutter. Ich meine, es ist ja schön und gut, dass Marta zur Welt gekommen ist, aber ich bleibe doch immer noch ich, oder? Vor ein paar Wochen hat Carlo mich »Mama« genannt, und ich bat ihn, das nicht mehr zu tun, ich habe einen Namen und will nicht nur wegen meiner Tochter zur Mama werden. Er sah mich schweigend an und ich hatte wieder einmal den Eindruck, etwas Falsches gesagt zu haben. Ich verstehe das alles nicht, ich weiß nicht, ob ich für die Welt jetzt in erster Linie Martas Mutter bin oder immer noch Isabelle. Man gewöhnt sich nicht so leicht daran, dass man etwas vollkommen anderes ist als das, was man vorher war. Es ist, als ob ein Schauspieler, der einen Film dreht, auf einmal von allen mit seinem Filmnamen gerufen wird. Als wäre Anna Magnani, nachdem sie Mamma Roma drehte, auf einmal wie eine echte Prostituierte behandelt worden und keiner hätte mehr gewusst, wer sie vorher war. Ich meine, sie hätte sich zumindest darüber gewundert. Auch wenn das Beispiel nicht wirklich funktioniert, weil ein Kind ja keine Filmrolle ist. Das ist ja keine vorübergehende Beschäftigung. Ich weiß selber nicht genau, was ich damit sagen will. An dieser Mutter-Sache ist irgendetwas, was mir komisch vorkommt, ich habe das Gefühl, hereingelegt worden zu sein, aber ich könnte weder sagen, von wem noch wovon. Und die Magnani ist mir deshalb eingefallen, weil die Arme gestern gestorben ist und heute die Beerdigung war, zu der ich allerdings nicht gegangen bin. Mit den anderen Frauen aus Trastevere habe ich einen Kranz gewunden, sie sind gegangen, aber ich konnte nicht, wegen dem Regen und dem Baby und der Müdigkeit. Mit dem Herzen war ich dabei. Ich mochte sie, die Nannarella. Sie hatte auch keinen Vater und ihre Mutter ist mit einem Mann von zu Hause weggegangen, genau wie bei mir.

Carlo verspätet sich und Marta schläft noch, man könnte glauben, sie warte auf ihn. Wenn ich das gewusst hätte, hätte ich mich auch ein wenig hingelegt oder wenigstens geduscht. Aber ich bin mir sicher, sobald ich den Kopf aufs Kissen lege oder das Wasser aufdrehe, wacht sie auf und fängt an zu weinen. Also gieße ich mir ein

Bier ein und setze mich wieder auf das Sofa im Wohnzimmer und starre die Tapete mit den nicht konzentrischen Kreisen an. Sie kommen mir vor wie tausend Augen, die beobachten, was ich für Fehler mache. Ich könnte den Fernseher einschalten, vielleicht wird Nannarellas Beerdigung übertragen, aber der Ton könnte Marta aufwecken und in Wirklichkeit ist mir die Beerdigung ziemlich egal, ich habe keine Lust zu irgendetwas. Wenn ich mir das klarmache, bekomme ich Angst. Nicht so sehr wegen meinem aktuellen Zustand, so etwas ist mir schon in der Vergangenheit passiert; was mir Sorgen macht, ist dass es zum ersten Mal in meiner Zukunft nichts gibt, woran ich mich festhalten könnte, um mich aus diesem Loch zu ziehen. So wie ich es momentan sehe, gibt es keine Zukunft. Sie verschmilzt mit der Vergangenheit zu einem Einheitsbrei, genau wie die Städte sich in meiner Erinnerung vermischen und zu einer einzigen werden. Zeit und Raum sind gleichermaßen verflüssigt von diesem Gift, das in meinen Adern fließt und mein Blut verdünnt, dass es sich nicht mehr an einem Ort, einem Moment verfestigen kann. Ich dachte immer, ein Kind würde mein Leben zumindest um einen Punkt herum verdichten, mich erden, mir die Gelegenheit bieten, eine Spur zu hinterlassen. Ich habe gelesen, dass ein Fußabdruck auf dem Mond zwei Millionen Jahre erhalten bleibt. Ich fürchte, mein Fuß würde nicht einmal dort einen Abdruck hinterlassen.

Aber das liegt vielleicht auch am Umfeld. Die Amerikaner sind vor vier Jahren auf dem Mond gelandet, als die Bewohner von Trastevere noch auf Mauleseln ritten. Hier wirft man Bomben auf die Häuser der Schriftsteller, protestiert man gegen den Brotpreis, hat man Angst vor der Cholera. Nanni kam uns besuchen an dem Tag, an dem Pinochet Allende ermorden ließ, es war das erste Mal, dass er Marta sah und er hat die ganze Zeit nur über Felice Gimondi gesprochen. Ich finde, in Zeiten wie diesen sollte man einen gewissen Stil pflegen, um nicht unterzugehen. Picasso hat *Guernica* mit Krawatte gemalt. Das habe ich auf Fotos gesehen. Ich fand das tröstlich, eindrucksvoll. Dem Krieg mit Kunst zu begegnen, in Krawatte und weißem Hemd. Diese Kraft hätte ich auch gern.

Die Wohnung habe ich ausgewählt. Den Ausschlag gab ein Feigenbaum mit einem dünnen und trotzdem starken Stamm, der es irgendwie geschafft hat, zwischen dem Asphalt und der Haustür zu wachsen. Wir kamen gerade von San Cosimato, ich hatte noch den Geschmack der besten Aprikose meines Lebens im Mund, als mein Blick auf das Wunder einer Pflanze fiel, die dort Wurzeln schlägt, wo man es für undenkbar hält. Mir fiel eine kleine blaue Blume ein, die ich an dem Tag zwischen den Granitplatten des Hotel du Parc gesehen hatte, als Lena mich für immer von dort wegbrachte. Ich nahm es als ein Zeichen. Ich sagte zu Carlo, dass es, wenn es schon Trastevere sein musste, dann hier sein sollte, wo dieses Bäumchen zwischen dem kackbraunen Gebäude und dem Asphalt wächst. Im obersten Stock stand eine Wohnung zum Verkauf. Unsere.

An solche Sachen denke ich, um mir Mut zu machen: den Feigenbaum. Picasso mit Krawatte. Anita Garibaldi zu Pferde, ihr Kind eng an die Brust gedrückt und mit gezückter Pistole. Dieses Denkmal gefällt mir immer noch sehr gut.

Marta wacht langsam auf, ich höre sie grunzen und blubbern. Es wird genau drei Sekunden dauern, bis sie anfängt zu schreien. Dann werde ich sie hochnehmen und an die Brust legen, während ich weiter in den Regen hinausstarre, und auf Carlo warte, der vermutlich im Verkehr feststeckt. Dann werde ich sie in dem nach Schimmel riechenden Bad baden und wickeln und den Fernseher anmachen. Dann wird es Abend werden, Nacht, Morgen. Marta wird größer werden, auch wenn ich mir das im Moment nicht vorstellen kann, und ich werde mein Bestes tun, um mein Leben um sie herum zu festigen. Ich werde lernen, eine Mutter zu sein und trotzdem ich selbst zu bleiben. Ich will nicht, dass sie mich mit meinem Namen ruft, statt mich Mama zu nennen.

Une valse à vingt ans

Mai 1968

Der Innenhof der Fakultät für Geisteswissenschaften in Florenz ist ein Kreuzgang mit einem quadratischen Rasenstück und einem kleinen Podest in der Mitte. Unter den jungen Leuten, die dort rauchen, ist auch Isabelle, eine Blondine mit umgehängter Gitarre und engen, ausgestellten Hosen. Sie ist vor einem Monat neunzehn geworden. Sie steckt sich eine Gauloise an, um cool zu wirken, denn so klingt ihre Stimme ein wenig heiser und sie kann den Rauch mit halb geschlossenen Augen inhalieren und die Luft mit ihren Mascara-beladenen Wimpern küssen.

Das Konzert wurde vom Kollektiv der Geisteswissenschaften organisiert, zum Gedenken an Martin Luther King, der vor einem Monat ermordet wurde. Auf Jojos weißem T-Shirt steht mit rotem Filzstift geschrieben *I have a dream*. Jojo und Ludo diskutieren mit den anderen über die üblichen Themen, Streiks und Kündigungen, die Protestkundgebung gegen die Gewerkschaft am 1. Mai, die besetzten Fakultäten und die bösen amerikanischen Studenten, die nach Vietnam geschickt werden. Isabelle hört weg. Sie kennt diese Reden auswendig. In jedem Moment könnte sie einspringen für einen der Diskutierenden, sich über dieselben Dinge mit derselben Empörung ereifern. Jojo hat die fixe Idee, dass man nach Paris gehen sollte, Paris, Paris, Paris. Weil alles in Paris passiert. Also fahren alle drei mit Ludos Cinquecento hin, um sich ein Bild zu machen. Jojos Familie besitzt dort ein Apartment im Marais und spricht darüber, als sei das normal. Als sei es normal für jemanden, dessen Familie ein Apartment im Marias besitzt und der der Sohn eines Diplomaten ist, einfach so zur Sorbonne zu fahren und dort die Einsatzwagen der Polizei in Brand zu stecken, während er die Genossinnen und Genossen auffordert, zu Hammer und Sichel zu greifen. Isabelle weiß, dass alles nur Bluff ist. Ihr Terzett, das Fieber der Ideale. Aber sie hat das Gefühl, die Einzige zu sein, die das weiß, Jojo ist ein Diplomatenkind und Ludo der Sohn eines Ingenieurs, und sie die Tochter eines Fahrradmonteurs, der sie nicht einmal anerkannt hat. Deshalb hat sie nicht den Mumm, das, was sie weiß, öffentlich auszusprechen. Jojo trägt sie auf Händen, weil sie eine halbe Französin ist wie er auch, und wenn sie Brel singt und *Paris qui murmure et fredonne déjà* mit ihrem perfekten *r*, dann ist ihr der Fahrradvater scheißegal und auch, dass er sie nie anerkannt hat.

Wie gern würde Isabelle an das, was sie tun, so glauben wie Jojo und Ludo. An die besetzten Institute und an die Fantasie an der Macht. An die grinsenden Grimassen für die Marines, die in Vietnam wie die Fliegen sterben. An die Auflehnung, die der Pfarrer Don Milani predigt, an die soziale Mobilität der Zukunft, an den Umsturz der Strukturen des Kapitalismus. Doch was sie sieht, ist, dass

Jojo der Sohn eines Diplomaten ist, der Politikwissenschaften studiert, und Ludo der Sohn eines Ingenieurs, der Ingenieurwissenschaften studiert. Sie hingegen ist die Tochter von niemandem und kann nicht studieren. Sie frequentiert die Uni nur zum Protestieren, ihre Stimme als *Chansonneuse* ist gefragt und erlaubt ihr, sich unter die Studenten zu mischen. Worüber sie mehr als glücklich ist, denn sie wollte immer schon so sein wie diese jungen Leute und ihre Eltern. Sie stopft sich den Mund voll mit den Slogans der Studenten, *Nieder mit den Kapitalisten, Umsturz der Gesellschaft*, doch sie glaubt nicht nur nicht daran, sondern im Grunde ihres Herzens will sie das auch gar nicht.

Isabelle will manikürte Hände haben, die in nichts an die von der Arthrose verkrümmten Finger Lenas erinnern. Sie will makelloses Französisch sprechen und das Bretonisch ihrer Kindheit vergessen. Sie will singen, weil über die Lippen ihrer Mutter nie ein Lied drang, sie will Musik machen, weil ihr Vater nicht einmal weiß, was ein Notenschlüssel ist. Sie will sich zu Tisch setzen und mit Nonchalance eine Serviette über ihre Beine legen, als hätte man ihr das in der Kinderstube beigebracht, als hätte man in ihrer Familie immer so gegessen, mit der Stoffserviette auf dem Schoß, wie bei Jojo und Ludo. Sie will, ohne nachzudenken, das richtige Glas für den Wein erkennen, sie will die Bücher lesen, die man kennen muss und die Musik hören, die Leute wie Jojo und Ludo hören, die sich nie aus dem Sumpf emporkämpfen mussten und die all diese Bücher in den Regalen zu Hause hatten, neben dem Porträt des Großvaters, der immer Apotheker war oder Altphilologe oder Jurist. Sie will so werden wie Jojos Mutter, die perfekte Zähne hat, eine ungerade Anzahl von Ringen trägt und nie mehr als drei Farben miteinander kombiniert. Ihre Wohnung ist der Tempel, in dem Isabelle sich mit gutem Geschmack vollsaugt, ihn studiert, ihn in sich aufnimmt, damit er sich nach und nach in ihr ablagert wie eine Kruste, die sich für immer auf das Frühere legt und es überdeckt. Tag für Tag saugt sie den Stil der selbstgerechten Elite auf, danach geht sie mit Jojo in die besetzte Uni und singt dort *Les bourgeois c'est comme les chochons*, aber sie muss nicht darüber lachen, nein, denn sie hat keinen Sinn für Ironie und denkt, wenn auch die Spießbürger so etwas wie Schweine sind, ist das immer noch besser, als Zimmermädchen in einem Hotel zu sein und jeden Tag Polenta zu essen in einem dreckigen Loch in der Bretagne.

Ludo zieht ihr die Gauloise aus den Fingern, die nurmehr ein Stummel ist, und während er ohne Pause weiterredet, holt er eine neue aus der zerknitterten Packung und steckt sie sich an. Er hat Anhänger gefunden, ein paar Mädchen mit langen Röcken und Sandalen, ein paar Studenten, sogar eine Handvoll Arbeiter, die sich an die Säulen des Kreuzgangs der Literaturwissenschaftler lehnen. Jojo ist der Künstler, Ludo der Redner. Mit dem Absatz tritt er Isabelles Kippe aus, er wedelt mit einem Flugblatt, spricht von Autoritarismus, von Ausbeutung, von kapitalistischem System. Er wettert gegen das Klassensystem in der Bildung, den Blick fest auf die undurchdringlichen Gesichter der Arbeiter gerichtet, die ihm ohne ein Wort zuhören. Sein Hals unter dem roten

Bandana ist verschwitzt, sein Bart will nicht wachsen, er ist zwanzig Jahre alt.

Isabelle stößt Jojo mit dem Ellbogen an.

»Wollen wir anfangen?«

Jojo hebt die Ziehharmonika auf, die zwischen seinen Beinen liegt, legt die Riemen an, er lässt sich kein einziges von Ludos Worten entgehen. Als Musiker ist er der Bessere, aber wenn Ludo nicht diesen Zettel aufgehängt hätte – ZIEHHARMONIKA UND GESANG GESUCHT VON CHANSON-ENSEMBLE –, dann wäre keiner von ihnen hier, um Musik zu machen.

Trotzdem hat man den Eindruck, dass es mehr Interesse am Debattieren gibt als an der Musik. Jojo unterbricht Ludos Monolog und fängt an, von den Streiks und den Massendemonstrationen zu sprechen, die in Paris vorbereitet werden. Dort brennen schon die Straßen.

»Im Quartier Latin errichten sie schon Barrikaden.«

»Okay, ich hab's kapiert.« Isabelle nimmt die Gitarre ab, stellt sie verärgert auf den Boden und schlurft mit ihren Holzschuhen davon. Unter dem Kreuzgang setzt sie sich auf den Boden, lehnt sich an die Wand. Sie holt ihre Zigaretten aus der Brusttasche, zündet eine an und als sie die erste Rauchwolke ausstößt, sieht sie ihn. Carlo, der in Jeans und mit einem schwarzen T-Shirt den Kreuzgang betritt, seine knochigen Arme, die wie immer zerzausten Haare. Er sieht nicht aus wie ein Professor, auch nicht wie ein Student, er sieht aus wie der Schauspieler Walter Chiari in jungen Jahren. Isabelle atmet langsamer. Auf ihn hat sie gewartet, während sie nervös rauchte, ungeduldig, um nicht ihrer schlechten Laune nachzugeben. In letzter Zeit denkt sie öfter daran, dass Carlos Energie ihre harte Schale ein wenig aufgeweicht hat, dass seine Worte in ihr Blut eingedrungen sind wie ein Virus, das ihr nicht gefällt. Nicht dass ihr das gefährlich werden könnte, nicht dass es Liebe wäre, das ist klar für sie. Die Liebe ist eine Perle in einer Auster, eine unter zehntausenden. Diese hier wird höchstens ein Sandkorn sein, das sich einen Weg zwischen den Muscheln hindurch sucht.

Sie sieht zu, wie Carlo sich umsieht, der Schulterriemen der schweren Büchertasche durchschneidet seinen Rücken. Er sucht ihren blonden Schopf zwischen denen von Ludo und Jojo, als er sie dort nicht entdeckt, geht er mit unsicheren Schritten in die Mitte des Kreuzgangs, späht hinter die Säulen. Isabelle raucht weiter und ruft ihn nicht, sie beobachtet, taxiert ihn. Dieser junge Mann, der behauptet, sich auf den ersten Blick in sie verliebt zu haben, bei einer Versammlung, wo sie die Einzige war, die nicht an den Lippen der Genossen am Mikrophon klebte, sondern aus dem Fenster sah mit diesen Augen, die wie ein Teil des Himmels wirkten. Carlo arbeitet und schreibt die ganze Zeit, er ist Assistent an der Fakultät für Biologie, hat sehr früh sein Examen gemacht und kann sich dank der Unterstützung seines Vaters, der Professor ist, eine kleine Wohnung in Florenz leisten, solange bis er auch Professor wird und zwar in Rom, seiner Heimatstadt. Dann, sagt er ein wenig im Scherz, aber auch ernst gemeint, wird er ihr einen Antrag machen und sie mitnehmen, damit sie nicht mehr so früh aufstehen muss und armen Schluckern das abgestandene Frühstück servieren in der Bar, wo sie arbeitet.

Sie entgegnet, dass ihr die Arbeit in Attilios Bar Spaß macht und dass in ihrer persönlichen Hierarchie die Hochzeit erst lange nach der Aufnahme an die Kunstakademie kommt. Sie gibt ihm niemals Genugtuung. Isabelle passt immer auf, ihm ihr Herz nicht allzu sehr zu öffnen, sie sagt ihm ins Gesicht, dass er nicht der Einzige ist, dass sie weiterhin mit Ludo ins Bett geht und auch mit anderen, und Carlo steckt das weg, ohne zu protestieren, denn das sind nun einmal die Achtundsechziger, *was willst du eigentlich?*, aber er leidet wie ein Tier. Er führt sie aus zum Tanzen, geht mit ihr in Ausstellungen, ins Kino. Und sie kommt mit und belohnt ihn von Zeit zu Zeit mit einem ihrer seltenen Lächeln. Wenn sie lächelt, sieht sie noch trauriger aus, als wenn sie ernst ist, und dann würde Carlo sie am liebsten in die Arme nehmen und sich vor sie stellen, um sie für immer vor den Grausamkeiten der Welt zu beschützen, auch wenn das nicht reichen wird, um ihr diesen Schmerz aus der Seele zu reißen, den sie nicht benennt. Isabelle spürt all das, und auch sie würde sich manchmal liebend gern in die Arme dieses warmherzigen Mannes schmiegen, der bittet, ohne zu fordern, dem es genügt, wenn sie lächelt.

Doch die Liebe ist etwas anderes. Die Liebe kennt keine Zweifel und Fragen, wenn es Liebe ist, ist es dir egal, wie das Wetter ist, wo du lebst, ob du Geld hast oder nicht für das Jimi-Hendrix-Konzert. Und diese Dinge sind Isabelle ganz und gar nicht egal.

Carlo hingegen. Carlo will nichts anderes, als mit ihr

zusammen zu sein, und vor dem Einschlafen, die seltenen Male, die er sie überreden kann zu bleiben, malt er ihr eine märchenhafte Zukunft aus, ein Haus mit einem großen Garten voller Bäume und Hunde und blonden Bälgern, die Fangen spielen.

»Und großen und kleinen Gläsern für Wasser und Wein?«, will Isabelle wissen.

»Gläser? Kelche, Pokale, Becher, und ein ganzer Weinberg von Champagner-Trauben nur für uns.«

»Und Frühstück im Bett jeden Morgen?«

»Frühstück? Eine Kaffeeplantage hinterm Haus, ein Konditor in der Küche, eine Kuh im Stall!«

»Und wenn der Stall stinkt?«

»Dann pflanzen wir einen Rosengarten davor, mein Schatz, und jeden Morgen lege ich dir eine Blume aufs Kissen.«

Isabelle lächelt und lacht, sie lässt sich küssen, sie lässt es zu, dass sie sich noch einmal lieben. Die Geschichten, die Carlo erzählt, gefallen ihr besser, als sie es zugeben will. In letzter Zeit denkt sie daran, auch wenn sie allein ist, wenn sie am Morgen den Kaffee für die Arbeiter und Bergleute des Arno-Tals mit etwas Likör anreichert und danach zu Fuß eine Stunde lang bis nach Florenz läuft, sechs Kilometer, die sie sich trotz des Drängens von Attilio und Nanni und sogar von Zaro weigert, mit dem Rad zu fahren. Nicht im Traum würde Isabelle Radfahren lernen, lieber reißt sie sich die Knöchel auf in den Plateauschuhen, stur wie ein Esel, und abends lässt sie sich von jemandem heimfahren, von Ludo mit der Vespa oder Carlo mit seiner Lambretta – wenn sie überhaupt heimkommt. Attilio, der sie von klein auf kennt, drückt ein Auge zu, wenn sie am Morgen nicht erscheint, und sagt nichts.

Carlos Geschichten gefallen ihr gut, seine Fragen weniger. Sie hat angefangen, ihn anzulügen, in der Hoffnung, er möge es bleiben lassen. Sie hat ihm erzählt, sie wohne bei ihrem Vater, denn wie soll sie bloß erklären, dass sie in Attilios Garage auf einem Sofa schläft. Sie hat erzählt, dass sie sich gut mit ihrem Vater versteht und dass ihre Mutter sie oft anruft. Sie hat erzählt, dass sie aus freier Entscheidung nach Italien gekommen sind. Wenn Carlo mit blonden Kindern anfängt, die im Garten spielen, überkommt sie ein so starker Widerwille, dass sie meint, sie spüre, wie ihr Unterleib sich verkrampft vor Abscheu. Vor ein paar Tagen sahen sie im Kino einen deutschen Dokumentarfilm über eine Blondine mit Ponyfransen. *Helga* hieß der Film, und er schien so wichtig zu sein, dass sie ihr Recht verwirkte, sich an der Uni aufzuhalten, wenn sie ihn nicht sah. Man sah den Körper einer Frau, der sich verformte, der Bauch wuchs, die Brustwarzen wurden riesig und die Brüste überzogen sich mit blauen Adern. Am Schluss kam die Szene mit der Geburt, ein Schock, ein rotes Loch, nicht wiederzuerkennen, aus dem ein riesiges Stück zusammengepresstes Fleisch kam, ein blutendes Insekt mit Armen, Beinen und einer Stimme, deren Schrei grauenvoll klang. Isabelle wurde fast übel, sie drehte sich zu Carlo um, der neben ihr saß und auch verstört aussah, wie sie fand, aber immerhin lächelte und ihren Blick mit glänzenden Augen erwiderte und entschuldigend die Achseln zuckte, wie um zu sagen:

*Ich kann auch nichts dafür, dass die Natur so ist, dass
der Schmerz ganz euch überlassen bleibt.*

Solch einen Schmerz will Isabelle nicht erleben, sie
versteht einfach nicht, wie ein Kind eine solche Tortur
rechtfertigen könnte. Ihr gefällt nicht einmal die aller-
letzte Szene, in der das Neugeborene, die Nabelschnur
noch mit den inneren Organen der Mutter verbunden,
sich an ihren wabbeligen Bauch klammert, der wie ein
verschrumpelter Fußball aussieht, und sich auf die Brust-
warze stürzt, blind und gierig wie ein Welpe, wie ein Pa-
rasit.

Isabelle kennt ihren Körper und weiß, dass ihr Zyklus so pünktlich ist wie die Schweizer Eisenbahn, genau
achtundzwanzig Tage. Vom zehnten bis zum siebzehn-
ten Tag ist bei ihr nichts zu holen, wer gegen die Knaus-
Ogino-Regel verstößt, den bestraft Gott sofort, und bei
ihrem Glück würde Isabelle bestimmt bei der Engelma-
cherin über die Klinge springen, da ist sie sicher.

In der Gruppe unter dem Rednerpodest bricht lautes
Gelächter aus. Ludo fährt sich mit der Rechten über den
Nacken, wie immer, wenn er zufrieden ist, Jojo lächelt
und umarmt die Ziehharmonika, als wäre sie seine Geliebte. Der politische Teil ist vorbei, Isabelles Zigarette
aufgeraucht. Das Konzert kann beginnen.

Isabelle betritt den Abschnitt des Innenhofs, der in
das bernsteinfarbene Licht der untergehenden Sonne getaucht ist. Carlo sieht sie und kommt sich vor wie ein
Eisensplitter in der Nähe eines riesigen Magneten. Er
läuft schnell zu ihr, bevor sie die anderen erreicht, bevor
sie auf die Bühne steigt. Die Worte verwelken auf seinen

Lippen, noch bevor er sie aussprechen kann, er würde alles tun, um diesen gleichgültigen Schmetterling für den Rest seines Lebens lieben zu dürfen, sie mit einer Nadel aufspießen und sie solange in seinem Leben festpinnen, bis er ihr unentbehrlich geworden ist. Er zieht ein Buch aus seiner Tasche, Prévert, Isabelle verzieht die Lippen zu einem höhnischen Grinsen, sie bedankt sich nicht, sie sagt »Von Prévert mag ich nur die politischen Gedichte«, und Carlo wirft den Kopf zurück und lacht, als habe sie ihm eine Liebeserklärung gemacht, denn er liebt sie gerade deshalb, oder trotzdem, und es macht sowieso keinen Unterschied, denn er liebt sie von den Haarspitzen bis zum Zahnfleisch und den Zehennägeln, und er liebt alles an ihr, auch den Teil, der seine Liebe nicht erwidert, oder trotzdem.

»Komm, schlag es auf.«

Sie wirft einen schnellen Blick hinüber zu Jojo und Ludo, die auf dem Podest in der Mitte des Kreuzgangs ihren Auftritt vorbereiten, sie klimpert ein wenig mit den Augen, was ein winziges Indiz für ihre Ungeduld ist, und richtet den Blick dann auf die zwei Eintrittskarten, die in die ersten Seiten des Buchs eingelegt sind. *Rom, Palazzo dello Sport, First International Pop Festival*, steht darauf.

Jojo nimmt die Ziehharmonika, spielt einen Walzer. Er ruft nach ihr: »He, Juliette Greco!«

Sie hört ihn gar nicht, ihre Augen blicken in Carlos und unbändige Freude quillt über ihre Wimpern, noch zurückgehalten von den Lippen.

Jetzt lässt Carlo die Bombe los: »Jimi ist auch dabei«, und jetzt endlich blüht auf Isabelles Wangen eine Röte, die sich auf den Mund ausweitet und diesen zu einem Lächeln öffnet. Es ist zwecklos, das hinter dem Buch zu verstecken, natürlich wird sie mit ihm nach Rom gehen statt auf Ludos Vespa aufzuspringen, natürlich wird sie ihn nicht an der Theke einer Bar versetzen oder vor einem Haustor.

Sie stehen immer noch so da, Blick in Blick. Carlo entdeckt im Blau eine Spur geschmolzener Dankbarkeit, den Wunsch, sich hinzugeben. Er wird unvorsichtig und überspannt den Bogen:

»Und Pink Floyd.«

Das Blau verfestigt sich, die Konturen kehren zurück.

»Ohne Syd Barrett sind die nicht mehr gut.«

»Gilmour ist eigentlich noch besser«, meint Carlo und dann küsst er sie, drückt sie gegen seine Erektion und wünscht, die Erde würde sich auftun unter ihren Füßen und sie beide verschlucken und er könnte sie in eine menschenleere Wüste ohne Wiederkehr verschleppen, wo sie voneinander abhängig wären, vollkommen allein und für immer.

Doch Isabelle beißt ihn in die Lippe und schiebt ihn weg, boshaft, herzlos, sie läuft zur Bühne mit ihren typischen Schritten, mehr gehüpft als gegangen, schnappt sich die Gitarre, springt die drei hölzernen Stufen empor und schon steht sie vor dem Mikrophon, das Buch fest an die Brust gepresst und das weizenblonde Haar bis über die Schultern fallend.

Carlo könnte sie entführen, um sie immer für sich zu haben, er würde sich einen Schal aus ihren Haaren machen, um nie auf diesen Duft nach Wind über dem

Meer verzichten zu müssen, er würde ihr die Stimme entreißen, wenn das ausreichen würde, damit sie nur für ihn sänge, diese Zungenbrecher, die alle zum Staunen bringen und die sein Blut ins Wallen bringen wie nie zuvor, jetzt wo er sieht, wie sie sich im Walzertakt wiegt und den Blick auf ihn gerichtet *au troisième temps de la valse, il y a toi, y a l'amour e y a moi* singt.

Und in diesem Moment seines Lebens weiß Carlo Petronio, dass er dazu geboren wurde, Isabelle Quillerou zu lieben, und er weiß es ohne jeden Zweifel und ohne irgendetwas Anderes wissen zu wollen. Denn die Liebe ist ein blindes und kannibalisches Monster, ein narzisstischer Gulliver vor dem Spiegel, und der Rest der Welt ist Liliput.

»*Stellt euch mal eine Auster vor. Ihr wisst doch, was Austern sind?*«

»*Diese hässlichen Muscheln?*«

»*Die Muscheln sind ihre Häuser. Sie sind rau und verkrustet, weil sie sich ihr Leben lang unter Wasser an denselben Felsen klammern, ohne sich jemals fort-zubewegen. Sie haben zwei Türen, einen Eingang und einen Ausgang. Die Auster ist das Weichtier, das darin wohnt, ohne hinein- oder hinausgegangen zu sein. Sie ist dort drin geboren, in ihrer Schale, und kennt nichts außer dem Inneren ihrer Muschel. Sie ist glücklich, weil ihr Haus ihr Universum darstellt und sie nichts anderes braucht. Ihre einzige Freundin ist das Wasser, das sie be-sucht und Nahrung und Nachrichten aus dem Meer mit-bringt. Sie bleibt eine Weile, doch dann geht sie wieder weg durch die Hintertür, denn die Austern mögen keine allzu langen Besuche.*«

»*Auch nicht, wenn die Mama sie besuchen kommt?*«

»*Die Mama kommt nie zu Besuch, weil sie sie gar nicht kennt.*«

»*Und der Papa?*«

»Auch nicht. Die Austern schlüpfen aus Eiern auf dem Meeresgrund, dann suchen sie sich einen Felsen und bleiben dort. Als Kind sind sie männlich, später werden sie weiblich, wie der Clownfisch, erinnert ihr euch?«

»Ja.«

»Ja.«

»Bei der Auster ist es genauso: Bevor ihre Mama Mama wurde, war sie ein Papa. Sowas passiert öfter in der Natur.«

»Auch bei uns?«

»Bei uns nicht. Ein Papa bleibt ein Papa.«

»Und wir können aus unserem Haus hinaus- und hineingehen, wie wir wollen.«

»Genau. Die Austern können das nicht. Sie sind ihr Leben lang in ihre Schale eingeschlossen. Wenn das Wasser nicht wäre, wüssten sie nicht einmal, dass es draußen eine Welt gibt. Manchmal jedoch passiert etwas Merkwürdiges. Es kann passieren, dass etwas von draußen – ein Muschelsplitter, ein winziges Stück Koralle oder ein Fragment einer Alge – es schafft, sich in die Schale zu zwängen. Das ist sehr gefährlich für die Auster, weil jeder Gast, außer dem Wasser, schreckliche Krankheiten mitbringen kann. Deshalb versucht sie anfangs, den Eindringling auf alle erdenklichen Arten wieder loszuwerden, aber ohne Erfolg, durch die Tür passt nämlich wirklich nur Wasser, allerhöchstens noch ein paar Sandkörner. Ist etwas Größeres einmal eingedrungen, kann sie es nicht mehr loswerden. Es ist wie eine Invasion, eine potenziell tödliche Wunde, und tatsächlich schaffen es manche Austern nicht und sterben am Ende nach ihrer

Rebellion. Aber andere finden die richtige Art und Weise,
sich zu wehren und überleben. Und wisst ihr, wie?«

»Nein.«

»Nein.«

»Sie begraben den Eindringling in Schönheit.«

»In Schönheit?«

»Ja. Sie polstern die Wunde mit einer wunderbaren,
glänzenden Substanz aus, Schicht um Schicht, jahrelang.
Solange, bis der Fremdkörper vollkommen in die wert-
volle Narbe eingebettet ist, und dann bleibt von ihm zur
Erinnerung an den Kampf und an den Schmerz eine Perle
zurück.«

Prolog

April 1964

Das Telefon klingelt, und Isabelle weiß sofort, wer das ist.

Sie hat schon mal die Grillpfanne heiß gemacht, zum Abendessen wollen Attilio und sie Würstchen braten. Während sie auf ihn wartet, kramt sie noch ein wenig in ihrer Knöpfeschachtel, sucht passendes Garn heraus, erfindet neue Ketten. Die Schachtel – eine alte Keksdose mit rostigem Boden, ähnlich wie die, in der Nanni seine Kronkorken aufbewahrt – quillt schon über. Sie hat Knöpfe aller Arten, in allen Farben. Sie findet sie auf Flohmärkten und in Handarbeitsgeschäften, reißt sie von alten Kleidern ab, die die Leute in Florenz neben die Müllcontainer legen. Sie trennt sie von Mänteln und Blusen ab, die ihrer Mutter gehört haben, aus der Zeit, in der sie noch in Frankreich waren, und die Lena sich nie getraut hat wegzuwerfen. Knöpfe für jede Gelegenheit, die Isabelle auf Ketten aufzieht und verknotet, mit einer Hingabe, die an Liebe grenzt. Wenn er sie auszieht, fallen sie aus ihren Taschen und dann lutscht er sie, als wären es Bonbons. Steckt sie ihr in den Bauchnabel, vergleicht ihre Größe mit ihren Brustwarzen.

Sie schlurft zum Telefon, antwortet beim siebten Klingeln. Ihre Stimme ist klein, wie bei einem müden Kind.

»Ach, du bist es.«

Keine Höflichkeitsfloskeln, sie versucht nicht einmal, sich zu verstellen. Das Sticheln kann sie allerdings nicht lassen.

»Wie geht es Elvira?«

Sie denkt, dass ihn ihre Gleichgültigkeit verletzt oder zumindest ärgert. Sie kann sich nicht vorstellen, dass ihm das tatsächlich egal ist. Er hat angerufen, weil er das Gefühl hat, dass sie ihm entgleitet, sie wird langsam erwachsen, wenn er sie zur üblichen Zeit in dem Verschlag für streunende Hunde, den sie sich in Attilios Garage eingerichtet hat, besuchen will, ist sie nie da. Er muss sie abends anrufen, bevor Attilio seine Bar zumacht, wenn sie ihn oben zu Hause erwartet.

Isabelle weiß, dass er es ist, weil das Telefon auf besondere Art läutet. Es ist ein anderer Ton, unheilvoll, schief. In letzter Zeit hat sie öfter daran gedacht, nicht abzunehmen, aber dann steht sie doch immer mit dem Hörer in der Hand da. Am anderen Ende der Leitung könnte schließlich Lena sein, die sie anruft, um ihre Stimme zu hören, sie zu fragen, wie es ihr geht. Isabelle hätte große Lust, ein wenig auf Französisch zu plaudern, sie hat kaum Gelegenheit dazu und hat Angst, es langsam zu vergessen.

Aber nie ist es Lena, immer ist es er. Der ihren unwirschen Ton sofort erkennt und ihn von Herzen ignoriert. Das Wichtige ist, dass das Gespräch so verläuft, wie er es will. Und ganz sicher lässt er sich von ihren kindischen Provokationen nicht den Spaß verderben.

»Meiner Frau geht es besser als mir. Sie hat sich jetzt auf das Meer kapriziert, sie würde weiß Gott was für einen halben Tag dort bezahlen, aber mit Nanni ist das ein ewiger Streit, er hasst den Strand.«

»Dann lasst ihn doch zu Hause, ich bleibe bei ihm«, meint sie lachend.

Das ist kein unschuldiger Kommentar. Es gibt keine Unschuld mehr, die Unschuld ist tot und die Sätze, die aus ihr hervordringen, sind mit Schuld beschmutzt, auch wenn sie es nicht beabsichtigt.

Er ist schon erregt. Dazu reicht schon eine Kleinigkeit. Ein Akzent, ein Tonfall. Er knipst das Licht zwischen Spiegel und Zahnbürsten an. Das Neonlicht spiegelt seine schwitzende Stirn, die schwarzen, wie bei Humphrey Bogart zurückgekämmten Haare mit dem kaum gezähmten Wirbel, zwei leichte Falten, die wie Klammern um seinen Mund liegen, als habe er nichts wirklich Wichtiges mehr zu sagen.

»Was ist dieses Geräusch?« Isabelle hat Wasserrauschen gehört, einen plötzlich etwas zu heftig aufgedrehten Hahn. »Hast du dich wieder im Klo eingesperrt?«

Sie stellt sich vor, wie er einen Klecks vertrocknete Zahnpasta von den Kacheln kratzt. Sie lässt nicht locker:

»Ist Elvira im Nebenzimmer?«

Natürlich ist sie das. Wenn er das Telefon von der Kommode im Flur nimmt und die Schnur, die mit einem halben Meter lang genug ist, um den Apparat mit ins Bad zu nehmen, zu jeglicher Tag- und Nachtzeit, macht sie den Staubsauger oder die Bohnermaschine an und lässt sie so lange laufen, bis er wieder herauskommt. Sie ist eine vernünftige Frau, die Elvira. Sie weiß, dass ein Mann seine Bedürfnisse hat.

»Du tust mir einfach nur leid, du alter Mann. Ich hoffe, dass du wenigstens in den Puff gehst.«

Er muss lachen, wenn sie solche Dinge sagt. Dann wird er noch steifer. Er und ein Puff. Das hat er gar nicht nötig, bei den vielen Frauen, die sich von ihm ihre Fahrräder zu Hause reparieren lassen wollen.

»Ich wollte nur hören, wie die Prüfung gelaufen ist.«

Er lässt den Hörer von der einen Hand in die andere gleiten, spielt mit der Schnur wie die Katze mit der Maus. Mal sehen, wann sie anbeißt. Mein Gott, wie cool und erfahren sie tut, und dabei ist sie so unglaublich naiv, so bemüht, ihm zu gefallen.

»Ich hab den Mund nicht aufgemacht.«

»Warum denn das?«

»Weil ich nicht gelernt habe zu lernen. Kein Mensch hat es mir beigebracht. Mein Kopf interessiert niemanden.«

Und am allerwenigsten dich. Es wäre ja schön, wenn dich meine Prüfung interessieren würde. Ich habe so lange gebraucht, nicht mehr dumm sein zu wollen, nicht mehr zu glauben, ich würde, wenn ich dir nur alles geben würde, was du willst, am Ende dein Herz gewinnen. Stattdessen war ich verloren, an einen Ort verbannt, an dem die Liebe sofort erstickt wie eine Kerze unter einem Glas. Wie viel Zeit habe ich verschwendet, bis ich erkannte, dass der Weg zu deinem Herzen gar nicht existiert.

Sie zieht an der Zigarette und stößt den Rauch nervös wieder aus.

»Rauchen ist nicht gut für dich, Mädel.«

Der Gedanke an ihre feuchten Lippen um den Filter lässt ihn abheben.

Er klemmt den Hörer zwischen Schulter und Ohr und knöpft sich vor der Kloschüssel die Hose auf, als wolle er pissen. Er weiß selbst nicht warum. Bis zum Schluss tut er so, als sei alles ganz normal.

»Außerdem nehme ich Nachhilfestunden.«

So, jetzt hat sie angebissen. Er merkt es daran, dass ihre Stimme sich verändert. Sie klingt jetzt viel tiefer, wie bei einer erwachsenen Frau.

Er holt seinen Schwanz aus der Unterhose.

»Ich habe jemanden in der Bibliothek kennengelernt, er ist älter als ich, ein Student. Er meint, er wolle mir beim Lernen helfen, umsonst.«

»Gut so, Lernen ist wichtig. Und wie ist dieser Student so?«

Er zieht die Unterhose weiter runter und fängt an, sich ganz langsam zu masturbieren.

»Er sieht gut aus, sportliche Figur. Groß, dunkelhaarig. Er hat Ähnlichkeit mit dir.«

Er lächelt. Na klar ähnelt er ihm. In ihrer Fantasie ähneln sie ihm alle, sie kennt ja keine Männer außer ihm.

»Mach weiter.«

Ich mache weiter, Zaro, und genieße es, denn es wird das letzte Mal sein. Zu deinem Herzen führt zwar kein Weg, aber unendlich viele Wege führen zu deinem Schwanz. Ich habe mich jedesmal, wenn ich mich schmutzig gefühlt habe, geritzt, aber in mir muss es etwas von dem Granit geben, auf dem ich geboren und aufgewachsen bin, bretonischer Fels und Korsarenblut. Mit dieser Härte kannst du als Sohn der toskanischen Hügel nicht mithalten. Du kannst sie dir nicht einmal vorstellen.

»Ich bin über ein Buch gebeugt und merke auf einmal, wie mich der Typ neben mir anstarrt. Er schaut auf meine Bluse, die mit den blauen Blümchen, du weißt schon. Sie ist mir ein wenig zu eng.«

Und ob Zaro das weiß. Die Brüste sind auf einmal gesprossen, im Frühling vor zwei Jahren. Es war wie bei einem Apfelbaum, erst kommt lange nichts und dann waren da plötzlich zwei Äpfel, die nicht mehr ins Hemd passten. Das war die Zeit, in der seine Lust entstand. Er versucht erst, auf alle möglichen Arten zu widerstehen, denn die Situation war ihm ein wenig zu heikel, aber sie schwirrte den ganzen Tag um ihn herum, nach der Schule kam sie mit Nanni zusammen zu ihnen nach Hause und es war nicht leicht, sie zu ignorieren. Außerdem hatte sie nicht nur diese Brüste, sondern auch noch den Arsch und die Beine. Alles. Sie wurde zu einer fixen Idee. Anfangs brachte er sie zu Attilio, wo er ihr und Nanni ein Eis kaufte. Sie freuten sich alle, sie, Nanni, Lena und auch Attilio, der ihn jedoch nicht aus den Augen ließ. Dabei tat er doch nichts Böses, und trotzdem argwöhnte der Idiot etwas. Dann ließ er die Barbesuche mit den Kindern sein und schickte Nanni allein zum Eisholen, während er mit ihr in der Werkstatt blieb und sich die Zangen und die Schlüssel reichen ließ.

Er hängte das Werkzeug weiter oben auf, damit sie sich strecken musste; er hatte neue Nägel eingeschlagen, die ein paar Zentimeter über ihren Fingern waren, so dass er sie an der Hüfte packen und hochheben musste, damit sie herankam, oder aber er kitzelte sie und währenddessen rieb er sich ein wenig an ihr und befingerte sie. Nur das, aber es machte ihn fast verrückt. Er flehte innerlich, sie möge ihn in Ruhe lassen, Freundinnen finden, oder dass ihre Mutter sie zu Hause einschließen möge, denn es war überhaupt nicht gut, dass ein derartig großzügig ausgestattetes Mädchen sich den ganzen Tag allein herumtrieb. Unweigerlich würde sie früher oder später jemandem in die Finger fallen.

»Ich drehe mich zu ihm und merke, wie er mich ansieht. Also lächle ich ihn an.«

Irgendwann war es dann umgeschlagen. Er, der sie bis dahin komplett ignoriert hatte, als sei sie unsichtbar, hatte sie plötzlich bemerkt. Isabelle verstand das nicht, sie ahnte nicht, dass das allein an dem neuen, überbordenden Fleisch lag. Sie dachte, sie hätte endlich einen Zugang gefunden, irgendeinen, den des Schweigens, der Geduld, der Fügung ins Unsichtbarsein. Zaro kaufte ihr Eis, brachte sie zum Lachen, legte den Arm um ihre Schultern. Manchmal gab er ihr einen scherzhaften Klaps auf den Hintern, nannte sie ein Luder, sie hatte dieses Wort immer nur von Eltern zu ihren Kindern gehört und freute sich darüber. Was auch immer er damit meinte, wenn das der Weg zum ihm war, wollte sie ihn weitergehen. Sie hatte keine Freunde, in der Schule hatte sie ein Jahr verloren wegen der Sprache, ihre Klassenkameraden waren alle jünger als sie und kannten sich von klein auf. Auch wenn sie jetzt das C so aussprach wie sie, die Satzmelodie der ihren anglich und das R perfekt rollte, war und blieb sie eine Fremde. Sie war komisch, die Tochter einer komischen Mutter und eines mehr oder weniger unbekannten Vaters. Um sich zu wehren und zu den Normalen zu gehören, war es unabdingbar, dass sie ihn eroberte. Nicht mehr durchsichtig zu sein war der erste Schritt gewesen, jetzt musste sie sich anerkennen lassen.

Sie verbrachte jetzt ganze Tage in der Werkstatt. Langsam wurde ihr klar, dass sie den neuen Zauber ihrem Körper verdankte. Nicht nur Zaro hatte sie bemerkt, wenn sie an der Bar vorbeiging, verstummten die Männer. Die größeren Jungs umschwirrten sie wie die Fliegen, boten ihr Zigaretten an, wollten sie auf ihren Fahrrädern und Lambrettas mitnehmen. Sie verweigerte sich allen. Das Herz schlug ihr immer bis zum Hals, sie hatte das Gefühl, ständig im Dunkeln zu laufen, ganz dicht am Rand von etwas, ohne zu wissen, wie tief es hinunterging, ob es nur eine Stufe war oder ein Abgrund. Irgendwie war die merkwürdige und schlüpfrige Intimität zwischen ihr und Zaro auch ein Schutz gegenüber den Jungs. Sie erschien ihr wie eine Form von Liebe, vor der sie sich nicht zu fürchten brauchte, deshalb setzte sie sich ihr ohne Vorbehalte aus. Die Schule war aus, die Hitze war drückend und sie tauchte jeden Morgen in der Tür von Zaros Werkstatt auf, mit den Shorts und dem Unterhemd vom Vorjahr.

Er wusste nicht mehr, wie er sich beherrschen konnte, er redete sich ein, sie tue das absichtlich. Sie wollte dasselbe, was er wollte, es gab keinen Zweifel. Sie tat etwas mit seinem Kopf, seinen Handgelenken, seinem Magen. An einem Julinachmittag setzte sie sich auf die Werkbank, den Rücken angelehnt, die nackten Beine baumelnd und ein wenig gespreizt. Sie schwitzte und sah ihm stumm bei der Arbeit zu. Nach der fünfzehnten Zigarette hielt er es nicht mehr aus. Er vergewisserte sich, dass niemand vorbeikam und zog den Rollladen herunter.

»Schön, du lächelst ihn also an. Und er?«

»Er lächelt auch und kommt ein wenig näher. Dann stehe ich auf und gehe ins Bad.«

»Wie bist du gekleidet, hast du den Minirock an?«

»Ja.«

»Du bist wirklich eine kleine Nutte.«

Das erste Mal hatte sie nicht gewollt, dass er seine Zunge in ihren Mund steckte. Sie dachte, durch Küssen würde man schwanger. Lena hatte ihr gar nichts erklärt, dabei hatte sie selbst seinerzeit ihre Unwissenheit bitter bezahlen müssen. Alles musste er ihr beibringen. Vor allem später, als Lena weg war und sie vollkommen allein war.

»Während ich zu den Toiletten gehe, sehe ich aus den Augenwinkeln, wie der Typ mir folgt.«

»Ja.«

Bevor sie auf Nimmerwiedersehen nach Kalabrien verschwand letzten Herbst, war Lena bei ihm in der Werkstatt vorbeigekommen und hatte ihm gesagt, wie froh sie sei, dass er sich endlich ein wenig für seine Tochter interessierte. Sie ging fort, weil ihr Polizisten-Freund versetzt wurde, Isabelle sei jetzt groß genug, um allein zurecht zu kommen. Das einzige Problem war die Miete. Ob er die übernehmen könne, wenigstens bis zum Ende des Schuljahrs? Danach konnte er sie auch zum Arbeiten schicken, wenn er wollte. Die mittlere Schulreife war vollkommen ausreichend, sie musste doch nicht gleich den Nobelpreis gewinnen.

Er hatte erwidert, er würde sehen, was sich machen ließ. Lena hatte ihm gedankt und sogar gelächelt. Dieses Lächeln hatte er seit fünfzehn Jahren nicht mehr gesehen. Er kam sich sehr schlau vor.

Bevor sie ging, sagte sie noch, dass sie froh sei, dass Isa jetzt ihren Vater wiedergefunden habe.

Er hatte sich eine Zigarette angesteckt und den Kopf geschüttelt, aber nicht widersprochen. Sie war sowieso ein Dickkopf, nie konnte man sie von ihrer Meinung abbringen. Ein einziges Mal war er mit ihr ins Bett gegangen, als sie gerade mal den ersten Flaum unter den Achseln hatte, und gleich hatte sie ihm einen Säugling untergeschoben. Ein Glück, dass sie eine Weile gebraucht hatte, um ihn zu finden, vom Norden Frankreichs bis hierher. Jetzt fand er es gar nicht so übel, dass sie ihm dieses Spielzeug gebracht hatte. Das natürlich keineswegs seine Tochter war, davon konnte nicht die Rede sein, und tatsächlich sah sie weder ihm noch Nanni ähnlich mit ihrem Blondschopf und den himmelblauen Augen. Wenn er allerdings jetzt das Spiel mitspielte, würde er noch eine

Weile diesem Laster frönen können, von dem er noch weniger lassen konnte als von den Zigaretten. Gar nicht so schlecht.

Nur zum Spiel, natürlich. Der Gedanke, dass sie doch seine Tochter sein könnte, war wie Luft im Darm für ihn, die man schnell loswerden musste, sonst bekam man Bauchschmerzen.

Er hatte Elvira gefragt, ob Isa bei ihnen wohnen konnte.

Elvira drehte durch. Sie nahm ein Küchenmesser und drohte, sich auf der Stelle die Pulsadern durchzuschneiden. Nannis Augen wurden so groß und rund wie Spiegeleier. Es war das erste Mal, dass Elvira sich gegen ihren Mann auflehnte. Vielleicht roch sie den Braten.

Also machte er ihr nur eine Szene, ohne darauf zu bestehen. Er fragte Attilio und brachte sie dort unter.

»Ich gehe also zu den Toiletten und der Typ folgt mir.«

Die Hand arbeitet jetzt schneller. Er beginnt zu keuchen.

»Ja.«

»Ich weiß, dass er mich ansieht, und schwinge die Hüften.«

»Die Hüften?«

»Ich wackle mit dem Hintern.«

Ich bin nicht einmal halb so alt wie du und habe einen wesentlich größeren Wortschatz, in zwei Sprachen. Als du mich aufnahmst, war ich klein und dumm, ich dachte, das wäre der einzige Weg, vielleicht fehlte mir der Mut aufzuhören, weil ich nicht wusste, was danach passieren würde, wie schlimm es sein würde, wieder allein zu sein, wieder unsichtbar zu sein. Vielleicht wollte ich dich an mich binden, vielleicht war diese Art, dich zu haben, besser als dich gar nicht zu haben, oder vielleicht hatte ich auch Angst, du könntest alles meiner Mutter erzählen, und Attilio, deinen Freunden. Wie lange habe ich gebraucht, bis ich verstand, dass du das nie tun würdest. Wie lange, um zu erkennen, dass meine Schritte mich nicht auf einem Weg führten, sondern in eine Wüste. Ich bin ein Baum und jeden Tag erzeuge ich eine neue Knospe, lerne ich ein neues Wort. Du bist eine Steppe, in der nichts wächst, du weißt nicht einmal, wie man mit dem Hintern wackelt, du kannst mich nicht gemacht haben.

»Du bist ganz feucht geworden, stimmt's?«

»Und wie. Ganz nass.«

Elvira hat den Staubsauger ausgemacht. Zaro hört Tellerklappern, Nannis Stimme, die sagt, dass er Hunger hat.

»Und dann seid ihr in die Toilette gegangen.«

»Moment. Erst ist mir noch der Stift runtergefallen.«

»Was für ein Stift?«

»Der Stift, den ich von zu Hause mitgebracht hatte. Ich hatte ihn die ganze Zeit in der Hand und dann ist er mir runtergefallen.«

»Und du hast dich gebückt, um ihn aufzuheben.«

»So ist es.«

»Und er hat dir zugeschaut. Mann, das musst du mir genau erzählen.«

Er verliert langsam die Geduld. Er hört, wie im Fernsehen die Nachrichten beginnen.

»Er sieht mir zu, wie ich den Stift aufhebe.«

»Ja, gut, aber was kommt dann?«

»Dann wackle ich wieder mit dem Hintern.«

»Wie weit ist eigentlich diese verdammte Toilette, ist die etwa im Mugello?«

Er hört, wie jemand an der Tür klopft.

»Entschuldige, Zaro, aber das Essen ist fertig.«

»Eine Minute noch, geh schon mal rüber, ich komme gleich.«

Elviras Pantoffeln entfernen sich.

»Du willst doch hören, wie die Geschichte ausgeht, oder?«

»Was glaubst du?«

»Also. Die Tür zur Toilette ist um die Ecke, etwas versteckt. Wir kommen zur gleichen Zeit dort an, aber wir gehen noch nicht hinein. Ich nähere mich ihm.«

»Nein. Er nähert sich dir und drückt dich an die Wand.«

Bien sûr.

»Also gut, er drückt mich an die Wand.«

»Ja.« Er stöhnt.

Nanni ruft ihn aus der Küche.

Isabelle schließt die Augen.

»Da sage ich ihm, er soll mich einen Moment entschuldigen.«

»Gut.«

»Und gehe in die Toilette.«

»Ok, und er?«

»Er nicht, er bleibt draußen.«

»Was soll das heißen, er bleibt draußen.«

Elvira klopft schon wieder.

»Zaro, entschuldige, aber das Essen wird kalt. Nanni hat Hunger.«

In diesem Moment kommt Attilio nach Hause. Isa hält den Kopf über den Telefonhörer gebeugt, ihr Gesicht ist gerötet und ihre Augen glänzen. Attilio würde am liebsten jedes Mal sterben, wenn er sie sieht, so schön ist sie und so einsam. Solange er da ist, darf ihr niemand ein Härchen krümmen. Solange er da ist, wird ihr nichts passieren.

Sie hebt den Kopf und winkt ihm zu, schenkt ihm ein Lächeln. Ein breites Lächeln, bei dem sie die Zähne zeigt, ein Lächeln wie ein Triumphschrei. *Wer ist das*, fragt Attilio und zeigt auf das Telefon. Isa zuckt die Achseln und verzieht den Mund, als wolle sie sagen, nichts Wichtiges, sie zeigt in Richtung Küche, auf die Herdplatte.

Attilio geht vorbei und aus dem Hörer kommt jetzt ein Brummen.

Zaro brüllt:

»Geh mir nicht auf den Sack, Elvira! Hörst du nicht, dass ich mich rasiere?«

»Ist gut, aber beeil dich«, antwortet die blasse Stimme seiner Frau.

Isa weiß, was los ist, als wäre sie vor Ort. Zaro ist klargeworden, dass er sich heute Abend nicht in Ruhe einen runterholen kann: Das Telefongespräch ist zu einer Art Folter geworden und er eine Witzfigur. Und das darf nicht passieren, absolut nicht. Deshalb hat er den erstbesten Gegenstand gepackt, der ihm in die Finger kommt, und das ist sein elektrischer Remington, der ihn eine ganze Stange Geld gekostet hat, und hat ihn angemacht.

Sie muss kichern.

»Was zum Teufel gibt's da zu lachen?«

»Du rasierst dich.«

»Ich werde gerade sehr wütend, Isa, im Ernst.«

»Also, besonders glaubwürdig ist das ja nicht: Die Nachrichten sind gleich zu Ende und da fängst du an, dich zu rasieren.«

»Wenn du deine bescheuerte Geschichte zu Ende erzählt hättest, wäre ich längst beim Abendessen. Los, erzähl mir, wie sie ausgeht, und dann wird gefeiert. Aber sprich laut, sonst höre ich dich bei dem Lärm von dem Scheißrasierer nicht.«

Gebt mir ein Megafon, ich will in die ganze Welt posaunen, wie es heute Abend endet.

»Die Geschichte ist aus.«

»Was soll das heißen, aus.«

»Ja, das war's. Ich bin auf die Toilette gegangen und habe Pipì gemacht.«

»Willst du mich verarschen?«

»Nein. Das ist eben eine realistische Geschichte: Manchmal laufen die Dinge nicht so, wie man es sich vorstellt.«

»Was soll der Scheiß?«

»Attilio ist gerade heimgekommen, soll ich ihn dir geben? Er brät gerade Würstchen.«

»Du Miststück.«

»Attilio will nicht, dass du mich anrufst. Er sagt, dass

du mir das, was du mir zu sagen hast, auch in der Bar sagen kannst, wenn er dabei ist. Und ich denke, er hat recht. Ich denke, ich werde deine Anrufe nicht mehr entgegennehmen.«

»Scher dich zum Teufel.«

»Gut, das war's dann wohl. Tschüss, schönen Abend noch. Und grüß mir Nanni.«

Und sie legt auf.

Zaro betrachtet sich im Spiegel und sieht sein verzerrtes Gesicht, den Hörer zwischen Schulter und Ohr, den Rasierapparat in einer Hand. Die andere Hand sieht er nicht, denn sie ist immer noch mit seinem Schwanz beschäftigt, der inzwischen so schlaff ist wie ein platter Fahrradschlauch. Er würde am liebsten gegen die Tür treten oder wenigstens aufstampfen, aber die Jeans und die Unterhose, die ihm um die Fußgelenke hängen, schränken seine Bewegungsfreiheit ein. Er hätte Lust, alles kurz und klein zu schlagen. Er wirft den Hörer gegen den Spiegel, aber glücklicherweise trifft er nur den Zahnputzbecher, der mit einem lauten Knall in tausend Scherben zersplittert. Dann schmettert er den Rasierapparat ins Klo und sieht ihn im Abflussrohr verschwinden, mitsamt dem Scherkopf und den Klingen, die, bevor sie versinken, noch einmal am Rand der Toilettenschüssel aufprallen wie die Kugeln eines Roulettes.

Dieses verdammte Miststück. Diese Hure, Tochter einer Hure.

Elviras Schritte, die näherkommen, klingen wie die eines Hamsters im Rad.

»Zaro! Zaro! Ist dir etwas passiert?«

Er antwortet nicht. Er zieht die Unterhose hoch und knöpft die Jeans zu.

»Zaro, wenn du nicht antwortest, komme ich rein!«

Sie öffnet die Tür und erwartet, eine riesige Blutlache zu sehen, seinen Kopf zertrümmert am Wannenrand. Stattdessen steht er da und kämmt seinen Wirbel, glättet die widerspenstigen Strähnen.

»Zaro.«

»Hm.«

»Was war das für ein Knall?«

»Mir ist der Rasierapparat aus der Hand gerutscht.«

Sie sieht die Zahnbürsten und die Scherben überall auf dem Boden. In der Ecke zwischen Wanne und Bidet bemerkt sie den Telefonapparat und daneben den Hörer wie umgedrehte Schildkröten auf dem Rücken liegen. Sie hebt das Gerät auf, kontrolliert, ob noch alles funktioniert und stellt es an seinen Platz, auf das Tischchen im Flur.

»Mama!«, ruft Nanni aus der Küche. »Was ist passiert?«

»Nichts. Gar nichts. Iss jetzt auf, wir kommen gleich. Pass auf, wo du hintrittst, Zaro, sonst schneidest du dich noch. Wo ist denn der Rasierapparat gelandet?«

»Im Klo.«

Sie hebt den Blick und sieht ihm ins Gesicht, späht in die Kloschüssel und mustert wieder sein Gesicht, wobei sie einen Moment lang die zwei Falten zwischen den Augenbrauen runzelt. Dann senkt sie den Blick wieder.

»Ich verstehe ja nicht, wie der die Zahnbürsten umreißen konnte und dann im Klo landen.«

Er sagt nichts.

»Das kommt mir ziemlich merkwürdig vor.«

Wenn er sie jetzt nicht sofort zurechtweist, meckert sie womöglich den ganzen Abend lang.

»Merkwürdig? Soll ich dir sagen, wie es passiert ist? Das kommt von einer Nervensäge, die mir auf den Sack gegangen ist. Und von dem Sack ist ein Windstoß losgegangen, der den Rasierer erst gegen die Wand und dann ins Klo geschleudert hat. Wie eine Billardkugel: Bumm-bumm, Bande, Loch! Und wer ist mir da so auf den Sack gegangen? Wer? Rate mal.«

Er wirft den Kamm ins Waschbecken und schreit weiter. »Fünfundvierzig Mal hast du mir gesagt, dass das Essen fertig ist, verdammte Scheiße. Bin ich etwa taub?«

»Nein.«

»Nein, und deshalb sagst du mir die Dinge in Zukunft ein einziges Mal, verstanden? Ein Mal.«

»Wo willst du denn hin, ohne Abendessen?«

»Meinst du wirklich, ich würde jetzt essen? Meinst du etwa, ich hätte jetzt noch Appetit?«

Er nimmt die Schlüssel und geht, wer weiß, wann er zurückkommt.

Elvira schimpft leise vor sich hin, sie kehrt die Scherben zusammen, zieht Gummihandschuhe an, um den Rasierapparat aus der Toilette zu fischen.

Nanni taucht im Türrahmen der Küche auf, sein Teller mit dem vorgeschnittenen Fleisch steht auf dem Tisch, das Essen ist ausgekühlt und pappig geworden. Er sieht, wie seine Mutter in der Toilettenschüssel wühlt und denkt, dass man, anstatt einem anderen eine derartige

Demütigung aufzuerlegen, besser für immer allein bleiben sollte.

In hundert Metern Abstand, in der Küche einer anderen Wohnung, sitzt seine Schwester Isabelle vor einem Teller mit Würstchen und Salat und denkt dasselbe.

Keine Liebe, denn die gibt es gar nicht, und niemals heiraten.

Und vor allem keine Kinder.

Paris

Juni 2011

Viertel nach zwölf. Ein Sonnenstrahl bricht durch den aschgrauen Himmel über den Champs-Elysées. Das Starbucks-Café füllt sich während der Mittagspause mit Leuten, Männer in Hemdsärmeln, Frauen mit hochhackigen Sandalen, den Lippenstift nicht mehr frisch. Sie rufen durcheinander, bestellen unter Soßen begrabene Salate, Sandwiches wie aus Trickfilmen, absurd teure Obstsalate. Von Italien vermisse ich hier vor allem das Obst, damit habe ich mich nie abgefunden. Obst und Gemüse, außer den Menschen.

Zaros Beerdigung wird jetzt vorbei sein, vielleicht seid ihr ja schon am Friedhof, nur ein paar Schritte von der Kirche aus. Von außen wirkt der Friedhof monumental, für einen so kleinen Ort wie Ponte a Ema. Ob wohl Zaros Grab in der Nähe von Bartalis liegt, wie er es sich immer gewünscht hat? Die Wettervorhersage auf meinem Computer kündigt Unwetter an für Florenz, der Regen hat euch vermutlich auf dem Weg hoch zum Friedhof in der Zypressenallee erwischt. Und Marta wird gekommen sein, mit der kleinen Elena und vielleicht auch mit Pablo, der, jung und kräftig wie er ist, mitgeholfen hat, den Sarg mitträgt, wie bei Cecilias Beerdigung. Jules ist diesmal nicht dabei, Jules ist wieder zum Kind geworden, bis zum Ende seiner Tage wird er in einen goldenen Käfig im achtzehnten Arrondissement eingesperrt sein, vormittags drei Stunden von einer Krankenschwester betreut, den Rest der Zeit von mir.

Aber Carlo ist da. Marta hatte mir gesagt, dass er kommen würde, vielleicht wollte er nicht, dass sie einer Beerdigung beiwohnte, ohne sich an seiner Schulter anlehnen zu können. Die übrig Gebliebenen, Vater und Tochter, die füreinander Polarsterne darstellen. Ihr zerstückeltes Leben, in Abschnitte zerhackt: vor und nach Cecilia, vor und nach mir. Das Herz mit Stummeln versehen, die nicht nachwachsen, wir sind ja keine Eidechsen, wie Cecilia zu sagen pflegte. Marta hat den Fluch durchbrochen, sie hat ihrer Tochter eine richtige Familie gegeben, zieht sie mühelos und liebevoll groß. Cecilia hat die Rechnung für alle gezahlt. Ihr kurzes Leben hat meine Schuld vergolten, und die meines Vaters. Wer danach kommt, ist in Sicherheit, Zaro ist tot – tot ohne Hoden, amputiert auch er, eine rettungslose Ironie. Nur ich bleibe übrig und quäle mich im Limbo einer Vergebung, die es nicht geben kann.

An Carlo denke ich mit einer Zärtlichkeit, die mir zu der Zeit, in der ich ihn hätte lieben müssen, fehlte. Bei mir kommt die Einsicht immer erst später. Zu spät für alles, für alle. Für Carlo, für Marta, für Cecilia, vielleicht sogar für Jules. Selbst bei Elena hinke ich hinterher, versuche, sie nicht zu verlieren, zumindest sie nicht, bevor es zu spät ist. Aber ich habe kein gutes Timing, das weißt du, Giovanni. Vielleicht bist du der Einzige, bei dem ich keinen Fehler gemacht habe, zumindest bis jetzt nicht. Ich hätte zu Zaros Beerdigung kommen sollen, das wird mir jetzt klar. Wir hätten dort zusammen sein sollen, Bruder und Schwester, an dem Tag, an dem das Monster abtritt. Es ist die alte, bekannte Sache mit meinem *mauvaise tempisme*, mein schlechtes Timing.

Bei Zaro und Lena bin ich nicht zu spät gekommen, eher zu früh. Trotzdem: *mauvaise tempisme*. Wäre ich unter einem anderen Stern geboren, hätte ich vielleicht gelernt, die Menschen zu lieben und die Dinge im rechten Augenblick zu tun. Aber es ist zu einfach, den anderen die Schuld zu geben, denen, die uns so unvorbereitet auf die Welt bringen.

Jules' Krankenschwester wird sich fragen, wo ich bleibe.

Es ist an der Zeit, den Computer auszumachen, die Rechnung zu begleichen, nach Hause zu gehen. Dich anzurufen und dich zu fragen, wie es dir geht, dir zu versprechen, dich bald zu besuchen, und so zu tun, als läge auf meinem Tisch kein Umschlag von dem Service d'Oncologie Médicale de l'Hôpital Saint-Louis mit meinem Namen drauf und in seinem Inneren ein Schlachtplan, den ich allein durchführen werde. Es wird nicht ausreichen, um Abbitte zu leisten, aber es ist ein erster Schritt. Ein loser Knopf in einem zu weiten Knopfloch.

Zaros Beerdigung ist vorbei, diese Geschichte ist zu Ende.

Ich bin bereit, nach Hause zurückzukehren.

Coda

August 2016

»Bist du soweit?«

»Nein.«

»Was gibt es denn jetzt schon wieder?«

»Warte einen Moment. Mir ist nicht klar, wo der andere Fuß hinkommt, der, der nicht auf das Pedal tritt.«

»Der bleibt am Boden. Dann hebst du den Fuß ein wenig und wartest auf das Pedal.«

»Welches Pedal?«

»Das andere. Das, das gerade nicht getreten wird.«

»Ich glaube, das ist einfacher zu tun als zu verstehen.«

»So ist es. Fahr einfach los.«

»Ist es nicht besser, wenn ich mich noch ein bisschen mit den Füßen abstoße?«

»Das tust du doch schon seit einer Woche, du musst langsam anfangen, die Pedale zu benutzen.«

Isabelle lächelt dem Kind zu, das im Licht des Sonnenuntergangs golden leuchtet. Es trägt ein gelbes Kleidchen und einen Fahrradhelm mit einer Haifischflosse, die zwischen zwei bösen Fischaugen emporragt. Ein langer, zerzauster Zopf liegt auf ihrer linken Schulter, ihre kleine Nase ist gerade, sie hat ein Grübchen am Kinn. An den von Sonne und Staub dunklen Füßen trägt sie blaue Flip-flops. Auf den Riemen über den großen Zehen zwei winzige Knöpfe in Form von Walfischen. Sie sitzt auf einem blauen Fahrrad mit Vierundzwanzig-Zoll-Reifen. Auf den Fingernägeln Spuren von dem rosa Nagellack, den sie vor ein paar Tagen unbedingt wollte und gleich wieder vergessen hat. Ihr die Nägel zu säubern erfordert stundenlange diplomatische Verhandlungen; im August sind auch die Botschafter im Urlaub. In der Woche ihres Geburtstags erlaubt ihr diktatorisches Wesen sowieso keine Widerrede, da bestimmt sie alles, und als Erstes hat sie beschlossen, sich nicht zu waschen. Sie ist schmutzig, sie ist frei, sie ist glücklich. Sie ist ihre Enkeltochter.

Die Luft riecht nach Regen, er hat gereicht, um den Durst der Pinien auf dem Palatin zu stillen. Isabelle saugt den Duft ein, sie füllt ihre Lungen mit dem riesigen Himmel über dem Circus Maximus. Rom hat ihr wehgetan, hat sie jedes Mal zurückgestoßen, wenn sie versuchte, sich einen Raum zwischen den Ruinen aus Stein und Verfall zu graben, hat sie sogar noch verfolgt, nachdem sie geflohen war. Sie hat ein halbes Jahrhundert gebraucht um zu verstehen, dass die Stadt ein Teil ihrer Bestimmung ist, Rom vergessen zu wollen bedeutet so viel wie in einem ständigen Konflikt zu leben. Da ist es besser, klein beizugeben und zu akzeptieren, dass man gegen diese Stadt nicht gewinnen kann. Isabelles Kapitulation erfolgte spät und kam sie teuer zu stehen, aber seitdem sie vor Erschöpfung die Waffen gestreckt hat, scheint ihr, als habe auch Rom den Kampf gegen sie eingestellt. Sie hat das Gefühl, dass die Dinge sich ihr jetzt mit einem anderen Alphabet mitteilen, sie erkennt die Lieblichkeit hinter der strengen Fassade: in den Silhouetten der Pinien gegen den Sonnenuntergang, in den puderfarbenen Ruinen, im Starrsinn ihrer Enkelin.

»Was ist jetzt, Oma?«

»Also gut, Elena, dann ist das jetzt das letzte Mal, dass ich mich den ganzen Weg über mit den Füßen abstoße. Danach versuche ich, die Pedale zu benutzen. Okay?«

Elena runzelt die Augenbrauen wie der Hai auf ihrem Helm. »Das tust du sowieso nicht.«

»Ich verspreche es dir.«

»Deine Versprechungen haben kurze Beine.«

»Das sind die Lügen, die nicht weit kommen. Die Versprechungen hingegen haben lange und muskulöse Beine.«

»Deine nicht. Du hattest gesagt, dass du es bis zu meinem Geburtstag lernen würdest.«

»Dein Geburtstag ist morgen, also habe ich noch Zeit. Und außerdem habe ich schon gelernt, mich im Sattel zu halten und mit den Füßen abzustoßen, ohne das Gleichgewicht zu verlieren. Das ist doch schon ganz gut für mein Alter.«

»Das gilt nicht. Das ist nicht dasselbe wie Fahrradfahren.«

»Und wenn ich die Füße dabei auf die Pedale stelle?«

Elena verzieht einen Mundwinkel. »Nein. Erst wenn du drei Mal in die Pedale trittst.«

»Okay, drei Mal treten. Meinst du, ich schaffe das?«

»Ich glaube schon.«

»Also komm, lass mich bis da hinten rollen und dann versuche ich es.«

Die Graziella gehört Marta, ein Original aus dem vorigen Jahrhundert. Die Reifen sind noch kleiner als die von Elenas Fahrrad, der Sitz ist komplett runtergeschraubt, damit Isabelle die Füße ganz auf den Boden stellen kann, während ihr Gehirn den Algorithmus kreiert, mit dessen Hilfe es ihr irgendwann gelingen wird – so hofft sie zumindest –, endlich Fahrrad zu fahren. In der Zwischenzeit stößt sie sich mit ihren mageren Waden ab, und ihre Vorwärtsbewegungen sind schon wesentlich mutiger als noch vor ein paar Tagen. Am Anfang der Woche löste sie praktisch nie die Beine vom Boden, während sie sich jetzt so bewegt, als würde sie Schritte im schwerelosen Raum machen. Sie umklammert fest den Lenker, um ihn gerade zu halten, und schaut nach vorne. Sie ist eine Großmutter in Sandalen und thailändischen, weiten Hosen, die Handgelenke voller Armbänder und mit kurzen, weißen und grauen Haaren. Seit der Chemotherapie sind sie weich und wellig nachgewachsen.

Elena fährt pfeifend voraus. Geschickt strampelt sie die Bahn des Circus Maximus entlang, wo der Erdboden dank der trockenen Graswurzeln fest ist. Sie bremst, indem sie das Vorderrad hochreißt, landet wieder auf allen beiden Reifen, dreht sich um, um sicher zu sein, dass die Großmutter sie sieht, fährt mit gesenktem Kopf wieder zu ihr zurück, so dass die Haifischflosse die Luft durchschneidet, legt dann einen Zahn zu und wirbelt den Kies auf, als sie endgültig stehen bleibt.

»Du bist eine Naturgewalt, mein Schatz«, sagt Isabelle, die zu ihren Töchtern so etwas nie gesagt hat und nie gesagt hätte. Früher hätte sie höchstens eine Augenbraue hochgezogen, geschimpft, weil sie unnötiger Weise riskierten, sich die Kleider schmutzig zu machen, sich die Knie aufzuschlagen, sich den Arm zu brechen. Vor allem Cecilia. Marta suchte nach Aufmerksamkeit, indem sie durch Liebenswürdigkeit und gute Noten glänzte. Cecilia inszenierte ihre Rebellion, indem sie mit den Armen winkte, von jener prekären Schwelle aus, wo sie stand, der Schwelle zwischen dem Hunger nach Liebe und der Selbstzerstörung, und sobald sie jemand zu greifen bekam, schubste sie ihn mit aller Kraft wieder weg, denn sie wollte zwar gesehen werden, wusste aber nicht, wie sie von der Sandbank, auf der sie festsaß, vor den Augen der anderen wieder herunterkommen sollte. Cecilia fuhr Fahrrad aus Hass gegen ihre Mutter, sie verausgabte sich auf den Pedalen, um so viele Kalorien wie möglich zu vernichten, bis zur Erschöpfung, aber es hatte eine Zeit gegeben, vor dem schwarzen Atala, das Zaro ihr bei der einzigen Begegnung ihres Lebens geschenkt hatte, wo sie nur zum Vergnügen radelte, mit Marta um die Wette fuhr oder laut die Sekunden mitzählte, die sie freihändig und sehr schnell fahren konnte. Es hatte eine Zeit gegeben, in der Cecilia auf dem Fahrrad lachte, das wusste Isabelle noch. Es hatte eine Zeit gegeben, in der Cecilia lachte.

»Oma, versuch mal, eine Acht zu fahren«, ruft Elena und fährt dabei quer auf sie zu, reißt in letzter Sekunde den Lenker herum. »Verstehst du? Du fährst eine Kurve, dann ein Stück geradeaus, denn eine Kurve in die andere Richtung. Wie eine Acht.«

»Wenn ich das schaffe, gilt das dann?«, fragt Isabelle und bleibt stehen.

Das Mädchen stellt sich neben sie, zerquetscht eine Mücke zwischen den Händen und pustet sie von der Handfläche. »Nein«, sagt sie, »ohne Füße auf den Pedalen gilt es nicht.«

»Dann verschieben wir die Acht auf nächstes Jahr, würde ich sagen«, erwidert Isabelle und stößt sich wieder mit den Füßen ab.

Elena lässt nicht locker. »Du hast gesagt, dass wir an Weihnachten zu Onkel Nanni fahren und dort genau so ein Rad kaufen.«

»Das tun wir auch.«

»Aber du kannst es nicht fahren.«

»Doch. Ich lerne es schon noch. Und sobald ich es kann, fahren wir zu Onkel Nanni, auch vor Weihnachten. Und dann hole ich dich mit dem Rad von der Schule ab.«

Elena bleibt wieder stehen, um sich an der Schulter zu kratzen; sie sieht sie zweifelnd an. »Aber du bist doch nie da während der Schulzeit. Du kommst nur in den Ferien.«

Isabelle bremst mit den Sandalen. Sie seufzt. »Du darfst es niemandem weitersagen, aber ich glaube, ich habe keine Lust mehr, in Paris zu wohnen. So weit weg von euch. Zu weit. Ich werde älter und das Fliegen fällt mir immer schwerer. Und was soll eine alte Frau dort auch allein?«

Elena sieht sie an, versteht, ihr Gesicht strahlt. »Dann ziehst du also nach Rom?«

Als sie diese einfachen und nackten Worte hört, wird Isabelle mulmig. Den Gedanken hegt sie schon lange, hat ihn jedoch nie in eine Stimme gekleidet. Jetzt ist er in der Welt, unter dem Himmel, in der feuchten Dämmerung eines Augustabends. Ein Gedanke, den man ausspricht, ist wie eine Flüssigkeit, die man in ein Behältnis füllt. Er nimmt eine Form an. Er bekommt Konturen. Man kann ihn jetzt verwenden, dosieren, verteilen. Man kann ihn an andere weitergeben.

Dann ziehst du also nach Rom?

Um es auszusprechen, brauchte Elena nur einmal Luft zu holen. In diesem einzigen Atemzug dieses einzigen Kindes, in diesem unwiederholbaren Moment des einzigen Lebens, das ihr ihrer Meinung nach gewährt wird, fühlt sich Isabelle zu Hause. Ihre Enkelin riecht nach Erde, nach Mürbteig und nach Mandarinen. Sie schnüffelt oft an ihr. Sie muss das tun, wie ein Hund.

»Ich will dort sein, wo du bist«, sagt sie zu ihr.

Elena lässt ihre Fahrradklingel, die die Form eines Marienkäfers hat, ertönen, lacht, und macht akrobatische Kunststücke mit ihrem blauen Fahrrad.

Die früheste Erinnerung Isabelles an Italien ist die an ein anderes Fahrrad, das rote von Nanni, als er klein war. Das war 1959, und sie war nur wenig älter als Elena heute, ein Kind, das von der Welt nur das Französisch von der Straße kannte und den Nordwind. An die vielen hundert Kilometer, die sie und ihre Mutter mit dem Zug zurücklegten, um in die Toskana zu gelangen, hat sie nur eine vage und emotionale Erinnerung: Sie erinnert sich an die Hitze und an die Scham. Kein Bild von der Reise hat sich in ihrem Gedächtnis festgehakt, alles wurde weggefegt von dem, was Isabelle auf der Schwelle zu Zaros Werkstatt in Ponte a Ema sah: Nannis Fahrrad.

Rot wie die Rossana-Bonbons in Attilios Bar, mit einem ebenso rubinroten Sattel, stand Nannis Fahrrad für ganz Italien, und für alles, was Isabelle nicht haben konnte.

»Ist es wegen den Elefanten, Oma?« Elena ist wieder neben ihr, ihre Frage ist ein Flüstern, das sie wieder in die Gegenwart zurückholt.

»Was meinst du, mein Schatz? Welche Elefanten denn?«

Das Mädchen verschnauft und betrachtet den glutfarbenen Himmel.

»Die Elefanten haben Großmütter. Es gibt fast kein Tier, das seine Großeltern kennt, aber die Elefanten schon, und deshalb leben sie länger als die anderen Säugetiere. Das heißt, außer den Walen, die allerdings im Wasser leben und deshalb etwas Besonderes sind. An Land sind wir diejenigen, die am längsten leben, und die Elefanten. Und alle beide haben wir Großeltern. Die Elefantenkinder, die mit ihren Müttern und den Großmüttern zusammenleben, sind zufriedener und werden nie krank.«

»Hast du das von deinem Großvater?«

»Nein, das weiß ich von allein.«

Eines Tages setzte Isabelle sich auf einen grünen Resopalstuhl neben ein Krankenhausbett, wo der Körper ihrer Tochter an den Altar des Hungers vergeudet seines Endes harrte. Solange sie noch Kraft hatte zu reden und sich zu widersetzen, hatte Cecilia ihr verwehrt, sie zu besuchen. Aber seit dem Nierenkollaps war ihr Körper derart ermattet, dass jeglicher Rest von Entschlossenheit aus ihm gewichen war. So fest verwurzelt er auch war, war doch auch der Hass auf ihre Mutter jetzt diesem mehr oder weniger bewussten, mehr oder weniger reglosen Dauer-schlaf untergeordnet. Cecilia atmete und ihr Herz schlug, aber eine Unterbrechung der Atems oder ein Stolpern des Herzens lagen durchaus im Bereich des Möglichen und konnte sie von einem Moment auf den anderen von jenem Horrorkarussell, auf dem sie sich schon zu lange ohne Pause drehte, hinunterstoßen.

Hinunter vom Karussell, ins unbekannte Nichts.

»Freust du dich, wenn ich nach Rom ziehe?«

Elena wirft den Kopf in den Nacken und schmettert ein jubelndes »Ja« in den Himmel hinauf.

»Und die Mama?«

»Die auch. Und auch der Papa und der Großvater«, sagt sie fröhlich, während sie ans andere Ende der Arena radelt und dort plötzlich, von einem unangenehmen Gedanken getroffen, stehen bleibt. »Aber du kommst doch nicht etwa wegen dem Baby?«, ruft sie ihr über die Schulter zu.

Isabelle steigt von der Graziella ab und stellt sie auf den Ständer. Sie geht zu Elena, klopft mit den Knöcheln an den Fahrradhelm mit dem Hai, der finster von ihrem Kopf blickt, und kitzelt sie an ihrem verschwitzten Nacken.

»Ich werde die Oma von euch beiden sein, aber er ist noch nicht da, und du schon. Und deinetwegen möchte ich bleiben, und wegen deiner Mama.«

»Können wir auch mal zusammen Fahrrad fahren, ich und du und Mama?«

»Natürlich. Sobald Diego auf der Welt ist, und sobald ich Fahrradfahren kann.«

»Er heißt nicht Diego, sondern Vincenzo.«

»Was sind denn das für Neuigkeiten? Er wird Diego heißen, wie euer argentinischer Großvater und wie Maradona.«

»Vincenzo, wie Nibali. Papa hat gesagt, ich kann den Namen bestimmen, und ich will ihn Vincenzo nennen, weil Nibali stärker ist als Maradona.«

»Auch wenn er bei der Olympiade gestürzt ist?«

»Das macht nichts. Wenn man stürzt, steht man eben wieder auf und wenn einer stark ist, wird er früher oder später gewinnen.«

Isabelle lacht. Eine radsportbegeisterte Enkelin, die ihr das Fahrradfahren beibringt. Das Leben ist schon eine merkwürdige Kreatur.

»Los jetzt, hol dein Rad und fang an zu strampeln. Du hast es versprochen.«

»Stimmt. Ich habe es versprochen. Was ist, wenn ich hinfalle?«

»Wenn du hinfällst, fällst du eben hin. Danach stehst du wieder auf.«

Eines Tages betrat Isabelle das Krankenzimmer und wusste mit einem Mal, dass die Kraft, mit der sie sich so oft im Leben gewehrt hatte, ein Klacks war im Vergleich zu dem, was die Erfahrung, das eigene Kind sterben zu sehen, einem abverlangt. Darauf kann man sich nicht vorbereiten, noch kann man aus der Erfahrung anderer irgendetwas lernen. Unvorbereitet, schuldig und besiegt, einsamer als in allen bisher gekannten und schrecklichen Formen der Einsamkeit, kommt ihr der Gedanke an das erste Mal, als sie sich unvorbereitet, schuldig und besiegt vorkam, und ihr Gehirn fördert eine Farbe zutage: Rubinrot. Und an der Farbe hängt eine Erinnerung, das Fahrrad von Nanni. Und in Folge eine Reihe von anderen roten Erinnerungen, unaussprechlich, jahrelang geheim gehalten, Fehlern, Ehen, Abreisen, Musik, abgebrochenen Beziehungen, Schmuckstücken, Liebhabern, Schmerzen, und Schmerzen über Schmerzen über Schmerzen, um den Vater aller Schmerzen zu verbergen.

Sie erzählte Cecilias geschlossenen Lidern das, was sie niemals jemandem erzählt hatte und nie wieder jemandem erzählen würde.

Sie tat das nicht, um sich zu rechtfertigen, und auch nicht, um verstanden zu werden.

Sie tat es, weil man dem Tod teure Worte schenken muss, wenn man nicht schweigt.

»D'accord, je suis prête«, flüstert sie und blickt vorwärts auf die Ruinen, die im Circus Maximus gefunden wurden. »Dieser Ort hat Schlimmeres gesehen als eine alte Oma, die Radfahren lernt.«

»Los, Oma, schnell! Auf der Startlinie steigt Oma auf die Graziella, setzt einen Fuß auf die Pedale, tritt, ... und fährt!«

Ein halbe Umdrehung mit dem rechten Pedal. Das linke Bein weiß nicht, wo es ansetzen soll und das Pedal prallt dagegen. Das Rad neigt sich zur Seite. Isabelle stützt beide Füße auf.

»Gut so, Oma, mach weiter!«

Bald wird es dunkel werden, aber sie will es weiter versuchen. Für die Nachkommen. Für sich selbst.

Rechter Fuß auf dem Pedal, Treten. Halbe Drehung. Sie trifft das andere Pedal mit dem linken Fuß, stellt ihn darauf. Das Rad neigt sich wieder zur Seite, sie bremst instinktiv, stürzt um ein Haar.

Elena ist begeistert. »Toll, Oma! Oma Nibali! Das machst du super!«

»Also, in Wirklichkeit bin ich eine Katastrophe.«

»Nein, nein! Bei mir war es auch so, du hast es fast geschafft!«

»Du kommst mir vor wie deine Mutter, Elena.«

Sie hatte immer gedacht, dass die Hingabe, mit der Marta von klein auf jegliche Unternehmung ihrer Schwester unterstützte und ermutigte, eine Art erzwungener Mutterinstinkt war, den sie vorzeitig entwickelte, um die echte Mutter zu ersetzen. Aber womöglich war es gar nicht so, womöglich hatte Jules recht, der immer sagte, Marta und Cecilia wären auf jeden Fall so geworden, wie sie waren, unabhängig von Umstand, Ort, Zeit und Familie.

Ohne nachzudenken, fragt sie ihre Enkelin etwas, was sie noch nie gefragt hat.

»Hat die Mama dir von ihrer Schwester erzählt?«

»Natürlich. Tante Cecilia.«

»Weißt du, was mit ihr passiert ist?«

»Natürlich. Sie schreibt mir immer.«

»Wer schreibt dir?«

»Die Tante.«

»Tante Cecilia? Schreibt dir immer?«

»Nicht immer, aber manchmal.«

»Und was erzählt sie so?«

»Das, was sie in der Wüste macht, welche Tiere sie

erforscht. Die Eidechsenschwänze ohne Eidechsen, Kolibris, Hebammenkröten … Ganz viele Tiere. Auch das mit den Elefantenomas hat mir Tante Cecilia geschrieben.«

Isabelle hebt die Augen und sieht eine niedrige Mondsichel über dem Horizont hängen. Sie ist so dünn wie das Lächeln der Grinsekatze aus Alice im Wunderland. Ein Lächeln ohne Katze.

An jenem Tag hatte Cecilia, als Isabelle zu Ende gesprochen hatte, ganz langsam die Augen geöffnet und sie angesehen. In ihrem Blick lag kein Verständnis und kein Verzeihen. Er enthielt nichts bis auf eine archaische Weisheit, die denjenigen, die sich die Mühe machten, darin zu lesen, zu erinnern schien, dass wir eine der beinahe neun Millionen Arten sind, die sich zufällig auf einem kleinen blauen Planeten befinden, der um einen unbedeutenden Stern kreist, am Rand einer beliebigen Galaxie, eine von Trillionen von Galaxien von einem Durchmesser von hunderttausenden von Lichtjahren in einem Universum, das vermutlich unendlich ist oder sich unendlich ausdehnt; und dass deshalb nichts von dem, was passiert, wirklich von Bedeutung ist. Cecilias Augen schienen nur das zu wissen, es einfach zu wissen, ohne dass dieses Wissen auch nur den geringsten Drang enthielt, es weiterzugeben. Dann floss der Blick nach unten und sie schloss die Augen.

Das war das letzte Mal, dass Isabelle ihre Tochter sah. Ihre Beziehung war immer schon mehr durch das definiert, was sie trennte, als das, was sie verband.

Von ihrem Geschenk erzählte sie keinem Menschen etwas.

»Wenn ich groß bin, will ich auch Tiere studieren, wie Opa und Tante Cecilia«, trällerte Elena und montierte die Wasserflasche vom Fahrrad ab. Sie trank einen Schluck und fügte versonnen hinzu: »Oder nein. Ich will lieber das studieren, was unter den Ozeanen ist.«

»Die Fische?«

»Nein. Das, was am Meeresgrund liegt. Die Vögel, die ins Wasser gefallen sind. Die untergegangenen Schiffe. Die Piratenschätze. Die Walfischskelette.«

Marta fragte immer: *Wo sterben die Zugvögel? Was machen Elefanten und Ameisenbären, wenn sie Schnupfen haben? Warum haben wir Augen, Nase und Mund auf derselben Seite des Kopfes?*

»Kannst du dir vorstellen, Oma, was wir finden könnten, wenn die Ozeane austrocknen würden?«

Isabelle betrachtet ihre Hände. Sie sieht die Hände ihrer Mutter. Alle Teile unseres Lebens existieren weiter in alle Ewigkeit.

»Wenn die Ozeane austrocknen würden, wäre alles, was auf dem Meeresgrund schläft, von einer dicken Salzschicht überzogen. Alles, was wir sehen würden, wäre eine riesige weiße Fläche mit salzigen Wracks.«

»Warum?«

Nanni sagte immer: *Um die Dinge richtig zu sehen, braucht man einen gewissen Abstand.*

»Weil die Leere, die von einer Sache hinterlassen wird, nie wirklich leer ist. Es ist ein Raum, der einen Abdruck enthält.«

»Wie der Schwanz einer Eidechse ohne Schwanz.«

»Und das Lächeln der Grinsekatze ohne Katze. Wenn

es keine Ozeane mehr gibt, bleibt an ihrer Stelle das Salz.«

Cecilia sagte immer: Es ist gut so. Es ist nicht wirklich wichtig.

Isabelle setzt den Fuß aufs Pedal und tritt.

Dank

Dieser Roman ist alt geboren. Damit ist gemeint, dass er schon seit Jahren auf der Welt ist.

Wie alle alten Leute, verdankt er vielen vieles, und deshalb wird diese Seite lang werden. Deshalb und auch, weil Danken ein Privileg ist, das ich gern in Anspruch nehme.

Ich danke meiner Familie, den Blutsverwandten und den anderen. Insbesondere gilt mein Dank jemandem, der sehr intensiv da war und es jetzt nicht mehr ist, und der dieses Buch nicht mehr lesen konnte. Ich werde es mir nie verzeihen, mich so rargemacht zu haben, als ich dachte, es gäbe noch Zeit, wo es doch keine mehr gab.

Dank an Camilla Trinchieri dafür, dass sie an mich und an diese Geschichte geglaubt hat, noch bevor sie entstand, dafür, dass sie mich an der Hand gehalten hat und ermutigt, während ich sie zur Welt brachte, dafür, dass sie ihr einen Weg aus der Schublade gezeigt und mir geholfen hat zu wachsen. Ich werde das nie vergessen.

Dank an Candida Nieri und Mauricio Neil Skinner für die Auszüge aus wahren Lebensgeschichten, die ich in die Geschichten meiner Figuren einarbeiten durfte, und dafür, dass ihr immer auf meiner Seite wart.

Dank an Luca Giannone und Gegory Monier für die Gastfreundschaft in Paris; Dank an Annita Della Chiesa und Silvia Catitti für die Gastfreundschaft in Rom. Danke, Jeanine und Jean Paul La Tanter und Henri Firmin dafür, dass ihr mir Dinard gezeigt und erschlossen habt; Danke Nadia Rumich für die Schilderungen von Trastevere.

Danke, Gloria Marco Munuera für die Fotos.

Dank an Andrea Bresci, Vorsitzender des Freundes-kreises des Radsportmuseums in Ponte a Ema, der mir buchstäblich die Tore geöffnet hat, auch als das Museum geschlossen war, und mir Zugang zu den historischen Rädern verschafft hat, den legendären Trophäen und dem wertvollen Pressearchiv aus der Zeit von Bartali.

Dank an Giovanni Pampanacci und Christine Baudon, die unter den ersten waren, die eine Rohfassung dieses Romans gelesen und geschätzt haben.

Danke für den Preis RAI La Giara 2015, vor allem an Gabriella Ricciardi. Am Ende ist es zwar nicht zu einer Zusammenarbeit gekommen, aber die Auszeichnung und die Gespräche mit dir haben mir Mut gemacht.

Danke, Daniele Pinna dafür, dass du nicht müde wur-dest, einen Hafen für meine Eidechsen zu suchen, und dass du am Ende einen so großartigen fandest, entgegen all meiner Skepsis. Du hast Recht behalten.

Danke, Antonio Franchini, dass du an das Buch ge-glaubt hast, und Danke, Giulia Ichino, für die einsichts-vollen Gespräche, den unbeirrbaren Enthusiasmus und für den Weg zu dem Lichtblick am Ende, der dem Roman so gutgetan hat. Danke, Giovanni Bartoli, für die abso-lute Professionalität und die Sensibilität, die die letzten

Phasen der Arbeit an dem Buch so leicht und angenehm gemacht haben.

Dank an Irene Castagnoli und Mirko Congiu dafür, dass sie immer so uneingeschränkt parteiisch sind, wenn es um mich geht, für die fröhliche Unterstützung als Claqueure in jenem brutheißen Juli in Rom und für die unbedingte Freundschaft bei jeder Gelegenheit und in jeder Zeitzone. Für das Wunder einer Nähe auch aus der Ferne; wir sind und bleiben nun einmal Reisegefährten unter der Ägide der Gorgo.

Dank an Vincenzo Rotondi, der immer da war und immer da ist, denn *nec possum tecum vivere nec sine te*, und dem ist nichts hinzuzufügen. Außer dass ich stolz und gerührt bin, wie sehr dich dies alles stolz macht und rührt, trotz der Mühe, mit der du mich seit zwanzig Jahren stählst und dich mit mir zusammen stählst.

Danke, Ivana Di Candia dafür, dass du mir täglich eine Schwester bist, bei Ebbe und bei Flut. Dafür, dass du die Kapitel dieses Buchs tröpfchenweise zu dir genommen hast und mit unerschütterlicher Zuversicht alle Phasen seiner Existenz begleitet hast. Dafür, dass du mit mir das Risiko des Winters auf dich genommen hast, immer einen Grund fandst, meine vielen Unzulänglichkeiten zu ertragen; für die Empathie, derer du fähig bist, für deine schüchternen und wertvollen Ratschläge. Danke für deine Unterstützung auf diesem Weg, der unendlich viel wichtiger ist als das Ziel.

Am Ende noch Danke dem Vesuv. (*Isso sape pecché.*)

Und Avanti Lombrichi, immer und für alle Zeit.

Die italienische Originalausgabe erschien 2017 unter dem Titel
»Il contrario delle lucertole« von Erika Bianchi bei Giunti Editore,
Florenz – Mailand.

Sollte diese Publikation Links auf Webseiten Dritter enthalten,
so übernehmen wir für deren Inhalte keine Haftung,
da wir uns diese nicht zu eigen machen, sondern lediglich auf
deren Stand zum Zeitpunkt der Erstveröffentlichung verweisen.

Zitate aus:
Alessandro Manzoni, *Die Brautleute.*
© 2011 Carl Hanser Verlag, München.
Pablo Neruda, *20 Liebesgedichte und ein Lied der Verzweiflung.*
© 1977, 1989, 2002, Luchterhand Literaturverlag, München.
Nicole Krauss, *Kommt ein Mann ins Zimmer.*
© 2006 Rowohlt Verlag GmbH, Reinbeck bei Hamburg.
Sandro Veronesi, *XY,* © 2011 by J. G. Cotta'sche Buchhandlung
Nachfolger GmbH, gegr. 1659, Stuttgart.

Verlagsgruppe Random House FSC® N001967

1. Auflage
Copyright © 2017 by Giunti Editore S.p.A., Firenze – Milano
Copyright der deutschsprachigen Ausgabe 2019
btb Verlag in der Verlagsgruppe Random House GmbH,
Neumarkter Straße 28, 81673 München
Covergestaltung: Favoritbüro
Covermotiv: © AUDUBON: SPARROW White-throated Sparrow
(Zonotrichia albicollis). Engraving after John James Audubon for his
»Birds of America«, 1827-38. / Granger / Bridgeman images
Satz: Uhl + Massopust, Aalen
Druck und Einband: Friedrich Pustet, Regensburg
Printed in Germany
ISBN 978-3-442-75805-0

www.btb-verlag.de
www.facebook.com/btbverlag